손끝에 마법을

손끝에 마법을

미우라 시온

임희선 옮김

청미래

YUBISAKI NI MAHO　ゆびさきに魔法
by Shion Miura 三浦しをん

Copyright © 2024 Shion Miura
All rights reserved.
Original Japanese edition published by Bungeishunju Ltd., in 2024.
Korean translation rights in Korea reserved by Cheongmirae Publishing Co., under the license granted by MIURA Shion, Japan arranged with Bungeishunju Ltd., Japan through Enters Korea Co., Ltd., Korea.

이 책의 한국어판 저작권은 (주)엔터스코리아를 통해서 저작권자와 독점 계약한 도서출판 청미래에 있습니다. 저작권법에 의하여 한국 내에서 보호를 받는 저작물이므로 무단전재와 복제를 금합니다.

역자 임희선(林希宣)
일본에서 중고등학교를 다녔으며 연세대학교 신문방송학과를 졸업했다. 한국외국어대학교 통역대학원 한일과를 졸업하고 시사영어사 및 국내 대기업에서 일본어 강의를 했으며, 동시 통역사로 활동하기도 했다. 현재 번역 에이전시 엔터스코리아에서 출판기획 및 일본어 전문 번역가로 활동하고 있다. 주요 역서로는 『바람이 강하게 불고 있다』, 『가무사리 숲의 느긋한 나날』, 『구름의 저편, 약속의 장소』, 『걸(girl)』, 『잃어버린 것들의 나라』, 『나는 고양이로소이다』, 『살아 있는 것만으로도, 사랑』, 『공중정원』, 『어른이 된 토토짱』 등 다수가 있다.

손끝에 마법을

저자 / 미우라 시온
역자 / 임희선
발행처 / 도서출판 청미래
발행인 / 김실
주소 / 서울시 용산구 서빙고로 67, 파크타워 103동 1003호
전화 / 02 · 739 · 1661
팩시밀리 / 02 · 723 · 4591
홈페이지 / www.cheongmirae.co.kr
전자우편 / cheongmirae@hotmail.com
등록번호 / 1-2623
등록일 / 2000. 1. 18
초판 1쇄 발행일 / 2025. 10. 22

값 / 뒤표지에 쓰여 있음

ISBN 979-11-990205-2-8 03830

차례

1 _ 7

2 _ 75

3 _ 145

4 _ 221

5 _ 275

6 _ 340

감사의 말 _ 395
역자 후기 _ 397

1

"그럼 3주 후에 또 뵐게요. 감사합니다~!"

츠키시마 미사는 마지막 손님을 가게 문 앞까지 배웅하며 인사했다. 일어선 김에 우편함으로 쓰려고 문 앞에 놓아둔 나무상자를 열었다. '부동산 감정해드립니다' 하고 '귀금속 최고가 매입'이라고 적힌 전단지만 달랑 들어 있었다. 안타깝지만 여기는 임대한 점포고, 일하면서 사용하는 보석들은 모두 모조품이다.

츠키시마는 지어진 지 55년 된 2층짜리 가게 건물에 산다. 1층의 점포와 2층의 주거 공간을 다 합한 임대료가 13만8,000엔이다. 낡고 허름한 건물에 걸맞게 주변 시세와 비교했을 때도 파격적으로 저렴하다. 어디를 어떻게 쥐어짜봐도 전단지의 권유와는 거리가 먼 현실이다.

상자에서 꺼낸 전단을 들여다보다가 얼굴을 들었더니 방금 배웅한 단골손님이 상점가 거리를 걷다가 문득 뒤돌아보는 게 눈에 들어왔다. 아직도 가게 문 앞에 서 있는 츠키시마의 모습을 본 손님이 웃는 얼굴로 손을 흔들었다. 손바닥이 아니라 손등을 츠키시마 쪽으로 향하게 해서. 그 손끝은 츠키시마가 조금 전에 정성을 들인 네일아트로 화려하게 빛났다. 바탕색은 밤하늘처럼 짙은 감색이고 그 위에 입자가 고운 금색 반짝이로 물결 모양을 그렸다. 두 손을 나란히 펴고 열 손가락의 손톱을 가지런히 모으면 은하수처럼 보이도록 밸런스를 맞춰서 디자인했다.

츠키시마도 웃으면서 고개를 가볍게 숙인 다음 상점가를 따라 멀어져가는 손님의 뒷모습을 잠시 바라보았다. 굽이 제법 높은 하이힐을 또각또각 울리면서 똑바른 자세로 걸어가는 저 손님은 의류업체의 홍보 일을 하는 모양이었다. 손끝을 예쁘게 가꾸고 나면 일할 때 의욕이 더 생긴다면서 한 달에 한두 번씩 어김없이 예약하고 찾아준다. 직업상 섬세한 옷감을 만지는 경우가 많아 만에 하나라도 손톱에 걸리거나 하면 안 되니까 반짝거리는 큐빅처럼 입체적인 네일 파츠를 붙이기는 힘들다. 츠키시마는 매번 이 손님의 손톱을 매끄럽게 정돈하고 입체적인 네일 파츠를 쓰지 않으면서도 화려하게 보이는 디자인을 고안하려고 고심한다.

도쿄의 사립 전철 노선 야요이신마치 역 앞의 후지미 상점가에 츠키시마가 네일숍 '달과 별'을 개업한 지 4년이 지났다. 시술용 의자 2개지만 네일 아티스트로는 츠키시마 혼자만 일하는 작은 가게다. 그래도 개업하고 1년 남짓 지나는 동안 꾸준히 가게를 찾는 단골손님들이 생기면서 비교적 안정적으로 운영하고 있다. 요즘 들어서는 오히려 예약을 잡기가 힘들 정도로 바빠졌다. 츠키시마는 단골손님들이 예약할 때 공연히 불편을 겪지 않도록, 그리고 새로운 손님들을 유치하기 위해서라도 조만간 네일 아티스트를 한 사람 더 뽑을 작정이다.

가게에 시술용 의자가 2개라는 사실에서 짐작할 수 있듯이 작년까지만 해도 같이 일하던 네일 아티스트가 있었다. 그러나 그녀는 결혼하면서 가게를 그만둔 다음 무역회사에 다니는 남편을 따라 베트남으로 떠났다. 그 나라에서도 네일아트의 인기가 많은지 거기에 새로 가게를 열고 즐겁게 일하는 모양이다. 가끔 사진을 보내주곤 하는데 베트남 말도 잘 배우고 있고, 현지에서 채용한 현지인 네일 아티스트랑 같이 맛집도 다니고 쇼핑도 신나게 하면서 사는 모습이 담겨 있다.

성격 좋고 기술도 탄탄한 사람이어서 츠키시마로서는 동료를 잃은 게 많이 아쉽기는 했지만, 새로운 곳에서 잘살고 있는 것 같아 다행이라고 생각한다. 그녀가 그만둔 뒤로 가게 문에 '네일 아티스트 모집' 광고를 붙여놓았는데 마음에 맞는 사람이 좀처럼 나타나지 않았다.

네일 아티스트는 당연히 기술도 좋아야 하지만 인품도 아주 중요하다는 게 츠키시마의 생각이다. 미용사들이 갖춰야 할 자질과 비슷한 부분도 있지만, 미용사의 경우 염색이나 펌을 할 때 약이 스며드는 시간을 이용해서 다른 손님도 볼 수 있고, 아주 잠깐이지만 숨을 돌릴 수도 있다. 그러나 네일 아티스트에게는 그런 막간의 시간이 주어지지 않는다. 젤 네일을 제대로 하려면 1시간 반에서 2시간이 걸린다. 그동안 쉴 새 없이 손님의 손끝을 만지며 가까이서 얼굴을 마주 보고 상대해야 한다. 말없이 피로를 풀고 싶어하는 손님이 있는가 하면, 같이 즐겁게 수다를 떨면서 시간을 보내고 싶어하는 손님도 있다. 그래서 네일 아티스트는 빈틈없이 시술을 하면서도 손님이 원하는 바를 잘 살펴서 거기에 맞게 응대를 해야 한다.

1년이나 지났는데도 마음에 맞는 사람을 찾지 못하는 거면 그냥 포기하고 혼자서 꾸려갈 수밖에 없으려나? 츠키시마는 한숨을 내쉬고는 전단지를 손에 들고 가게 안으로 들어왔다. 3월이 거의 다 지나간 월말인데도 밤 날씨는 여전히 쌀쌀하다. 카디건을 걸치고 바닥과 작업대를 청소하고 나서 전단지를 포함한 쓰레기를 한데로 모았다. 가게 안쪽의 휴식 공간에 있는 세탁기에 수건을 비롯한 빨래를 집어넣고 내일 아침에 세탁이 끝나도록 타이머를 맞춰두었다.

가게 매출을 정리한 다음 약간의 잔돈만 계산대에 남겨놓고 나머지는 파우치에 집어넣었다. 은행 ATM에 갈 짬을 내기가 힘들어서 파우치 안에는 며칠치 매출이 고스란히 들어 있다. 수수료가 아까워서 편의점 ATM을 사용하지 않다 보니 이 꼴이 나버렸다. 잡지 부록이었던 꽃무늬 파우치는 금고 대신으로 쓰기에는 너무 허술한 느낌이다. 내일은 어떻게든 8시 반에 일어나서 은행에 입금하러 가야지.

츠키시마는 파우치를 가슴에 안고 가게 불을 끈 다음 바깥으로 나왔다. 베란다 문처럼 생긴 미닫이 유리문을 잠갔다. 네일숍 '달과 별'이 있는 건물은 역에서 도보 7분 거리로, 상점가 중간 정도 위치에 있다. 그런데도 밤이 되면 주변이 조용하다. 지금도 퇴근하는 것으로 보이는 몇몇 사람들만 주택가 쪽을 향해 발걸음을 재촉하고 있을 뿐이다.

후지미 상점가에는 일방통행인 좁은 길을 따라 서민적인 가게들이 늘어서 있다. 오래된 상점가이긴 해도 츠키시마의 가게가 있는 건물 같은 목조 건축물은 거의 남아 있지 않다. 대개는 재건축한 4층 정도 되는 콘크리트 건물 1층에 점포를 두는 식이다. 전통적인 2층짜리 가게의 모습을 그대로 간직한 오래된 담배 가게나 차[茶]를 파는 가게도 있다.

츠키시마가 이 동네에 가게를 내기로 마음먹은 이유는 저렴한 임대료에 혹한 부분도 있지만, 낮에 자전거나 도보로 장을 보러 다니는 손님들로 활기차게 북적이는 전통적인 상점가 분위기가 마음에 들어서다. 일방통행로라서 지나다니기가 불편해서인지 상점가 거리로 자동차가 들어오는 일이 거의 없어서 자연스럽게 보행자 도로가 되어버렸다. 살기도 편해 보였고, 주로 근처에 사는 동네 사람들이 손님으로 오게 될 테니 안정적인 관계를 만들어갈 수 있겠다고 판단했다.

네일 아티스트는 손님 개개인이 어떤 디자인을 좋아하는지 파악하는 것도 중요하지만, 정기적으로 손톱을 손질하면서 손님의 건강 상태에도 신경을 써야 한다. 손톱이 너무 얇아져 있으면 그 손님은 만성 빈혈일 가능성이 있다. 손톱이 울퉁불퉁하거나 변색되어 있으면 피부병일 수도 있다. 네일 시술을 받으며 네일 아티스트와 이런저런 이야기를 주고받다가 '병원에 한번 가봐야겠다'고 생각하게 되는 경우도 적지 않다. 그래서 뜨내기손님이 많고 단발

성 방문이 잦은 빌딩가나 상업 시설에 가게를 내기보다 주택가에 가까운 상점가가 낫다고 생각했다. 그래야 오랫동안 한곳에 자리 잡고 단골손님을 만들어 지속적인 관계를 맺을 수 있기 때문이다.

후지미 상점가를 보고 '여기다!' 싶었던 츠키시마의 직감은 적중했다. 아담하지만 좋은 맛집들도 몇 군데 발견해서 편안한 생활을 누리는 중이다. 안면이 있는 상점가 사람들과 길에서 반갑게 인사하는 등 이웃들과의 관계도 양호하다. 그러나 살짝 마음에 걸리는 점이 있기는 하다. 술집 '딱 한 잔' 때문이다.

츠키시마가 있는 상가 건물은 길모퉁이에 있고, 1층에 점포 2개가 있다. 역에서 가까운 쪽이 '달과 별'이고, 모서리 쪽이 '딱 한 잔'이다. 그런데 가게 안쪽에서 각 점포에 달린 거주 공간으로 올라갈 수 있게 연결되어 있지는 않다. 건물 뒤편으로 돌아가면 합판으로 된 문 2개가 나란히 있고, 그 문을 열면 한 사람이 간신히 설 수 있는 좁은 현관 뒤에 2층 거주 공간으로 이어지는 전용 계단이 나온다. 빌라나 아파트처럼 복도나 계단을 같이 쓰지 않으니까 나름 그럴듯하게 '타운하우스'라고 부를 수도 있겠지만, 벽이 어찌나 얇은지 이웃집에서 뭘 하고 있는지 안 봐도 훤히 알 수 있는 지경이고, 외관도 건물이라기보다는 목재로 돌아가기 직전으로 보일 정도니까 사실상 간이 건축물 수준이다.

선술집 '딱 한 잔'은 쉰 살 전후로 보이는 마츠나가라는 남자가 혼자 운영하는데 츠키시마와 마찬가지로 가게 윗방에서 살고 있다. 그러니까 일터에서나 집에서나 옆집인 셈인데 아무래도 마츠나가는 츠키시마가 영 탐탁지 않은 모양이다. 마츠나가도 츠키시마와 마찬가지로 혼자 사는지 옆집에서 마츠나가 말고 다른 사람의 기척이 난 적은 없다.

츠키시마는 집에 있을 때도 되도록 조용히 지내려고 신경을 쓰는 편이고, 매일 아침 '달과 별' 앞을 청소할 때도 '딱 한 잔' 앞까지 깨끗하게 쓸어놓곤 한다. 가끔 편한 슬리퍼 차림으로 상점가를 산책하는 마츠나가와 맞닥뜨리면 당연히 웃는 얼굴로 인사한다. '달과 별'이 더 나중에 들어왔으니 깍듯하게 '선배' 대접을 하는 게 마땅하다고 생각하기 때문이다.

그런데도 인사를 받는 마츠나가는 "응"이나 "아~" 하고 잘 들리지도 않는 작은 소리로 웅얼거릴 뿐이다. 원래 무뚝뚝한 사람인가 했는데 '딱 한 잔'에서 손님을 대하는 모습이나 상점가 사람들과 길가에서 이야기를 할 때의 모습을 보면 목청도 크고 쾌활한 인상이다. 그래서 츠키시마도 어느 정도 상대방의 속마음을 짐작하게 되었다. 돌이켜보면 이사했다고 인사하러 갔을 때도 마츠나가는 "흐응~, 네일숍이라고. 아아, 그렇구나"라는 말만 하고는 그 뒤로 츠키시마에게 눈길 한번 주지 않고 연신 닭꼬치 꿰는 일에만 몰두했다. 츠키시마는 가게를 열기 전 재료 손질하는 시간을 빼앗으면 안 되지 하는 생각에 허둥지둥 가게에서 나왔다.

아마도 마츠나가에게는 네일아트에 대한 편견이 있는 모양이다. 아름답게 칠해져 있거나 큐빅을 붙여 화려하게 장식한 손톱을 보고 "저런 손톱으로 일상생활을 어떻게 하냐?"고 묻는 사람들이 많다. 굳이 입 밖으로 내지는 않아도 '저 손톱 봐라, 눈꼴시게……', '남의 눈에 띄려고 저러는 모양인데 역효과지. 저렇게 지나치게 화려하게 치장한 여자를 누가 좋아한다고……' 하며 내심 손가락질하는 걸로 짐작되는 사람들은 남녀노소를 가리지 않고 적지 않다.

사실 네일아트는 지나치게 화려하거나 사치스러운 것이 아니라 네일 아티스트의 전문적인 기술과 예술적 감각을 한데 모은 작품이다. 손님들도 이성에게 잘 보이고 싶어서가 아니라 '네일 시술을 받는 게 즐거우니까', '내 손톱이 깔끔하고 예쁘면 기분이 좋으니까' 등과 같은 이유로 네일숍을 찾는다. 화장을 비롯한 외모 꾸미기가 타인―특히 이성―의 눈을 의식해서 하는 행위라는 고정관념은 천박하고 짜증스러운 편견일 뿐이라고 츠키시마는 생각한다. 사람은 남에게 잘 보이기 위해서만 사는 존재가 아니다. 르네상스 시대의 천재 화가들이나 그 후원자들에게 "남에게 잘 보이려고 그림을 그렸느냐, 혹은 그리게 했느냐?"고 묻는 바보는 아무도 없을 것이다. 마음의 안정과 만족을 위해 미를 추구하는 행위는 고금동서를 막론하고 어디서나 당연히 행해져왔다. 또한 미를 추구하려면 마땅히 그에 걸맞은 대가를 지불해야 한다.

그런 사정 때문에 츠키시마는 '네일아트가 뭔지도 모르고 편견만 잔뜩 가진 무식쟁이 같으니라고. 그저 어떻게 하면 여자들한테 잘 보일까 하는 생각만 머릿속에 가득 차 있으니 남들도 다 자기 같은 줄 알지' 하고 속으로는 욕하면서도 이웃과 원만하게 지내야 하니까 마츠나가를 보면 얌전한 얼굴로 인사 잘하고, '딱 한 잔' 앞도 청소해주는 것이다.

돈이 든 파우치를 품에 안고 가게를 나선 츠키시마는 바로 옆의

'딱 한 잔' 앞을 지나치면서 미닫이문 유리 너머로 가게 안쪽을 살짝 들여다보았다. 카운터 자리는 거의 만석이고, 딱 하나 있는 2인용 테이블에도 손님이 앉아 있었다. 밤 9시가 지나서 그런지 손님들은 취기에 발그레한 얼굴로 기분 좋게 먹고 마시는 모습이었다. 카운터 안쪽에서 분주하게 음식을 만들고 손님들을 상대하는 마츠나가는 커다란 술병 두 개를 나란히 놓고서 웃는 얼굴로 손님에게 뭔가 열심히 설명하는 중이었다.

건물 뒤편으로 돌아가는데 '딱 한 잔'의 환기구에서 풍겨나오는 곱창 냄새가 코끝을 간지럽히며 스쳐갔다. 에이~씨! 마츠나가가 저렇게 꼰대 같은 아저씨만 아니었다면 되게 맛있을 것 같은 '딱 한 잔'의 음식을 얼마든지 먹을 수 있었을 거 아냐? 일이 끝나자마자 바로 옆 가게에서 저녁과 술을 즐긴다는 최고의 환경을 누릴 수 있는데……!

츠키시마는 이를 앙다물고서 합판으로 된 문을 열고 신발을 벗고는 계단을 올라갔다. 집으로 돌아오기는 했어도 아직 해야 할 일이 남아 있다. 저녁을 간단하게 만들어 먹고 나서 계절에 맞는 새로운 샘플 네일팁을 만들어야 한다. 모형 손톱에 진짜로 젤 네일을 발라 샘플을 만드는 작업이다. 손님이 네일아트 디자인을 고를 때 참고용으로 보여주기 위해서다.

상점가를 바라보는 창문을 열자 약간 서늘한 봄밤의 바람을 타고 '딱 한 잔'에서 손님들의 웃음소리가 들려왔다. 혼자서 가게를 꾸리는 마츠나가에게도 이런저런 부담과 힘든 점들이 있겠지.

아무래도 같이 일하는 짝꿍이 있어야겠다는 생각이 들었다. 이

대로 혼자 이리 뛰고 저리 뛰고를 계속하다가는 과로로 쓰러질 것 같다. 츠키시마는 네일 아티스트를 구한다는 광고 종이를 더 큰 걸로 바꿔볼까 하고 궁리했다.

바쁘고도 평온한 츠키시마의 일상에 약간의 변화가 생긴 것은 3월의 마지막 토요일이었다.

아이가 갑자기 열이 나서 못 오겠다며 손님이 전화로 예약을 취소했다. 손님 대부분이 한창 육아로 바쁘거나 열심히 일하는 나이대의 여성이어서 츠키시마도 이런 일이 익숙하다. 흔쾌히 예약을 바꿔준 다음 "자녀분이 빨리 나아야 할 텐데. 고생이 많으시네요" 하고 인사하고는 전화를 끊었다.

자, 이제 뭐 할까? 하고 생각하다가 자잘한 일들을 처리하기로 마음먹었다. 예약 대기 손님이 있는 경우에는 "빈 시간이 생겼는데 오시겠어요?" 하고 연락을 한다. 하지만 오늘은 오겠다는 손님도 따로 없는 데다 월말이 코앞이라 해야 할 일들도 쌓여 있었다.

가게 문 옆에 있는 계산대의 둥근 의자에 앉아서 노트북을 켰다. 회계처리 파일에 전날 매출을 입력한 다음 네일 용품 도매 사이트에서 모자란 물건들을 주문했다. 어지간한 물품들은 주문 다음 날이면 택배로 받을 수 있다.

내부 환기를 위해 가게 문을 열어두었다. 노트북을 보며 일하는 츠키시마의 등을 봄날 오후 햇살이 따사롭게 감싸안았다. 떨어지기 시작한 벚꽃잎 하나가 바람을 타고 가게 안으로 들어와 츠키시마의 발치에 사뿐히 내려앉았다. 한가로이 낮잠을 즐기거나 꽃구경하러 산책이라도 나가고 싶은 날씨였지만 츠키시마는 쉴 틈도 없이 일하다가 "아참!" 하고 벌떡 일어섰다. 간신히 완성한 봄 색상에 맞춘 샘플 네일팁이 떠올랐던 것이다.

손님들이 보기 쉽게 네일팁을 액자 모양의 전시용 케이스 안에 깔끔하게 정리해야 한다. 츠키시마는 선반에서 케이스를 꺼낸 다음 열심히 만든 새로운 샘플 네일팁을 휴식 공간에서 찾아서 계산대 앞으로 들고 왔다. 연한 핑크색 젤 바탕에 다이아몬드처럼 반짝이는 투명한 큐빅을 한 개만 올려서 아침이슬이 맺힌 꽃잎처럼 보이게 한 디자인도 있고, 신록의 계절에 맞춰 극세사 붓으로 새싹을 그린 모양도 있다. 붓을 아주 섬세하게 다뤄야 하는 기법인데 정확하면서도 신속하게 세밀한 작업을 하는 것이 츠키시마의 주특기다. 다만 요즘 들어서는 30대 중반의 나이임에도 벌써 노안이 오는지 초점이 미묘하게 안 맞을 때가 있다.

눈의 피로와 어깨 결림은 네일 아티스트의 직업병이기 때문에 츠키시마도 언젠가는 이럴 줄 알았다고 지레 포기한 상태다. 사람의 손톱은 의외로 작은데 거기에 섬세한 디자인을 그리거나 작은 큐빅을 올리는 일은 쌀알에 불경을 쓰는 것이나 다름없는 작업이다. 실제로 언젠가 술에 취해서 쌀에다가 꽃을 그리겠다고 시도한 적이 있었는데 전혀 어려움 없이 할 수 있었다. '우와~!' 하는 신기한 마음에 다른 쌀알에다가 '피카츄'를 그려봤더니 살짝 일그러졌어도 충분히 귀여운 캐릭터가 나왔다. 이튿날 아침, 숙취로 속이 메슥거려 일어난 츠키시마는 방바닥에 굴러다니는 쌀알을 납작 엎드려서 자세히 살펴보았다. 그 쌀알에 찬란하게 빛나는 꽃과 피카츄가 있는 것을 보고는 '이게 뭐 하는 짓인가?' 하는 생각이 들었다. 술주정도 이런 식으로 하나 싶어 그저 어이가 없었다.

그건 그렇다 치고 샘플 네일팁을 새것으로 바꾸려고 츠키시마가 계산대 옆에서 케이스를 열고 있는데 바깥에서 옥신각신하는 소리가 들려왔다.

"괜찮다니까! 이런 건 그냥 가만히 두면 저절로 낫는다고!"

"말도 안 돼요! 논두렁의 백로처럼 어기적대고 제대로 걷지도 못하면서!"

무슨 일인가 해서 슬쩍 돌아보니 '딱 한 잔'의 마츠나가와 20대 초반으로 보이는 여자가 가게 앞에서 실랑이를 벌이는 중이었다. 여자 쪽이 마츠나가를 어딘가로 끌고 가려고 하고, 마츠나가는 안 가려고 죽어라 버티는 모양이었다. 그러나 힘을 제대로 쓰지 못하는지 엉덩이만 뒤로 뺀 엉거주춤한 자세다.

무슨 일인지 모르지만 왜 남의 가게 앞에서 난리를 치는지 모르겠다. 못 본 척하는 게 상책이다 싶어 다시 계산대 쪽으로 몸을 돌리려는데 바깥에 있는 여자와 눈이 딱 마주쳤다. 그래서 하는 수 없이 "괜찮으세요?" 하고 열린 가게 문 너머로 물어봤다.

"시끄럽게 해서 죄송해요."

여자가 고개를 꾸벅 숙였다. 파카에 치마, 신발은 운동화를 신은 편한 차림새다. 큰 눈망울에 짧은 머리가 잘 어울린다.

"이 아저씨, 엄지발톱이 안으로 말려들어가 내성 발톱이 되었는데 죽어도 의사한테는 안 가겠다고 그러잖아요."

때는 이때다 싶어 '딱 한 잔' 쪽으로 도망치려던 마츠나가는 여자가 셔츠를 꽉 움켜서 잡아당기는 바람에 도로 끌려왔다.

이 두 사람은 무슨 사이일까? 마츠나가의 방에 여자가 들락거리는 소리는 들은 적이 없는데. 츠키시마는 속으로 고개를 갸웃거렸다. 그와 동시에 여자의 손톱에 칠해진 네일아트가 눈에 들어왔다. 수채화처럼 연한 색감이지만 마치 어린아이가 물감통을 엎어 놓은 것처럼 자유분방하게 여러 가지 색이 서로 겹치고 튀어나오면서 손톱 하나하나에서 춤추고 있었다. 그런데도 10개 손톱을 다 모아보면 혼란스럽던 색깔들이 순식간에 조화를 이룬다. 꼼꼼하게 디자인하고 치밀하게 계산해서 칠했음을 알 수 있다.

네일용 리퀴드를 사용한 감각적인 디자인이다. 어느 네일숍에 다니나 싶어 슬쩍슬쩍 여자의 손톱을 관찰했다. 근처에 이런 디자인을 하는 숍이 생겼다면 강력한 경쟁상대가 될 것 같다. 조만간 정보를 수집해야겠다고 생각하면서 입으로는 딴 질문을 했다.

"의사라면 나이토 피부과 말인가요?"

츠키시마도 네일 시술을 할 때 쓰는 소독용 알코올 때문에 피부 트러블이 생겨서 상점가에 있는 그 피부과에 간 적이 있다.

"거기라면 토요일 오후에는 문 닫았을 거예요."

"그럼 할 수 없지!" 하며 가게로 돌아가려는 마츠나가의 셔츠를 "어딜!" 하면서 여자가 다시 잡아당겼다.

"어디든 열려 있는 병원을 찾아봐야죠. 발이 그렇게 아픈데 재료 손질을 어떻게 하려고 그래요? 난 무슨 일이 있어도 오늘 '딱 한 잔'의 조림 안주로 술을 마셔야겠단 말이에요."

술집 단골인 모양이네 하고 짐작했다. 계속 이렇게 이러쿵저러쿵 실랑이를 하면서 가게 앞을 막고 있는 것도 곤란하고, 이참에 옆집하고의 관계가 좀 개선되었으면 좋겠다는 속셈을 가지고서 "내성 발톱이 생겼다는 발을 제가 잠시 봐도 될까요?" 하고 츠키시마가 제안했다.

"네일숍이라서 치료까지는 아니더라도 나름 대처할 방법이 있기는 하거든요."

"정말요~? 그럼 감사하죠! 와~ 진짜 다행이다. 그죠?!"

그 말에 표정이 환해진 여자가 마츠나가의 등을 마구 떠밀어서 '달과 별' 안으로 쑤셔넣었다.

마츠나가는 "이런 가게에 시커먼 늙다리 아저씨가 있으면 이상하잖아!" 하며 격렬하게 반발했는데, 여자는 전혀 아랑곳하지 않았다.

츠키시마는 부직포 마스크를 쓰고 계산대에 가까운 쪽 시술 의자로 마츠나가를 안내했다. 자기 할 일을 다 했으니 여자는 가겠지 하고 생각했는데, 예상과는 달리 "전부터 궁금했었는데, 가게 느낌이 좋네요~" 하고 두리번거리며 가게 안으로 같이 들어왔다.

가게는 츠키시마가 바닥을 새로 깔고 벽면에도 회칠을 하여 전체적으로 우드 느낌의 인테리어로 꾸몄다. 두 의자 사이에 있는 비즈 커튼은 반짝거리는 별들이 이어진 모양이고, 초록초록한 색이 어우러지게 화분도 몇 개 들여놓았다. 손님들이 시술을 받는 동안 조금이라도 일상에서 벗어나 느긋하게 보낼 수 있도록 개업 당시 돈이 궁한 와중에도 열심히 쥐어짜고 이리저리 궁리해서 차려놓은 결과물이다.

안정적이면서도 반짝이는 화사함이 공존하는 낯선 분위기에 기가 눌렸는지 마츠나가는 갑자기 얌전해지더니 츠키시마가 안내하는 대로 시술 의자에 앉았다. 사장님이 앉는 의자처럼 등받이와 팔걸이가 달린 검은 합성 가죽으로 된 의자다. 앉았을 때의 느낌을 중시해서 골랐기 때문에 푹신하고 편안하다.

좌우의 팔걸이 옆에 각각 작업대가 마련되어 있다. 손톱에 시술할 경우, 츠키시마는 바퀴 달린 둥근 의자에 앉아 좌우의 작업대를 왔다 갔다 한다. 시술 의자 앞에 고정 테이블을 놓고 얼굴을 마주 보며 시술하는 방식도 있는데, 츠키시마는 이렇게 좌우를 제각각 하는 방식을 더 좋아한다. 이렇게 하는 편이 손님도 한 자세로 뻣뻣하게 있지 않고 느긋하게 다리를 쭉 펴거나 등받이에 푹 기댈 수 있기 때문이다. 네일아트는 한쪽 손톱에 컬러 젤을 칠한 다음 LED 램프로 말리고, 그 위에 모양을 그린 다음 다시 말리는 식으로 조금씩 진행하기 때문에 두 손을 계속 가지런히 테이블 위에 올려놓고 있을 필요가 없다. 이렇게 왔다 갔다 하면서 진행해도 충분하고, 손님도 그동안 휴대전화를 만지거나 할 수 있다.

그런데 지금 문제가 된 것은 발톱이기 때문에 츠키시마는 시술 의자에 앉은 마츠나가의 정면으로 둥근 의자를 돌돌 굴려 끌어당겨 앉았다. 술집 단골로 추정되는 여자는 츠키시마 옆에 서서 걱정과 흥미가 뒤섞인 눈길로 사태를 지켜보는 중이다.

츠키시마는 의자에 앉은 채로 허리를 굽혀 맨발에 슬리퍼를 신은 마츠나가의 발톱을 내려다보았다.

"아, 왼쪽 발에 내성 발톱이 생겼네요. 그럼 슬리퍼를 벗고 발을 여기 올려주세요."

츠키시마는 허리를 다시 똑바로 세우고 자세를 고친 다음 검은 앞치마 위로 자기 허벅지를 탁탁 치면서 말했다.

"어엉?!"

마츠나가가 눈을 까뒤집으며 펄쩍 뛰었다.

"지금 나더러 그런 뻔뻔한 짓을 하라고?"

'지금 뭔 생각을 하는 거야? 잡소리 말고 그냥 올려놔!' 내심 그렇게 호통을 쳤다. 물론 겉으로는 전혀 내색하지 않고 "원래 발톱 손질을 할 때는 다 그렇게 해요. 괜찮습니다" 하며 눈으로 웃어준 다음 마츠나가의 왼쪽 발목을 확 잡아서 슬리퍼를 벗겨버리고 거의 억지로 허벅지 위에 발을 올려놓았다. 알코올 솜을 가지고 발등과 발바닥, 발가락 사이사이, 그리고 발톱과 발가락 틈새까지 꼼꼼하게 닦아내며 소독했다.

마츠나가의 발톱은 가지런히 깎인 상태였다. 손톱은 어떤가 싶어 슬쩍 봤더니 손톱도 짤막하게 깎여 있었다. 역시 요리하는 사람은 위생에 신경을 쓰는구나, 하는 생각이 들면서 마츠나가에 대한 인상이 아주 조금 좋아졌다.

그런데 좀 이상한 점은 내성 발톱이 된 왼발 엄지발톱만 다른 발톱들과 길이가 다르다는 점이었다. 다른 발톱들은 발가락 끝에 맞춰서 가지런히 깎였는데 엄지발톱 길이만 발가락보다 2밀리미터 정도가 짧았다. 그래서 발톱 끝이 살에 파고들게 된 것임을 짐작할 수 있었다.

발톱을 너무 짧게 잘라서 그랬다기보다 이건······. 츠키시마가 고개를 들었다.

"저 혹시, 이 발톱은 빠졌다가 다시 자라는 중인가요?"

"아니, 보기만 했는데도 그런 것까지 알 수 있나?"

츠키시마가 발을 만지는 내내 불편한 기색으로 눈길을 딴 데로 돌리고 있던 마츠나가가 몸을 앞으로 내밀면서 물었다.

"맞아. 철판을 닦다가 손에서 미끄러져서 떨어뜨렸는데 그걸 직방으로 맞으면 발이 아작나겠다 싶어 피하다가 선반 모서리에 왼발 엄지발가락이 걸렸는지 발톱이 확 벗겨지더군."

"힉~!"

여자가 옆에서 소리를 냈다. 여전히 갈 기색이 없었다. 마냥 서 있게 하기도 그럴 것 같아 츠키시마가 "저쪽에 남는 의자가 있으니까 앉아서 보세요" 하고 손으로 가리켰다.

여자는 왼쪽 작업대 밑에 있던 바퀴 달린 둥근 의자를 츠키시마 옆으로 끌고 와서 앉았다.

마츠나가는 자기가 겪은 비극에 대한 이야기를 계속했다.

"와~, 얼마나 아픈지 정말 죽을 것 같더군. 정형외과에서 연고를 받아서 바르고 거즈를 대고 밴드를 붙였는데 뭔지 모를 진액 같은 게 자꾸자꾸 나오더라고."

"으아~!" 옆에 있는 여자가 또 소리를 질렀다.

"그러다 좀 지나니까 새 발톱이 조금씩 자라서 이 정도까지 회복했지. 그런데 이번에는 발톱이 살을 파고들기 시작하는데 이것도 장난 아니게 아픈 거야."

역시 그랬구나, 하고 츠키시마는 생각했다. 이야기를 듣다 보니 마츠나가가 언제 다쳤는지 짐작할 만한 일이 생생하게 떠올랐다.

반년 전쯤이었다. 어느 날 저녁, 옆의 '딱 한 잔'에서 뭔가 부딪치는 소리와 함께 죽을 것처럼 절규하는 남자의 비명이 들렸다. 한참 네일 시술 중이던 츠키시마는 자기도 모르게 얼굴을 들어 손님과 마주 보았다. 그러나 손톱에 올린 큐빅을 빨리 말려야 하는 시점이었고, 마츠나가와 친한 사이도 아니어서 '에라 모르겠다' 하고 무시하기로 했다. 물론 머리에 무거운 냄비 같은 게 떨어져서 죽은 거면 어떡하지 하는 찜찜한 마음이 남기는 했다. 하지만 그날 밤도 '딱 한 잔'은 어김없이 손님들로 북적여서 별 생각 없이 지나치고는 까맣게 잊고 지냈다.

틀림없이 그날 밤에 마츠나가의 발톱이 빠진 것이다. 그러나 츠키시마는 냉담하게 모르는 체했던 자신의 대응에 대해서는 언급하지 않고 "큰일을 겪으셨네요. 손톱이나 발톱이 한번 완전히 빠지고 새로 날 때 살 속으로 파고드는 내성 손발톱이 되는 경우가 종종 있다고 하더라고요." 하며 고개를 끄덕였다.

"그런 경우가 아니더라도 발톱은 평소에도 될 수 있는 한 모서리가 안으로 들어가지 않게 직선으로 깎는 게 내성 발톱을 방지하는 요령이에요."

"그래서 이 발톱은 고쳐질 수 있을 것 같아요?"

옆에 앉은 여자가 츠키시마의 허벅지 위에 올려진 마츠나가의 발을 들여다보며 물었다.

"네. 내성 발톱 중에서도 아주 심각한 편은 아니니까 아마 가능할 거예요."

츠키시마는 일단 마츠나가에게 발을 내려달라고 한 다음 벽걸이 선반에서 필요한 물품들을 꺼내 왔다. 2센티미터 정도 되는 얇고 가는 투명 플레이트와 액상 접착제가 든 작은 병이다. 풋 케어의 일환으로 내성 발톱인 손님에게 쓰려고 가게에 상비하는 물품이다. 내성 발톱에 시달리는 여성들은 생각보다 많다. 직장의 복장 규정 탓에 발끝이 뾰족하게 좁아지는 구두를 신어야 하는 것이 원인 중 하나가 아닐까 하는 게 츠키시마의 생각이다.

둥근 의자에 다시 앉은 츠키시마가 말했다.

"가마보코(판자에 다진 어육을 반달 모양으로 덮어서 찐 어묵의 한 종류/역주)의 판자를 발가락, 가마보코 본체를 발톱이라고 생각해주세요."

"갑자기 무슨 가마보코?"

"발가락은 너무 가늘고 발톱은 너무 두툼해서 비유가 좀 이상하기는 하죠?"

마츠나가와 여자는 당혹스러운 표정이었지만 상관하지 않고 설명을 계속했다.

"어쨌든 모양만 상상해보자면 내성 발톱은 가마보코처럼 발톱이 휘어진 상태라는 뜻이에요. 그렇게 구부러진 발톱 양쪽 끄트머리가 살에 파고들어서 아픈 거죠. 그래서 이걸 그 구부러진 부분에 붙이는 겁니다."

손가락으로 집은 작은 플레이트를 두 사람에게 보여주었다.

"특수 수지로 되어 있어서 평평한 상태로 돌아가려는 성질이 아주 강하니까 이걸로 휜 발톱을 끌어올리는 거죠."

"그렇군. 그럼 나중에는 네모난 가마보코가 되겠네."

마츠나가가 생각에 잠긴 표정으로 말했다.

"네모난 가마보코가 없는 건 아니지만 그래도 반달 모양이 아니면 가마보코 같은 느낌이 안 들 텐데."

"그래요? 난 네모난 가마보코도 괜찮던데."

예를 가마보코로 들었더니 이야기가 자꾸 엉뚱한 방향으로 흘러갔다.

"어쨌든!" 하고 츠키시마가 이야기를 매듭지으려고 나섰다.

"이 플레이트는 구부러진 발톱을 되도록 평평하게 만들어서 발톱하고 발가락이 평행에 가까워지도록 하려고 붙인다는 거예요. 장력이 꽤 세서 발톱을 들어올리기 때문에 붙이자마자 금방 아픈 게 나아졌다고 하는 분들도 상당히 많아요."

"아저씨, 그냥 해달라고 해요."

조림 안주가 걸려 있어서 그런지 여자 단골이 열심히 권했다. 츠키시마는 서둘러 주의 사항을 덧붙였다.

"다만 전용 접착제를 사용하기 때문에 자기 힘으로는 뗄 수 없어요. 시간이 지나면 플레이트의 장력이 약해지니까 한 번 붙이고 그냥 내버려두면 발톱이 또 구부러져서 다시 아플 겁니다."

"히익~!"

"그러니까 한 달 정도 간격으로 여기에 오셔서 플레이트를 교체해주셔야 합니다. 사람에 따라서 결과는 다르지만 6개월이 지나서도 내성 발톱이 고쳐지지 않으면 병원에 가시는 걸 권유해드리고 있어요."

이제까지의 경험으로 비춰보면 마츠나가의 내성 발톱은 비교적 가벼운 수준이다. 게다가 항상 슬리퍼를 신고 다녀서 발끝이 편안한 상태니까 플레이트로 2–3개월 정도 발톱 휨새를 교정한 다음, 발톱을 깎을 때만 각도를 조심하면 자연스레 평평한 발톱으로 돌아갈 것이다.

비용을 알려주고 시술에 30분가량 소요된다고 했다. 마츠나가는 팔짱을 끼고서 잠시 고민하는 듯했는데, 이대로 두면 아픈 게 신경 쓰여서 일이 손에 잡히지 않을 것 같다고 판단한 모양이다.

"알았소. 그럼 그 플레이트인지 뭔지 붙여보는 걸로 합시다."

그렇게 말하더니 이번에는 솔선해서 슬리퍼를 벗고는 허공에 발을 내밀었다. 팔짱을 푼 두 손으로 팔걸이를 꽉 잡고 있었다. '산 제물이 되어 죽을 각오를 한 소녀' 같은 그 비장함이 우습기도 하고 딱하기도 했다. 그래서 츠키시마는 마츠나가의 발을 잡아 자기 허벅지에 올리면서 "통증은 거의 못 느끼실 거예요" 하고 말해 주었다.

"거의라니. 그럼 아닐 수도 있다는 거네."

겁에 질린 마츠나가가 발을 빼려고 힘을 주는 한편, 옆에 있던 여자 단골은 어떻게든 안주를 먹어야겠는지 "아저씨, 파이팅!" 하며 무책임하게 격려했다.

플레이트를 붙이는 시술 자체는 아프지 않은데 내성 발톱의 경우 발가락과 발톱 사이의 틈새가 좁아진 상태여서 사전 준비 작업으로 발톱 안을 깨끗하게 정리할 때 아파하는 사람들이 간혹 있다. 그러나 발톱 안쪽에 지저분한 때가 많이 끼어 있어서 발톱이 이상한 형태로 자라는 경우도 있기 때문에 재발 방지를 위해서라도 꼭 해야 하는 작업이다.

하지만 아무리 아프지 않다고 말로 해봐야 벌써부터 겁에 질린 마츠나가의 불안을 완전히 없애주지는 못할 것이다. 실제로 경험하게 하는 방법이 최고다. 츠키시마는 마츠나가의 발에 상처가 있거나 곪은 부분이 없는지 꼼꼼히 살폈다. 엄지발가락에 시선을 받은 마츠나가가 발끝을 오므렸다.

"벌써 시작한 건가?"

"네, 시작했어요."

츠키시마는 엄지발톱 전체를 네일 파일로 가볍게 갈아준 다음 작업대에 있는 연필꽂이에서 세라믹 푸셔를 집었다. 세라믹 푸셔는 펜처럼 생겼는데 손잡이는 플라스틱이고 끄트머리는 세라믹이다. 세라믹 부분은 새 립스틱처럼 원기둥을 비스듬히 깎아낸 모양이다. 이 비스듬한 경사면과 그 끄트머리의 뾰족한 부분을 손발톱의 둥근 부분에 잘 맞춰서 손발톱 뿌리 부분의 얇은 피부인 큐티클을 밀어올린다. 손발톱이 상하지 않게 힘 조절을 잘 하는 게 포인트다.

날랜 동작으로 큐티클 정리를 마칠 즈음이 되자 마츠나가의 긴장도 어지간히 풀려 보였다. 옆에 앉은 여자는 마츠나가의 발톱을 다루는 츠키시마의 손동작을 진지한 눈길로 뚫어지게 바라보고 있었다. 평소에는 시술을 하는 동안 옆에서 누군가 구경하는 경우가 거의 없기 때문에 츠키시마로서는 그 시선이 영 불편했다.

여자의 존재를 가능한 한 머릿속에서 지우고 인그로운 토네일 파일로 도구를 바꿨다. 인그로운 토네일 파일이란 내성 발톱에 쓰는 파일의 일종이다. 세라믹 푸셔와 마찬가지로 펜처럼 생겼는데 전체가 스테인리스다. 쓰임새에 따라 끝부분의 모양이 여러 가지인데, 오늘은 끄트머리 한쪽이 아주 가는 귀이개처럼 생기고 다른 쪽은 주걱 모양으로 된 것을 골랐다.

발톱은 우리가 목욕하면서 나름 열심히 씻는다고 생각해도 피지나 각질이 쌓이기 쉬운 곳이다. 귀이개 모양의 끝을 발톱 안쪽과 양 끝에 살짝 찔러넣어 틈새에 때가 끼지 않았는지 살펴나갔다. 마츠나가는 직업 때문인지 발끝까지도 깨끗하게 관리하려고 노력하는 모양이다. 그래서 눈에 띄게 지저분한 곳은 없었다.

발톱 주변이 해결되자 이번에는 주걱 모양의 끝을 써서 살 속으로 파고든 발톱 가장자리를 살짝 들어올렸다.

"아야야야야!"

마츠나가가 팔걸이를 꽉 잡고 비명을 질렀다. 몸에 힘이 들어가는 게 느껴졌다.

"히익~!"

옆에 앉은 여자도 자지러졌다.

"죄송하지만 조금만 참아주세요."

츠키시마가 반대편 가장자리도 주걱 모양 끄트머리로 들어올리며 설명했다.

"이렇게 하고서 플레이트를 붙이면 훨씬 더 효과적이거든요."

"누구는 죽을 지경인데 누구는 아무렇지도 않게 설명을 하고 있네!"

"고문이나 다름 없는 것 같네요!"

마츠나가와 여자가 큰일이라도 난 것처럼 난리법석을 떨었다. 그러나 발톱이 빠졌을 때의 아픔에 비하면 이 정도는 아무것도 아닐 텐데 하고 생각하며 츠키시마는 담담히 할 일을 했다.

간신히 기초 준비를 마친 츠키시마가 마츠나가의 엄지발톱에 플레이트를 대봤다. 플레이트는 다양한 길이로 나오기 때문에 그중에서 발톱 폭에 가장 잘 맞는 것으로 고르면 된다. 몇 개를 이리 저리 가져다 대본 후에 '이게 가장 잘 맞겠네' 싶은 플레이트를 다시 마츠나가의 발톱에 대고서 최종 확인을 했다.

가장 심하게 발톱이 파고든 부분에서 약간 틈을 두고 끄트머리 쪽으로 붙이는 게 좋을 것 같았다. 플레이트에 전용 접착제를 바른 다음 미리 생각해둔 위치에 꾹 눌러 붙였다. 그런 다음 내성 발톱용 파일로 플레이트를 지그시 누르고서 접착제가 굳을 때까지 잠시 기다렸다.

최고조로 아픈 시점이 지나갔음을 알아차린 모양인지 마츠나가가 "그러나저러나" 하며 입을 뗐다.

"손톱에다 덕지덕지 뭘 칠하고 붙이고……. 뭐가 좋다고 그러고 다니는지, 원. 요리하거나 할 때 걸리적거리지 않나?"

그럼 그렇지! 네일아트를 안 좋게 보는 사람들이 흔히 하는 말들이다. 속으로 그런 생각을 하면서도 츠키시마는 "익숙해지면 괜찮아요~" 하고 적당히 대꾸했다.

지금 츠키시마의 손톱은 각종 큐빅과 반짝이들이 잔뜩 붙은 화려한 디자인으로 꾸며져 있다. 스컬프처(아크릴 등을 이용해 연장한 인조 손톱/역주)라는 연장기법으로 원래 손톱보다 더 길게 덧붙이고 끄트머리를 뾰족한 모양으로 만들었다. 손톱 면적이 넓은 편이 다양한 네일아트를 하기 편해서 손님들이 디자인을 참고할 수 있도록 샘플처럼 보여주기 좋다. 손톱에 아크릴 재질을 붙여 본래보다 길게 만들려면 기술이 필요하다. 따라서 네일아트의 완성도를 본 손님들은 츠키시마가 '실력 있는 네일 아티스트'임을 알아볼 수 있고, 마음 놓고 자기 손톱을 맡길 수 있기도 하다.

"그런 손톱으로 캔 같은 건 어떻게 따나?" 같은 질문을 하는 사람들이 많은데, 츠키시마는 그 질문의 전제 자체가 틀렸다고 생각한다. 네일아트를 했건, 그냥 맨 손톱이건, 손톱은 처음부터 뚜껑을 따기 위해 존재하는 도구가 아니다. 뚜껑을 따기 힘들면 포크 같은 것을 써서 지렛대 원리로 열면 된다. 굳이 억지로 손톱으로 따려다가 상하게 하지 않았으면 좋겠다.

실제로 츠키시마는 아무리 손톱을 길게 늘여 붙이고 그 위에 덕지덕지 장식해도 쌀알에 피카츄를 그릴 수 있다. 바로 지금도 마츠나가의 엄지발톱에 2센티미터가 채 안 되는 플레이트를 올릴 위치를 정밀하게 찾아내어 엄지발톱에 붙이는 중이 아닌가? 이것보다 더 세밀한 작업이 필요한 요리가 과연 있을까? 궁중 만찬회에 내놓을 요리를 장식하고자 다진 당근을 한 톨씩 집어올리는 그런 일이 아니라면 말이다. 설사 그런 작업을 해야 한다고 해도 젓가락이나 핀셋을 쓰면 된다. 손톱을 연장하고 화려한 네일아트를 했어도 젓가락을 사용하는 데에는 전혀 지장이 없다. 음식을 하기 전에는 반드시 손을 깨끗하게 씻기 때문에 자신이 만든 요리를 먹고 식중독에 걸리거나 체한 적도 없다.

그리고 '달과 별'을 찾는 손님들 대부분은 짧은 손톱에 시술을 받기를 원한다. 현실을 알아주지 않는 데에 대한 서운함과, 허탈함에서 나오는 한숨을 츠키시마는 속으로 삼켰다. 네일아트라고 하면 영화 「서태후」에 나오는 길고 거추장스러운 인조 손톱을 상상하는 사람도 있는 모양인데, 실상은 우리의 일상과 훨씬 더 가깝고, 그 일상을 더욱 설레고 반짝이게 해주는 즐겁고 아름다운 것이다.

그러나 마츠나가는 애시당초 네일아트에 대한 흥미조차 아예 없을 테니 반론해봐야 아무 소용이 없다. 츠키시마는 지금까지 똑같은 질문을 수없이 듣고 편견 어린 시선을 받으며 살아왔기에 그 부분에 대해서는 이미 포기한 상태다. 그저 묵묵히 내성 발톱용 파일로 플레이트 양쪽 끝을 발톱에 대고 눌러 제자리에 붙이는 데에만 전념했다.

그래서 옆에 있던 여자가 볼멘소리로 "아저씨, 나한테도 그런 식으로 자주 말하는데 그건 이상하지 않아요?" 하며 따지고 드는 것을 보고 좀 놀랐다.

"예를 들면 '에이삽 록키'한테 그런 식으로 물어볼 수 있어요?"

"그게 누군데?" 마츠나가가 당황한 표정으로 고개를 갸웃거리자, "잘나가는 래퍼라고 몇 번이나 말해줬잖아요?!" 하며 여자가 성질을 냈다.

"그 사람이 멋진 건 랩의 라임도 최고지만 패션도 미쳤기 때문이라고요. 네일아트도 최고로 멋지고요. 그런데 그 사람한테 '그런 손톱으로 요리는 어떻게 하냐?'고 묻는 정신 나간 인간이 있을 것 같아요?"

"그건 그 남자가 래퍼니까 그런 거 아냐? 잘은 모르겠지만."

마츠나가가 대답했다. 츠키시마도 음악에 대해서는 잘 모르는 편이라 에이삽 록키가 누군지 전혀 모른다. 그래서 속으로 마츠나가의 대답에 반쯤 수긍했다.

"그게 잘못된 생각이라는 거예요" 하며 여자가 단정 지었다.

"이분은……" 하며 츠키시마를 손으로 가리켰다. "네일 아티스트고, 난 백수예요. 에이삽 록키의 직업이 래퍼인 것처럼 음식하고 아무 상관이 없는 직업인 거죠."

백수도 직업인가, 하는 의문을 살짝 가지면서 츠키시마는 착실하게 작업을 이어나갔다. 최대한 울퉁불퉁한 부분이 없도록 하며 원래 발톱과 비슷하게 느껴지도록 플레이트의 두께를 맞춰서 파일로 갈았다.

"그런데도 아저씨가 여성의 네일아트를 보고 맨 먼저 요리가 어쩌구 하는 말을 꺼낸 건 '여자는 요리하는 게 당연하다'는 고정관념을 가지고 있어서잖아요? 그건 완전 구시대적 사고죠. 요리를 하건 말건 남이 알 바 아니고, 어떤 입장에 있건, 아니면 남자건 여자건 자기가 하고 싶으면 네일아트를 할 수 있는 거니까. 나 같은 사람은 네일아트를 했든 안 했든 요리를 못 하고, 하고 싶은 마음도 없어서 남이 해주는 맛있는 걸 먹으려고 매일같이 '딱 한 잔'에 붙어 사는 거고."

무슨 이유에서인지 마지막에는 가슴을 펴고 한껏 으스대며 말했다. 마츠나가는 여자의 당당한 기세에 눌렸는지 "어……가게에 자주 와주니까 나야 고맙기는 하지……" 하고 웅얼거렸다.

츠키시마는 픽 터져 나오려는 웃음을 참고 베이스 코트를 칠하듯이 발톱 전체에 전용 접착제를 발랐다. 걸리는 부분이 조금이라도 있으면 자칫 플레이트가 떨어져나갈 수 있다. 표면이 매끄럽게 마무리되었는지 마츠나가의 발을 눈앞에 들어올려 찬찬히 살펴본 다음 스프레이로 접착제를 굳혔다. 일하느라 손을 떼지 못해 그렇지 속으로는 여자의 주장에 박수를 보내고 있었다.

"이제 따뜻한 물수건으로 발을 한 번 감싸주고 풋 케어 전용 크림을 바르면 끝입니다."

"크림?! 됐어, 됐어! 풋 케어니 뭐니 하는 걸 받을 만큼 고운 발도 아니고."

마츠나가가 한사코 거절하는 바람에 솔로 발톱에 묻은 가루만 털어내고 보습 성분이 든 큐티클 오일만 발톱에 바른 다음 시술을 마쳤다.

"엄지발톱 하나만 맨들맨들한 게 영 어색하네."

마츠나가는 감탄과 쑥스러움이 뒤섞인 말투로 중얼거리더니 츠키시마의 허벅지 위에 있던 발을 내려 슬리퍼를 신었다. 그리고 천천히 일어서서 제자리걸음을 두세 번 해보았다.

"플레이트를 붙였을 때부터 그런 느낌이 들기는 했는데……진짜로 안 아프네?!"

"진짜 다행이네요, 아저씨. 그럼 조림 안주 만들어주는 거죠!"

마츠나가는 무뚝뚝하게, 여자는 밝은 목소리로 츠키시마에게 고맙다고 인사한 다음 가게에서 나갔다. 마츠나가가 계산하는 동안 여자는 츠키시마가 계산대 위에 올려둔 샘플 네일팁을 유심히 들여다보았다.

뭔가 작은 태풍이 휘몰아치고 지나간 느낌이었다. 두 사람을 배웅한 츠키시마는 양팔을 교차해서 어깨에 올려 주물렀다. 예약이 취소되어 비었던 시간에 생각지도 못하게 일한 셈이어서 다음 예약 손님이 올 시간이 다 되었는데도 태풍이 지나고 난 하늘처럼 어딘지 맑고 시원한 기분이 들었다.

오늘처럼 내성 발톱을 교정하는 시술을 하려면 별도의 교육 프로그램을 수강해야 한다. 열심히 배워서 이론과 기술을 갖춘 덕분에 한 사람을 내성 발톱의 고통에서 벗어나게 해줄 수 있었다. 그 상대가 평소에 고깝게 보이던 마츠나가라 할지라도 네일 아티스트로서는 내성 발톱을 가만히 내버려둘 수가 없다. 나는 충분히 나의 직업적인 의무를 다했다. 츠키시마는 콧노래를 흥얼거리면서 사용한 수건을 교체하고 시술 의자와 작업대를 소독했다. 계산대로 돌아가 허겁지겁 케이스 안의 샘플 네일팁을 새것으로 바꿔 넣었다.

문 쪽에 인기척이 느껴져서 "어서 오세요" 하며 웃는 얼굴로 돌아보았다. 그런데 예상과는 달리 예약 손님이 아니라 좀 전까지 마츠나가와 함께 있던 여자가 문가에 서 있었다.

"저, 이거요."

여자는 그렇게 말하며 B5 크기의 갈색 서류 봉투를 두 손으로 내밀었다.

"오사와 호시에라고 합니다. 여기서 일하게 해주세요. 잘 부탐다~!!"

잘 부탐다? 아아, '잘 부탁합니다'라는 말이구나, 하고 츠키시마는 생각했다.

"그래서? 그 여자를 채용하기로 한 거야?"

휴대전화에서 들리는 호시노 에리의 목소리가 웃음기를 머금고 있었다.

"오늘 처음 본 사람인데 어떻게 바로 결정해?"

츠키시마가 침실 창문을 닫았다. 아래층에서 들려오던 '딱 한 잔'의 떠들썩한 소리가 약간 멀어졌다. 오사와는 그렇게 먹고 싶다던 조림 안주를 무사히 먹고 있으려나?

네일숍 '달과 별'의 2층, 츠키시마가 사는 거주 공간의 계단 바로 앞에는 다다미 6장 크기의 나무 바닥으로 된 방이 있는데 이곳을 식탁이 있는 부엌 공간으로 쓰고 있다. 화장실과 욕실로 들어가는 문과 세탁기도 여기에 있어서 빈 공간이 없다.

부엌과 나란히 다다미가 깔린 비슷한 크기의 방이 있고, 상점가 쪽으로 난 창문이 이 방에만 있어서 부엌 공간과 구분하는 장지문을 아예 떼버렸다. 침대와 TV를 들여놓은 이 방을 거실 겸 침실로 쓰고 있다.

낡은 건물이기는 하지만 조금이라도 더 아늑하고 기분 좋게 살기 위해 가구를 되도록 비슷한 느낌으로 맞췄다. 허리 높이의 창문 밖에 설치된 추락 방지용 손잡이에 화분을 나란히 놓고 꽃과 관엽식물들을 키우는 중이다. 대파 뿌리만 잘라서 다 쓴 플라스틱 두부 팩 안에 꽂아 수경재배를 해서 이파리 부분이 자라면 잘라서 요리에 쓰기도 한다.

평소라면 집에 들어왔으니 느긋하게 긴장을 풀고 맥주라도 한잔 하겠지만 오늘 밤에는 스피커폰을 켠 휴대전화를 한 손에 들고 힘없이 침대 옆 방바닥에 주저앉았다.

"일단 이력서만 받아놓고 자세한 이야기는 내일 하자고 했어."

"미사, 너, 꽤 오랫동안 같이 일할 사람을 찾았잖아? 그럼 잘 된 것 아냐?" 하며 호시노가 속 편한 말투로 물었다.

"그 여자도 자격증은 있을 거 아냐?"

츠키시마는 침대 옆 테이블에 올려놓았던 오사와의 이력서를 끌어당겨서 다시 한번 죽 훑어봤다.

"응. 네일 아티스트 검정시험 2급이네."

"그럼 같이 일하면서 이것저것 가르쳐주면 금방 1급 딸 수 있겠네. 뭐가 문제인 거야?"

호시노의 질문을 들은 츠키시마는 한순간 할 말이 없었다.

호시노와는 미용전문학교 시절에 알게 되어 그 뒤로 계속 친하게 지내왔다. 그저 단순히 친한 친구에 그치지 않고 한때는 네일숍을 공동으로 운영하던 비즈니스 파트너기도 했다. 4년 전에 뜻하는 바가 있어 츠키시마가 먼저 "각자 독립하자"는 말을 꺼냈다. 각자의 숍을 열고 나서도 우정은 변하지 않았다. 매일 얼굴을 보지는 못하지만 꽤 자주 연락을 주고받는다.

츠키시마가 숍 이름을 '달(츠키)과 별(호시)'로 정한 이유 또한 서로 다른 길을 걷게 되었어도 호시노와 함께했던 시간을 잊지 않고 소중히 간직하고 싶었기 때문이다. 너무 감상적인가 싶어 좀 낯간지럽기는 했지만 호시노의 숍 이름도 '천체'다. 왜 그런 이름으로 했는지 물어보지는 않았어도 천체 중에 당연히 '달(츠키)'도 포함되어 있겠거니 하며 혼자 해석했다. 마음이 놓이면서도 더욱 낯간지러운 느낌이 들었다. 서로의 10대 시절까지 알고 있어서인지 츠키시마는 30대 중반이 넘은 지금까지도 호시노를 자꾸 의식하게 되고 얼마나 거리를 둬야 할지 몰라 망설이기도 한다.

지금도 츠키시마는 사춘기 소녀처럼 우물쭈물 쑥스러워하면서 "오사와 씨의 이름이 '호시에'란 말이야" 하며 채용을 주저하는 이유를 말했다.

"그게 뭐?" 하며 미심쩍어하는 호시노에게, "너무 딱 들어맞는다고나 할까, '달과 별'이라는 우리 숍 이름도 오사와 씨 때문에 생겼겠구나, 하고 오해받을 수 있을 정도로 그럴듯한 이름이잖아" 하고 기어이 속내를 털어놓았다.

"뭐야~? 그런 말도 안 되는 이유로 귀중한 인재를 놓치려고?"

"힝~"

경영이라는 냉정한 현실을 앞에 두고 가게 이름에 담긴 사춘기 소녀 같은 감상 따위는 고려할 여지가 없었다. 츠키시마는 더욱 마음에 걸렸던 점을 자백했다.

"게다가 오사와 씨의 네일아트 감성이 에리 너랑 좀 비슷하단 말이야……."

오사와가 이력서를 냈을 때 츠키시마는 "오사와 씨 손의 그 네일아트는 어느 가게에서 했어요?"라고 딱 하나만 물어보았다.

오사와가 네일 아티스트임을 알게 된 시점에서 이미 짐작은 하고 있었는데, 역시 예상대로 대답은 "아, 이건 제가 한 거예요"였다. 오사와는 별로 자신은 없는 듯하면서도 츠키시마에게 제대로 판단을 받으려는지 손등을 위로 양손을 활짝 펴서 보여주었다. 10개의 손톱에서 춤추는 정열적인 색채들. 혼돈과 조화. 츠키시마는 눈부신 그 색채의 향연에 마음이 약간 아려오는 듯한 느낌을 받으며 "그래요" 하고 고개를 끄덕이는 수밖에 없었다.

휴대전화에서 한숨 같은 호시노의 작은 웃음소리가 들렸다.

"바보같이 왜 그래~."

지금까지 둘이 함께 경험한 온갖 감정과 모든 시간을 한데 모아 놓은 듯, 봄밤 그 자체처럼 부드러운 목소리였다.

이튿날 저녁 7시. 약속대로 오사와가 '달과 별'에 왔다.

전날의 강렬한 첫인상 때문에 츠키시마는 오사와가 그토록 찾던 조림을 안주 삼아 미리 한잔 걸친 상태로 나타나도 절대 놀라지 말아야지, 하는 각오까지 하며 기다렸다. 그런데 막상 눈앞에 나타난 오사와는 맨정신인 것은 물론이고 오늘의 만남이 일종의 면접이라고 생각했는지 취준생들의 유니폼이라고 할 수 있는 감색 정장 차림이었다. 한눈에 봐도 어색한 차림이었고 전문학교 시절 면접용으로 샀을 것으로 짐작되는 싸구려 원단이었지만 그 옷차림으로 오사와의 마음가짐을 충분히 알 수 있었다. 또한 무슨 일이 있어도 옆집의 조림 안주를 먹지 않으면 못 사는 특이체질은 아니구나 싶어서 츠키시마는 마음이 좀 놓였다.

"어제는 감사했어요."

오사와가 가게 문 앞에서 고개를 숙였다.

"덕분에 아저씨 컨디션이 너무 좋아져서 나중에 가게로 갔더니 토란 조림을 서비스로 주더라고요."

그럼 그렇지, 또 조림이 등장하는군. 츠키시마는 터져나오려는 웃음을 참으며 "다행이네요" 하고 작업용 둥근 의자를 가리키며 앉으라고 권했다.

마지막 손님이 막 나간 참이어서 오사와에게 잠시 기다리라고 하고는 시술 의자와 작업대를 재빨리 소독하고 세탁기에 수건을 던져넣은 다음 타이머를 돌렸다.

가게 문 닫을 준비를 마치고 나서야 츠키시마도 겨우 또 하나의 둥근 의자에 자리를 잡았다. 시술 의자 앞에서 오사와랑 마주 보는 형태가 되었다. 오사와는 긴장된 얼굴로 손바닥을 치마 허벅지 부분에 문질러댔다.

그러고 보니 아직 이름도 말하지 않았다는 사실을 깨닫고 "츠키시마 미사라고 해요" 하고 말한 다음 휴식 공간에서 들고 온 오사와의 이력서를 펼쳤다.

"이름이……오사와 호시에 씨라고 했죠?"

"네!"

"왜 우리 가게에서 일할 마음이 생긴 거예요? 보면 알겠지만 여기는 동네 상점가의 작은 가게라 기발하거나 참신한 네일아트를 주문하는 손님은 별로 없어요. 내 입으로 말하기 좀 뭐하지만 잔잔하니 재미없는 일이 대부분일 거예요."

"재미없을 것 같지 않던데요. 그리고 재미없어도 괜찮습니다!"

오사와가 허리를 꼿꼿이 세운 자세로 힘차게 대답했다. 내가 신병 군기를 잡는 건가? 하고 생각할 정도였다.

"사실 전문학교를 졸업한 뒤로 2년 동안은 헤어 쪽에서 일했었어요."

"여기 그렇게 쓰여 있네요." 이력서를 보면서 대답했다.

"재미는 있었는데 허리를 다치는 바람에 도저히 계속할 수가 없게 되었어요."

오사와는 공기가 빠진 인형처럼 허리를 굽혔다.

"학교 다닐 때 네일 아티스트 자격증도 땄었거든요. 이걸 하면 샴푸 손님의 머리를 계속 잡고 있느라 힘을 쓰지 않아도 되겠구나 싶어서 쇼핑몰 안에 있는 네일숍으로 이직했어요."

"그런데 1년도 채 되지 않아 그만뒀네요. 이유가 뭐예요?"

"그 가게는 손님의 회전율을 중시하는 곳이어서 손님들이 원하는 만큼 해드릴 수가 없었거든요. 일단은 정해진 패턴 중에서만 고르게 하고 빨리빨리 칠해서 다음 손님을 받으라는 식이었어요. 손님도 나도 기계가 아닌데 이게 뭐지? 이건 아닌 것 같은데…… 하고 점점 일하기 싫어져서 그만뒀어요. 굳이 그 가게를 디스하려는 건 아니지만……."

이 정도면 충분히 디스 맞지 않나? 츠키시마는 그렇게 생각하면서도 오사와가 무슨 말을 하려는 건지 충분히 알 것 같았다.

젤 네일의 경우 베이스 코트, 컬러 젤, 톱 코트를 몇 번씩 겹쳐 칠하고, 칠할 때마다 LED 램프로 굳혀야 한다. 시술에 시간이 걸리고 손도 많이 가는 만큼 손님과 대화를 통해 소통하는 시간을 되도록 짧게 해서 작업을 기계적으로 빨리 진행하려는 가게들이 있다. 안타까운 일이기는 하다.

"츠키시마 씨가 만든 샘플 네일팁은 하나같이 예쁘고 멋있더라고요." 하고 오사와가 힘주어 말했다.

"튀면 안 되는 일을 하는 손님이 고를 만한 디자인도 있고, 과감하게 시도하려는 손님을 위한 디자인도 있어서 다양한 사람들이 일상적으로 즐길 수 있는 네일아트라는 생각이 들었어요. 게다가 술집 아저씨가 충분히 납득할 때까지 끈기 있게 차근차근 내성 발톱에 대한 대처 방법을 설명하셨잖아요. 시술도 꼼꼼하면서 정확했고요. 그래서 나도 이런 가게에서 일하면서 진짜로 손님들이 좋아하는 네일아트를 하고 싶다는 생각이 들더라고요."

오사와의 열정과 진정성에 감명을 받아 츠키시마는 "그렇지! 그런 마음가짐이 중요해! 같이 잘해봐요!" 하고 엉겁결에 외치려다가 간신히 자기 입을 틀어막았다. 제자로 받아달라는 지원자를 뜨겁게 맞아들이는 라멘집 사장이 아니라고 스스로를 꾸짖었다. 물론 라멘집을 디스하려는 뜻은 아니다. 츠키시마한테는 일에 곧바로 투입할 수 있는 기술을 가진 사람이 필요하다. 오사와의 넘치는 의욕에 혹할 때가 아니라는 뜻이다.

그렇기는 해도 샘플 네일팁과 손님 대하는 태도를 오사와가 칭찬해준 게 기분이 좋아서 자꾸만 입꼬리가 올라가려는 것을 애써 태연한 척하며 "그렇군요" 하고 침착한 표정으로 끄덕였다.

"그럼 지금 내 손톱에 네일 시술을 해볼 수 있을까요?"

"실기시험이군요!"

오사와가 다시 자세를 곧추세우며 말했다.

"아, 뭐, 그렇게 거창한 건 아니지만 그래도 기술적인 부분을 좀 봐야 하니까요."

의자에서 일어선 츠키시마가 휴식 공간에서 앞치마와 부직포 마스크를 가지고 와서 오사와에게 건넸다. 실기시험의 실험체가 되기 위해 시술 의자에 앉은 다음 양옆에 있는 작업대에 각각 손을 올려놓았다. 마스크와 앞치마를 장착한 오사와가 둥근 의자에 앉은 채로 바퀴를 굴려 다가오더니 "실례합니다" 하고 우선은 츠키시마의 오른손을 들여다보았다.

"아, 츠키시마 님은 스컬프처를 하셨네요. 그런데 저는 지금까지 제 손톱으로 실험을 해본 적은 있어도 손님에게 스컬프처 시술을 해본 경험이 없어서……."

의기소침한 오사와의 자세가 또 구부정해졌다.

하긴 그렇겠지, 하고 츠키시마가 생각했다. 스컬프처는 아크릴 파우더와 아크릴 리퀴드를 섞은 것으로 인조 손톱을 만들어 붙여서 본래의 손톱을 연장하는 기법이다. 화려한 네일아트를 좋아할 만한 직업, 예를 들어 술집에서 일하는 여성이 손님으로 많이 오는 신주쿠나 롯폰기 등에 있는 네일숍이라면 이 기법에 대한 수요가 많을 것이다. 그러나 '달과 별'처럼 동네 사람들을 상대로 하는 지역 밀착형 가게의 경우는 스컬프처를 원하는 손님이 드물다. 그냥 짧은 자기 손톱에다 은은하게 네일아트를 해서 즐기고 싶다는 사람이 더 많다. 오사와가 예전에 일했다던 회전율을 중시하는 가게에서는 시술에 시간이 걸리는 아크릴 스컬프처 기법 같은 것은 아예 취급하지 않았을 가능성도 있다.

그러나 이 기법은 네일 아티스트가 반드시 습득해야 하는 중요한 기술 중 하나다. 일단 스컬프처 시술을 했으면 책임감을 가지고 애프터 케어에도 신경을 써야 한다. 최소한 3주에 한 번은 반드시 가게에 와서 연장한 스컬프처의 상태를 확인하고, 손톱이 길어져서 생기는 틈새와 들뜬 곳을 매만지고 모양을 다듬어서 네일아트를 깔끔하게 다시 칠해야 한다. 1번 연장을 하면 대개 3번까지는 이렇게 다듬기만 해도 그 상태를 유지할 수 있다. 하지만 그것도 손톱의 건강 상태나 단단함에 따라 달라진다. 적절한 타이밍에 스컬프처를 다시 하도록 안내하거나, 혹은 손톱을 잠시 쉬게 하도록 권하는 것도 네일 아티스트의 중요한 임무다.

그러니까 스컬프처의 경우, 원래 손톱을 더 길게 만드는 기법 그 자체도 중요하지만 애프터 케어를 하면서 섬세한 기술과 경험을 축적할 수 있고, 손님과의 신뢰 관계를 쌓기 위한 원활한 소통 능력도 필요하다. "해본 적이 없어서", 혹은 "찾는 손님이 많지 않아서"라는 변명으로 피하기만 하면 네일 아티스트로서 성장할 기회를 잃어버리는 꼴이다.

"몇 번 고치고 다듬었으니까 이제 슬슬 짧게 하려고요. 그러니까 이번에는 스컬프처를 제거했으면 좋겠네요."

츠키시마가 오사와에게 도움의 손길을 내밀었다.

"스컬프처 연장 방법과 다듬는 기술은 나중에 차차 익혀가면 될 거예요."

"나중에요?!"

오사와가 허리를 세우며 반짝이는 눈망울로 츠키시마를 바라보았다.

너무 기대하게 해서는 안 될 것 같아 "오사와 씨가 우리 가게에서 일하게 되면 그렇다는 거죠" 하고 서둘러 말을 보탰다.

그 말에 오사와가 "그렇겠죠……" 하며 달팽이처럼 자세가 다시 쪼그라들었다. 그래도 시술에 필요한 도구가 각각 작업대 어디에 있는지 알려주는 츠키시마의 설명을 진지한 표정으로 듣고는 스컬프처를 제거하는 작업을 시작했다.

오사와의 손놀림은 상당히 숙련되어 있었다. 평소 츠키시마는 자주 쓰는 브러시와 파일 등과 같은 도구들을 모두 연필꽂이에 꽂아놓고 쓴다. 오사와는 정확하게 줄눈이 굵은 파일을 찾아 꺼내들었다. 액체 리무버를 쓰기 전에 톱 코트를 먼저 갈아내려고 하는 모양이다. 츠키시마의 손톱에는 큼직한 큐빅 같은 것이 붙어 있어서 코팅을 위해 톱 코트를 꽤 두껍게 발라놓았다. 스컬프처를 효율적으로 빼기 위해서는 우선 그 톱 코트 부분을 전체적으로 갈아내야 액체 리무버가 쉽게 스며들어 작업이 빨라진다.

오사와는 파일을 츠키시마의 엄지손톱에 대고 슥슥슥 갈아내기 시작했다.

"앗 뜨거!"

츠키시마는 자기도 모르게 비명을 지르며 손을 움츠렸다. 마찰로 인한 열 때문에 손톱에서 불이 나는 것 같았다.

"죄송해요!" 하며 오사와가 손톱에서 파일을 뗐다.
"많이 아프셨어요?"
"네, 좀……."
톱 코트 밑으로 나름 두꺼운 인조 손톱이 있는데도 이렇게 열이 나고 아프다고? 원시인이 불을 피우는 것도 아니고, 도대체 얼마나 세차게 갈아대면 이런 거야?
"좀더 살살 했으면 좋겠네요."
"네."
오사와는 마른침을 삼킨 다음 신중하게 파일을 움직였다.
그러나 "아야야야!" 하며 츠키시마가 다시 몸을 뒤틀었다.
"죄송합니다……!"
"아니, 괜찮아요. 파일을 쓸 때 너무 힘을 주고 빠르게 움직이네요. 조금만 천천히 해봐요."
츠키시마는 오사와가 손톱 10개를 다 파일로 갈아내는 동안 온몸에 힘을 잔뜩 준 채로 겨우 버텼다. 츠키시마는 자기가 마찰열에 약한 편이라고 느낀 적이 여태껏 한 번도 없었다. 파일을 움직이는 폭이 너무 작다는 점 말고 무엇이 문제일까? 손톱에 대는 각도는 문제가 없어 보이니까 '실기시험을 치르고 있다'는 생각 때문에 오사와가 힘을 너무 줘서 그런가? 아니면 원래부터 힘이 너무 장사인 걸까?
파일로 갈아내는 작업이 어찌저찌 끝났을 때 츠키시마는 약간 진이 빠진 상태였다. 오사와는 잔뜩 신경을 곤두세우고 어떻게든 톱 코트 부분만 갈아내려고 애를 썼는데, 츠키시마는 언제 손톱에서 연기가 피어오를지 몰라 안절부절못하며 몸에 힘을 잔뜩 주고 있었다.

"저기, 오사와 씨."

"네!"

"파일 쓰는 법에 대해서는 주위에 가족이나 친구한테 부탁해 연습해서 힘을 어느 정도로 줘야 할지 연구해주세요. 손님들 중에는 뜨거워도 아무 말씀 없이 꾹 참기만 하는 분도 계시니까."

"네, 그렇게 할게요."

오사와는 낙담한 모습으로 대답했다.

"그런데 연습하게 해줄 사람이 있을지 잘 모르겠어요……. 전문학교에 다닐 때 친구들이나 부모님이나 그때 사귀던 남친한테 연습하게 해달라고 했는데, '다음에는 다른 사람한테 부탁하라'면서 다들 다시는 안 하겠다고 그랬거든요."

역시 내 착각이 아니라 마찰열이 엄청난 게 맞았네, 하고 생각했다. 그러나 오사와가 너무 풀이 죽어 있어서 일단 다른 질문을 던져보았다.

"전에 다니던 가게에서는 어떻게 했어요?"

"그때는 기계로 했어요."

"그렇군요."

톱 코트나 스컬프처를 갈아서 없애는 작업을 할 때 수작업으로 하지 않고 전동 기계로 하는 가게도 많다. 끝에 원기둥 모양의 작은 줄이 달린 연마기 같은 기계다. 생각보다 소리가 크고, 미세한 분진이 상당히 멀리까지 흩날리기 때문에 '달과 별'에는 들여놓지 않았다.

오사와는 기계로 톱 코트를 갈아내는 요령은 익혔어도 파일로 해볼 기회가 없어서 아직도 원시인 불 피우기 같은 상태를 벗어나지 못한 모양이다.

"어쨌든 어떻게 해서라도 실험, 아니, 연습 대상을 찾아봐요. 자꾸 해봐야 힘 조절을 어떻게 해야 하는지 알게 되니까."

"네!"

오사와는 다시 기운이 나는지 힘차게 고개를 끄덕였다. 그 순수하고 적극적인 태도를 보며 츠키시마는 '젊어서 좋네' 하고 늙은이처럼 생각했다. 그러는 한편, 앞으로 오사와의 파일 다루기 연습을 위해서 제물로 바쳐질 사람들의 손톱이 무사하기를 빌었다.

다음은 아세톤이 든 네일 리무버를 써서 인조 손톱인 스컬프처를 원래 손톱에서 벗겨내는 작업이다. 오사와는 작게 잘라둔 솜을 리무버에 적신 다음 츠키시마의 손톱 위에 올려놓고 알루미늄 포일을 사방 8센티미터의 정사각형으로 잘라 손가락 끝을 잘 감았다. 만두 빚기 달인처럼 날랜 손놀림이었다. 순식간에 츠키시마의 열 손가락 끝을 은색 포일로 감아버렸다.

이 작업은 안심하고 맡겨도 될 모양이네. 그렇게 판단한 츠키시마는 손가락 끝만 로봇이 된 기분으로 작업대 위에서 피아노를 치는 것처럼 은색 손가락을 놀렸다. 정말 오랜만에 다른 사람한테 네일 시술을 받아서인지 심신이 해방된 기분이었다. 료칸에서 맛있는 음식들을 실컷 먹고 나서 '맞다! 오늘은 설거지를 안 해도 되지' 하고 새삼스레 실감했을 때 같은 기분이다.

알루미늄 포일로 손가락을 감싸는 이유는 손톱에 솜을 밀착시키고 밀봉해서 리무버가 빨리 스며들게 하려는 것이다. 츠키시마는 서늘하게 젖은 솜이 손톱에 닿는 느낌을 좋아한다. 눈으로 보면 손가락만 기계가 된 것 같기도 하고, 혹은 무슨 음식 손질을 해놓은 것처럼 보이기도 해서 재미있다.

포일을 살짝 벌려서 리무버가 얼마나 스며들었는지 확인한 오사와는 연필꽂이에서 끄트머리가 주걱 모양인 금속제 푸셔를 집어들었다. 리무버 때문에 부들부들해진 스컬프처는 원래의 손톱에서 살짝 들뜨게 된다. 오사와는 그렇게 들뜬 스컬프처와 손톱 사이에 금속제 푸셔를 잘 밀어넣어서 인조 손톱을 벗겨냈다. 큐빅은 니퍼로 잡아서 밑에 달라붙어 있는 스컬프처까지 함께 과감하게 잘라냈다. 그렇다고 억지로 벗겨내지 않고 리무버가 비교적 덜 스며든 것 같은 부분에는 다시 젖은 솜을 얹고 알루미늄 포일을 감았다.

네일 아티스트가 쓰는 니퍼는 가정용 손톱깎이와는 달리 정원용 가위, 혹은 예전에 기차표 끄트머리를 잘라내던 가위처럼 꺾인 모양으로 생겼다. 츠키시마는 네일 아티스트가 되려고 공부를 시작했던 시절에 이 니퍼를 다루는 게 서툴러 고생을 많이 했다. 하지만 지금은 당연히 자유자재로 다룰 수 있다. 오사와 또한 익숙한 솜씨로 니퍼를 다뤘다.

모든 작업을 신속하고 깔끔하게 진행했다. 어째서 파일로 갈아내는 작업만 그렇게 못할까 하고 고개를 갸웃거릴 지경이었다.

모든 인조 손톱을 말끔히 제거한 오사와가 "손톱의 길이와 모양은 어떻게 해드릴까요?" 하고 웃는 얼굴로 물었다. 작업 하나를 잘 해낸 성취감이 느껴지는 표정이었다.

그러나 츠키시마는 "최대한 짧게, 모양은 둥글게 해주세요" 하고 잔뜩 경계하면서 주문했다. 손톱 모양을 다듬을 때도, 그리고 컬러 젤을 새로 바르기 전에 샌딩이라는 작업을 할 때도 파일을 쓰기 때문이다.

손톱 끄트머리를 파일로 갈아내서 짧고 둥근 모양을 잡는 데까지는 문제가 없었다. 다음이 샌딩인데 컬러 젤이 잘 칠해지도록 손톱 표면을 파일로 갈아서 맨질맨질한 부분을 없애는 작업이다. 가늘고 부드러운 파일을 쓰기 때문에 원래라면 마찰열이 발생하지 않는데 츠키시마는 이번에도 "앗 뜨거!" 하는 비명이 터져나오는 걸 억지로 참아야만 했다. 잡고 있던 손에 힘이 들어가는 게 느껴졌는지 오사와가 "죄송해요!"를 연발했다.

그 이후로 큐티클을 제거하고 투명한 베이스 코트를 칠한 다음 LED 램프에 넣어서 굳히는 것까지 순탄하게 진행되었다. 남이 쓰던 브러시를 쓰면 털의 휩새 등이 익숙하지 않아 아무래도 불편하기 마련인데 오사와는 얼룩지거나 번지는 곳 없이 아름답게 컬러 젤을 발라주었다.

장인은 연장 탓을 하지 않는다. 오사와는 예전에 다니던 가게를 그만둔 이후로도 자기 손톱으로 끊임없이 연습하며 기술을 닦아 온 모양이다. 아마도 파일을 사용하는 것 말고는 의욕 면에서나 센스 면에서나 흠잡을 데가 없겠구나, 하는 생각에 츠키시마는 내심 감탄을 금치 못했다.

무엇보다도 네일 시술을 하는 행위 자체가 너무 재미있는지 "디자인은 어떻게 해드릴까요?" 하고 생글생글 웃는 얼굴로 츠키시마를 올려다보았다. 츠키시마는 손목시계를 흘깃 쳐다보았다. 여기까지 오는 데에 60분이 걸렸다. 아크릴 스컬프처를 제거하는 작업은 익숙한 사람이어도 45분 이상 걸린다. 오사와의 경험치를 고려하면 속도도 괜찮은 편이다.

"이제 슬슬 배가 고프기 시작하니까 오사와 씨가 잘하는 디자인으로 해주세요."

"네일에 대한 제 열정을 쏟아내듯이 여러 가지 색을 확……"

"아니, 그렇게 하면 어떤 느낌일지는 오사와 씨의 네일을 보면 충분히 알 수 있어요" 하며 츠키시마가 말했다.

오사와의 손톱은 어제와 마찬가지로 수채화 물감이 그려내는 혼돈 속의 조화 같은 디자인이다. 굳이 제목을 붙이자면 '해방된 정신' 정도가 적당할 것 같다. 오사와의 반짝이는 개성이 자유분방한 붓놀림에 그대로 반영되었음을 충분히 느낄 수 있다. 그래서 오히려 기본적인 디자인을 그려내는 실력을 확인하고 싶었다.

"프렌치 네일로 부탁합니다."

프렌치 네일은 손톱 끝에만 컬러 젤을 칠하는 디자인이다. 직선으로 칠하기도 하고, 손톱의 곡선을 따라 아치형으로 칠하기도 하고, 칠하는 폭을 어떻게 하는지에 따라서도 다양하게 표현할 수 있다. 색깔이 일정한지, 브러시 자국 없이 매끈하게 칠하는지, 투명한 베이스 코트와 컬러 젤의 경계 부분이 비뚤어지지 않게 깔끔한 라인으로 만들어낼 수 있는지를 보면 실력을 알 수 있다. 기본 기법이기에 네일 아티스트의 역량이 더욱 분명하게 드러난다.

"어떤 색으로 해드릴까요?" 하고 물으면서 오사와는 주변을 둘러보더니 컬러 젤 샘플 네일팁이 가지런히 들어 있는 액자 케이스를 벽걸이 선반에서 들고 왔다. 벌써 '달과 별'에서 일하는 사람처럼 자기 마음대로 가게 비품을 만지는 것이었지만 츠키시마는 그런 오사와를 나무라고 싶지 않았다. 오사와가 너무 신나 보였기 때문이다. 규칙에 얽매이지 않고 천방지축처럼 보이는 오사와가 일할 때는 손님과 이것저것 상의하면서 디자인과 컬러를 즐겁게 정해나가는 방식을 좋아한다는 것을 알 수 있었다.

이 시점에서 츠키시마는 오사와를 채용해야겠다고 결심했다. 설사 프렌치 네일 실력이 엉망진창이라고 해도 그런 기술 정도는 츠키시마가 가르치고 오사와가 연습하면 되는 일이다. 그러나 네일아트를 사랑하고, 손님의 생각을 배려하며 시술하려는 마음가짐은 가르친다고 습득할 수 있는 게 아니다. 오사와는 네일 아티스트가 갖춰야 할 가장 중요한 소양을 이미 체득한 사람이다. 그러니 지금 당장 일에 투입해도 손색이 없다고 봐야 한다.

그렇다고 느닷없이 두 팔 벌리고 환영한다는 식의 태도를 보이면 우스워 보일 것 같아 츠키시마는 엄격한 교관의 가면을 벗지 않으려 애썼다. 그러나 츠키시마 또한 네일아트를 사랑하는 마음이 넘치는 사람이다. 오사와가 샘플 네일팁이 든 케이스를 내밀자 자기도 모르게 마음이 들떴다. 그래서 가게에 있는 100개가 넘는 컬러 젤의 색조와 질감을 모조리 숙지하고 있음에도 불구하고 "뭐가 좋을까?" 하며 죽 늘어선 네일팁에서 눈을 떼지 못했다.

"60번의 그린 색이 괜찮아 보이네요. 아치형 프렌치 네일로 하고, 폭은 약간 넓게, 손톱 가운데까지 칠해주세요."

"잘 고르셨네요. 다가올 계절이랑 딱 맞는 색깔 같아요."

오사와도 네일팁을 들여다보며 밝은 목소리로 말했다.

"아, 근데 지금 보니 68번 터키 블루 색도 예쁠 것 같은데······. 츠키시마 씨 피부색하고도 잘 맞을 것 같고, 봄날 하늘의 화사함 같은 것도 느껴지고······."

츠키시마는 눈을 들어 오사와의 얼굴을 흘깃 쳐다보았다. 오사와는 샘플 네일팁을 연신 츠키시마의 손가락에 대보며 비교하는 중이었다. '하늘의 화사함'이니 하는 비유가 그냥 나온 게 아님을 알 수 있었다. 뭔가 어린 시절 소꿉장난으로 가게 놀이를 할 때 같은 흥겨운 기분이 들어서 "이런 색깔을 칠해본 적은 거의 없는데······그럼 터키 블루 색으로 한번 해볼까~?" 하고 약간 연기하는 톤으로 오사와의 제안을 받아들였다.

"네! 경계선에다 금색 반짝이로 아주 가는 라인을 그리면 어떨까요?"

"좋네요. 그렇게 해주세요."

"알겠습니다."

오사와는 씩씩하게 의자에서 일어났다. 그리고 그대로 얼어붙었다. 컬러 젤을 가지러 가려다가 어디 있는지 모른다는 사실을 깨달은 모양이다.

"벽 쪽 반투명 서랍장 두 번째 서랍에 있어요. 반짝이들은 그 아래 서랍 오른쪽 앞에 죽 있고."

오사와는 프리스비를 쫓아가는 개처럼 츠키시마의 지시에 따라 날랜 움직임으로 필요한 것들을 들고 왔다. 납작한 원통형 작은 용기에 든 터키 블루 색 젤을 작은 금속 주걱으로 살살 섞어서 끝이 비스듬하게 커팅된 네일 브러시 끝에 살짝 묻힌 다음 츠키시마의 오른손을 자기 왼손 손바닥으로 가볍게 들어올렸다.

오사와는 네일 브러시 끝의 직선과 면을 잘 활용해서 프렌치 네일을 칠해나갔다. 네일의 폭도 균일하고 각각의 손톱 모양과도 밸런스가 잘 맞는다. '달과 별'에서는 컬러 젤을 기본적으로 최소한 두 번 이상은 칠한다는 점, 그리고 LED 램프로 굳히는 타이밍과 횟수를 츠키시마가 알려주자 오사와는 지시받은 대로 시술을 진행했다.

기본적인 디자인 시술을 하는 데에는 오사와의 기술로도 문제가 없음을 알 수 있었다. 이제야 인력 부족을 해소할 인재가 나타났구나 싶어 안도한 츠키시마는 시술 의자 등받이에 몸을 기댔다. 잡담을 할 여유가 생기자 LED 램프에 엄지만 넣어 젤을 말리면서 "이력서 주소를 보니까 이 근처에 사는 것 같은데, 맞아요?" 하고 물었다.

"네, 맞아요. 여기서 걸어서 10분 정도 걸리는데 후지미자카 초등학교 뒤쪽에 있는 빌라에 살고 있어요."

LED 램프가 꺼지자 오사와는 엄지를 꺼내달라고 해서 츠키시마의 양쪽 손을 들고 프렌치 네일이 제대로 잘 칠해졌는지, 밸런스에 문제는 없는지 확인했다.

"부모님 집에 계속 있었는데 '언제까지 백수로 있을 거냐'고 하도 성화를 해서 이직할 데가 정해지지도 않았는데 그냥 방을 얻어서 나왔어요. 처음 혼자 사는 거라 한 달 동안은 적응하느라 엄청 고생했죠."

"아니, 잠깐만……."

오사와의 이야기를 듣다 보니 좀 헷갈리는 부분이 있었다. 후지미 상점가 근처에 살기 시작한 지 한 달밖에 안 되었는데 그새 벌써 '딱 한 잔'의 단골이 되었고, 주인인 마츠나가하고도 그렇게 친해졌다는 말인가? 친화력이 어마어마하다. 그런데 그보다 더 마음에 걸린달까, 도무지 알 수 없는 점이 있었다.

"그럼 전에 다니던 가게는 부모님 댁에 살면서 출퇴근을 했던 거네요?"

"네."

"부모님 댁이 어딘데요?"

"이케부쿠로요. 도키와 거리에서 집안 대대로 소바(메밀국수) 가게를 하거든요."

"에엥?! 이케부쿠로에, 더구나 역 바로 앞에 집이 있는데 왜 굳이 같은 도쿄에, 더구나 특급열차가 서지도 않는 이런 작은 동네에서 혼자 살게 된 거예요?"

"츠키시마 씨, 야요이신마치에 대한 디스가 너무 심한 거 아니에요?" 하며 오사와가 웃더니 이번에는 아주 가는 네일 브러시로 금색 라인을 그리기 시작했다.

"디스가 아니라 사실이잖아요. 아, 라인은 좀더 가늘게 그려주세요."

"네."

오사와가 방금 그린 라인을 휴지로 닦아내고 신중하게 다시 그렸다. 츠키시마가 끄덕이는 것을 보고 그제야 숨을 내쉬고서 다음 라인을 그리기 시작했다.

"그리고 이케부쿠로도 실제로는 생각보다 대도시 같지 않아요. 큰 빌딩이 많아지기는 했지만, 옛날부터 있던 개인 가게들이나 주민들도 많아서 이웃 간 왕래도 여전하고요. '호시에짱, 남친이랑 헤어졌다며?'라든지 '호시에짱, 일 그만뒀다면서?' 하는 식으로 무슨 시골 마을처럼 남의 집 사정을 다들 알거든요. 아주 미친다니까요."

"그런가? 그래도 나라면 이케부쿠로에서 살 것 같은데. 어디를 가건 교통도 편하고, 시끌벅적하니 활기차서 좋지 않나?"

"츠키시마 씨는 고향이 어디세요?"

"지치부."

"아~아."

이건 무슨 뜻으로 하는 '아~아'야? 이 굴욕감은 뭐지? 지치부가 뭐 어때서? 츠키시마는 약간의 분노와 영문을 알 수 없는 창피함을 느끼며 몰래 치를 떨었다.

그러나 오사와는 별다른 뜻이 없었는지 "사이타마 사람들은 이케부쿠로를 좋아한다고 하더라고요" 하며 밝은 목소리로 말했다.

자기가 무슨 혜택을 누리는지도 모르는 도쿄 토박이의 천진난만한 오만함이라니! 절대 용서 못 해! 그냥 불합격이라고 하고 보내버릴까, 하는 생각이 한순간 스쳐갔다. 그러나 너무 유치한 것 같아서 "뭐 그런 식으로 생각할 수도 있겠네요……" 하고 애매하게 말끝을 흐리고 말았다.

그사이 오사와는 모든 손톱에 라인을 다 칠한 다음 LED 램프에 굳히고, 톱 코트를 바르고 다시 굳히는 데까지 순조롭게 작업해서 최종단계에 이르렀다. 츠키시마와 오사와는 서로 이마를 맞대다시피 하고 색 번짐이나 젤이 밀린 곳이 없는지 확인했다.

"깔끔하게 잘 되었네요. 고마워요" 하고 츠키시마가 말했다.

"그럼 이제 젤 클렌저로 남아 있는 젤을 닦아낸 다음 마무리해주세요."

전용액을 솜에 적셔 하나씩 손톱을 닦아내자 순식간에 표면이 더욱 매끄러워졌다. 가느다란 금색 빛 아치가 걸린 봄의 푸른 하늘. 심플한 디자인의 단정한 네일아트가 완성되었다. 아주 미세하게 튀어나온 곳까지 없애기 위해 손톱 끝을 파일로 살짝 갈아서 매끈하게 정리한다.

마지막으로 손톱 안쪽에 보습 오일을 떨어뜨리고 양손을 따뜻한 물수건으로 닦아준 다음 피부에 보습 크림을 발라 손가락을 마사지한다. 오사와는 날랜 동작으로 일어났다 앉았다 하며 츠키시마의 지시에 따라 젖은 물수건을 휴식 공간에 있는 전자레인지로 데우기도 하고, 벽걸이 선반에서 가지고 온 크림을 츠키시마의 손에 바르기도 했다.

"오사와 씨" 하고 오사와의 마사지에 자기 손을 맡긴 츠키시마가 불렀다.

"우리 가게에서 같이 일해요."

"네?"

츠키시마의 손을 문지르던 오사와의 손길에 힘이 들어갔다.

"그렇다면 저, 실기시험에 합격한 거예요? 와우~! 정말 고맙습니다!"

"아야야야, 너무 흥분하지 말고. 아직 급여나 근무시간에 대한 설명도 안 했는데."

"그런 건 상관없어요! 백수니까 내일부터 당장 시작할 수 있거든요! 아, 그래도 월세는 내야 하니까 월급이 빵원이면 그건 좀 곤란하겠네요."

"아야야야야야!"

흥분한 오사와가 츠키시마의 손가락 사이를 마구 문질러대는 바람에 이튿날 일도 못 하게 되는 건 아닐까 걱정될 정도였다. 엄청난 괴력을 가진 사람을 채용한 게 아닌가 싶어 살짝 후회했다.

작업대 위를 함께 치우는 사이에 고용 조건 등에 대해서는 합의가 되었다. 츠키시마가 구두로 제안한 근무시간과 월급에 대해서, 그리고 3개월 동안은 인턴 기간으로 한다는 조건에 대해서도 오사와는 일체 토를 달지 않고 그대로 수긍했다.

다만 "며칠만 더 있으면 4월이니까 그때부터 출근하면 되겠네요"라는 말에는 동의하지 않았다.

"아니요, 그냥 내일부터 나오게 해주세요."

빨리 일을 시작해서 네일 시술의 감을 되찾고 싶은 모양이었다. 츠키시마는 그 며칠 동안의 급여를 계산하는 게 귀찮겠다는 생각이 들었지만, 오사와의 열의에 항복하고 말았다.

"손님은 10시부터 오시지만 내일은 9시까지 나와주세요. 고용계약서를 만들어올 테니까, 그걸 읽어본 다음 도장도 찍어야 하고, 가게 문 열기 전에 하는 준비 작업도 설명해야 하니까. 아, 도장도 꼭 챙겨오고요."

오사와는 고개를 끄덕끄덕 하더니 "잠시만요" 하고는 정장 윗주머니에서 휴대전화를 꺼냈다. '9시, 도장' 하고 일일이 메모하는 모양이었다. 방금까지 네일 시술을 할 때는 젤이 들어 있는 장소 같은 건 메모도 안 하고 단번에 외웠으면서 왜 저러지? 츠키시마는 약간 신기해하며 말을 계속했다.

"모레부터는 근무시간에다가 손님 맞을 준비에 필요한 시간을 보태서 거기에 맞춰 나오면 되고요. 휴식 공간에 출퇴근 카드가 있으니까 출근할 때랑 퇴근할 때 찍어주세요."

"네, 알겠습니다."

일일이 메모하던 휴대전화를 집어넣은 오사와가 자세를 바로 했다.

"내일부터 잘 부탁드립니다."

"나도 잘 부탁해요. 그럼 수고했어요."

츠키시마는 앞치마를 벗고, 오사와의 앞치마도 받아서 휴식 공간으로 가려다가 발걸음을 멈췄다. 오사와가 나갈 기색을 보이지 않고 생글생글 웃으며 시술 의자 옆에 계속 서 있었기 때문이다.

"음~, 먼저 들어가도 괜찮아요."

"츠키시마 씨, 한잔하러 가요!"

"네? 왜요?"

"배고프잖아요."

당연하다는 듯이 대답하던 오사와가 갑자기 목소리를 낮췄다.

"혹시 츠키시마 씨는 술을 전혀 못 하세요?"

"아니, 술이야 좋아하지만……."

"그럼 같이 가요! 친목을 다지기 위한 환영회 어때요?"

신입사원이 먼저 제안해서 회식하는 걸 환영회라고 해도 되나? 하지만 츠키시마도 당장 배가 고프기도 하고, 술에 대한 욕구가 남들보다 덜한 편도 아니고, 앞으로 함께 일하게 될 오사와와 친해질 기회를 마련하면 좋겠다는 생각도 있어서 오사와의 열의를 핑계 삼아 승낙했다.

"그럼 같이 갈까요? 어디로 갈래요?"

"그야 당연히 '딱 한 잔'이죠!"

"거긴 싫은데!"

"에엥?! 왜요?"

오사와가 세상 순진한 표정으로 고개를 갸웃거렸다. 거기에다 대고 가게 주인인 마츠나가가 너무 퉁명스럽고 나를 싫어하는 것 같아 짜증 나서 그렇다고 할 수는 없었다.

"아저씨가 어제 여기서 내성 발톱 시술을 받고서 가게로 돌아간 다음에 이제 발이 안 아프다면서 엄청 신기해하고 좋아하던데요. 츠키시마 씨가 가면 틀림없이 조림 안주 서비스가 나올 거예요!"

그러니까 오사와는 그 서비스 안주를 같이 먹을 수 있지 않을까 하고 기대하는 모양이었다. 일식보다는 양식을 더 좋아하는 츠키시마로서는 도저히 이해가 되지 않을 정도로 조림에 대한 오사와의 집착은 유별나 보였다. 하지만 일반적으로 어느 영역에서건 집념이 강하고 끈질긴 사람이 최종적으로 뭔가를 이뤄낼 가능성이 높다는 점은 부정할 수 없다. 츠키시마는 영 내키지 않았지만 어쩔 수 없이 오사와에게 끌려가다시피 해서 '딱 한 잔'에 가게 되었다.

오사와가 미닫이 유리문을 열자 카운터 안에 서 있던 마츠나가가 금방 알아채고 "어서 옵쇼!" 하고 인사했다. 오사와는 밝은 목소리로 "안녕하세요~!" 하고 인사하면서 마침 비어 있던 카운터 끝자리에 앉았다. 츠키시마도 주저주저하면서 따라 앉았다.

처음 들어와본 '딱 한 잔'은 따스한 공기와 맛있는 음식 냄새로 가득 차 있었다. 가게 안에는 빈자리가 거의 없었는데 밤 9시가 넘어서 식사 시간은 어느 정도 지난 모양이었다. 카운터 너머로 마츠나가가 물수건을 건넸다. 따끈따끈한 물수건에서 은은하게 민트 향기가 났다. 향료가 아니라 진짜 민트 잎으로 향기를 내는 모양이다. 허름한 가게 외관과 어울리지 않는 세련된 배려다.

츠키시마는 손을 닦으면서 조심스레 가게 안을 둘러보았다. 딱 하나 있는 작은 테이블 자리에서는 젊은 여자 손님 둘이 쭈꾸미 다리 튀김을 안주로 술을 마시는 중이었다. 배는 이미 찼는데 이야기가 끊이지 않아 계속 앉아 있는 모양이었다. 카운터 자리는 8개인데 츠키시마와 오사와를 제외하고 세 자리에 손님이 있었다. 일행으로 보이는 중년 남성 둘은 회사원들인지 양복 윗도리를 의자에 걸쳐놓고, 넥타이 끝은 와이셔츠 앞주머니에 찔러넣은 상태로 청주를 홀짝거리며 휴일에 일하라고 갑자기 불러내는 게 어디 있냐고 볼멘소리를 주고받았다. 츠키시마와 의자 하나를 사이에 두고 혼자 온 것으로 보이는 30대 정도의 남자가 있었는데 문고판 책의 읽던 페이지를 빈 접시로 눌러놓고는 후식 라멘을 열심히 먹는 중이었다. 작은 그릇에 담긴 라멘은 닭뼈를 우려낸 국물로 만든 모양이었다.

나도 마지막에 저걸 먹을까? 그런데 '오늘의 특별 메뉴 : 영양밥(닭고기, 우엉)'도 먹고 싶다. 카운터에 놓인 한 장짜리 손글씨 메뉴를 바라보며 츠키시마는 고민에 빠졌다. 그러는 사이에 오사와는 "츠키시마 씨, 맥주 괜찮죠? 아저씨, 생맥 중짜로 두 잔이요!" 하며 대답도 듣지 않고 술을 시켰다.

생맥주와 기본 안주가 바로 나왔다. 일단 건배를 한 다음 죽 들이켰더니 목을 타고 내려가는 시원한 맥주 느낌이 좋아서 단숨에 반이나 비워버렸다. 오사와도 비슷한 정도로 마시고 술잔을 내려놓더니 메뉴를 들여다보았다.

"미사 '언니', 뭐 먹을래요? 여기 음식은 다 맛있는데 감자샐러드가 좀 독특해서 먹어볼 만해요."

맥주 반잔을 들이켠 시점에서 어느새 호칭이 '언니'로 바뀌어 있었다. '친화력 보소' 하고 놀라는 한편, 츠키시마는 자기가 여기서 물러나면 지는 거라는 이상한 경쟁심이 발동해서 "좋지" 하며 되도록 태연한 척 대답했다.

"'오사와 씨'는 뭐로 할래요? 채소 조림이랑 생선 조림이 있는 모양인데 어느 쪽이 좋을까?"

그런데 카운터 안쪽에 있던 마츠나가가 "생선 조림으로 해" 하고 말했다.

"도미 싱싱한 놈이 들어왔거든. 서비스!"

"도미요? 진짜?!"

오사와가 눈을 반짝이면서 외쳤다.

"누가 호시에짱한테 준대? 츠키시마 씨한테 내는 서비스라고."

"있잖아요, 아저씨! 이제 나도 '달과 별'에서 일하게 되었단 말이에요."

"진짜야?"

"그러니까 축하의 의미에서 나한테도 도미 조림 서비스 줘요."

"한 마리밖에 없으니까 둘이서 나눠 먹어."

내성 발톱을 치료해준 비용은 마츠나가한테서 이미 다 받았는데 생선 조림까지 서비스로 받으면 너무 염치가 없지 않나, 하고 츠키시마는 생각했다. 그러나 오사와는 벌써 도미 조림을 상상하며 군침을 삼키는 표정이었고, 발의 통증이 없어진 마츠나가가 감사한 마음을 어떻게든 표시하고 싶어하는 것도 느껴져서 사양하지 않고 그냥 받기로 했다. 고맙다고 인사한 다음 기본 안주를 먹기 시작했다. 작은 그릇에 담긴 음식은 데친 유채 나물이었다. 매운 된장의 노란색과 유채 나물의 연두색이 어우러진 화사한 음식이었다. 데친 정도도 절묘해서 사각사각한 식감과 쌉싸름한 유채의 맛이 달짝지근한 된장과 잘 맞았다. 거기에 가끔씩 씹히는 다진 고추의 매콤함이 파란 하늘에 꽂히는 한 줄기 번개처럼 포인트가 되었다.

이 정도면 다른 음식도 기대할 만하겠다. 순순히 인정하기는 싫지만 퉁명스러운 마츠나가의 요리 실력만큼은 진짜배기인 모양이다. 기본 안주만 가지고도 술이 술술 들어가는 바람에 본격적인 주문은 하기도 전에 생맥주잔이 비어버렸다. 오사와도 비슷한 타이밍으로 다 마시더니 "생맥 하나 더요" 하고 주문했다.

"아, 나도."

"그리고 감자샐러드랑, 도미 조림은 서비스라고 했으니까 그거랑, 치즈 튀김."

"절인 채소 모듬도."

"아, 그것도 좋네요. 난 고기파라서 채소는 절임 한두 개면 충분한데 미사 언니는 어때요?"

"평소에 사람들이 샐러드 종류를 왜 주문하는지 모르겠다고 생각하는 사람이지."

"우와~, 아무리 그래도 난 그 정도는 아닌데. 그럼 어쨌든 고기 종류로 시킵시다. 닭튀김, 아니면 소고기 조림, 아니면 우설?"

"우설, 우설, 우설!"

"알았어요. 아저씨, 다 들었죠?"

"오케이!"

마츠나가는 새로 생맥주 두 잔을 카운터에 탁 내준 다음 주문을 재빨리 메모하고 조리를 시작했다. 별로 기다릴 것도 없이 춘권피로 말아서 튀겨낸 치즈 튀김, 가지와 오이와 무와 당근을 된장에 박아 절인 채소 절임 모듬이 나왔다. 갈색으로 튀겨진 바삭바삭한 춘권피 속에 쫀득하게 녹아내리는 치즈. 맛도 적당히 짭짤해서 맥주와 찰떡궁합이다. 된장에 박은 채소 절임에서도 다시마와 고추의 존재감이 은은히 살아 있는 깊은 맛이 나서 그 된장 좀 팔아줬으면 좋겠다는 생각이 들 정도였다.

"아 참 아저씨. 내성 발톱이 좀 좋아졌다고 해서 그냥 내버려두면 안 돼요."

오도독오도독 경쾌한 소리를 내며 절인 채소를 씹던 오사와가 가스불 앞에서 요리하고 있는 마츠나가의 등에 대고 말했다.

"상태 봐 가면서 때가 되면 플레이트 꼭 갈아야 한다는 거 알고 있죠?"

"한 달 정도 간다고 했던가? 낮 시간대는 언제든 상관없으니까 예약 넣어줘."

오사와가 눈짓을 하자 츠키시마가 고개를 끄덕였다.

"그럼 예약 잡고 알려줄게요."

오사와가 마츠나가에게 그렇게 대답하더니 주머니에서 휴대전화를 꺼냈다. 츠키시마가 곁눈질로 화면을 들여다보았더니 '아저씨 예약'이라고 입력되어 있었다. 갑자기 왜 온갖 것들을 메모하는지 물어봐야겠다고 생각하는 참에 주문한 감자샐러드가 나왔다.

"우와~, 예쁘다!"

눈앞에 놓인 감자샐러드는 츠키시마의 예상과는 전혀 달랐다. 원통 모양의 하얀 감자들 사이로 벚꽃잎이 떨어진 것처럼 연분홍색의 뭔가가 흩뿌려져 있었다. 이게 뭐지 싶어서 가까이에서 들여다보니 작게 잘라서 조린 연어 같았다. 봄이라는 계절에 걸맞는 플레이팅이네, 이걸 무너뜨리는 게 너무 아깝다는 생각을 하던 차에 오사와가 접시에 놓여 있던 젓가락으로 원통 한가운데를 확 잘라버렸다.

애가 눈치가 없네. 그러나 츠키시마도 음식에 손을 대기 전에 사진을 찍는 부지런함을 갖춘 사람이 아니어서 뭐라고 하지 않고 감자샐러드를 자기 접시에 덜었다. 감자와 연어 조각만 들어갔는데 식감이 무척 부드러웠다. 마요네즈는 아주 조금만 넣었는지 연어의 짭짤함이 감자의 은은한 단맛을 북돋았다.

"맛있다."

마츠나가를 우쭐하게 해주고 싶지는 않았지만 얼떨결에 그런 감탄사가 터졌다. 그런데 마츠나가는 그런 칭찬을 들었는지 못 들었는지 나가려는 회사원 일행의 계산을 해주고는 "감사합니다~!" 하고 짱짱한 목소리로 인사하는 중이었다.

술집 '딱 한 잔'이 좋은 가게라는 점은 의심할 여지가 없었다. 일터 바로 옆이자 집 바로 아래에서 좋은 맛집을 새롭게 발굴한 셈이다. 마츠나가가 다소 퉁명스럽게 대해도 모르는 척하면 되고, 그런 점에서도 오사와를 채용하기를 잘했다고 츠키시마는 스스로 납득했다. 오사와와 의논해서 마지막은 영양밥으로 마무리하기로 하고 술도 청주로 갈아탔다. 두 홉들이 술병과 술잔 두 개를 마츠나가가 카운터 위로 내주었다. 오사와와 츠키시마가 서로의 술잔에 술을 따르고 약간 등을 굽히며 술을 입에 대려는데, "저, 말씀 중에 죄송합니다" 하며 문고판 책을 읽던 남자가 말을 걸어왔다. 츠키시마도 오사와도 '말씀'을 하던 중은 아니었다. 술잔을 입에 대려고 입술을 비쭉 내민 얼굴 그대로 둘이 동시에 남자 쪽을 돌아보았다. 남자는 후식 라멘을 다 먹은 다음에도 여전히 책을 펼쳐서 빈 접시로 눌러놓고는 술병에 남은 청주를 홀짝거리고 있었던 모양이다.

"아까 얼핏 들린 말 때문에 그런데 혹시 두 분은 의사신가요?"

츠키시마와 오사와는 술을 쪽쪽 마시면서 둘이 동시에 고개를 저었다. 알코올에 대한 욕구를 어느 정도 채우고 나서 술잔을 내려놓고는 남자 쪽으로 고개를 돌렸다.

"네일 아티스트입니다" 츠키시마가 대답했고, "미사 언니는 이 옆의 '달과 별'이라는 네일숍 사장님이고 저는 거기 직원이에요" 하며 오사와도 덧붙이더니 영업에 들어갔다.

"혹시 내성 발톱 때문에 그러세요?"

"네, 그런데 제가 아니라 아내요" 하고 남자가 대답하더니 접시를 치우고 책을 덮었다.

"아아, 이 동네에도 네일숍이 있었구나. 전혀 몰랐는데."

"남자들하고는 별 인연이 없는 가게니까요" 하고 마츠나가가 끼어들면서 20센티미터는 족히 될 듯한 큼지막한 도미 조림이 든 오목한 접시를 오사와에게 건네주었다. 오사와는 환호성을 지르면서 영업이고 뭐고 다 내팽개치고는 정신없이 도미의 가시를 바르기에 열중했다. 가만히 두면 알아서 생선 가시를 다 발라놓을 것 같아 조림은 맡겨놓기로 했다.

"정도가 너무 심하면 병원에 가서 치료를 받으시는 게 좋겠지만 심각하지 않으면 네일숍에서 간단하게 조치를 할 수도 있어요."

"맞아요, 맞아. 나도 이 사장님이 플레이트를 붙여주니까 하나도 안 아프더라고" 하고 마츠나가가 덩달아 맞장구를 쳤다. "지금까지 전혀 안중에 없었는데 네일숍이라는 데가 여자들만 드나드는 데가 아니라는 걸 알았지."

안중에 없었던 이유는 성별이 어떻고의 문제가 아니라 그냥 마츠나가의 구닥다리 사고방식 때문 아닌가. 사실 마츠나가에게 악의가 있기는커녕 '달과 별'을 응원하려고 그런 말을 했을 텐데, 그럼에도 불구하고 츠키시마는 그 말에 기분이 상해서 에둘러 반론을 시도했다.

"여성보다 상대적으로 적은 편이기는 해도 남자 손님들도 있어요. 특히 영업 쪽 일을 하시는 남자분들이 손톱을 단정하고 깔끔한 모양으로 다듬기 위해 정기적으로 가게를 찾으세요."

"아아~, 그런 남자들도 있구나~."

신기하다는 듯이 말한 마츠나가는 질냄비에 올린 영양밥을 살피러 가스불이 있는 쪽으로 갔다.

"그럼 네일숍에서도 할 수 있는 거군요. 아내한테 알려주겠습니다" 하며 책을 읽던 남자가 끄덕였다.

"그런데 그런 식으로 손톱을 예쁘게 칠하는 남자는 없나요?"

어딘지 묘한 질문이다.

"남자 네일 아티스트도 물론 있죠."

"아니, 그게 아니라 손톱에 그런 식으로 칠하는 남자 손님 말입니다."

츠키시마가 남자의 손을 흘깃 곁눈질했다. 집에 있는 손톱깎이로 적당히 뚝뚝 깎았으려니 싶은 손톱이었다. 그런 남자가 어째서 네일숍에 흥미를 느끼는지 모르지만 "물론 계시죠" 하고 츠키시마가 대답했다.

"부인이나 여친이 네일아트를 한 것을 보고 본인도 해보고 싶어졌다든지, 아니면 기타리스트인데 손톱을 보호할 겸 해서 하는 분도 계시고요."

"그렇군요. 그럼 많이 이상하거나 한 건 아니네요."

안심한 듯이 남자가 중얼거렸다.

네일아트에 대해 뭔가 마음에 걸리는 점이 있는 듯해서 사정을 좀더 자세히 물어봐야 하나 망설였다. 그런데 가시를 잘 발라낸 도미 조림이 든 개인 접시가 눈앞에 등장하는 바람에 책 읽던 남자와의 대화가 끊기고 말았다. 조심조심 시선을 오사와 쪽으로 돌렸더니 도미 조림을 입에 넣고는 감격에 젖어 몸을 부르르 떠는 게 보였다. 너무 맛있어요, 빨리 먹어봐요, 하고 눈으로 호소하고 있었다. 조림에 미친 사람 같아 겁이 날 지경이었다.

하지만 막상 마츠나가의 도미 조림을 먹어보니 정말 천상의 맛이었다. 부드럽고 촉촉한 생선 살에 달콤하고 짭조름한 양념이 잘 배어 있었다. 미세한 생강 냄새가 콧구멍을 거쳐 바다의 진액과 어우러진 다음 미간을 통해서 확 번져나가는 느낌이다. 이 정도면 몸을 바쳐서 음식이 된 도미도 충분히 성불할 수 있지 않을까 싶은 요리였다.

생선 조림의 미친 맛에 츠키시마와 오사와가 말없이 몸부림치는 사이에 책 읽던 남자는 가버리고 말았다. 마츠나가가 주방에서 나와 우설을 담은 접시와 질냄비에 든 영양밥을 내주고 책 읽던 남자가 먹은 식기를 치우고 카운터를 닦았다.

이제 슬슬 문 닫을 시간이 된 것 같은데 테이블 자리의 여자 손님들은 아직 한창 떠드느라 여념이 없었고, 오사와도 술 한 병과 된장국을 추가로 주문했다. 미리 물어보지도 않고서 츠키시마의 것까지 덧붙였다. 츠키시마로서도 싫다고 할 이유가 없어서 그러려니 하고 음식을 맛보는 데에 전념했다. 은은한 육수의 맛 속에 우엉의 거친 쌉싸름함이 숨어 있는 영양밥 또한 나무랄 데 없이 기가 막힌 맛이었다. 우설도 칼집을 잘 넣고 적절하게 익혀서 그런지 두꺼운데도 부드럽고, 씹으면 육즙이 입안에 가득 퍼졌다.

"전 남자 손님은 한 번도 맡아본 적이 없어요."

된장국을 마시면서 오사와가 말했다. 약간 혀가 꼬인 발음이었다. 혹시 술을 좋아하면서도 약한 쪽인가? 츠키시마는 마츠나가에게 물을 달라고 해서 술병 앞쪽에 놓아두었다. 그러나 된장국 그릇을 내려놓은 오사와는 물컵에는 손을 대지 않고 아무런 망설임 없이 술병을 잡았다. 술은 귀신같이 찾아 마신다니까. 불안불안해하며 지켜보는 츠키시마의 속도 모른 채 오사와가 이야기를 계속했다.

"네일 시술을 할 때 혹시 조심해야 할 점이 있을까요? 없겠구나, 하하하."

츠키시마가 대답할 틈도 없이 혼자 묻고 혼자 답하며 웃었다. 이제 술기운이 정말 위험한 수준에 다다른 것 같아서 들고 있던 술잔을 빼앗고 물컵을 대신 쥐어줬다.

오사와의 말대로 손톱의 성질에는 남녀의 구별이 없기 때문에 시술하는 방법은 똑같다. 다만 시술 환경에는 배려가 필요한 경우도 있다.

"우리 가게에는 손발톱 케어만 해달라는 남자 단골들이 대부분이고, 네일아트까지 희망하시는 분은 아직 없었어" 하고 츠키시마가 말했다.

"예전에 친구하고 에비스에서 네일숍을 했었는데 그때는 네일아트까지 하는 남자 손님도 몇 분 있었지만."

"오오, 에비스에서 가게를 했었어요? 그쪽은 이제 아예 없어진 거예요?"

그 부분에 대해서는 별로 언급하고 싶지 않다. 다른 길을 가고 싶다고 츠키시마가 말을 꺼냈을 때 호시노의 얼굴에 떠올랐던 놀라움과 체념이 뒤엉킨 듯한 표정을 생각하면 지금도 여전히 가슴이 찌르르 아파오기 때문이다.

"응, 뭐, 그 친구는 지금 에비스의 다른 곳에서 가게를 하고 있으니까……" 하고 츠키시마가 우물우물 대답했다.

"아무튼 그때의 경험에서 알게 된 건 네일아트를 하고 싶어하는 남자 손님들 중에 다른 손님들하고 마주치고 싶어하지 않는 분들이 있다는 점이지."

"네에? 그치만 네일아트 시술을 받으면 누가 봐도 '아, 네일아트를 했네' 하고 알 수 있잖아요? 그런데 시술만 몰래 받는다는 게 무슨 의미가 있어요?"

취기의 안개 속에서 생각의 미로를 헤매는 듯 보였던 오사와가 "아, 그렇구나. 그런 손님들은 풋 네일 시술만 희망하셨겠네요" 하며 다시금 자기 질문에 자기가 대답했다.

"맞아. 아무도 모르게 발에만 네일아트를 하고 있는 남성이 우리가 상상하는 것보다 훨씬 많을 수도 있겠다는 생각이 들더라고. 그러니까 혹시라도 그런 걸 원하는 남자 손님이 오시면 다른 손님들과 예약 시간이 겹치지 않도록 조정해야지."

"미사 언니, 전 이제 목표가 딱 정해졌습니다!" 하고 오사와가 외쳤다.

"'달과 별'에 오시는 모든 손님들이 기분 좋게 시술을 받으실 수 있게 노력하는 겁니다! 그리고 언젠가는 네일아트를 하고 싶은 사람이 다른 사람의 눈치를 보지 않고 마음껏 할 수 있는 세상이 오기를 진심으로 바랍니다!"

갑작스럽게 내놓은 뜨거운 선언에 츠키시마가 놀라는 사이 "아저씨, 한 병 더요!" 하고 오사와가 마츠나가에게 술병을 내밀었다. 마츠나가는 "오케이" 하더니 물을 넣어서 돌려줬다.

"항상 이런 식이에요?" 하고 츠키시마가 물었더니, "대개는 뭔가 큰소리를 떵떵 치다가 끝나는 식이니까" 하고 마츠나가가 아무렇지도 않게 대답했다.

골치 아픈 사람이네. 오사와는 술병 안에 물이 든 줄도 모르는 채 술잔을 비우더니 이마를 갖다 박는 것처럼 카운터에 엎어졌다.

"왜 이래, 호시에짱!? 괜찮은 거야?!"

얼떨결에 이름으로 부른 것을 보면 츠키시마도 어지간히 취한 모양이다. 뭔지 모르게 패배한 기분이 들었다. 그와 동시에 이렇게 될 줄 알고 오사와가 휴대전화에 열심히 메모했던 거구나 하고 깨달을 수 있었다. 만취에 익숙한 사람이 터득한 방법이다.

츠키시마가 다시 한번 서비스로 준 도미 조림을 잘 먹었다고 마츠나가에게 인사하고 계산하는 동안에도 오사와는 파도에 쓸려와 해변에 널브러진 해파리처럼 카운터에 들러붙어 있었다. 마츠나가와 둘이서 간신히 일으켜세워 가게 밖으로 끌어냈다. 바깥 공기를 마신 오사와는 의외로 멀쩡한 자세로 지갑에서 자기 몫의 돈을 꺼냈다. 자기 환영회라면서 돈을 내려는 모양이었다. 츠키시마는 당연히 자기가 살 생각이었기 때문에 "아니, 됐으니까, 그냥 넣어둬" 하고 거절했는데 오사와는 막무가내로 내밀었다. 이러다가는 억지로 돌려줘도 가다가 어디 떨어뜨리겠다 싶어서 츠키시마는 어쩔 수 없이 돈을 받았다.

"그럼, 이제 이 오사와는, 이쯤에서 물러나겠습니다! 안녕히 가세요!"

"밤이 늦었으니까 조용히 합시다. 같이 가줄까?"

"아뇨 아뇨! 우리 집 가까워요! 그럼 미사 언니, 내일 아침 10시에 만나요~!"

"9시야. 정말 괜찮겠어?"

"그럼요~, 괜찮다니까요! 안녕히 가세요~!"

두 번이나 안녕히 가라고 인사하더니 신나게 손을 흔들고는 주택가로 이어지는 좁은 길로 사라졌다.

"항상 저래요" 하고 마츠나가는 어깨를 가볍게 으쓱하더니 계산하려고 가게 안에서 기다리는 여자 손님들에게로 가면서 한마디 덧붙였다. "그나저나 저 친구랑 일하기로 한 걸 보면 츠키시마 씨도 참 대담한 사람이네."

할 수만 있다면 채용을 취소하고 싶었지만 그럴 수 없는 노릇이었다. 그래도 주사가 폭력적이지 않고 기분 좋게 취하는 편이니까 그나마 다행이라고 치자.

그렇게 억지로 스스로를 달래면서 '달과 별' 유리문에 붙어 있던 네일 아티스트 모집 광고지를 떼어내고 건물 뒤로 돌아갔다. 황당한 사람이 들어왔네, 하는 생각이 들어 현관문을 열면서 피식 웃었다.

2

 휴대전화에 메모해둔 덕분인지 오사와는 아침 9시 전에 '달과 별'
에 나타났다. 출퇴근 기록 카드를 찍고 츠키시마가 내준 검은색
새 앞치마를 신난 표정으로 걸쳤다. 얼굴은 살짝 부어 있었지만
경쾌한 걸음으로 가게 문을 열기 전 준비 작업에 대해 설명하는 츠
키시마의 뒤를 따라다녔다.
 "수건 종류는 출근 전에 세탁기에서 건조까지 마치게 해놓으니
까 그 정도면 충분히 하루치가 될 거야. 건물 뒤편에 빨랫줄도 있
으니까 여름에는 거기에 널어서 말리는 편이 빠를 수도 있고."
 "네."
 "청소 도구하고 비품 재고는 여기 다 있어. 비는 시간이 있으면
컬러 젤이나 큐빅 중에 부족한 게 없나 체크해서 도매상에 주문해
주고. 어떻게 주문하는지는 알아?"
 "전에 일하던 가게에서 해본 적이 있으니까 할 수 있을 거예요."
 "그리고……아 참. 계절에 맞춰서 샘플 네일팁을 바꿔넣는 중이

니까 손님이 없을 때 그것도 조금씩 만드는 걸로."

"네? 제가 만들어도 돼요?"

"응, 반씩 담당해서 하면 좋을 것 같은데. 혼자서 하니까 시간도 모자라고 아이디어도 딸리던 참이어서. 호시에짱 솜씨가 들어가면 손님들도 선택의 폭이 넓어져서 더 좋아하실걸."

오사와는 "에헤헤" 하고 쑥스러운 표정으로 웃었다.

"역시 환영회 효과가 끝내주네요. 하루 만에 엄청 친해진 느낌이 들어요."

기술과 감각을 인정받아서가 아니라 츠키시마가 성이 아닌 이름으로 부르며 친근하게 반말을 해줘서 기분이 좋은 모양이었다. 츠키시마로서는 오사와의 친화력에 백기를 든 셈인데 일단 한 번 이름으로 불렀던 사람을 바로 다음 날 다시 성으로 부르며 거리를 두는 것도 너무 어색하다는 생각이 들었다. 그래서 어떻게 할까 고민하다가 결국 그냥 얼렁뚱땅 반말하고 이름을 부르기로 했다. 속으로는 '전략적 후퇴'를 한 거라고 변명했지만 실제로는 오사와의 친화력에 완패하고 만 셈이었다. 그래서 아무 대꾸도 하지 않고 휴식 공간에 있는 벽장에서 청소기를 끌고 나와 바닥을 벅벅 밀기만 했다.

오사와는 그런 츠키시마의 태도에 아랑곳하지 않고 "젤 네일이 있는 선반은 이걸로 먼지를 털면 되나요?" 하며 자진해서 같이 청소했다.

화분에 물까지 줬는데도 평소보다 훨씬 짧은 시간에 영업 전 준비를 마칠 수 있었다. 한 사람의 일손이 얼마나 큰 힘이 되는지 뼈

저리게 느끼면서 츠키시마가 휴식 공간 테이블에 고용계약서를 꺼내놓았다. 마주보고 앉은 오사와는 계약서를 들여다보는가 싶더니 몇 초도 지나지 않아 서명하고 도장을 찍었다. 츠키시마가 오히려 불안해질 정도로 재빠른 결정이었다.

"벌써 도장을 찍었어? 물어보고 싶다거나 마음에 걸리는 점이 있다거나……?"

"있어요. 어제 술집에서 제 몫의 돈을 냈나요?"

그런 뜻에서 '궁금한 점'을 물으라는 말이 아니었다. 그런데 오사와는 진지한 표정으로 츠키시마의 대답을 기다리고 있었다.

"제대로 다 냈는데. 기억 안 나?"

"하나도요. 암튼 다행이네요. 난 또 완전히 폐를 끼친 줄 알고. 술이 들어가면 기억이 날아가버리거든요."

폐를 끼친 면이 없지는 않다.

"그런 것치고 숙취는 없어 보이는데."

"이튿날까지 가는 경우는 거의 없어서요. 그냥 술을 마신 다음의 기억만 없어지더라고요."

"어떻게 마시면 그렇게 되는 거야? 혹시 술이 안 받는 체질인 거 아닌가?"

"아니에요, 괜찮아요. 어떻게 들어왔는지 기억은 안 나도 아침에 일어나보면 집에 잘 들어와서 자고 있으니까요."

속 편하게 그런 소리를 하는데 술 취한 여자를 보고 나쁜 마음을 먹은 이상한 남자가 집에까지 따라오면 어쩌려고 그러는지 모르겠다. 여태까지는 부모님 집에 살았으니까 그런 위험을 어느 정도 피할 수 있었겠지만 지금 오사와는 독립해서 혼자 산다. 사장으로서 오사와가 술을 마실 때마다 만취하지 않게 신경을 쓰고, 마츠나가에게도 협조를 구할 필요가 있겠군. 츠키시마는 가슴 한 켠에 그렇게 메모했다. 여러 모로 손이 가는 사람이네.

이렇게 오사와는 '달과 별'에서 일하기 시작했다.

일의 흐름에 익숙해질 때까지는 츠키시마를 옆에서 보조하며 베이스 코트를 칠하거나 마무리 단계에서 마사지를 맡기기로 했다. 츠키시마는 가게에 오는 손님들에게 오사와를 소개하고 같이 시술을 하면서 옆에서 어떻게 하나 유심히 관찰했다.

오사와는 네일 브러시를 신속하고 꼼꼼하게 잘 다뤘고, LED 램프에 젤 네일을 굳히는 타이밍과 횟수도 금방 익혔다. 손님을 대하는 방식도 나무랄 데가 없었다. 손님이 원하는 바를 재빨리 알아차려서 먼저 말을 거는 경우가 있는가 하면 반대로 말없이 시술에 전념하기도 했다. 네일아트에 필요한 컬러 젤과 네일 파츠도 츠키시마가 지시하기도 전에 선반에서 가져와 쓰기 편하게 작업대에 올려놓곤 했다.

오사와가 조수로서 매우 뛰어나다는 사실은 이틀도 지나지 않아 드러났다. 츠키시마는 다음 단계로 나아가기로 했다. 보조적인 일만 시키지 말고 처음부터 끝까지 오사와와 함께 시술을 해봐야겠다. 기술이 좌우하는 세계여서 말로 하는 설명만으로는 아무래도 한계가 있다. 그보다는 실제로 시술을 하면서 '거기는 조금 더 이런 식으로 하라'고 지도하는 게 도움이 된다.

그런데 문제는 오사와가 젤을 갈 때 발생시키는 마찰열이다.

예를 들어 병원에서 수술을 받는다고 했을 때 누구라도 생전 처음 수술을 하는 의사가 아니라 경험이 풍부한 베테랑 외과의사가 맡아줬으면 하고 바라는 게 인지상정이다. 네일 시술 중에 죽느냐 사느냐 하는 문제가 벌어질 가능성은 전혀 없다. 그래도 초보 네일 아티스트 때문에 손톱 끝에서 불이 날 것 같은 뜨거운 맛을 보고 싶어하는 손님은 아무도 없다.

그렇기는 해도 경험을 쌓지 않으면 초보는 끝까지 초보자 딱지를 못 떼고 말 텐데……. 외과의사와 똑같은 딜레마를 겪으면서 츠키시마는 예약표를 보며 고심한 끝에 특별히 가깝게 지내는 단골손님들을 골라냈다. 수술과는 달리 마취해서 의식이 없는 상태가 아니니까 시술을 받는 당사자들에게 되도록 솔직한 의견과 감상을 들어야겠다는 작전을 세웠다. 마찰열이 생길 수도 있다는 사실을 숨겨서 우리 가게에 대한 신뢰를 떨어뜨리기보다 차라리 처음부터 "신입이라서" 그렇다고 정보를 오픈하는 편이 낫다. 가깝게 지내는 단골이라면 신입 육성을 돕기 위해서라도 자기가 원하는 바를 분명히 말해줄 테고, 그러면 기술을 개선하고 향상시키는 데 도움이 될 테니 오사와에게도 훨씬 유익하다.

4월 초입의 어느 날 아침, 청소를 마치고 나서 "오늘부터는 시술 처음부터 끝까지 호시에짱도 같이 하게 될 거야" 하고 츠키시마가 선언했다.

건조를 마친 빨래를 개던 오사와가 "네에?!" 하며 휴식 공간 의자에서 벌떡 일어나는 바람에 옆에 쌓아두었던 수건의 탑이 쓰러지려는 걸 허둥지둥 받쳤다. 혼자 난리가 났네, 하고 츠키시마는 재미있어하면서 수건들을 선반에 차곡차곡 올려놓았다.

"왜 그렇게 당황하는 거야?"

"시술을 할 수 있게 된 건 좋은데, 정말 제가 해도 괜찮을까 싶어요."

오사와는 새로 빤 앞치마를 주섬주섬 입으면서 말했다.

"젤 갈아내는 연습을 제 손톱으로 하기는 하는데 아직도 힘 조절을 제대로 못 하는 느낌이어서……."

"실전이 가장 빠른 길이니까 손님들께는 죄송하지만 도움을 청해보자고. 파일로 갈아내는 작업만 빼면 마음놓고 맡길 수 있는 실력이니까 자신감을 가지고 해봐."

"네, 그럴게요. 열심히 하겠습니다!"

순진한 오사와가 생각보다 훨씬 빨리 자신감을 회복하는 것을 보고 '저러다 진짜로 손님 손톱에서 불이 나면 어떡하지?' 싶어 츠키시마는 불안해졌다. 그러나 일단 해보는 수밖에 없었다.

가게에 오신 단골손님에게 "새로 들어온 오사와 호시에입니다" 하고 오사와가 약간 긴장한 표정으로 인사하면 옆에서 같이 시술하는 츠키시마가 "젤을 갈아낼 때 뜨거운 느낌이 들면 곧바로 '뜨겁다'고 말씀해주세요"라는 말을 곁들였다.

공연히 손님을 긴장하게 할 수도 있지만 오사와에게 경험을 쌓게 하기 위해서니까 감수할 수밖에 없는 부분이다.

아니나 다를까 "아……좀 뜨거워요!" 하고 솔직하게 말하는 손님도 있었고, 말로 하지는 않더라도 순간적으로 손이 움찔하는 손님도 있었다. 그러면 오사와는 곧바로 죄송하다고 하고 파일을 움직이는 폭과 손톱에 대는 각도, 그리고 힘주는 정도를 신중하게 조정했다.

츠키시마는 "다음 손님은 특히 손톱이 얇아서 마찰열을 견디기 힘들어하시니까 보통 때보다도 더 파일을 살살 움직여야 해"라는 식으로 오사와에게 주의할 점을 미리 말해주었다. 그렇게 조심한 덕분인지 "뜨겁다"는 소리를 듣는 빈도가 며칠 사이에 눈에 띄게 줄어들었다. 그런데도 오사와는 마음을 놓지 않고 마치 수술대에 선 외과의사라도 되는 것처럼 진지한 표정으로 젤을 갈아내는 데에 온 신경을 집중시키곤 했다. 그 모습을 옆에서 지켜보면서 '그래그래, 그렇게 해야지' 하고 츠키시마는 속으로 고개를 끄덕였다.

한편, 젤 네일을 칠하는 시술은 거침없이 순탄하게 해냈다. 컬러 젤의 단색 시술을 맡겨보았더니 적당한 두께에다 밀리거나 번진 곳 없이 훌륭한 완성도를 보여주었다. 그래서 다음에는 마무리 단계에 해당하는 네일 스톤이나 네일 파츠의 배치를 맡겨보았더니 오사와는 손님이 원하는 바를 잘 확인해가면서 손톱 위에 반짝이를 적절히 배치하는 센스를 발휘했다.

오사와가 '달과 별'에서 일하기 시작하고 일주일 정도가 지나자, 츠키시마는 '좋은 인재가 들어왔다'는 확신을 가질 수 있게 되었다. 오사와는 방해가 되지 않는 타이밍에 손님과 츠키시마의 대화에 참여하기도 하고, 적절하게 맞장구를 치면서 주로 듣는 역할을 맡는 등 빈틈없이 응대했다. 짧은 기간에 '딱 한 잔'의 단골이 될 수 있었던 뛰어난 소통 능력은 일하는 곳에서도 여지없이 발휘되었다. 기술적으로도, 손님을 응대하는 부분에서도 안심하고 맡길 만한 수준의 네일 아티스트라고 할 수 있었다.

걱정이던 마찰열 문제도 오사와가 열심히 노력한다는 점을 단골손님들이 인정해준 모양이었다.

"다음에 오실 때까지는 조금 더 잘할 수 있게 할게요" 하고 오사와가 말하면, 다들 기분 좋게 츠키시마든 오사와든 누가 담당해도 상관없다고 양해해주었다. 그러니까 단순 계산으로 '달과 별'은 예전보다 예약을 두 배로 받을 수 있게 된 것이다. 경영 측면에서도 아주 고마운 일이었고, 무엇보다 오랜만에 시술 의자가 둘 다 활용되는 모습을 볼 수 있겠구나, 하는 생각에 츠키시마의 가슴이 기대로 부풀었다.

그렇지만 손님이 다음에 네일을 받으러 오는 것은 3주에서 4주 후다. 시술 의자 두 개 모두에 예약 손님이 앉게 되려면 아무리 빨라도 한 달이 지나야 한다. 그래서 한동안은 츠키시마와 오사와가 함께 손님 한 사람을 시술하는 날들이 이어졌다. 둘이 달라붙어서 같이 하는 바람에 원래 예상했던 시간보다 일찍 시술이 끝나다 보니 필연적으로 비는 시간이 생기곤 했다.

그럴 때 오사와는 벽걸이 선반이나 서랍 안을 확인해서 컬러 젤과 네일 파츠가 어디에 있는지 익히기도 하고, 겸사겸사 얼마 남지 않은 물품을 도매상에 발주하기도 했다. 또 시간이 날 때마다 샘플 네일팁도 꾸준히 만들어서 "이런 식으로 하면 어때요?" 하고 츠키시마에게 물어보기도 했다.

이 아이는 근본이 성실하구나, 하고 알게 된 츠키시마는 "잠깐 쉬었다 할까?" 하며 일부러 숨돌릴 시간을 만들어주곤 했다. 안 그래도 세밀한 작업을 계속해야 하는 일인데 손님이 없는 시간까지 쉬지 않고 움직이면 지쳐버리고 만다. 틈새 시간을 활용해서 적절하게 숨을 돌릴 줄도 알아야 오래 간다.

노곤하게 내리쬐는 봄날의 오후 햇살을 받은 상점가 거리는 느슨하게 풀어져서 졸릴 듯한 분위기다.

그날도 츠키시마는 "커피 마시고 하자"며 커피 두 잔을 휴식 공간의 탁자 위에 놓았다. 의자에 앉아 오밀조밀 손을 움직이던 오사와가 고개를 들었다.

"아, 고맙습니다."

"지금 만드는 샘플은 어떤 거야?"

"이게 제가 집에서 들고 온 수예용 와이어인데 네일아트에도 쓸 수 있지 않을까 해서요."

오사와가 내민 것은 극세사처럼 아주 가는 금색 와이어였다. 철사처럼 자유자재로 구부리거나 둥글게 말 수 있지만 그보다 훨씬 부드럽고 탄력이 있었다.

"이 와이어로 손톱에 테두리를 만들거나, 아니면 소용돌이 모양이나 파도 모양을 만들어서 손톱에 붙이면 어떨까 해서요. 반짝이로 라인이나 무늬를 그리는 것하고는 또다른 느낌을 낼 수 있지 않을까요?"

"그럴 수 있지."

츠키시마는 와이어를 집어서 구부려보면서 탄력성을 시험했다.

"재미있는 아이디어네. 그런데 이게 제대로 잘 붙을까?"

실제로 시술해보면 손톱은 평면적이지 않고 얼핏 봤을 때보다 훨씬 더 둥글게 휘어져 있다는 사실을 깨닫게 된다. 그래서 네일 파츠의 토대도 평평하지 않고 손톱 표면에 잘 붙을 수 있게 완만히 구부러진 모양이 많다. 이 특징이 액세서리용으로 제조되는 파츠들과 다른 점이다. 어떻게 하면 네일 스톤이나 네일 파츠가 떨어지지 않고 손톱에 잘 붙어 있게 하느냐가 네일 파츠를 만드는 업자 혹은 네일 아티스트의 실력이 고스란히 드러나는 부분이다.

"그게 문제긴 하죠."

오사와가 그렇게 말하면서 방금 만든 샘플 네일팁을 내밀었다. 와이어로 엄지손톱 가장자리를 둘러싼 다음 연보라색으로 일부러 얼룩이 보이게 바탕을 칠해놓았다. 와이어가 마치 '미술 공작' 같은 느낌을 주어서 개성이 넘치고 색다른 분위기가 느껴지는 디자인이다.

츠키시마는 샘플 팁을 손가락으로 집어 다양한 각도에서 이리저리 살펴보았다.

"와이어가 들뜬 것 같지도 않고……이 정도면 괜찮지 않을까?"

"그런데 손톱에 딱 달라붙게 와이어 모양을 구부리는 데 아무래도 시간이 좀 걸려서요."

"음~, 그렇군……."

그냥 탈락시키기에는 아까운 아이디어다. 츠키시마도 오사와가 들고 온 와이어를 가지고 시험 삼아 구부려서 샘플 네일팁에 대보았다. 탄력성만큼 반발력이 있어서 구부린 대로 가만히 있지 않았다. 그래도 이 정도면 감당 가능한 수준이라고 판단했다.

"와이어를 쓴 네일아트 시술은 양손에 하나씩만 하는 걸로 하면 되지 뭐. 그 정도면 시간이 아주 오래 걸리지도 않을 테고."

"그럴까요?"

본인의 아이디어인데도 오사와는 영 자신이 없어 보였다.

"호시에짱, 이 디자인은 샘플 팁에다만 해본 거지?"

"네."

"우리 손님은 사람이야."

"네? 신이 아니고요?"

"아니, 미나미 하루오가 한 말(일본 엔카 가수인 미나미 하루오가 1961년 지방 공연에서 '손님은 신이다'라고 언급한 것이 유행어가 되어 이 가수의 대표 어록이 되었다/역주)에 대한 이야기가 아니고."

"네? 네? 그게 누군데요?"

그렇구나. 그런 말이 있다는 건 알아도 어디서 처음 나왔는지는 모르는구나. 츠키시마는 문화충격을 받았다. 쇼와 시대가 옛날이 되어버렸네. 하긴 나도 쇼와 시대에 대한 기억은 없지만. 호시에짱은 '흘러간 명곡'이 나오는 TV 프로 같은 건 안 보는 모양이네. 할머니랑 같이 그런 프로를 신나게 봤던 내가 오히려 좀 특이한 애였는지도 모르지.

우리가 공유하는 문화적 기반이 이 널따란 지구상에서 이름도 모르는 작은 무인도만큼 작디작은 정도가 아닐까 불안했다. 그러나 이 정도를 가지고 좌절만 하다가는 5월에 우리 가게에서 제시할 디자인이 제때 만들어지지 못할지도 모른다. 미나미 하루오라는 대가수가 일본 엔카와 가요계에 세웠던 위대한 공적에 대한 설명은 생략하기로 하자.

"손님은 물론 소중하지만 그래도 신이라고 부를 정도는 아니야. 다행히 아직까지 우리 가게에는 말도 안 되는 억지를 부리는 손님이 오신 적은 없었지. 어쨌든 만약에 그런 사람이 있으면 '손님, 죄송하지만 저희 가게에서는 그렇게 해드릴 수 없습니다'라고 난호하게 말해도 괜찮아."

"네."

"그런데 내가 말하고 싶었던 점은 그런 게 아니라……."

츠키시마는 돌돌 만 와이어를 오사와의 중지 손톱에 대고 손톱의 휨새에 딱 붙게 양쪽 끝을 눌렀다. 오사와가 반사적으로 누르기 쉬운 각도로 손을 움직였다.

"거봐. 상대가 네일팁이 아니라 사람이니까 내가 어떻게 하려는지 알아차리고 손이나 손가락을 움직여주잖아? 그러니까 호시에짱의 예상보다 훨씬 수월하게 시술할 수 있을 거라는 말이야."

와이어를 건네주자 오사와도 곧바로 츠키시마의 손에 대고 시험해보았다.

"정말이네! 미사 언니, 정말 대단해요. 난 그런 생각은 전혀 못 했는데."

본인의 이름처럼 별이 반짝이는 듯한 존경의 눈길로 바라보는 바람에 "그냥 짬밥 차이인 거지, 뭐" 하고 어색해하며 츠키시마가 헛기침을 했다.

"이거하고는 반대로 네일팁에는 예쁘게 잘할 수 있었는데 막상 사람 손톱에 하려니 생각보다 너무 작아서 밸런스를 맞추기 힘든 디자인도 있고."

"그러니까 사람의 손톱에다 실제로 시험해보는 게 중요하다는 뜻이죠? 그럼 미사 언니, 다음에 잘 부탁함!"

"알았어……."

그럼 또다시 오사와의 실험대가 되어서 그 마찰열을 견뎌야 하는 거네. 후진 양성도 쉬운 일이 아니군. 몰래 한숨을 쉬면서 츠키시마는 옆에 있는 선반에서 도매상 카탈로그를 꺼내 페이지를 넘겼다.

"호시에짱이 가져온 거랑 똑같은지는 모르지만 여기에도 와이어가 나와 있을 거야. 아, 여기 있네. 나도 연습해보고 싶으니까 주문할게."

"제가 할 테니까 미사 언니는 그냥 쉬고 계세요."

디자인이 채용된 오사와는 의욕이 넘치는지 탁자에 있던 커피를 단숨에 들이켜고는 "잘 마셨습니다~!" 하며 컵을 싱크대에 가져다 놓고, 그대로 계산대 쪽으로 가버렸다. 노트북을 켜고 곧바로 도매 사이트에 들어가 주문할 모양이었다.

숨 좀 돌리게 하려고 했는데 또 실패다. 열심히 일하는 인재가 들어왔으니 다행이라고 할 수도 있겠지만 저렇게 쉴새 없이 움직이는 오사와를 한 자리에 잡아놓으려면 간식으로 조림 안주를 내놓아야만 가능할지도 모르겠다.

츠키시마는 식은 커피를 마시면서 오사와가 만든 샘플 네일팁을 멍하니 쳐다보았다. 엄지 외의 다른 손톱에는 어떤 디자인을 하려나? 나라면 어떤 디자인을 하고 싶을까? 이런저런 상상을 하기 시작하자 아이디어가 뭉개뭉개 구름 피어오르듯 떠올라 이참에 나도 샘플 네일팁을 만들어볼까 하는 생각이 들었다. 결국 제대로 쉬지도 못하고 네일에 대한 생각을 한다는 점에서는 츠키시마도 오사와와 매한가지인 셈이다.

시술 도구를 한데 모아 꽂아둔 연필꽂이를 가지러 가려고 츠키시마가 의자에서 막 일어나는데 "앙~, 니무 귀여워~!!" 하는 오사와의 탄성이 계산대 쪽에서 들렸다.

무슨 일인가 해서 봤더니 활짝 열린 출입구 미닫이문 앞에 한 여성이 유모차에 탄 아기를 데리고 가게 안을 보고 서 있었다. '달과 별'이 궁금해서 슬쩍 안을 들여다보는 걸 오사와가 발견한 모양이다. 한껏 들뜬 오사와가 문가에 쭈그려 앉아 "몇 살이야~?" 하고 아직 말도 못 하는 어린 아기에게 질문을 던졌다. 엄마로 보이는 여성이 마음 같아서는 그냥 가버리고 싶지만 그러면 너무 실례가 되지 않을까 망설이는 모습으로 "이제 8개월이에요" 하고 아기를 대신해 대답했다.

또 오사와의 지나치리만큼 적극적인 친화력이 발동된 모양이다. 츠키시마는 문쪽으로 다가가서 여성을 도우려는 마음에 "안녕하세요" 하고 인사했다. 그러면서 오사와의 앞치마 어깨끈을 몰래 잡고 일으켜 세웠다.

"다~"

유모차에 앉은 아기가 기분이 좋은지 소리를 내며 오른손을 뻗었다. 오사와가 "그래, 안녕~" 하고 대꾸하며 허리를 굽혀 오른손 검지를 내밀었고, 그렇게 둘이서 요상한 악수를 했다. 아이를 별로 좋아하지 않는 츠키시마조차 아기의 사랑스러움에 표정이 흐물흐물 녹아내렸다. 그런데 여성은 어딘지 멍한 얼굴로 아기를 내려다볼 뿐이었다. 상점가에서 장을 보고 돌아오는 길이었는지 왼쪽 어깨와 유모차 손잡이에 식재료가 든 에코백이 걸려 있었다. 나이는 서른 안쪽으로 보이는데 뿌리 염색을 제때 못 해서 색깔이 두 가지로 나뉜 머리를 고무줄로 대강 묶고, 화장도 하지 않은 얼굴이었다. 어린 아기를 돌보느라 여유가 없어서 미용실에 갈 짬도 내지 못하는 모양이었다.

"여기는 네일숍이에요. 들어와서 둘러보세요" 하고 츠키시마가 말했다.

진짜로 들어오게 하려던 것이 아니라 뭐든 말을 걸면 여성도 그걸 계기로 적당히 거절하든지 해서 그 자리를 떠나기 쉬우려니 하는 생각 때문이었다.

그런데 예상과는 달리 여성은 떠돌던 영혼이 몸으로 돌아와 정신을 차린 사람처럼 또렷한 눈길로 츠키시마를 바라보았다.

"지금 이 아이랑 같이 들어가도 괜찮아요?"

"네, 유모차를 끌고 그대로 안으로 들어오셔도 괜찮습니다."

"아, 그런데 시간이……."

여성의 표정이 어두워진 것을 알아차렸는지 "네일 받으시는 건 다음에 하셔도 상관없어요" 하고 오사와가 끼어들었다. 아기가 흘린 침 때문에 젖어버린 검지를 앞치마에 슬쩍 닦아내면서 "저희 시술 메뉴랑 샘플만 보고 가셔도 되니까 잠깐 들어오세요" 하며 웃는 얼굴로 몸을 옆으로 비켜서 유모차가 들어올 공간을 마련했다.

저렇게 억지로 끌어들이면……. '억지로 돈을 내게 만들면 어쩌지?' 하고 경계하는 마음이 생기지 않을까 하며 츠키시마는 마음을 졸였다. 그러나 여성은 오사와의 웃는 얼굴에 이끌리듯이 유모차를 밀고 가게 안으로 들어왔다. 츠키시마는 문가 쪽 시술 의자에 여성을 앉게 했고, 오사와는 두 개의 에코백을 받아서 손님용 짐 바구니에 넣었다. 유모차는 아기가 탄 채로 시술 의자와 마주 보게 해서 세우기로 했다. 그러면 엄마가 보이니까 아기도 안심이 될 것이다. 아기는 소리 나는 애벌레 인형 같은 것을 흔들어대며 "부~닷다~" 하고 혼자 뭔가 옹알이를 했다.

오사와는 샘플 네일팁이 들어 있는 케이스를 여성에게 건넨 다음 유모차 옆에 쭈그리고 앉아 "이름이 뭐야~?" 하고 또 아기를 향해 물었다.

"겐타예요" 하고 시술 의자에 앉은 여성이 대답했다. 시선은 무릎 위 샘플 케이스에 고정되어 있었다. 츠키시마는 시술 의자 왼편의 둥근 의자에 앉아서 "네일 아티스트인 츠키시마라고 합니다" 하고 인사했다.

"어느 정도 시간을 내실 수 있는지, 혹은 어떤 디자인을 원하시는지, 생각나시는 대로 말씀해주세요. 오늘 말고 다음에 예약을 잡아드릴 수도 있으니까요."

"예쁘다······."

액자 모양 케이스의 유리 너머로 샘플 네일팁을 매만지면서 여성이 한숨을 내쉬듯이 말했다.

"이 아이가 태어나기 전까지만 해도 네일아트를 꾸준히 받았거든요. 오랜만에 보니까 너무 좋네요. 그치만 죄송해요. 젤 네일을 하려면 시간이 너무 걸려서 아무래도……."

자리에서 일어나려는 여성을 츠키시마가 말렸다. 샘플을 들여다보던 여성의 눈길이 어딘지 모르게 절박해 보였기 때문이다.

"손님은 지금 맨 손톱 상태라서 기존의 네일을 벗기는 시간이 필요하지도 않고, 젤 네일이 아니라 파워 폴리시로 하면 디자인에 따라서 다소 달라지기는 해도 1시간 정도만 시간을 내주시면 가능합니다."

"파워 폴리시……. 어디선가 들어본 적은 있는데 해본 적이 없네요."

"젤 네일과 일반 매니큐어의 중간 정도라고 보시면 됩니다. 매니큐어보다 훨씬 단단해서 한 번 칠하면 보름 정도는 유지되고, 집안일을 해도 벗겨지거나 하지 않아요. 나중에 지울 때도 젤 네일에 비하면 시간이 안 걸리죠. 그러니까 장 보러 나오셨을 때 잠깐 들러서 15분 정도면 지울 수 있어요."

"바아~!"

겐타가 애벌레 인형을 던졌다. 오사와가 "아야야~, 겐타, 그러면 아프잖아~!" 하고 아기를 흉내 내는 목소리로 애벌레 대신 말하고는 바닥에서 인형을 주워 겐타에게 안겨주었다. 그러자 아기가 또 인형을 던진다. 다시 주워서 준다. 둘 다 꺅꺅 웃으면서 그런 놀이를 끝도 없이 하고 있다.

"4시까지 끝내야 하는데 혹시 가능할까요?"

파워 폴리시라는 선택지가 있다는 사실을 알고는 살길을 찾은 사람처럼 여성이 몸을 내밀면서 절박하게 물었다.

"이대로 있다가는 정말 미쳐버릴 것 같단 말이에요! 손톱만이라도 사람답게 깔끔해지고 싶다고요!"

"네, 잘 알겠으니까 진정 좀 하시고요."

여성의 기세에 압도되어 몸을 뒤로 빼면서 츠키시마는 슬쩍 손목시계를 보았다. 현재 시간 3시 10분. 3시 반부터 다음 예약이 잡혀 있다. 하지만 그때까지는 오사와와 같이 시술할 수 있으니까 4시까지 그럭저럭 맞출 수 있을 것이다.

"그럼 그렇게 맞춰보겠습니다."

그때부터 모두가 합심해서 움직이기 시작했다.

처음 오신 손님이 작성하게 되어 있는 진단서처럼 생긴 고객 정보 양식에 여성이 이름과 연락처를 기입했다. 우에노 고토코, 29세. 역에서 도보로 15분 정도 걸리는 아파트에 사는 모양이다. 츠키시마는 그 용지를 받아 손톱 상태를 확인하고 필요한 정보를 적었다. 색이나 윤기에는 문제가 없고, 변형도 없다. 손톱이 약간 얇아 보이는 것은 아직 모유 수유 중이어서 그럴 것이다. 아니면 출산 후라서 빈혈기가 있을 수도 있다. 앞으로도 가게에 오시게 되면 주의해서 경과를 살필 것.

그사이 오사와가 재주 좋게 한 손으로는 애벌레를 움직여 겐타와 놀아주면서 다른 한편으로는 우에노와 네일 디자인에 대해 상담했다.

"아무래도 남들이 어떻게 볼지 걱정돼요" 하고 우에노가 목소리를 쥐어짜듯이 말했다.

"갓난쟁이가 있는데 네일아트를 하면 '애 엄마 손톱이 저게 뭐냐, 저런 손톱으로 애를 어떻게 보겠냐' 하고 손가락질당할 것 같아요."

"에이~, 그런 말을 하는 사람이 어디 있어요?"

우에노의 절박한 호소를 오사와가 가벼운 말투로 흘려보냈다. "물론 손톱에 징 같은 걸 왕창 붙여서 파인애플 껍데기처럼 만들면 좀 위험할 수 있겠죠. 하지만 그런 거 아니면 손톱이 무슨 색깔이건 애 보는 거랑은 아무 상관 없잖아요."

"우리 남편도 그러기는 하더라고요. '뭘 그런 걸 신경 쓰고 그래? 정 그러면 내 손톱도 시커멓게 칠해버릴까?' 하고요."

"정말요? 좋은 분이시네요."

"은행에서 일하는 사람이라 말만 그렇지 실제로는 절대로 못하죠. 바쁘다면서 육아도 다 나한테 미루고, 말로만 위하는 척!"

"아아~, 그게……. 그럼 파워 폴리시 색깔 샘플 가지고 올게요!"

그동안 쌓이고 쌓였던 우에노의 울분이 시시때때로 작은 폭발을 일으키는 모양이었다. 하지만 그러면서도 그럭저럭 결론이 나서 반짝이가 든 빨간 파워 폴리시를 칠하기로 했다. 전체를 다 칠하면 너무 튈 것 같다고 우에노가 겁을 먹어서 폭이 좁은 프렌치 네일로 하면 어떻겠냐고 오사와가 제안했다.

아아, 프렌치로 하자고? 좋지. 일직선으로 칠하는 스트레이트 프렌치로 하면 칠하는 데 시간도 많이 안 걸린다. 두 사람이 주고받는 이야기를 들으면서 츠키시마는 손톱 안쪽의 얇은 피부인 큐티클을 처리했다. 파워 폴리시로 시술할 때는 손톱 표면의 반질거림을 갈아낼 필요가 없다. 손톱의 수분과 유분을 없애기 위해 프라이머라는 투명한 약품을 브러시로 칠하면 준비작업이 끝난다.

선반에서 파워 폴리시를 들고 온 오사와가 "우와~, 벌써 끝났어요?" 하며 감탄했다.

뭘 그리 난리야. 하지만 나의 이 신속하고도 섬세한 큐티클 처리 능력을 호시에짱이 본받을 수 있다면 정말 나행이시, 후후후. 선배로서 기술과 위엄을 보여줄 수 있어 츠키시마는 내심 우쭐했다. 함께 시술하려고 의자에 앉아 바퀴를 돌돌 굴리며 다가오는 오사와의 움직임이 재미있는지 뒤에 있는 겐타가 해맑은 웃음소리를 냈다.

츠키시마가 왼손을, 오사와가 오른손을 맡아 투명한 베이스 코트를 바르고 LED 램프로 굳히는 참에 3시 반에 예약했던 단골손님인 시노하라가 왔다.

"어서 오세요. 잠시만 기다려주세요."

츠키시마는 문 앞에 서 있는 시노하라에게 인사한 다음 목소리를 낮춰서 "할 수 있지?"라고 오사와에게 물었다.

"네, 그런데……어느 쪽이요?"

오사와의 질문에 츠키시마는 아주 잠깐 고민했다.

에이 참, 혼자 시술을 맡아서 하라고 할 때마다 주인한테 버려진 강아지처럼 그런 불쌍한 눈으로 보지 말란 말이다. 호시에짱이 불안해하면 손님들까지 '이 사람한테 맡겨도 괜찮을까?' 하고 걱정하게 되잖아. 그건 그렇고, 어느 쪽 손님을 맡겨야 하나? 우에노 님은 시술을 빨리 해달라고 하고. 시노하라 님은 젤 네일을 벗겨낼 때 생기는 마찰열을 좀 힘들어하고.

고민스럽네, 하고 망설였는데, 겉으로는 100년 전부터 정해져 있던 일처럼 자연스럽게 "우에노 님, 죄송하지만 저는 이만 실례하겠습니다" 하고 츠키시마가 말했다.

"나머지는 오사와가 맡아서 해줄 거예요."

그렇게 당당하게 선언하는 편이 오사와도 딴생각 없이 시술을 하고, 우에노도 오사와에게 시술을 받는 데에 전념할 수 있으리라 판단했기 때문이다.

"죄송해요. 예약도 없이 갑자기 부탁드려서" 하고 미안해하는 우에노에게 츠키시마는 "아니요, 별말씀을요. 정신없이 왔다 갔다 해서 저희야말로 죄송하죠" 하고 인사한 후 자리에서 일어났다.

그러면서 오사와의 어깨를 가볍게 두드렸다. 고개를 끄덕인 오사와가 의욕 충만한 표정으로 빨간 파워 폴리시 용기를 들어올리는 것을 확인한 츠키시마는 기다리고 있던 시노하라를 안쪽 시술 의자로 안내했다.

시노하라는 유모차에 앉아 있는 겐타의 모습을 보더니 "아이~, 예뻐라. 너는 몇 살이니?" 하고 옆을 지나치면서 물었다.

"8개월이에요" 하고 오사와에게 손을 맡긴 우에노가 시술 의자에서 대답했다. 도대체 왜 모두 아직 말도 하지 못하는 아기한테 말을 거는지 모르겠다는 생각이 들어 츠키시마는 너무 웃겼다.

"다~!"

시노하라가 얼굴을 가까이 대자 겐타가 작은 두 발로 버둥거리면서 인사했다. 그러느라 발가락 끝에 걸려 있던 양말이 획 벗겨지며 날아갔다.

"그래~, 착하지."

시노하라는 미소를 지으며 양말을 주워 아기에게 신겨주었다. 시술 의자에서 일어나려던 우에노가 "어머, 죄송해요" 하며 안도하는 표정으로 말했다.

시노하라는 단골손님이다. 츠키시마는 그동안 시노하라와 주고받은 대화를 통해 그녀가 어떤 사람이고, 어떻게 사는지 대충 파악하고 있다. 40대 후반인 시노하라는 남편과 함께 작은 수입회사를 운영 중이고 고등학생 정도 되는 아들이 있는 것으로 안다.

시노하라는 겐타의 발바닥을 간지럽혀서 한차례 웃게 한 다음 안쪽에 있는 시술 의자에 앉았다. 육아 경험이 있는 사람이라 역시 아기 다룰 줄을 아네, 하고 츠키시마는 감탄했다.

시노하라는 샘플 케이스를 보더니 금방 디자인을 정했다. 10개 손톱 중 2개를 대모갑(바다거북 등껍질 모양)의 색깔과 문양으로 칠하는 디자인이다. 샘플에서는 다른 손톱들을 연한 베이지 단색으로 칠하게 되어 있는데 시노하라는 진한 와인레드 색으로 칠해달라고 했다.

"양손의 약지를 그 디자인으로 해주세요. 그런데 대모갑에 와인레드 색이면 봄에 안 어울리게 너무 무거울까요?"

"아니요, 색감은 서로 잘 어울리니까 시술해놓고 보면 아주 멋있을 거예요. 예로부터 계절에 맞는 색감이나 장식에 대해 전해지는 이런저런 전통은 잘 모르겠지만 봄에 대모갑 문양의 장식을 하면 안 된다는 말은 없었던 것 같네요."

"아하하, 그러고 보니 그러네. 사실 따지고 보면 진짜 바다거북의 등딱지는 이제 어디서도 구할 수 없으니까. 계절과 국제조약에 상관없이 이런 디자인을 즐길 수 있어서 네일아트가 좋은 거죠."

"그럼요. 바다거북은 소중히 지켜야 하니까요."

츠키시마가 시술을 시작했다. 조심스레 파일로 예전 네일을 벗겨낸 다음 베이스 코트를 칠하고 LED 램프로 말렸다. 다음으로 양손 약지에 투명한 느낌의 주황색 젤을 발랐다. 이게 대모갑 디자인의 바탕색이 된다. 그 위에 짙은 갈색과 진한 주황색 젤을 바르고 붓으로 라인을 흐리게 만들면서 모양을 그려간다. 그렇게 작고 정밀한 바다거북 등딱지 모양을, 살생을 하지 않고 손톱 위에 구현한다.

시노하라는 매번 디자인이나 색깔을 고르는 데 시간을 끄는 법이 없다. 그렇게 고른 뒤로는 시술할 때 잡담을 하거나 살짝 졸거나 할 뿐 자잘하게 이런저런 요구를 하는 일도 없다. 손님에 따라서는 이랬다저랬다 변덕을 부리며 디자인을 정하는 데에 15분씩 걸리는 경우도 있고, 츠키시마에게 의견을 물어보는 경우도 적지 않다. 그런 손님과 이야기하며 이게 좋겠네요, 이건 어떠세요, 하고 열심히 머리를 쥐어짜는 것도 나름대로 보람은 있다. 하지만 시노하라처럼 순식간에 결정하고 "알아서 해주세요" 하고 맡겨주면 시술하는 데에 집중할 수 있어 마음이 편하다.

바다거북의 등처럼 보이도록 색깔을 흐리는 균형감을 조절하면서 열중하고 있는데 옆에서 겐타가 칭얼거리기 시작했다. 우에노가 시술 의자에서 일어나려고 해서 "아아, 잠깐만요! 방금 톱 코트를 칠한 상태라서 움직이시면 안 돼요" 하고 오사와가 말했다.

"일단 손을 램프에 대고 말려주세요. 겐타는 제가 맡을게요."

츠키시마는 등을 돌린 상태로 열심히 시술하면서 귀를 쫑긋 세워 추이를 살폈다. 오사와가 우에노의 지시에 따라 유모차 주머니에서 아기용 쿠키 봉지를 꺼내는 모양이었다. 겐타가 바스락거리는 봉지 소리에 민감하게 반응하며 "낫, 낫!" 하고 재촉했다. 츠키시마의 시야 끝에 조심조심 겐타의 입에 쿠키를 넣어주는 오사와의 모습이 비쳤다.

우에노의 오른손 손톱이 다 마르자 오사와는 서둘러 자기 의자로 돌아갔다. 그런데 입에 있던 쿠키가 녹아 없어지고 나자 겐타가 다시 칭얼대기 시작했다. 오사와는 우에노의 손톱을 젤 클렌저로 닦다가 말고 허겁지겁 유모차 앞에 쭈그려 앉아 이번에는 애벌레 인형으로 아기를 달랬다. 겐타는 불만스러운 목소리로 "닷, 닷!" 하며 쿠키를 더 달라고 요구했다.

시술 의자와 유모차 사이를 오사와가 바지런한 다람쥐처럼 쉴 새 없이 왔다 갔다 했다. 괜찮으려나 하고 츠키시마는 좀 재미있어하면서 시노하라의 오른손 약지의 대모갑 디자인을 완성했다. 츠키시마의 지시대로 LED 램프에 손을 넣은 시노하라가 "내일이 우리 아들 대학 입학식이거든요" 하고 부드러운 목소리로 말했다.

겐타가 칭얼거리는 바람에 우에노가 어쩔 줄 몰라하는 것 같았다. 그래서 시노하라는 우에노가 이쪽 눈치를 보지 않게 하려고 다른 대화를 하려는 것이구나, 하고 알아차린 츠키시마가 "어머, 축하드려요" 하고 말했다. "고등학교에 다니는 줄 알았는데 벌써 대학생이 되었네요!"

"세월이 참 빠르죠? 머리가 컸다고 이제 자기 마음대로 하려고 '엄마는 입학식에 안 와도 돼'라고 미리 철벽을 치더라고요!"

"후후후."

"우리 때는 부모가 대학 입학식에 같이 가는 경우가 거의 없었으니까 '당연하지. 엄마는 뭐 할 일 없는 사람인 줄 아니?' 하고 맞받아치기는 했거든요. 그래도 뭔가 그냥 있으면 안 될 것 같고 손톱이라도 좀 꾸며야 하나 싶어서 네일을 예약한 걸 보면 나도 물러터진 아들 바보가 맞나 봐요."

"말씀은 그렇게 하셔도 결국 내일 아드님 입학식에 같이 가실 것 같은데요?"

웃음기 있는 목소리로 츠키시마가 묻자, "그렇게 되겠죠" 하며 시노하라가 한숨을 쉬었다.

"정장에도 잘 어울릴 거예요. 이 대모갑 디자인하고 와인레드 색깔이."

젠타가 "다다, 다닷!" 하며 신나서 소리를 질렀다. 결국 기 싸움에서 진 오사와가 우에노의 허락을 받아 두 번째 쿠키를 먹게 해준 모양이다. 우에노는 두 손을 눈앞에 들고서 빨간색 스트레이트 프렌치 네일을 바라보고 있었다. 전설 속의 과일을 드디어 발견했으나 이게 꿈인지 생시인지 알 길이 없어 얼이 빠진 사람 같은 표정이다.

"고맙습니다."

조금 뒤에 우에노가 작은 소리로 말했다. 울먹이는 목소리였다. "정말이지 너무 좋아요!"

"그렇게 좋아하시니 다행이에요!"

오사와가 통통 튀는 목소리로 대답하면서 우에노가 갈 채비 하는 것을 도왔다. 우에노는 "옆에서 정신없게 해서 죄송합니다" 하고 옆 의자에서 시술하던 츠키시마와 시노하라에게까지 사과했다. 그리고 4시 정각에 계산을 마치고 가게를 나섰다.

"감사합니다. 겐타도 잘 가~! 빠이빠이~!"

가게 바깥에서 배웅하는 오사와의 목소리와 어딘지 모르게 경쾌해진 듯한 유모차 바퀴 소리가 상점가의 시끌벅적함에 활기를 더했다.

"아기가 칭얼거리는 건 당연한 일인데……. 그래도 엄마들은 자꾸 눈치 보고, 주눅 들고, 그런단 말이야" 하고 시노하라가 중얼거렸다. 츠키시마가 끄덕였다.

"지하철 같은 데서 아기가 울면 나도 모르게 그쪽을 보게 되더라고요. 그런데 그렇게 쳐다보는 시선 자체가 아기 엄마를 힘들게 하는 일인지도 모르겠구나……, 오늘 저 엄마를 보니까 정말 그런 생각이 드네요."

"맞아요. 영원히 우는 아기가 어디 있겠어요? 그러니까 주변 사람들은 태연하게 그러려니 하거나 아니면 슬쩍 달래주거나 하면 되는 거죠."

작업대를 정돈하고 소독까지 마친 오사와가 츠키시마를 도우러 왔다. 오사와를 시노하라에게 소개한 다음 시술을 함께했다.

오사와에게는 대모갑 디자인이 들어간 약지를 뺀 오른손의 다른 손톱을 맡기기로 했다. 네일아트가 들어가는 경우는 양손을 한 사람이 맡아서 해야 한다. 네일아트의 기본 중의 기본이라고 할 수 있는 프렌치 네일이라 해도, 혹은 네일 스톤 하나만 올리는 시술이라 해도 다른 사람의 손길이 들어가면 좌우 대칭이 제대로 맞지 않는 경우가 많아서다. 물론 감각의 차이를 기술로 보완해서 다른 네일 아티스트의 시술과 거의 흡사하게 만들 수는 있다.

또한 양손이 대칭되도록 똑같이 시술해야 한다는 법도 없다. 양손은 고사하고 손가락마다 다른 네일아트를 해서 즐기는 손님도 많은데, 그렇게 하는 경우에도 원칙적으로는 한 네일 아티스트가 담당하는 편이 낫다고 츠키시마는 생각한다. 아무래도 책임감을 가지고 손톱 전체의 밸런스도 고려하면서 자신의 감각과 기술을 전부 쏟아부어야만 고객이 만족하는 네일아트를 완성할 수 있다고 여기기 때문이다.

그러나 이번에 대모갑 디자인 이외의 손톱은 와인레드 단색으로 칠하기만 하면 되고, 이렇게 오사와를 소개하려는 의도도 있다. 시노하라도 괜찮다고 양해해줘서 오사와가 진지한 얼굴로 단색 칠하기 시술을 시작했다. 그러는 사이에 츠키시마는 시노하라의 왼손 약지에 바다거북 등껍질 무늬를 완성해나갔다.

오사와는 젤을 굳히기 전에 츠키시마에게 확인을 받았다. 츠키시마는 젤이 얼룩지거나 튀어나온 부분이 없는지 살펴본 다음 "됐어요" 하며 고개를 끄덕였다. 그런 두 사람을 바라보던 시노하라가 "좋은 네일 아티스트가 들어와서 정말 다행이네요, 츠키시마 씨" 하고 감개무량한 표정으로 말했다.

"혼자서 바쁘게 이리 뛰고 저리 뛰고 하느라 나중에는 빵을 입에 문 채로 정신없이 졸기도 했는데 말이에요."

"빵이요?" 하며 오사와가 무슨 소리인가 하는 표정으로 물었다. 그런데 츠키시마는 "그거야 뭐……" 하며 얼버무렸다.

예전에 츠키시마가 휴식 공간에서 빨리 점심을 먹어치우려다가 너무 피곤한 나머지 의자에 앉은 채로 곯아떨어진 적이 있었다. 그런데 예약 시간에 딱 맞춰 찾아온 시노하라가 문가에서 아무리 불러도 대답이 없자, 걱정이 되어 가게 안으로 들어와서 휴식 공간을 들여다본 것이다. 그랬더니 츠키시마가 의자에 널브러져 정신없이 잠들어 있는데, 입에는 점심 삼아 먹던 카레 빵을 물고 있었다. 시노하라가 살그머니 다가가 츠키시마의 입에서 카레 빵을 빼주려는데 때마침 깜짝 놀라 잠에서 깬 츠키시마와 눈이 딱 마주쳤다. 이것이 츠키시마가 지금까지도 가끔 떠올리고는 이불킥을 하는 일생일대의 창피한 사건의 전말이다.

오사와는 빵 사건에 대해서 더 이상 파고들지 않고, "아직 미사 언니에게 힘이 되려면 많이 모자라지만, 열심히 해서 실력을 갈고닦으려고요. 앞으로도 잘 부탁드립니다" 하고 네일 브러시를 한 손에 든 채로 시노하라에게 고개를 까딱 숙였다. 어째서 '따님을 주시면 열심히 잘 살아보겠습니다' 하고 여친 부모님에게 결혼 승낙을 받으러 온 예비 신랑 같은 멘트로 인사하는 거지? 싶어 츠키시마는 당혹스러웠다. 그러나 시노하라는 아무렇지도 않게 "정말 미숙한 게 맞아요?" 하며 고개를 갸웃거렸다.

"그런데 아까 그 아기를 데리고 온 손님은 자기한테 네일아트를 받고서 무척 좋아하는 것 같던데."

"아까 그 손님 같은 경우는 사정이 좀 있어서요."

오사와가 와인레드 색 젤 네일을 두 겹째 바르기 시작하면서 대답했다.

"육아에 쫓기느라 네일아트고 뭐고 아무것도 못 하고 지내서 스트레스가 많이 쌓이셨던 모양이에요. 그러니까 제가 아니라 원숭이가 네일아트를 해줬어도 똑같이 감격하셨을 거예요."

"물론 제 나름대로는 정성을 다해서 해드린 거지만요" 하며 오사와가 자부심을 드러내며 덧붙였다.

아무리 똑똑하고 손재주가 좋아도 원숭이에다 네일 아티스트를 갖다대면 어쩌란 말인가? 게다가 고객의 개인적인 사정을 그렇게 다른 사람한테 말하는 건 절대 금기라고! 츠키시마가 으흠으흠 하고 헛기침을 했다.

오사와는 그 소리에 '아차!' 싶었는지 입을 다물었다. 그런데 시노하라는 그런 이야기를 별 뜻 없이 들었는지, "육아하는 엄마들도 가벼운 마음으로 네일을 받으면서 숨을 돌릴 수 있으면 참 좋을 텐데" 하고 말했다.

"맞아요, 저도 같은 생각이에요!"

순식간에 활기를 되찾은 오사와가 컬러 젤을 바르면서 고개를 마구 끄덕였다.

"'애 엄마는 네일이고 뭐고 딴 데 신경 쓰지 말고 애나 잘 보면 된다'는 식의 생각은 너무 이상한 것 같아요."

"그냥 편견인 거지" 하고 시노하라가 한마디로 단정했다.

"사실은 아이를 돌볼 때도 네일 케어를 받는 편이 좋은 경우도 많아요."

츠키시마도 와인레드 젤을 바르기 시작하면서 말했다. "네일아트까지는 아니더라도 그냥 손톱 손질을 프로에게 맡기기만 해도 손톱 끝이 거칠거칠 일어나거나 갈라진 부분을 다듬을 수 있으니까 이기 피부에 생채기를 낼 염려가 없어지지요. 게다가 젤 네일을 바르면 그만큼 손톱이 두꺼워지면서 끄트머리가 둥글어지니까 손톱 끝에 뭔가가 걸리는 일도 방지할 수 있고요. 그래서 아토피에 시달리는 분들 중에는 정기적으로 네일숍을 찾는 손님들이 꽤 많아요. 맨손톱으로 긁으면 끝이 얇고 뾰족해서 생채기가 나고 흉터가 남는다고 하더라고요."

"그렇구나~. 네일 케어는 실용적인 면도 많네요."

시노하라가 LED 램프에 손을 넣으면서 말했다.

"게다가 어린아이들은 네일아트를 한 손을 좋아하잖아요" 하며 오사와가 웃었다. "아까도 겐타가 제 손을 신기해하면서 자꾸 만지작거렸거든요. 언젠가는 버스를 타고 가는데 세 살 정도 되어 보이는 남자애가 '예쁘다!'고 하기에 나를 보고 하는 말인가 해서 봤더니 손잡이를 잡은 제 손톱을 뚫어지게 쳐다보면서 하는 말이더라고요. 속으로 '정신 차려! 그저 자뻑이야!' 하면서 혼자 얼굴을 붉혔죠."

"어린아이들은 선명한 색깔이나 반짝반짝거리는 걸 좋아하나 보네."

어린아이에게 자랑스럽게 손톱을 보여주는 오사와의 모습이 눈에 선하게 보이는 듯해서 츠키시마가 피식 웃으며 말했다.

"어린아이들만 그런 게 아니라 어른들이나 까마귀까지도 그렇잖아요."

오사와가 볼멘소리를 내며 따졌다.

"반짝이는 게 싫은 사람은 고리타분한 도인들 정도일걸요?"

"난 반짝거리는 거나 차분한 거나 둘 다 좋던데."

시노하라가 밝은 목소리로 말했다.

"그때그때 기분에 따라서 옷을 갈아입는 것처럼 손톱을 새로 칠할 수 있다는 게 네일아트의 좋은 점 아닌가?"

맞는 말이라고 츠키시마는 생각했다. 옛날에도 네일아트가 있었다면 유명한 선승이나 도인들도 손톱을 검게 칠하거나, 아니면 일부러 반짝반짝한 큐빅을 붙여서 즐겼을 게 틀림없다는 확신이 들었다. 다실에 거는 족자나 화병에 꽂는 꽃을 계절과 손님에 어울리게 맞췄듯이 말이다.

네일아트가 다 되자 오사와가 따뜻한 물수건과 핸드크림을 들고 왔다. 바다거북의 등딱지 무늬와 와인레드 색깔은 아주 잘 어울렸다. 침착함 가운데 여유로움이 풍기면서, 시노하라가 아들의 대학 입학식에 간다면 좋은 날에 어울리는 화사함까지 갖춘 느낌일 것이다.

츠키시마가 따뜻한 물수건으로 시노하라의 손을 감쌌다. 시술하는 동안에는 손을 거의 움직이지 못하기 때문에 이런 방법으로 혈액순환을 촉진하여 근육의 긴장을 풀어주는 것이다. 그런 다음에 핸드크림을 발라 손을 마사지한다.

오사와는 츠키시마 옆에 서서 마사지하는 법을 열심히 들여다보다가 "저기, 미사 언니" 하고 머뭇머뭇 말을 걸었다.

"'달과 별'에 키즈존을 만들면 어떨까요?"

"음~, 글쎄……. 키즈존이 설치된 네일숍들도 있고, 괜찮은 생각 같기는 한데, 우리 가게는 그렇게 넓지가 않아서……."

"괜찮을 것 같은데?"

기분 좋은 표정으로 손을 맡기고 있던 시노하라가 대화에 끼어들었다. "유모차를 놓을 만한 공간은 있잖아요. 그런 손님이 올 때만 큼지막한 어린이 매트 같은 걸 바닥에 깔아주면 되지 않을까?"

"그 정도 공간이면 충분할까요?"

"네일 시술은 2시간 정도면 어지간히 되잖아요. 그사이에 계속 자는 아이도 있을 테고. 좀더 큰 아이들 같으면 울타리 같은 걸 만들어줘야 할 수도 있겠네. 어쨌든 아이를 동반한 손님이 없을 때는 매트를 접어서 치워두면 되니까. 물론 아이가 있을 때는 보육사가 딱 붙어서 봐줘야 하겠지만."

"자리는 어떻게든 만든다 치더라도 보육사를 그때마다 부르는 건 좀 힘들지 않을까요?"

츠키시마가 걱정스럽게 물어도 시노하라는 긍정적이었다.

"보육사 자격증을 가진 사람들 중에도 고정적인 직장 없이 프리랜서로 일할 수 있는 사람들이 생각보다 많을 것 같은데. 그런 사람들을 몇 명만 근처에 확보해놓으면 필요할 때만 잠깐 와달라고 할 수 있지 않을까요? 원래 네일은 자주 받는다 해도 3주에 한 번 정도고 대개는 다음 예약을 잡고 가잖아요. 보육사 입장에서도 일정을 조정할 수 있고, 잠깐 일하고 용돈 벌이 정도 한다는 가벼운 마음으로 오겠다는 사람이 분명히 있을 거예요."

시노하라가 제시한 아이디어를 듣고 갑자기 희망이 부풀어오른 츠키시마와 오사와가 서로 얼굴을 마주 보았다.

"진짜로 검토해볼까?"

"네!"

"그런데 내가 아는 사람들 중에는 보육사가 한 명도 없는데."

"저도요."

안 되겠네. 한창 부풀던 희망이 급속도로 쪼그라들었다. 낙담한 츠키시마의 어깨가 축 늘어졌다.

그러나 그 점에 관해서도 시노하라는 "알아보면 충분히 있을 거예요"라고 장담을 했다. "우리 맞은편 집의 부인이 예전에 보육사로 일했다고 한 기억이 있거든요. 조만간에 슬쩍 물어볼게요. 그 사람이 안 되더라도 누군가 다른 사람을 소개해줄 수도 있을 테고. 아니면 예전에 활동하던 동네 맘카페에 오랜만에 글을 올리는 방법도 있으니까."

역시 회사를 운영하는 경영자답게 유능하고 신속하다. 인재 찾기는 일단 시노하라에게 부탁하기로 하고, 그사이에 츠키시마는 키즈존이 있는 네일숍에 대해 조사해보기로 했다.

고맙다고 인사하고 시노하라를 배웅한 이후에도 예약 손님들이 끊이지 않았다. 잠시 짬이 나서 짧게 숨을 돌리면서도 츠키시마와 오사와는 당연히 키즈존에 대한 이야기를 주고받았다.

"수요가 얼마나 될까요?"

"전혀 가늠이 안 되네."

놀이방이나 유치원에 다니는 어린아이가 있는 손님은 꽤 많다. 그런 손님들은 가족이 집에서 아이를 봐줄 수 있는 주말이나, 혹은 평일이라면 집안일이나 직장일을 마치고 아이를 데리러 갈 때까지 잠깐의 틈새 시간을 이용해 '달과 별'에서 네일을 받는 것으로 알고 있다. 키즈존이 생기면 훨씬 부담없이 편한 시간대에 네일을 받을 수 있을 것이다.

그런데 갓난쟁이에 가까운 어린 아기가 있는 엄마들의 경우는 어떨지 전혀 감이 잡히지 않았다. '달과 별'에 키즈존이 없어서 가게에 오지 못하는지도 모른다. 고객의 니즈를 파악하지 못한 부분이 있었네, 하고 츠키시마가 반성했다.

"게다가 얼마를 받아야 할지도 전혀 모르겠어." 츠키시마가 덧붙였다. "보육사를 부를 경우 그 비용은 손님 부담이 될 텐데, 도대체 얼마나 될지……. 혹시 호시에짱은 얼마쯤인지 알아?"

"아뇨, 전혀 몰라요." 오사와가 미안한 표정으로 어깨를 움츠렸다. "가업을 잇겠다고 소바 만들기 수련 중인 오빠도 아직 결혼 전이고 해서 아기 키우는 데 관해서는 아는 게 전혀 없어요."

"호시에짱 오빠라면 아직 젊을 테니 당연히 그렇겠지."

그렇게 말하면서 츠키시마는 자기가 뱉은 말이 칼이 되어 자기 심장을 찌르는 것 같았다. 아야야야. '젊음'이 결혼하지 않은 이유라고 한다면 30대 중반이 넘어서도 싱글에 애도 없는 나는 도대체 뭐냐? 방금 그 말은 무신경하기 짝이 없는 '모두까기' 발언이겠네.

츠키시마는 결혼이나 출산에 거의 흥미를 느끼지 못해 네일 아티스트로서 기술을 갈고닦으며 일에만 매진해왔다. 거기에 대해

후회한 적도 없고 지금 상태에도 나름대로 만족하며 사는 중이다. 그런데도 '보통 사람은 일정 나이가 되면 결혼해서 아이를 낳는다'는 생각이 무의식중에 뿌리 박혀 있었음을 깨닫고 스스로도 놀라며 반성하게 되었다.

오사와는 츠키시마가 혼자 놀라서 반성했다는 사실을 전혀 눈치채지 못했는지 "하긴 그렇죠" 하고 가볍게 흘렸다.

"아무튼 겐타처럼 어린 아기를 만난 게 얼마 만인지 기억도 나지 않을 정도니까요. 육아에 관한 건 아무것도 몰라요."

그런 사람치고 아이를 잘 달랬던 걸 보면 오사와의 붙임성 있는 성격은 어린아이를 상대할 때도 발휘되는 모양이다. 그저 감탄할 따름이다.

"나도 마찬가지니까 일단은 정보부터 모아보자"는 것으로 결론이 내려졌다.

사실 츠키시마가 혼자 가게를 꾸리고 있을 때는 키즈존의 필요성이 머리에 떠오른 적조차 없었다. 오사와가 특유의 친화력으로 우에노를 가게로 들어오게 했기에 '달과 별'에 더 필요한 부분이 있음이 드러났다. 오사와가 가진 친화력의 위력을 새삼 느꼈다.

그날 마지막 손님을 배웅한 츠키시마는 필요한 사무를 마치고 저녁 7시 반 무렵 가게를 닫았다.

그대로 건물 뒤편으로 돌아가 2층에 있는 방으로 올라갈 작정이었는데, 술집 '딱 한 잔' 앞을 지나갈 때 향기로운 생선구이 냄새가 코끝을 스치는 바람에 마음이 바뀌었다. 집 냉장고의 상태를 떠올린 것도 원인이었다. 쓸 만한 식재료가 거의 없는데, 그렇다고 지금부터 장을 보러 나가기는 너무 귀찮다.

먼저 일을 마친 오사와가 안에서 죽치고 있으면 귀찮은데 싶어 미닫이문 유리를 통해 안쪽을 들여다보았다. 다행히 오늘은 곧바로 집에 돌아간 모양이다. 오케이, 좋았어. 츠키시마는 안심하고 '딱 한 잔'의 문을 드르륵 열었다.

카운터 자리 딱 하나가 비어 있었다. '딱 한 잔'은 오늘도 손님들로 북적였다. 츠키시마는 카운터에 자리를 잡고 앉아 메뉴를 들여다보고 생맥주에다가 임연수어 구이, 그리고 돼지고기 된장국과 밥 세트를 주문했다. 사장인 마츠나가가 주문한 음식들을 정식처럼 한 쟁반에 담아서 내주었다. 임연수어 접시에는 채 썬 양배추도 곁들여 있었고, 기본 안주 대신인지 해초무침이 담긴 작은 종지도 있었다.

살이 촉촉하고 부드러운 임연수어, 건더기가 듬뿍 든 돼지고기 된장국, 밥알 하나하나가 살아 있는 밥까지 모든 음식이 다 맛있었다. 그러나 자꾸 마음에 걸리는 점이 있어서 츠키시마는 이 맛난 식사에 집중할 수가 없었다.

음식을 내주는 마츠나가도, 심지어 츠키시마 왼쪽에 앉은 단골로 보이는 아저씨 손님까지도 하나같이 손톱이 맨질맨질 반짝반짝한 상태였기 때문이다. 큐티클 처리까지 완벽하게 되어 있었다.

안타깝게도 일본에서는, 아니, 세계를 통틀어봐도 손톱을 제대로 손질하고 다니는 남성은 소수파라고 할 수 있다. 대개는 적당히 깎고 다니면 된다는 식이다. 그런데도 '딱 한 잔'에 모인 중년 남성들 모두의 손톱이 반짝반짝 빛나는 이유는 하나밖에 없다.

"그거, 호시에짱이 그렇게 한 거죠?"

조리가 일단락되었는지 카운터 안쪽에서 설거지한 식기를 마른 행주로 닦고 있던 마츠나가의 손을 가리키며 츠키시마가 물었다.

"그렇다니까요!" 하고 반응한 사람은 왼쪽에 앉은 아저씨였다. 마츠나가는 아무 대꾸도 없이 한숨만 내쉴 뿐이었다.

"저기, 혹시 옆의 네일 가게 사장님이신가?" 하며 아저씨가 츠키시마에게 애원하는 듯한 기세로 물었다.

"그런 거면 제발 호시에짱한테 '이제 버핑은 합격'이라고 말해주세요."

'버핑(연마, 다듬질)'이라는 용어까지 쓰는 것만 봐도 알 수 있듯이 아저씨는 '딱 한 잔'에서 오사와랑 마주칠 때마다 다듬질 연습용으로 손톱을 내주고 있다고 했다. 아무래도 오사와는 젤을 파일로 갈아내는 작업은 자기 손톱으로 연습하고 마츠나가와 아저씨는 기본적인 네일 케어 실험대로 활용하는 모양이다.

"이러다가는 내 손톱이 없어질 지경입니다."

아저씨가 한탄했다. "물론 손톱을 깔끔하게 다듬어주니까 좋죠. '이게……정말 내 손톱인가?!' 하고 신기할 정도니까요. 하지만 아무리 그래도 사흘에 한 번씩 다듬는 건 너무하지 않나요?"

"너무한 거죠."

츠키시마도 동의할 수밖에 없었다. "손톱이 너무 얇아집니다."

"그렇죠? 제발 좀 말려줘요."

"나도 이제는 손톱이 아려올 지경이야" 하며 마츠나가도 못마땅한 표정으로 말했다.

"희생양이 된 사람이 하마 씨 하나가 아니거든. 단골이란 단골은 하나같이 호시에짱한테 잡혀서 가게 밖으로 끌려나갔다가 반질반질한 손톱으로 돌아오곤 하니까. 다들 '손톱 손질 요괴'라고 부르면서 무서워할 지경이라니까."

가게 안에서 손톱을 다듬으면 가루가 날리니까 일부러 가게 문밖으로 데리고 나가서 연습하는 모양이다. '따라 나와!' 하고 으름장을 놓으며 돈이라도 갈취하는 거라면 범죄이기는 해도 이해는 되는 상황이다. 그런데 갑자기 붙잡혀서 손톱을 손질'당한' 아저씨들의 황당함과 아비규환을 상상하는 바람에 츠키시마는 너무 웃겨서 눈물이 찔끔 나오는 걸 민트 향이 풍기는 물수건으로 몰래 닦아내야만 했다.

간신히 웃음을 참아내고 눈물도 닦아낸 츠키시마가 "그럼 제가 호시에짱한테 한 사람당 2주에 한 번 이상의 손톱 손질은 절대 금지라고 단단히 일러둘게요." 하고 약속했다.

"에에~?! 그냥 그만하라고 해주세요."

하마 씨라고 불리는 단골 아저씨가 처량한 표정으로 애원했으나 "손톱 손질 자체는 나쁜 게 아니니까요." 하고 츠키시마가 딱 잘라 말했다.

"호시에짱도 조만간 질릴 테고, 그러면 알아서 그만둘 거예요. 그런데 막상 그렇게 되면 아마 하마 씨도 반질반질하지 않은 손톱이 스스로도 보기 싫어질 겁니다. 그때는 꼭 저희 '달과 별'을 찾아주세요."

"싫어요~! 내 손톱을 자기 마음대로 반짝반짝하게 만들어서 네일 가게에 안 가면 못 사는 체질로 만들지 말라고요!"

하마 씨는 입으로 우는소리를 내면서도 카운터에 양손을 얹고 싫지만은 않은 표정으로 자기 손톱을 내려다보았다.

츠키시마에게도 그런 기억이 있었다. 전문학교에 다니며 네일 아티스트 검정시험을 보려고 준비하던 시절, 같은 반 사람들끼리 서로에게 네일 케어 연습을 했다. 그때부터 친하게 지내던 짝꿍인 호시노하고도 "아야야야, 손톱에 불 붙이려고 작정했어?" "그러는 넌 잘하냐?" 하고 서로 따지고 욕하면서 서로의 손톱을 반질반질하게 만들었다.

물론 학교 사람들만 가지고는 모자라기 때문에 친구들, 애인, 가족들까지, 남녀노소를 불문하고 누구든 부탁할 수만 있으면 붙잡아놓고 파일로 지우는 연습과 버핑으로 손질하는 연습을 했다. 어느 집안에 '아버지와 할아버지까지 손톱이 반질반질한' 모습이 포착된다면 틀림없이 네일 아티스트 지망자나 새로 일을 시작한 사람이 가족 중에 있을 것이다. 오히려 평소 네일과는 거리가 먼 남성들이 자기 손톱이 반짝거리는 모습에 홀딱 빠져버리는 경향이 있다. 당시 부모님 집에 있으면서 학교에 다니던 호시노의 경우도, "아빠가 자꾸 '손톱 손질 좀 해줘'라고 귀찮게 해서 짜증 나 죽겠어"라며 진저리를 치기도 했다.

그렇다. 파일 다루는 기술은 연습만 거듭하면 금세 익힐 수 있기 때문에 '손톱 손질 요괴'의 배회와 열광은 금방 가라앉게 되어 있다. 그러면 연습 상대가 되어 반짝반짝 반질반질해진 손톱에 눈을 떠버렸는데 어느새 버려진 처지가 된 남성들만 불쌍해진다. 호시노의 아버지도 호시노가 집안에서 쓰다가 버린 낡은 스펀지 버퍼를 쓰레기통에서 뒤지고 있었다고 한다. 스펀지 버퍼란 파일의 일종인데 맨손톱을 연마할 때 사용한다.

"한밤중에 어디서 부스럭거리는 소리가 들려서 뭔가 싶어 가봤더니 아빠가 거실 쓰레기통에 있던 버퍼를 주워서 들고 있더라고"라고 호시노가 말했다.

"내가 '버핑 기술은 충분히 익혔다'고 했더니 스스로 어떻게 해보려고 그랬나 봐."

"아버지가……?!"

그때도 츠키시마는 너무 웃겨서 눈물이 나오려는 걸 고개를 들어 간신히 참았었다.

"네가 책임지고 버핑을 해드렸어야지. 그래서, 해드렸어?"

"미쳤어? 검정시험에 합격해서 연습할 필요도 없는데 뭐하러? 돈을 내겠다고 하면 모를까. 아마 아빠는 지금도 자기가 손질하고 있을걸? 만날 때마다 보면 손톱이 반질반질하더라고."

아아, 무정하여라. 오늘도 어딘가에서 신참 네일 아티스트 때문에 '손톱 손질에 목마른 요괴'가 양산되고 있을 것이다. 그러나 그 덕분에 네일숍에 와서 손톱 손질을 받으려는 남성이 조금씩이나마 늘어나는 중이다.

"이왕 그런 이야기가 나온 김에 뭐 좀 물어볼게요. 물론 술집하고는 별로 관계가 없겠지만, 혹시 아시는 분들 중에 보육사가 있으면 가르쳐주세요."

"알았어. 손님들한테 물어볼게. 근데, 키즈존이라……" 하며 마츠나가가 팔짱을 꼈다.

"우리 가게에도 가끔 가족이 어린애를 데리고 밥을 먹으러 오기도 하는데. 테이블 자리가 너무 좁아서 아무래도 카운터 자리에 혼자 앉을 수 있는 만한 나이가 되어야 받을 수 있지. 밥이야 당연히 가족이 같이 먹어야겠지만 그 키즈존이라는 걸 상점가 전체를 대상으로 만들어도 괜찮지 않을까 하는 생각이 드네."

그런 생각은 해본 적이 없었다. 츠키시마는 방금 입 안에 넣은 밥과 임연수어를 허겁지겁 씹어 삼켰다.

"그런 게 가능할까요?"

"빈 점포를 활용하면 가능이야 하겠지. 장을 보거나 차 마시는 동안만이라도 애를 맡겨놓을 공간이 생기면 상점가로 오는 손님들도 늘 테고."

"그래도 네일 가게에 키즈존이 있는 거면……" 하며 하마 씨가 끼어들었다. "엄마가 손톱을 칠하는 바로 옆에서 애는 놀거나 할 수 있다는 거잖아요? 상점가 전체의 키즈존보다는 내 눈에 보이는 곳에 애가 있어야 마음이 놓인다는 사람도 있을 것 같은데."

상점가 전체를 대상으로 하는 공간이냐, 아니면 가게 안에 있는 공간이냐. 어떤 키즈존이 더 좋고 편할지는 가게 업종에 따라 달라질 듯하다.

"그야 양쪽 다 있으면 제일 좋지." 마츠나가가 한마디로 정리했다. "지금 상인회 회장은……야오요시 채소 가게지. 츠키시마 씨가 가서 한 번 의논해보는 게 어때?"

"네."

"어린아이를 맡기는 거면 키즈존은 보험이나 그런 건 어떻게 되려나?" 하며 하마 씨가 고개를 갸웃거렸다. "짧은 시간만 맡기는 거라 그렇게 거창한 것까진 마련하지 않아도 될까?"

그렇지, 보험. 아무래도 여러 방면으로 생각하고 알아봐야 할 모양이다. 츠키시마 혼자서는 생각하지도 못했을 관점에서 나온 이야기들이라 '단골 술집'이 이래서 좋구나 하고 절실하게 느꼈다. 여럿이 머리를 모으면 무엇이든 할 수 있다는 소리가 이래서 나오는구나.

"야오요시 채소 가게에서 주인장 쪽은 거의 힘이 없으니까 안주인한테 가야 이야기가 될 거야" 하고 마츠나가가 더욱 유익한 정보를 알려주었다.

"어어, 그래?" 하고 하마 씨가 물었다.

"벌써 한 15년은 지났지? 아무튼 부인이 임신했을 때 남자가 잠깐……" 하며 마츠나가가 오른손 새끼손가락을 세웠다. 요즘도 여자가 생겼다는 뜻으로 그런 손짓을 하는 사람이 있을 줄이야! 츠키시마는 마시고 있던 돼지고기 된장국을 뿜을 뻔했다. 뾰족 세운 새끼손가락의 손톱이 아름답게 반짝이는 게 더 가관이다.

"하이고야, 사고를 쳤구만."

"그 뒤로 마누라한테는 고개를 못 들게 되었는데, 오히려 그래서 더 잘 사는 부부니까."

마츠나가와 하마 씨는 채소 가게 아저씨가 바람피운 이야기를 한차례 신이 나서 떠들어댔다. 그러다 어느새 술집 사장이 주차장으로 쓰던 땅을 팔려고 내놓은 모양이라면서 부동산 정보로 화제가 옮겨갔다.

　상점가에는 지혜가 결집되어 있는데 그와 동시에 소문도 무성하다. 나도 무슨 짓을 저질렀다가는 15년 뒤까지 그 소문이 따라다니려나? 그런 생각을 하며 임연수 정식을 다 먹은 츠키시마는 잘 먹었다는 인사를 한 다음 푸근한 날씨의 봄밤인데도 몸을 부르르 떨면서 방으로 돌아왔다.

　지퍼가 달린 방수팩 안에 넣은 휴대전화를 손에 들고 목욕물을 받아, 양쪽 무릎을 세워 끌어안는 자세가 되어야 앉을 수 있을 정도로 작디 작은 욕조 안에 몸을 담갔다. 다리를 펴지 못하기 때문에 물리적으로 느긋하게 쉬지는 못해도 기분만큼은 충분히 편안해졌다.

　오사와가 '달과 별'에 오기 전까지 1년 남짓의 기간에는 츠키시마 혼자 이리 뛰고 저리 뛰며 모든 일을 처리해야 했기 때문에 가게 문을 닫은 다음에도 할 일이 산더미처럼 쌓여 있곤 했다. 집에 돌아와서도 이런저런 작업을 해야 했기에 욕조에 몸을 담글 여유가 없어서 샤워만으로 끝냈다. 그런데 지금은 일을 오사와와 나눠서 하는 덕분에 샘플 네일팁도 순조롭게 만들어나가는 중이고, 비품 재고도 완벽하게 갖춰진 상태다.

　이렇게 느긋한 시간을 보낼 수 있다니……, 기적이 일어난 건가? 따스하고 부드러운 물의 감촉을 온몸의 피부로 한껏 음미하면서 츠키시마는 기분 좋은 한숨을 내뱉었다. 목욕물에서 장미 향기가 났다. 기분을 더욱 좋게 하려고 손님이 준 비싸 보이는 입욕제를 넣었기 때문이다. 허름한 건물 낡은 욕실에 어울리지 않을지 모르지만 오늘도 열심히 일하고 와서 목욕하는 건데 이 정도 사치는 부려도 괜찮아, 하며 스스로를 납득시켰다.

츠키시마는 고객들에게 가게 2층의 주거 공간에 살고 있다는 말을 한 적이 없다. 스토커 기질이 있을 법한 이상한 손님은 없지만 그래도 개인 정보를 함부로 공개하는 건 바람직하지는 않다는 생각에서다. 손님이 '이런 식으로 내 정보도 다른 손님에게 말하고 다니지 않을까?' 하는 불안감을 가지게 될 수도 있다. 손님을 일대일로 상대하는 시간이 긴 만큼 네일 아티스트에게는 적절한 거리감과 적당한 과묵함이 필요하다고 츠키시마는 믿는다.

그런데 주거지를 밝히지 않는 이유가 하나 더 있다. 손님들은 아무래도 츠키시마 개인에 대해서라기 보다는 '네일 아티스트'라는 직업을 가진 사람들에 대해 '세련되고 멋지게 사는 사람'이라는 이미지를 가지고 있는 모양이다. 그런 고정관념은 손님들이 가끔씩 주는 선물에서도 드러난다. 지금 쓰는 고급스러운 입욕제라든지 보석처럼 예쁘게 만든 초콜릿 같은 선물들이 주로 들어온다.

물론 츠키시마도 미용이나 패션에 관심이 없지는 않다. 예쁘고 아름다운 것을 좋아하니까 네일 아티스트가 되었다. 그렇다고는 해도 언제 어디서나 한 치의 빈틈도 없이 주변을 가꾸고 치장할 만큼의 기력도 의욕도 없는 사람이다. 그래서 손님이 여행 기념 선물로 여행지 특산품 과자를 준다고 해도 충분히 감사하고 좋아할 테지만 신기하게도 그런 선물이 들어오는 일은 거의 없다. 그래서 '아아, 네일 아티스트는 멋지게 산다는 이미지를 유지해야 하는 거구나' 하고 깨닫게 되었다. 그렇기에 빵을 입에 문 채로 정신없이 끓아떨어진 모습을 시노하라에게 들킨 일은 더더욱 속이 저리도록 뼈아프게 느껴졌다.

　아무튼 그런 고객들의 기대에 맞추기 위해서라도 가게 2층 허름한 공간에서 산다는 사실은 비밀에 부치기로 했다. 가게 윗방에서 산다고 하면 '결혼도 하지 않고 그저 일에만 매달려 사는구나……' 하며 손님들이 지레 질리지 않을까 하는 이상한 자의식이 발동한 점도 있다.

　결혼하고 싶은 생각은 티끌만치도 없고, 지금 단계에서 결혼을 운운할 만한 상대도 눈 씻고 찾아봐야 아무도 없는데 왜 그런 생각을 하는지 모르겠다. 도무지 제어가 안 되는 지나친 자의식에 시달리면서 츠키시마는 방수팩 안에 든 휴대전화 화면을 손가락으로 터치했다. 목욕물에 몸을 푹 담근 상태로 인스타그램에서 네일아트 사진들을 둘러보기도 하고, 신상으로 나온 젤을 이리저리 시험해보는 유튜브 영상을 찾아보는 게 츠키시마의 취미다. "그건 그냥 일의 연장이지 취미가 아니잖아?"라고 지적하는 사람은…… 당연히 없다. 그래서 츠키시마는 직장과 집이 합쳐진 주거 공간에서 노동과 취미가 합쳐진 상태로 산다는 점을 자각하지 못한다.

　츠키시마는 "오오, 동영상이 새로 올라왔네!" 하고 신나서 혼잣말까지 해대며 우선은 유튜브를 보기 시작했다.

　젤 네일은 수없이 많은 회사가 개발하고 판매하기 때문에 비슷해 보이는 색깔이 많다. 그러나 실제로 사용해보면 회사와 브랜드에 따라 발색과 윤기, 굳는 속도, 질감 등이 미세하게 다르다. 츠키시마는 특히 네일 브러시로 바를 때의 발림 정도, 그리고 찐득한 편인지 묽은 편인지 하는 질감을 중시한다.

너무 꾸덕하지도 않고, 그렇다고 줄줄 흘러내릴 정도로 묽지도 않아 바르기 쉽고, 발색과 보존까지 좋은 젤을 찾으려고 츠키시마는 '텍스처의 망령'처럼 젤의 바다를 떠돌아다닌다. 도매업체의 카탈로그만 가지고는 미세한 색감의 차이, 그리고 무엇보다 텍스처를 알 수 없기에 여러 사람들이 자진해서 유튜브에 업로드하는 동영상들이 많은 참고가 된다. 손끝이 큼직하게 찍힌 화면을 뚫어지게 바라보며 젤을 머금은 네일 브러시의 움직임을 확인해서 '이 젤은 발림이 좋아 보이네. 한 번 사봐야겠다'고 머릿속에 메모한다.

그러나저러나 수시로 젤을 시험하면서 사용감까지 동영상으로 찍어 실시간으로 알려주는 이 '뜻 있는 유튜버들'은 도대체 정체가 뭘까? 츠키시마는 예전부터 그 점이 참 궁금했다. 젤을 제조하는 회사에서 얼마간의 돈을 받고 대신 광고해주는 구조라면 충분히 납득할 수 있다. 그런데 전혀 그런 느낌이 전혀 들지 않는 유튜버들도 많다. 그 사람들은 오로지 자기가 찾은 젤을 새로 써본다는 행위 자체가 즐겁고, 그 사용감과 특징을 다른 사람들에게도 알리고 싶다는 선의만 가지고 동영상을 올리는 모양이다. 네일 브러시를 다루는 솜씨를 봐서 전문가임을 알 수 있는 사람도 있고, 그냥 취미로 자기 손톱에 네일을 하는 사람이구나 하고 짐작이 가는 경우도 있다.

젤은 과학, 그중에서도 화학과 밀접한 관련이 있다. 예전에는 LED 램프가 아니라 UV 램프를 써서 자외선으로 젤을 굳히고 말렸는데 이것도 화학반응이다. 당연히 전용 램프가 아니라 햇빛에

노출해도 젤은 마르기 시작한다. 그래서 네일숍들은 대개 햇빛이 들지 않는 입지에 가게를 열거나 창문으로 햇빛이 들어오지 않게 커튼 등으로 차단하는 방법을 쓰곤 했다.

츠키시마가 처음 가게를 얻으러 다닐 때도 후지미 상점가에 나온 점포를 여러 군데 둘러보았다. 그중에서 지금 있는 곳으로 결정한 이유는 출입문인 유리 미닫이문 말고는 개방된 곳이 없고, 시술 의자가 있는 곳까지는 햇빛이 들지 않는 좁고 길쭉한 일종의 '동굴' 같은 가게 배치가 네일숍에 안성맞춤이라 여겼기 때문이다. 지금은 LED 램프로 굳히는 젤이 대부분이고, 츠키시마도 UV 램프는 전혀 사용하지 않는다. 그래도 예전의 습성이 남아서인지 이런 '동굴' 느낌이 좋다.

화학반응을 활용한 젤이나 용품들은 그외에도 여러 가지 있는데 거울처럼 보이게 만드는 파우더나 일부러 윤기를 없애고 매트한 느낌이 나도록 하는 톱 코트 등 다양한 상품이 연이어 개발되었다. 기존의 판을 뒤엎는 혁신적인 제품이 나올 때마다 '어떻게 이런 생각을 해냈지?' 하며 츠키시마는 감탄하곤 했다. 그런데 감탄을 넘어서서 경이로움마저 느꼈던 제품은 고운 쇳가루가 섞인 젤이다. 그 젤을 바르고 마르기 전에 작은 막대 자석을 가까이 갖다대면 젤에 섞인 쇳가루가 손톱 위에서 나란히 정렬되기 때문에 마치 고양이의 눈 같은 빛줄기를 만들어낸다. 네일아트가 아트를 넘어서서 과학 실험이 되는 느낌이다. 광택도 발색도 아름답고, 무엇보다도 자석 때문에 순식간에 빛줄기가 만들어지는 광경을 보고 "우와~!" 하고 손님들이 즐거워해서 츠키시마는 '재미있는 실험을 보여주는 과학 선생님'이 된 기분이 들었다.

그렇게 쇳가루가 든 젤의 경우는 설명을 들으면 대충 이해할 수 있는데 대부분의 다른 젤들은 '뭔가 화학반응이 일어나서 이렇게 되는 거려니' 하고 막연히 어림짐작만 할 뿐 츠키시마로서도 정확한 원리를 헤아릴 길이 없다.

그런데 '헤아리지 못한다'로 얌전히 끝내지 못하는 사람들이 있다. 유튜브에 동영상을 올리는 유튜버들이다. 그 사람들은 모든 젤을 시험해보는 데에 그치지 않고 그 원리와 효과, 텍스처를 탐구하지 않고는 못 배긴다. 화장품 개발도 젤과 마찬가지로 화학 지식 없이는 성립되지 않는다고 들은 적이 있는데 유튜브에는 화장품을 시험해보는 동영상도 엄청나게 많이 올라와 있다. 이런 동영상들은 '화장하는 법'에 주안점을 두지 않고 사용감 등의 텍스처라든지 원재료를 따지는 데에 힘을 싣고 있다는 점이 특징인데, 아무래도 핵심은 '화학'에 있다는 것이 츠키시마의 짐작이다. 젤이나 화장품 등의 '물질 그 자체'에 흥미를 느끼고 탐구하는 사람들은 틀림없이 화학을 좋아할 것이라고 말이다.

화학식을 다루는 시험문제를 풀 수 있느냐 여부가 아니다. 마치 마법처럼 느껴지는 반응, 물질이 서로에게 영향을 주며 변화하는 정밀하고도 기막힌 구조에 매료되는 사람들이다. 츠키시마는 유튜브로 동영상을 볼 때마다 그들이 가진 호기심과 탐구심에 감명을 받는다. 그러면서 마녀사냥이 한창이던 시대를 상상해본다. 분명히 그 옛날에도 이런 사람들이 많았을 것이다. 이단 심판에 걸릴 위험성을 알면서도 '나는 마녀가 아니고 이건 마법 같은 게 아니다. 뭔가 우리가 모르는 변함없는 자연의 법칙이 있고, 그 법칙에 따라 나타나는 현상일 뿐이다'라는 강한 신념을 가지고서 다른 사람들을 구하기 위해, 약효가 더 좋은 약을 만들기 위해 약초를 이것저것 섞어서 큰 무쇠솥에 넣고 부글부글 끓이던 사람들이 말이다.

하지만 츠키시마는 화학에 별 관심이 없다. 그저 동영상에서 본 텍스처 정보만 고맙게 얻어갈 뿐이다. 츠키시마에게 젤은 탐구 대상이 아니라 일할 때 쓰는 도구 중 하나다. 그 도구를 사용해서 손톱에 작은 마법을 부리는 것에 훨씬 더 큰 기쁨을 느낀다. 네일아트는 아무리 아름답고 정밀하게 시술해도 3주만 지나면 지워질 운명을 가지고 있다. 그래도 손톱 위에 마법처럼 아름다운 아트가 있는 동안만큼은 그 사람의 마음도 틀림없이 밝고 화사하게 빛나리라고 믿으며 오늘도 열심히 찰나의 마법을 걸면서 살아간다.

마법의 근간이 되는 화학과 텍스처의 탐구자들에게 감사를 보내며 츠키시마는 욕조 안에서 벌떡 일어났다. 목욕물에 몸을 너무 오래 담그고 있었더니 살짝 열이 올랐기 때문이다. 그렇게 우뚝 선 채로 이번에는 인스타그램을 열어 마법의 실천자인 네일 아티스트들의 작품을 감상하기 시작했다.

츠키시마 자신은 인스타그램 계정만 있을 뿐 아무것도 올리지 않는다. '달과 별' 홈페이지조차 영업시간과 기본적인 요금만 달랑 나와 있을 정도로 간소하다. 각종 온라인 매체를 효과적으로 활용할 만큼 부지런하지도 않고, 지역 밀착형으로 운영해서 그런지 손님들의 입소문이 훨씬 효과가 크다는 사실을 실감하기 때문이다.

그런데도 인스타그램에서 여러 네일 아티스트들을 팔로우하는 이유는 수시로 올라오는 수려한 네일아트 사진들을 보기만 해도 마음이 설레고, 유행하는 색조나 디자인을 파악하는 데에도 도움이 되어서다. 손님들도 인스타그램을 참고하는 경우가 많아서 "이린 느낌으로 해주세요." 하면서 사신을 보여주곤 한다. 그렇게 손님이 요청할 때 네일의 프로라는 사람이 "어떤 기법을 썼는지 짐작이 안 가서 할 수가 없네요"라는 소리는 창피해서라도 절대 입에 올릴 수가 없다. 그래서 최신 동향을 항상 주시한다.

손가락으로 스크롤해서 인스타그램 타임라인에 따라 올라온 사진들을 바라보았다. 눈부시게 반짝이는 네일 스톤과 작은 모조 진주를 흩뿌려 베르사유 궁전의 실내 장식처럼 화려하게 만든 네일아트, 고전적인 화풍의 꽃 그림 스티커 위에다 수지를 사용해서 입체감을 살린 타원형 돔을 덮어 박물관의 표본처럼 표현한 아트, 극세필로 세밀한 아라베스크 문양을 정성 들여 그려서 이슬람 사원의 천장처럼 장엄한 아름다움을 돋보이게 한 아트도 있다.

손톱이라는 우리 몸의 작은 단백질이 네일아트라는 마법으로 드라마틱한 무대로 변신한다.

물론 화려한 디자인뿐만 아니라 일상에서 은근히 즐길 수 있는 펄 핑크나 연한 베이지 단색으로 칠한 사진들도 있다. 그런데 프로 네일 아티스트인 츠키시마의 눈에는 그렇게 단순해 보이는 네일아트가 얼마나 정성껏 칠해졌고, 기법의 정수를 담아 실현되었는지 분명하게 보였다.

"오호~!", "히야~!" 하고 기관차 기적 같은 감탄의 한숨을 내뱉던 츠키시마가 자기가 발가벗은 채 욕조 안에 우뚝 서 있다는 사실을 깨닫고는 미지근해진 목욕물에 다시 몸을 담갔다.

타임라인을 따라 계속 올라가다 보니 맞팔로우하는 호시노가 올린 사진이 나타났다. 깊이와 따스함이 있는 청자색 손톱. 끝을 짧고 둥글게 다듬어서인지 숲속 깊숙이 아무도 모르는 곳에 있는 호수 위로 잔잔한 물결을 일으키며 지나가는 바람 한 점의 느낌이었다. 수심이 얼마나 깊은지 헤아릴 수 없는 고요한 호수. 츠키시마는 그것이 손님이나 네일 모델이 아니라 호시노 자신의 손톱임을 한눈에 알아보았다.

"에리답네" 하고 욕조 안에서 혼자 중얼거렸다. 이렇게 절묘한 색깔의 젤은 본 적이 없다. 시판되는 젤들을 섞어서 호시노가 독자적으로 만들었을 것이다. 그렇게 섞었는데도 투명감은 전혀 잃지 않고 그저 깊이만 더해졌을 뿐이다.

신선한 색채 감각, 단순히 한 가지 색으로 칠한 것처럼 보이지만 그 속에 존재하는 탄탄한 기술, 그리고 장녹 열매나 분꽃으로 색깔 물을 만들어 노는 어린아이처럼 거침없이 네일을 가지고 놀면서 새로운 세계를 손톱에 펼쳐내는 센스. 이 모든 것이 츠키시마에게는 없는 재능이어서 잊은 줄 알았던 가슴속의 쓰라림이 조금 되살아났다.

츠키시마 자신도 기술 면에서는 아무에게도 뒤지지 않는다고 자부한다. 손님이 인스타그램 사진을 들고 와서 이렇게 해달라고 하면 아무리 복잡한 디자인이라도 재현할 자신이 있다. 그러나 호시노처럼 자유로운 발상에 기반한 참신한 색감이나 디자인은 아무리 애를 쓰고 거꾸로 매달려봐도 머릿속에 떠올릴 재간이 없다. 특별한 계기가 있어 몇 가지 생각해낼 수는 있다 쳐도 그야말로 깊은 호수 밑바닥에서 무진장으로 솟아오르는 것 같은 호시노의 끝없는 아이디어와는 비교 자체가 불가능하다고 느낄 뿐이다.

예전에는 그런 사실을 뼈서리게 느낄 때마다 너무 힘들고 괴로웠다. 츠키시마는 호시노가 되고 싶었다. 애타게 원하고, 또 동경했지만 두 사람은 엄연히 다른 인간이었다. 아무리 바라고 원해도 츠키시마는 호시노가 될 수 없었다.

당연한 일이다. 그러나 당연한 일을 당연하다고 인정하는 데에 정말 오랜 시간이 걸렸다. 그러는 동안 가슴속을 끊임없이 할퀴어대던 아픔은 지금도 이렇게 가끔 생각이 날 때마다 마음을 애달프고 아리게 만든다.

방수팩에 든 휴대전화를 손에 쥔 채 욕조 안에서 두 다리를 끌어안으며 그건 일종의 사랑 같은 감정이었을까 하고 츠키시마는 수십 번이나 했던 질문을 다시 한번 던져보았다. 적어도 연모나 다름없었다는 점만은 확실하다. 지금껏 사귀었던 그 누구한테도 그토록 불타는 감정을 가진 적은 없었으니까. 당신이 되고 싶다, 당신과 똑같은 존재가 되고 싶다고 말이다.

그런데 신기한 점은 일반적으로 이성에게 가지는 연모라면 당연히 따라오는 독점욕이나 성욕을 호시노에게 명확하게 느낀 적은 없었다는 것이다. 그래서 츠키시마도 자신의 마음인데도 '이건 도대체 뭐냐?' 싶을 뿐이었다. 돈이 생기는 것도 아닌데 열심히 젤을 시험해보는 사람들이 있듯이, 사람의 마음이나 거기서 생기는 감정도 역시 단순한 구조는 아닐 것이다.

인스타그램을 닫은 츠키시마가 이번에는 메시지 앱을 켜서 호시노에게 메시지를 보냈다.

'혹시 아는 사람 중에 네일숍 안에 키즈존을 만든 사람 있어? 우리 가게에 만들어볼까 생각 중인데 보험 같은 거는 어떻게 하는지 궁금해서.'

목욕물에 너무 오래 있어서인지 오히려 몸이 식어버렸다. 발바닥이 물에 불어서 쭈글쭈글해졌다. 츠키시마는 휴대전화를 세면대로 피난시키고 뜨거운 물을 틀어서 머리와 몸을 씻었다. 쉴새 없이 쏟아지는 물이 두피와 두뇌를 자극해서인지 '아무래도 호시에짱의 센스는 에리하고 통하는 데가 있어. 우리 가게보다 에리네 가게에서 일하면서 배우는 편이 호시에짱에게 더 낫지 않을까?' 하는 생각이 뜬금없이 떠올랐지만, 흐르는 물과 함께 곧바로 배수구로 사라졌다.

몸을 씻은 김에 발가벗은 채로 욕조까지 청소하고 난 다음에야 긴 목욕이 끝났다. 잠옷을 입고 로션이니 뭐니 얼굴에 찍어 바르고 드라이어로 머리를 다 말린 츠키시마는 이불 속으로 들어갔다. 알람을 맞추려고 휴대전화를 봤더니 호시노한테서 메시지가 여러 개 와 있었다. 연속해서 표시된 메시지에 '아마 유리나네 가게에서 하고 있을 거야', '물어볼게. 기다려봐', '역시 가게에 키즈존이 있대'라는 내용에 이어 전문학교에서 같은 반이었던 시모무라 유리나가 하는 네일숍 지도까지 덧붙여져 있었다. 야요이신마치 역에서 전철로 40분 정도 걸리는 동네에 있는 모양이다.

츠키시마는 곧바로 '고마워!' 하고 답신했다.

'그런데 난 걔 번호 모르는데.'

바로 1이 지워지더니 조금 있다가 시모무라의 메시지 앱 연락처가 뿅 하고 나타났다.

'유리나한테 먼저 물어봤어. 언제든 연락하래.'

호시노가 재빨리 움직여준 것이 고마워서 츠키시마는 너구리가 자기 배를 북처럼 두둥두둥 치며 '땡큐~!'라고 말하는 이모티콘을 보냈다. 극화풍으로 쓸데없이 박력 있는 쇼군이 두툼한 보료에 몸을 기대고서 '오냐~!' 하며 눈을 치켜뜬 이모티콘이 돌아왔다.

네일아트에 관해서는 센스가 끝내주면서 에리가 보내는 이모티콘은 항상 이렇게 귀엽지도 멋지지도 않은 요상한 취향이라니까. 도대체 어떤 기준으로 이모티콘을 고르는 거야? 츠키시마는 이불에 턱을 파묻고서 크크크 하고 웃었다.

5월의 긴 연휴가 끝난 다음에야 츠키시마는 시모무라가 하는 네일숍으로 찾아갈 수 있었다. 각자 예약 손님이 꽉 차서 좀처럼 시간을 맞출 수가 없었기 때문이다.

매해 4월이 되면 모든 학교가 신학기를 맞이해서 그런지 새해가 본격적으로 시작되는 느낌이 드는 모양이다. 그래서 네일 예약도 많아지는 경향이 있다. 골든위크(5월 초순의 긴 연휴)에 여행을 가면서 휴가 기분을 만끽하려고 손톱을 꾸미려는 사람들도 있고, 굳이 그런 이유가 아니더라도 주말이나 휴일에는 예약이 많이 잡히게 마련이다. 그래서 츠키시마와 시모무라 둘 다 골든위크가 지난 다음에야 겨우 한숨을 돌릴 수 있었다.

어떤 장사건 날씨나 요일에 좌우되기 마련이지만 네일숍도 계절과 밀접한 연관이 있다. 여름에는 슬리퍼나 샌들을 신을 일도 많아 발톱에 시술을 받으러 오는 손님이 늘어나는 만큼 네일숍이 가장 바쁜 계절이다. 반대로 장마철이나 겨울에는 하늘이 우중충한 만큼 멋을 내려는 의욕 자체가 누그러지는지 손님도 약간 줄어드는 경향을 보인다.

그래도 네일을 좋아하는 손님은 계절 불문하고 3주에 한 번씩은 반드시 예약을 하고 찾아온다. 그래서 일만 성실하게 잘하면 고정 고객을 잡기 쉽고, 눈이 오나 비가 오나 천둥 번개가 치나 어김없이 찾아오는 단골손님을 확보하기 쉬운 업종이다.

츠키시마가 오늘 시간을 낼 수 있었던 것은 정신없이 바쁜 시기가 지나서기도 하지만 오사와가 네일 아티스트로서 착실하게 성장하고 있어서기도 하다.

디자인 샘플로 만들어보았던 오사와의 아이디어, 와이어를 이용한 네일아트가 손님들의 호평을 받아 전체 손님의 30퍼센트가량이 '이런 식으로 해달라'며 선택할 정도가 되었다. 와이어를 사용한 디자인은 10가지 샘플 중에 하나밖에 없었는데도 그 정도로 선택되는 것을 보면 놀라울 정도로 손님들의 마음을 사로잡았다고 할 수 있다. 오사와는 신이 났는지 파일로 젤을 벗겨내는 작업도 자신감 있게 할 수 있게 되었다.

물론 츠키시마도 오사와의 창의력이 각광을 받게 되니 기분이 좋았다. 20대 시절이었다면 '내가 만든 샘플도 좀 골라주지······'

하면서 오사와의 감각에 질투를 느꼈을지도 모르지만, 이제 그럴 나이는 지났다. 원래 바라던 대로 오사와의 감각 덕분에 디자인에 참신함이 더해지면서 손님들에게 제공할 수 있는 네일아트의 폭이 넓어졌고, 그걸 계기로 어쩌면 더 많은 고객을 유인할 수 있을지도 모른다는 가능성에 사장으로서 만족할 따름이다.

유일하게 불만을 토로하는 사람들이 술집 '딱 한 잔'의 사장 마츠나가와 단골 아저씨들이다. 연휴 중반 즈음에 일을 마친 츠키시마와 오사와 둘이서 '딱 한 잔'에 회식 삼아 간 적이 있었다.

"조금만 더 하면 이 정신없이 바쁜 시기도 지나니까 그때까지 힘내보자!", "네!" 하며 맥주로 건배한 다음 고야참프루(돼지고기와 여주, 두부 등을 함께 볶는 오키나와 전통 요리/역주)와 카레가루를 섞어 향을 더한 감자 고기 조림 등을 적당히 나눠 맛있게 먹는 중이었다. 이상하게 등줄기에 따가운 시선이 느껴져서 츠키시마와 오사와가 동시에 돌아보았더니 가게에 하나밖에 없는 벽쪽 테이블에 자리 잡고 앉아 있던 하마 씨와 또다른 아저씨가 "호시에짱, 요즘에 너무 뜸한 거 아냐?"

"사장님도 한마디 좀 해줘요. '손질을 기다리는 손톱이 있다, 그러니 지금이 손질할 때다'라고 말이에요." 하며 봇물 터지듯이 앞다퉈서 말을 쏟아내기 시작했다.

그럴듯한 격언처럼 들리기도 했지만 내용이 비어 있는 것을 보면 이미 취기가 올라온 상태임을 알 수 있었다.

"에~이, 싫어요!"

닭꼬치를 손에 든 오사와가 그런 호소를 매몰차게 잘라냈다.

"'손질 기다리는 손톱이 있다 한들 대가 없이 어찌 손질할 수 있으리오.' 이게 맞죠."

이 문장이 문법적으로 올바른가 싶었지만 츠키시마가 가세했다. "네일 케어 전반에 걸쳐 호시에짱은 이제 충분히 숙련되었으니 여러분께서 실험대, 아니 연습을 도와주시지 않아도 괜찮아요."

"무슨 소리! 우리 희생을 토대로 기술을 연마했으면서……." 하마 씨가 오이 절임을 우적우적 씹으면서 항의했다.

"뜨거워도 참고, 손톱이 얇아져도 견뎠는데, 그 모든 것들을 모조리~ 잊고 쓸모가 없다며 우리를 버리다니, 정말 너무한 거 아닌가~요?" 하고 또다른 아저씨도 신파극 톤으로 비애를 호소했다.

사장인 마츠나가마저 카운터 안쪽에서 윤기가 사라지고 거칠거칠해진 자기 손톱을 쳐다보며 보란 듯이 크게 한숨을 내쉬었다.

오사와는 모두를 화려하게 무시한 채 어느새 주문한 청주를 자작할 뿐이었다. 그리고 술병을 혼자 다 비우더니 카운터에 푹 엎어져서 새근새근 숨소리를 내며 곯아떨어졌다. 많이 피곤해서 그렇기도 하겠지만 두 홉 남짓으로 이렇게 뻗는 걸 보면 절대 술이 센 사람은 아니다. 그런데도 왜 그렇게 마시나 몰라, 하는 생각이 들어 츠키시마는 어이없기도 하고 황당하기도 했다. 어쨌든 기분 좋게 자는 것 같아서 내버려두고 자기 속도로 계속 먹고 마셨다.

하마 씨와 또다른 아저씨에게 인사하고 마츠나가의 도움을 받아 오사와를 가게 밖으로 끌고 나왔더니 몸 구조가 어떻게 된 건지 이번에도 오사와는 꽤나 멀쩡하게 깨고는 츠키시마에게 자기가 마신 술값을 내밀었다. 그동안 오사와와 같이 저녁을 먹은 일이 몇 번 있어서 츠키시마도 이제는 익숙해졌다. 순순히 술값을 받으며 'H저금이' 또 들어왔네' 하고 생각했다.

호시에 저금—통칭 H저금은 츠키시마가 보관 용기에 넣어 집 냉장고에 보관하는 중이다. 오사와가 맨정신일 때 기회를 봐서 돌려줄 작정이다. 끝까지 안 받겠다고 하면 망년회 때라도 오사와의 술값으로 치면 된다. 츠키시마는 처음부터 후배한테 반반 부담을 시킬 생각이 없었다. 하지만 돈을 내밀 때마다 거절해도 오사와는 끝내 돌려받지 않을 테고, 받는다고 해도 곧바로 '딱 한 잔'에서 써버리고 말 테니까 차라리 저금하는 셈 치고 보관 용기에 모아두는 것이다.

휘청거리는 발걸음으로 밤길을 걸어가는 오사와의 뒷모습을 배웅하면서 "손톱 손질도 좋지만……" 하고 츠키시마가 옆에 선 마츠나가에게 말을 걸었다. "내성 발톱 플레이트를 갈아야 하니까 그 예약부터 해주세요."

그사이 마츠나가는 내성 발톱 교정용 플레이트를 한 번 교체한 적이 있다. 그때 츠키시마가 보니 발톱이 전에 비해 훨씬 덜 휘어지면서 살로 파고드는 것도 상당히 완화된 상태였다. 앞으로 한두 번만 더 후속 조치를 하면 자연스럽게 적절한 각도로 발톱이 자랄 것이다.

"그대로 두면 플레이트의 장력이 약해지기 때문에 효과가 없어져요."

"그러네. 그럼 조만간 해야지" 하더니 마츠나가는 가게 안으로 들어가버렸다.

아픈 게 없어지니까 내성 발톱 치료를 계속하기가 귀찮아진 모양이다. 이런 경우 보통은 억지로 예약을 강요할 수도 없어서 속으로만 걱정하는 수밖에 없다. 그러나 옆집 사장의 내성 발톱을 어중간한 상태로 방치하자니 너무 찝찝하다. 기회를 봐서 마츠나가를 붙잡아 앉혀놓고 발톱 상태를 확인해야겠다고 츠키시마는 마음속에 메모했다.

어쨌든 '손톱 손질에 목마른 요괴들'의 공헌 덕분에 오사와의 네일 케어 및 젤 갈아내기 실력이 눈부시게 발전했다. 그래서 츠키시마는 골든위크가 지난 오늘, 저녁 예약 손님을 오사와에게 맡기고 시모무라의 가게를 찾아가기로 한 것이다.

오후 시술을 마친 후 츠키시마가 '달과 별'을 나섰다. 오사와가 불안한 얼굴로 문간까지 츠키시마를 따라 나오며 물었다.

"미사 언니, 언제쯤 돌아오세요?"

"잘 모르겠지만 한 7시쯤 될걸? 시술 마치고 손님 가시면 그냥 가게 문 닫고 먼저 들어가."

"아니에요."

오사와가 가슴 위로 양손을 올려서 기도하듯이 맞잡고 대답했다. "기다리고 있을게요~. 그러니까 오랜만에 친구 만났다고 술 마시거나 그러지 말고 바로 돌아와주세요. 그리고 시술하다가 모르는 게 있으면 전화할 거니까 꼭 받으셔야 해요."

"애인을 붙잡아두려고 안달복달하는 사람처럼 왜 이러지?"

"그야 가게에 혼자 있으려니까 너무 불안해서······."

"괜찮아, 괜찮아. 잘 할 수 있어."

츠키시마는 매달리는 오사와를 달래고 격려한 다음 야요이신마치 역으로 향했다.

전철은 넓은 강을 가로지르는 철교를 건너 작은 주택들이 모여 있는 동네 사이로 달렸다. 전철을 한 번 갈아타고 창문 밖을 지나는 집들의 크기가 점점 더 커진다고 느낄 무렵 목적지 역에 도착했다. 호시노가 보내준 지도에 따르면 시모무라의 네일숍 '블루 로즈'는 고급 주택가로 유명한 동네의 전철역 바로 앞에 있는 모양이다.

일단 개찰구를 지나 밖으로 나와보니 역 앞에는 널찍한 로터리가 있었고 주위를 둘러싼 건물들도 대부분 3층 높이여서 답답하지 않았다. 오후 4시를 넘긴 시간이어서 로터리에는 저녁거리를 사러 나온 동네 주민들만 띄엄띄엄 보일 뿐이었다. 인형처럼 작은 반려견과 함께 있는 사람들도 간혹 눈에 띄어 고급 주택가다운 면모가 엿보였다.

야요이신마치의 후지미 상점가에서 볼 수 있는 반려동물들은 상대적으로 소박한 겉모습에다. 주인의 의도와 상관없이 그저 좋아서 혀를 내밀고 헥헥거리며 뛰어다니는 개라든지, 할머니의 무릎 위에서 느긋하게 가게를 지키는 늙은 고양이들이 대부분이다. '개가 원래 저렇게 주인 옆에서 얌전히 걸어가는 동물이었나?' 하는 생각에 츠키시마는 좀 놀랐다. 물론 혀를 내밀고 헥헥거리는 개도 그 나름대로 귀엽기는 하다.

지도를 참조하면서 로터리를 따라 걷기 시작했다. 빵집 옆에 '블루 로즈'의 소박한 간판이 보였다. 호스트바 같은 이름이라고 생각하면서 입구 유리문 너머로 안을 들여다보았더니 내부는 흰색을 위주로 사용한 기능적인 공간이었다. 작업대는 두꺼운 유리판이고 하얀 가죽 소파가 시술 의자인 모양이었다.

가게 안에 있던 시모무라가 금세 츠키시마를 알아보고 웃는 얼굴로 문을 열어주었다.

"미사! 오랜만이네!"

"그러게. 시간 내줘서 고마워."

계산대 옆 벽에 파란 장미 그림이 걸려 있었다. 작은 액자에 담긴 유화다. 그 그림을 본 츠키시마는 전문학교 시절 시모무라가 그림을 잘 그렸던 게 생각났다. 시모무라가 붓을 놀리면 인기 있는 캐릭터건 섬세한 모양이건 순식간에 작은 손톱 위에 모습을 드러냈다.

"이 그림, 혹시 네가 직접 그린 거야?"

"응, 취미로 배우고 있어서."

시모무라가 쑥스러운 표정으로 웃었다. 못 만나고 지냈던 15년의 세월이 단숨에 사라지듯 '아, 그래. 유리나는 겉으로는 쌀쌀해 보여도 친해지면 풍부한 표정을 보여주는 애였지' 하고 친밀감이 되살아났다. 동시에 머리 한쪽에서 '선물 줘야지'라는 지령이 내려와 들고 온 후지미 상점가의 명물 나리타야의 수제 과자가 든 종이백을 내밀었다. 그리하여 츠키시마와 시모무라는 세련된 네일 숍 입구에서 과자를 건네며 "약소하지만······", "뭐 이런 걸······" 하며 서로 머리를 숙이는 모습을 연출하게 되었다.

종이백을 받는 시모무라의 손톱은 연한 펄 핑크색 바탕에 손톱 안쪽에 붙인 작고 투명한 네일 스톤을 모래 같은 금색 징이 둘러싸고 있는 디자인이었다. 그런데 자세히 보았더니 네일 스톤인 줄 알았던 파츠가 모두 수지로 입체감을 낸 것이었다. 이렇게 미세한 장식을 네일 파츠를 전혀 쓰지 않고 수지로만 표현하고 채색하는 것은 정신이 아득해질 정도로 손이 많이 가는 작업이다. 그래서 솜씨가 좋고 끈기가 있어야만 가능하다. 역시 유리나의 솜씨는 대단해, 하고 츠키시마는 속으로 혀를 내둘렀다. 붓을 쓰는 실력이 전문학교 시절에 비해서도 월등히 좋아졌다.

가게 안에는 손님이 둘 있었는데 각각 담당 네일 아티스트가 시술하는 중이었다. 시모무라의 안내를 받아 그 뒤를 지나치며 흘깃 쳐다보기만 했는데도 직원들의 기술이 탄탄하다는 사실을 알 수 있었다.

안쪽 휴게실 문을 열던 시모무라가 뒤를 돌아보더니 시술에 방해되지 않게 작은 목소리로 속삭였다.

"오늘은 이용하는 분이 없는데 평소에는 저기를 키즈존으로 쓰고 있어."

시모무라가 가리키는 쪽을 츠키시마도 바라봤다. 시술용 소파 정면에 있는 가게 안쪽 벽 앞의 바닥이었다. 바닥에는 전체적으로 하얀 타일이 깔려 있을 뿐 키즈존다운 느낌은 전혀 들지 않았다.

"바닥이 너무 딱딱하면 위험하니까" 하며 시모무라가 휴게실로 들어갔다. "이용자가 있을 때는 이 카펫을 깔아."

과자 종이백을 조심스럽게 테이블에 올려놓은 시모무라가 원통형으로 말아서 벽에 기대둔 카펫을 펼쳐 보여주었다. 털이 길어서 푹신푹신하고 면적은 다다미 두 장 정도 크기다. 뒷면은 미끄러지지 않게 볼록볼록 돋은 모양의 고무로 되어 있었다.

"몇 번 쓰고 나면 그때마다 빨래방에서 세탁하기 때문에 카펫 두 장을 번갈아가며 쓰는 중이야."

"그렇구나. 그럼 울타리는?"

"처음에는 있었는데 아이들이 거기 기대서 쓰러지면 오히려 위험하겠다는 생각에 치워버렸지. 보육사가 옆에 붙어서 잘 봐주고 있고, 힘이 넘치는 아이는 엄마 허락을 받아 가게 밖으로 데리고 나가 산책이라도 하면서 기분 전환을 시켜주면 되니까."

휴게실 안에서는 긴 이야기를 하기 힘들다면서 카펫을 원래대로 말아서 세워놓은 시모무라가 로터리에 있는 카페로 츠키시마를 데리고 갔다. '블루 로즈'의 직원들은 오사와와는 달리 시모무라가 가게를 비운다고 해도 전혀 당황하지 않고 시술을 계속하면서 눈짓으로만 슬쩍 인사할 뿐이었다. 참 든든하겠다 싶었다.

카페는 통나무집 같은 분위기를 풍겼고, 실내 한가운데에 장작 난로가 있었다. 지금은 꺼져 있지만 겨울에는 난로를 피우고 그 위에 커다란 솥을 올려서 특제 '오늘의 스프'를 끓인다고 한다.

스프에 대한 이야기에서도 알 수 있듯이 시모무라에 따르면 카페 주인장은 요리에 진심인 사람이어서 이곳의 음식은 가벼운 스낵이건 케이크건 다 맛있다고 했는데, 츠키시마는 따뜻한 커피만 주문했다. 시모무라에게는 초등학생 딸이 있는데 6시면 돌봄 시간이 끝나서 '블루 로즈'로 엄마를 찾아온다고 들었기 때문이다. 느긋하게 음식을 즐길 시간이 없었다. 츠키시마도 혼자 가게를 맡게 되어 불안해 보이던 오사와의 표정이 떠올라 자기 혼자만 맛있는 케이크를 즐기는 게 왠지 미안하기도 했다.

백발이 섞인 장발을 뒤로 묶은 주인장이 두 사람의 커피를 들고 왔다. 어중간한 시간대라서 그런지 가게 안에는 다른 여자 손님들 두 명밖에 없었다. 서빙을 마친 주인장도 카운터 자리에 앉아 느긋하게 신문을 펼치고 읽기 시작했다. 츠키시마와 시모무라는 향기로운 커피를 맛보면서 거리낌 없이 이야기를 할 수 있었다.

"그래~? 딸이 열 살이야? 너한테 그렇게 큰 딸이 있다니, 좀 신기하다."

"내 가게를 열어야겠다고 작정했을 무렵이었는데 모아놓은 돈은 아기 용품 사느라 자꾸 줄어들지, 정신없는 와중에 결혼까지 하느라 결국 '블루 로즈'를 시작한 건 그 뒤로 5년이나 지나고 나서였어. 정말이지 인생이 계획한 대로 되는 게 아니더라고."

"넌 그럼 남편을 어디서 처음 만난 거야?"

"그게 소위 말하는 '친구 소개'라고나 할까."

"소개팅이구나."

"그렇지. 레게를 사랑하는 전기 기사님이야."

"우와~, 독특하네."

킥킥거리며 같이 웃고는 둘이 동시에 커피를 한 모금 마셨다.

"미사, 너는? 못 보는 동안 어떻게 지냈어?"

"뭐, 나야 이렇다 할 일이 뭐가 있겠어? 그저 날이면 날마다 손님들 손톱에 열심히 시술하고, 끝나면 한잔하고 자거나 그냥 자거나 그랬지……. 말하고 나니까 진짜 15년 동안 나는 뭐 하고 살았는지 모르겠다."

츠키시마는 자기도 모르게 농담처럼 자기의 삶을 깎아내렸다. 네일숍을 꾸려가면서 가정을 이루고 육아까지 해내고 있는 시모무라와는 달리 나는 나만 챙기며 살아왔구나 하는 생각이 들자 어딘지 모르게 창피해졌기 때문이다. 그러나 시모무라는 그 농담을 농담으로 받지 않고 오히려 차분한 어조로 "진짜 열심히 일하면서 살았네" 하고 말했다.

친구의 따뜻하고 성실한 배려가 가슴을 훅하니 치고 들어오는 바람에 츠키시마는 순간적으로 눈물이 찔끔 나올 뻔했다. 허겁지겁 커피를 마시며 기분을 얼버무렸다.

큰 변화가 한 가지 있기는 했다. 호시노와 함께 했던 가게를 접고 각자 다른 가게를 열었다. 호시노와는 계속 연락을 하며 지낸 것 같은 시모무라도 그 일을 알고 있을 텐데 츠키시마에게 어떻게 된 사정인지 묻거나 하지 않았다.

시모무라는 1시간 정도에 걸쳐서 키즈존을 운영하는 방법에 대해 찬찬히 설명해주었다.

'블루 로즈'의 경우는 프리랜서 보육사를 구인 잡지를 통해 모집한 다음 그중 3명과 계약했고, 필요할 때 시간 나는 사람이 오는 방식으로 운영한다. 네 살 정도까지는 보육사가 붙는 대신 추가 요금을 받지만, 다섯 살에서 초등학교 저학년까지는 혼자 놀 수 있어서 키즈존 이용료를 받지 않는다고 한다.

"그보다 더 큰 아이들은 안 와?"

"안 와, 안 와. 엄마 따라와서 기다리느니 집에서 혼자 게임이나 하겠다는 나이대니까."

"그럼 키즈존을 이용하는 손님은 얼마나 자주 있어?"

"유치원이나 학교가 방학일 때는 일주일에 대여섯 분 정도 오시지. 평소에는 일주일에 한두 분이나 될까?"

놀란 부분은 키즈존 사용료였다. 1회당 1,500엔이고 형제자매가 같이 있는 경우에는 500엔이 더 추가된다고 했다. 네일 시술에는 평균 2시간 정도 걸리는데 키즈존 사용료가 생각보다 훨씬 저렴하다.

"그렇게 받아서 보육사한테 시급으로 얼마씩 주는 거야?"

"1,300엔에서 1,500엔 정도지. 교통비는 따로 지급하고."

"그렇게 되면 완전히 마이너스잖아?"

"그렇지. 그런데 네일 아티스트인 나도 딸이 어렸을 땐 내 손톱조차 만질 여유가 없더라고" 하며 시모무라가 한숨을 쉬었다. "'가까운 곳에 키즈존이 있는 네일숍이 있으면 얼마나 좋을까'하고 절실히 느꼈거든. 그래서 그런 곳이 없으면 내가 만들어야겠다고 나선 거지."

"대단하다~! 난 좀 겁이 나기 시작하는데."

"너희 가게도 주택가에 있잖아? 수요는 꽤 많을 거고, 채산성은 꽝이지만 길게 보면 득이 되는 부분도 상당히 있을 거야. 우리 가게도 그렇게 온 손님이 다른 엄마들한테 '키즈존이 있는 네일숍'이라고 소개해줘서 새로운 고객이 늘었거든. 아이들은 금방 크지만 한번 오기 시작한 손님들은 계속 찾아주시니까."

듣고 보니 눈앞의 이익에만 연연할 일이 아닐지도 모른다는 생각이 들었다. 츠키시마는 이미 다 마신 커피잔을 양손으로 살포시 감쌌다.

"네 이야기를 들어보니……어렸을 때부터 네일에 친근한 아이들을 늘려간다는 의미에서도 괜찮은 방법일지도 모르겠다."

"그러네. 그럼 이게 네일 영재교육인건가?" 하며 시모무라가 웃었다. "키즈존에서 놀던 아이들 중에 초등학교 고학년 여름방학 때 엄마랑 같이 네일을 받으러 온 아이도 있었어. 아직 손톱에 부담을 주면 안 좋으니까 젤 네일이 아니라 매니큐어를 발라줬는데 그래도 아주 좋아하더라고."

"보험은 어떻게 하고 있어?"

"너는 평소에 가게에서 일어날 수 있는 사고나 부상에 대비한 보험을 들어놨어?"

"당연하지. 고객이건 직원이건 다 적용되는 보험에 들어 있지."

"키즈존도 그걸로 커버 할 수있어. 담당 노무사는?"

"응, 있어."

"그럼 그분한테 물어봐. 제일 중요한 건 보육사야. 성실하고 아이들을 잘 다루는 사람을 뽑을 수만 있으면 아무 문제 없을 거야. 우리는 다행히 이제껏 한 건도 사고가 없었어."

키즈존에 대한 상세한 정보를 알게 되면서 해야 할 일들과 할 수 있겠다는 희망이 조금씩 보이기 시작했다. 츠키시마는 친구에게 고맙다고 한 다음 팔짱을 끼고 생각해보았다.

"우리 가게에서도 그럭저럭 할 수 있겠다는 생각이 들기는 하는데 바로 결정할 수는 없을 것 같아. 네가 알려준 것들을 우리 직원한테도 이야기해서 의견을 들어봐야 하니까."

사실 키즈존이라는 아이디어 자체가 오사와의 머리에서 처음 나왔고, 워낙 의욕이 충만한 터라 "당장 하시죠!" 하고 외치는 모습이 눈에 선하기는 하지만, 그래도 혹시 모르는 일이다. 키즈존 이용자가 예상보다 훨씬 많고 적자가 자꾸 쌓여서 오사와의 월급에까지 영향을 미치는 사태가 안 생긴다는 보장도 없다.

"그렇지, 그렇게 해야지. 같이 일하는 사람도 잘 이해하고 동의해야 하는 문제니까."

시모무라는 온화한 표정으로 고개를 끄덕이더니 "근데 아까부터 눈에 띄었는데 네가 한 그 네일아트, 아주 좋아 보인다" 하고 말했다.

츠키시마는 팔짱을 풀고 자기 손톱을 쳐다보았다. 엄지에 와이어 아트를 한 시술이다.

"아아, 이거? 샘플 네일팁 중에서도 인기 있는 디자인이라서 연습 삼아 내가 해본 건데 아이디어는 우리 직원이 낸 거야."

"젊어?"

"응, 아직 병아리지. 바로 얼마 전까지만 해도 젤을 갈아낼 때마다 손톱에 불이 붙을 정도였으니까."

"그렇다고 불이 붙겠냐?" 하며 시모무라가 웃었다. "센스가 있는 아이네. 에리의 디자인하고 느낌이 좀 비슷하다."

츠키시마는 순간 허를 찔린 기분이었다. 그러면서도 '아, 역시 그렇구나' 싶었다. 역시 호시에짱의 감성은 유리나가 봐도 에리하고 비슷하구나라는 생각이 들었다.

츠키시마는 호시노의 감각과 재능으로부터 도망치고 싶었다. 그래서 따로 가게를 내는 방법으로 호시노로부터 멀어졌다. 그런 일이 있었는데도 오사와를 직원으로 들이고 말았다. 인력 부족으로 시달리고 있던 차에 오사와의 기세에 밀려 그렇게 된 부분도 없지는 않지만, 무엇보다 큰 이유는 오사와의 네일아트에 매력을 느꼈기 때문이다. 그러니까 츠키시마는 자유분방한 감각으로 빛나는 디자인을 좋아한다는 소리다. 츠키시마 자신은 그런 스타일보다 정확성이 중시되는 디자인이 주특기인데 말이다. 자기가 좋아하는 옷과 자기에게 어울리는 옷은 다르다더니 이것도 그렇다고 봐야 하나? 난감한 일이다.

커피값은 츠키시마가 냈다. 두 사람은 카페에서 나와 '블루 로즈' 앞을 지나쳤다. 시모무라가 역까지 바래다주겠다고 따라왔다. 벌써 6시가 다 된 시간이어서 시모무라의 딸이 올 때가 되었는데 하고 내심 걱정했지만, "해가 길어졌네" 하고 말하며 시모무라는 헤어지기가 아쉬운 듯 천천히 걸었다.

잘 지내라는 인사를 나눈 뒤 개찰구를 지나려는 츠키시마를 "미사!" 하고 시모무라가 불러세웠다.

그러더니 아무 일도 아닌 것처럼 자연스러운 말투로 "다음에 만나서 한잔하자. 에리도 같이 불러서."

츠키시마와 호시노 사이에 뭔가 불편한 기류가 흐른다는 사실을 시모무라도 눈치채고 있는 모양이었다. 그러면서도 간섭하려 들지 않았다. 그저 잔잔한 밤바다처럼 '난 여기 있으니까 언제든 찾아오면 돼' 하고 은근한 기척만 낼 뿐이다.

친구의 배려에 내심 고마워하면서 "그래, 또 보자!" 하고 츠키시마가 밝은 목소리로 대답했다. 플랫폼으로 올라가는 계단 앞에서 문득 돌아보니 시모무라는 여전히 개찰구 앞에 서서 작게 손을 흔들고 있었다. 츠키시마도 손을 흔들어주었다.

사실 불편한 분위기 따위는 없다. 그저 내가 일방적으로 에리의 재능을 질투하고 열등감을 가졌을 뿐이다. 절대로 내 것이 될 수 없는 재능을 가지려고 애쓰는 데에 지쳤을 뿐이다.

얼굴에서 웃음을 지운 츠키시마는 마침 플랫폼에 들어온 전철에 올라탔다.

3

 전철을 갈아타는 데 시간이 조금 걸리는 바람에 츠키시마가 야요이신마치 역에 도착한 시간은 6시 45분이었다. 오늘 예약한 손님들의 시술은 이미 끝나 있을 시간이다. 오사와한테서 지금까지 아무 연락도 오지 않은 것을 보니 별다른 문제 없이 시술을 마치고 가게를 닫을 준비를 하는 모양이다.
 호시에짱한테는 미안하지만 장이나 좀 보고 들어갈 생각이었다. 이 시간에 츠키시마가 자유롭게 돌아다니는 일은 거의 없다. 시술을 마쳤다 해도 하루종일 눈을 너무 써서 눈은 뻑뻑하고, 내내 앉아서 작업하니까 허리도 뻐근해서 도저히 밖으로 뭘 사러 나갈 기력이 없다. 그러다 보니 츠키시마의 집 냉장고에는 식재료의 씨가 말라 있는 경우가 허다하다.
 개찰구에서 나와 정면에 있는 슈퍼를 향해 발걸음을 옮기려는데 핸드백에서 휴대전화가 울리는 소리가 들렸다. 휴대전화가 가방 밑바닥까지 쑥 내려가 있는 상태여서 핸드백 속을 휘저으며 찾는 동안에도 계속 벨이 울려댔다. 겨우 끄집어내서 화면을 보았더니 아니나 다를까 오사와한테서 걸려온 전화였다. 가게 전화번호가 아닌 것을 보니 벌써 문을 닫고 '딱 한 잔'에 가 있는 모양이다.

"여보세요~!"

보나마나 "같이 한잔해요!"라고 할 게 뻔하다. 그렇게 추측하며 한가로운 목소리로 전화를 받았는데, "미사 언니, 지금 어디세요?!" 하며 전화에서 들려오는 오사와의 목소리가 뭔가 급박한 느낌이다.

"이제 막 역에 도착했는데……왜 그래?"

"어떡하지, 어떡하지, 암튼 큰일 났어요! 빨리 와주세요!"

"뭐야?! 왜 그러는데? 무슨 일이야?"

"일단 지금 당장 죽을힘을 다해 가게로 뛰어와주세요! 아, 어떡하지? 뭐부터 해야 되는 거야? 아참, 화장도 고쳐야 하는데!"

엉? 하며 물어보려는데 벌써 뚝 끊겨버렸다. 뭐가 뭔지 모르겠지만 아무튼 뭔가 긴급 사태가 발생한 건 틀림없는 모양이다. 츠키시마는 슈퍼에 들르려던 계획을 포기하고 오사와가 재촉한 대로 후지미 상점가를 가로질러 전력 질주했다. 그런데 50미터도 채 못 가서 멈추고는 아직도 휴대전화를 꽉 쥐고 있던 손을 가슴에 대고 허덕허덕 거친 숨을 몰아쉬었다.

그러고 보니 난 달리기를 정말 못했었지……. 지금까지 경험한 수많은 운동회와 체육대회의 기억이 주마등처럼 뇌리를 스쳐 지나갔다. 나름대로 열심히 뛴다고 뛰었는데 결과를 보면 항상 꼴찌였다. 얼핏 보기에 몸이 가볍고 날래게 생겨서 같은 팀 사람들은 꽤나 기대하면서 지켜보곤 했다. 그런데 그런 결과가 나오니 "넌 무슨……거대한 거미가 어기적거리며 열심히 다리를 움직이는 느낌이더라"라며 친구들은 웃어댔고, 응원단장을 맡았던 선배는 "너 학교 체육대회라고 대충 뛴 거 아냐?" 하고 진심으로 화를 내며 추궁하는 바람에 오해를 푸느라 진땀을 뺐다. 취직을 한 이후로는 전속력으로 달리기를 할 기회가 전혀 없어서 까맣게 잊고 살았는데 지금도 여전히 마음만 앞서고 실제로는 느려터진 게 스스로도 느껴질 정도다.

저녁노을은 사라지기 아쉬운 듯 느릿느릿 어두워지고 후지미 상점가 가게들의 간판에 하나둘 불이 켜지기 시작했다. 본격적인 밤을 눈앞에 둔 시간에도 여전히 파릇파릇한 초록 내음이 공기 중에 느껴졌다. 역에서 나와 집을 향해 발걸음을 재촉하는 사람들, 외식을 하거나 장을 보러 집에서 나온 사람들로 상점가는 북적였고, 인파에 가로막히면서도 사람들 사이로 천천히 나아가는 자동차들까지 있는 바람에 일방통행로는 떠내려가던 나무토막들로 흐름이 반쯤 막힌 강물 같은 느낌이었다. 그걸 변명 삼아 숨을 고른 츠키시마는 전력 질주를 포기하고 차와 인파의 틈새를 비집고 빠른 걸음으로 가는 작전으로 바꿨다.

평소에 7분 걸리는 거리를 기껏해야 1분 단축한 6분 만에 '달과 별'에 도착했다. 바깥에서 보기에 시끌벅적한 옆의 '딱 한 잔'과 대조적으로 '달과 별'의 계산대 주변은 어두컴컴하고 안쪽 시술 의자 근처에서 불빛이 흘러나올 뿐이었다. 오사와가 가게 문 닫는 작업은 잘 진행한 모양인데, 그럼 도대체 뭐가 '큰일'일까 하고 츠키시마가 고개를 갸웃거렸다.

"나 왔어." 유리 미닫이문을 열며 인사하자, "미사 언니~!" 하며 어두컴컴한 가게 안쪽에서 오사와가 총알처럼 튀어나왔다.

"왜 이렇게 오래 걸렸어요? 제가 전화했을 때 역에 도착해 있었던 거 맞아요? 거기서 여기까지 전력 질주로 온 거죠? 그런데 이렇게 늦었어요?"

츠키시마의 양쪽 팔을 부여잡고서 마구 흔들어댔다.

"미안. 빨리 오려고 나름대로 열심히 뛰기는 했는데……."

오사와가 잡고 흔드는 바람에 시야가 마구 흔들리는 데다가 주위가 어두침침한 가운데서도 츠키시마의 매서운 눈은 어느새 오사와가 화장을 싹 고쳐 블링블링한 얼굴이 되어 있음을 바로 포착했다. 츠키시마가 느림보 거북이 속도로 온 힘을 다해 달려오는 6분 동안 오사와는 날쌘 토끼 속도로 파우더를 다시 두드려 바르고, '촉촉 탱글'이라는 광고 문구를 달고 TV에 나올 법한 립밤을 바르고, 반짝이는 펄이 든 아이섀도로 심해어처럼 빛나는 눈매를 만들었음을 알 수 있었다.

호시에짱에게 도대체 무슨 일이 생긴 거야……? 츠키시마는 겁이 나기 시작했다. 물론 츠키시마와 오사와는 둘 다 직업이 직업인 만큼 외모에 신경을 쓰고 화장도 제대로 한다. 손님은 멋을 내려고 네일숍에 찾아왔는데 네일 아티스트라는 사람이 화장도 안 한 얼굴에 푸석푸석한 머리로 있으면 도저히 믿음이 생기지 않으리라고 여기기 때문이다. 사실 가장 큰 이유는 츠키시마와 오사와 둘 다 네일뿐만 아니라 화장에 대한 관심도 많고 그만큼 좋아해서다.

시술 중에는 마스크를 쓰고 있어서 눈가만 드러난다. 그런 만큼 눈화장에 신경을 쓰고 힘을 준다. 아무리 바빠도 속눈썹 연장을 해주는 가게에 정기적으로 가고, 아이라인도 빼놓지 않는다. 아이섀도의 색감이나 바르는 방법에 대한 연구도 열심히 한다.

그러나 반대로 '마스크를 쓰고 있으니까 괜찮겠지' 하고 방심하는 면도 분명히 있어서 일하는 도중에 화장을 고치는 경우는 거의 없다. 휴식 시간에는 재빨리 끼니를 때우고, 남는 시간은 멍하니 긴장을 풀고 다음 시술을 위한 기력을 보충하거나 비품을 확인하다 보면 끝난다. 게다가 원래 오사와는 주로 매트한 아이섀도를 즐겨 쓰는 편인데 그런 오사와가 가게 문을 닫은 다음에 일부러 저렇게 번들거리는 눈 화장을 하다니, 이건 천재지변의 전조라는 생각밖에 들지 않는 기이한 일이다.

팔을 붙잡고 있던 오사와의 손을 가만히 떼어낸 다음 츠키시마는 등 뒤의 미닫이문을 닫았다.

"알았으니까 일단 마음을 가라앉히고 차라도 한잔 마시면서 이야기를 해보는 게······."

"아니, 지금 뭘 마실 때가 아니라고요. 지금, 곧바로 온다고 했단 말이에요!"

"뭐? 지금부터 손님이 오신다고?"

츠키시마의 머리에 순간적으로 떠오른 생각은 가게를 비우는 사이 오사와가 했던 시술에 뭔가 문제가 생겨서 손'님이 다시 해달라고 온다는 건가였다.

"누가 오시는데?"

"신규 고객이요."

그럼 내일 이후에 오시라고 하면 되지 왜 가게 문을 닫은 시간에 급하게 예약을 받은 거지? 츠키시마의 표정을 보고 그 마음을 읽었는지 "무슨 일이 있어도 오늘 밤에 꼭 해달라고 해서요. 뭔가 급한 사정이 있는 것 같아서" 하고 오사와가 설명했다.

"하지만 저 혼자서는 도저히 감당이 안 될 것 같았는데 미사 언니가 돌아와줘서 정말 다행이에요."

"뭔가 하기 어려운 아트를 요청하신 거야?"

"아니요, 그냥 지우는 작업만 해달래요."

오사와의 눈망울이 아이섀도를 바른 눈두덩에 지지 않을 정도로 반짝반짝 빛나기 시작했다.

"근데 언니도 들으면 깜짝 놀랄 사람이에요. 이름을 들으면 언니도 바로 알 걸요. 아니, 일본 사람 95퍼센트는 알 거예요!"

"……천황?"

"거기서 천황이 왜 나와요? 천황폐하가 이런 동네 네일숍에 오실 일은 절대 없고, 그분이면 일본 사람 100퍼센트가 알잖아요!"

그럼 총리도 아니겠네. 그 이름은 아마 80퍼센트밖에 모를 것 같으니까. 츠키시마가 머릿속으로 이런 말도 안 되는 생각을 하는 걸 오사와도 눈치챘는지 "죄송해요. 제가 말을 잘못한 것 같아요. '95퍼센트'는 아무 근거 없는 숫자니까 잊어버리고 그냥 아주 유명하다고만 생각하시면 돼요" 하고 말했다.

"……연예인이야?"

"맞아요!"

"어머, 큰일 났네!"

"그쵸, 그쵸, 큰일이죠?"

"난 연예인을 정말 모른단 말이야. 어떡하지? 유명한 사람인데 이름을 모른다고 하면 실례잖아. 그러니까 누가 오는 건지 빨리 말해봐."

"뭐야?! '큰일'이라는 게 그런 뜻이었어요?"

"빨리빨리! 지금 바로 온다며?" 하고 난리를 치는데 밖에서 차 소리가 들렸다. 츠키시마와 오사와가 서로 부둥켜안은 채 문가를 돌아보았다. 좁은 길목을 검은색 택시가 막고 서 있고, 안에 탄 승객이 택시비를 내는 모양이었다. 차 안에 실내등은 켜져 있는데 얼굴까지는 알아볼 수 없었다.

문가에 선 오사와가 마른침을 꿀꺽 삼키더니 몸을 바들바들 떨기 시작했다.

"왜 그래, 호시에짱? 괜찮아?"

츠키시마가 허겁지겁 오사와의 몸을 안으며 얼굴을 들여다보았다. 오사와는 반짝이는 눈동자와 눈두덩으로 길가 쪽을 뚫어지게 보고 있었다. 츠키시마의 시선도 덩달아 길가로 향했다. 택시가 떠나고, 택시에서 내린 사람의 그림자가 가게 문을 열었다.

"실례합니다."

남자다. 30대 정도다. 옷깃이 달린 하얀 셔츠에 주름이 독특하게 잡힌 진한 브라운색 재킷을 걸친 차림새다. 그러나 '연예인'이라는 말에서 상상이 될 정도로 특징이 있는 얼굴은 아니라고 할까……. 츠키시마는 필사적으로 머릿속의 기록을 펼쳐서 지금까지

본 드라마와 영화의 장면과 눈앞에 보이는 남자의 모습을 대조해 보았다. 그리고는 갑자기 깨달았다. 분명히 어딘에선가 이사람을 본 적이 있는데, 어디서 봤더라?

미간에 주름을 잡으며 뇌를 팽팽 돌려서 정답을 찾아낼 때까지 1.3초가량 걸렸다.

그래 맞아! 예전에 '딱 한 잔' 카운터 자리에서 문고판 책을 읽고 있던 사람이다! 헐~! 이 사람이 연예인이었어? 그럼 호시에짱은 왜 그때 그런 얘기를 안 했지? 아, 취해서 맛이 간 상태라 제대로 보지 못했으려나? 그보다……어떡하지? 아직도 이름을 모르겠는데.

이런 생각을 하던 시점에서 다시 0.5초가 흐른 상태였다. 츠키시마는 남자를 향해 허둥지둥 "어서 오세요" 하고 인사하려다 말고 "어서……"에서 막혔다.

책 읽던 남자 뒤로 키가 큰 남자 한 명이 더 나타났기 때문이다. 독감이 유행하는 시기도 아닌데 마스크를 쓰고, 위아래가 다 검정인 펑퍼짐한 운동복에 야구 모자를 깊숙이 눌러쓴 묘한 차림새임에도 불구하고 말도 못 하게 잘생겼다는 사실을 한눈에 알아볼 수 있었다.

그 남자는 책 읽던 남자의 그림자처럼 뒤에 딱 붙어서 가게 안으로 들어왔다. 책 읽던 남자가 츠키시마에게 명함을 내밀며 "이렇게 갑작스럽게 부탁드려 죄송합니다" 하고 인사하는 데에 맞춰 야구 모자를 벗더니 "잘 부탁드립니다" 하고 예의 바르게 머리를 숙였다. 나지막하면서 탄력 있는 감미로운 목소리였다.

헉! 하고 옆에서 찹쌀떡이 목에 걸린 듯한 소리가 났다. 그래, 그 기분 이해한다. 속으로 동감하면서 츠키시마가 슬쩍 오사와의 등을 토닥였다. 너무나 눈부신 아름다움 앞에서는 꺄악, 하는 흔해 빠진 환호성조차 나오지 않는다는 사실을 깨달았다.

마스크를 했는데도 숨길 수 없는 아름다움. 키 큰 남자는 40대가 되어서도 인기가 없어지기는커녕 다양한 영화와 드라마에서 끊임없이 활약 중인 배우, 무라세 시게유키, 흔히 무라시게라고 부르는 배우였다.

오사와의 말대로 무라시게 정도면 일본 사람들 중 95퍼센트는 알 수도 있다. 3년 전에는 대하드라마에서 천황 역을 한 적도 있으니까 '천황?'이냐고 물어본 내 예상도 완전히 빗나간 건 아니다. 아닌가? 아무튼 다행이라고 생각하며 츠키시마는 안심했다. 나 같은 사람도 얼굴과 이름을 일치시킬 수 있는 연예인이라서.

오사와는 무슨 초능력으로 츠키시마의 속마음을 읽었는지 "지금 그게 문제가 아니잖아요, 미사 언니!" 하며 속삭이는 목소리로 항의했다.

허리를 쭉 펴고 전에 없이 모델 워킹을 하는 오사와가 안쪽 시술 의자로 무라세를 안내했다. 츠키시마는 책 읽던 남자에게서 가방과 무라세의 야구 모자를 받아 짐 보관 바구니에 넣었다. 명함에 따르면 책 읽던 남자는 고토라는 성으로 무라세의 매니저였다. 옆 시술 공간에 있던 둥근 의자를 끌고 와서 이쪽에 앉으시라고 권했다. 고토는 고맙다고 하며 의자에 앉아서 처음 오는 손님들께 반드시 작성을 부탁드리는 고객 카드에 자기 이름과 연락처를 기입했다.

시술 의자에 우아하면서도 느긋하게 앉아 있는 사람은 무라세다. 아아, 연예인 본인의 연락처를 쓸 수는 없구나, 역시 정보 관리가 철저해라고 츠키시마는 생각했다. 하긴 당연한 일이다. 시술 의자 오른편의 둥근 의자에 앉은 오사와는 알코올로 자기 손을 소독하면서 개다래나무(고양잇과 동물이 마약처럼 좋아하는 냄새를 가진 나무/역주) 냄새에 황홀해하는 암컷 표범처럼 녹아내릴 듯한 표정으로 마스크를 끼고도 멋있는 무라세의 얼굴에서 눈을 떼지 못했다. 이런 유형의 인간들이 쉴새 없이 꼬이는 걸 최대한 원만하게 떼어내고, 또 떼어내고 해야 하니 매니저라는 직업도 참 힘들겠다고 짐작했다.

츠키시마는 시술 의자 왼편의 둥근 의자에 앉았다. 고객 카드를 다 작성한 고토가 의자 바퀴를 굴리며 다가와 시술 의자 정면에 자리를 잡았다. 무라세에게는 그런 의도가 전혀 없었겠지만 보좌에 앉은 수려한 임금을 둘러싸고 세 명의 신하가 시중을 드는 것 같은 모습이 되었다.

"아까 전화로 대강 설명을 드렸습니다만……" 하고 고토가 말을 꺼냈더니 "됐어요, 고토 씨. 그냥 보여드리는 게 빠를 거야" 하며 무라세가 중간에 말을 끊었다. 그리고 그대로 상체를 구부려 신고 있던 운동화와 양말을 벗었다.

"이걸 벗겨주셨으면 해서요."

이게 무슨 향수지? 냄새가 되게 좋은데……, 하며 코를 벌름거리던 츠키시마도, 마찬가지로 향기에 끌렸는지 앞으로 몸을 숙여

무라세의 머리카락에 코를 들이박을 기세였던 오사와도 그 말에 정신이 들면서 시선을 무라세의 발치로 집중시켰다.

무라세의 발톱에는 젤로 된 아름다운 네일아트가 시술되어 있었다. 바탕은 미세한 반짝이가 든 진홍색이고 모든 발톱에 다이아 같은 네일 스톤과 금색 징이 흩뿌려져 있었다. 엄지발톱의 네일 스톤은 그중에서도 큼직했다. 모든 발톱들 가장 안쪽에 초록색 네일 스톤이 하나씩 박혀 있는 것으로 보아 딸기를 추상적으로 표현한 디자인임을 알 수 있었다.

어지간한 사람들은 신발의 압력 때문에 새끼발가락이 극단적으로 작거나 일그러진 형태이기 마련인데 무라세는 그렇지 않았다. 각진 모양으로 짧게 정돈된 아름다운 발톱이 똑바로 나 있었다. 이렇게 작은 부분까지도 아름답게 만들어졌구나, 하고 츠키시마는 감탄했다. 골격 자체가 잘 갖춰져서 걸을 때 발에 쓸데없는 부하가 안 걸리기 때문이기도 할 테고, 평상시에 자기 몸을 꼼꼼하게 유지 관리하기 때문이기도 할 것이다.

실제로 무라세의 발톱에 네일아트를 시술한 사람은 상당한 실력을 가진 네일 아티스트로 추정되었다. 디자인의 아름다움뿐만 아니라 큐티클이나 발꿈치의 각질 처리까지도 완벽했다.

그렇다면 어째서 그 네일 아티스트에게 젤을 벗겨달라고 하지 않았을까? 츠키시마가 궁금한 점을 물어보기도 전에 "세상에~! 너무 귀엽다!"고 감탄사를 연발하며 오사와가 등을 구부정하게 굽히고는 무라세의 발톱을 관찰하기 시작했다. 무라세의 얼굴보다 네일아트 쪽에 훨씬 더 눈길을 주는 부분이 호시에짱답다는 생각에 츠키시마가 속으로 피식 웃었다.

"매니저님이 전화로 그러셨는데 평소 다니시던 네일 아티스트 쪽에 뭔가 급한 일이 생기셨다고요?"

고개를 들고 물어보는 오사와에게 "네, 맞아요" 하고 무라세는 마스크를 낀 채 눈만 가지고 미소를 지었다. 츠키시마의 눈에는 그 미소가 남의 이목을 받는 데 익숙한 사람이 짓는 반사적인 미소가 아니라 네일아트에 대한 칭찬을 들어서 진심으로 좋아하는 표정으로 보였다.

그런데 바로 눈앞에서 메가톤급의 달콤한 미소를 흠뻑 맞은 오사와는 넋이 나가버린 모양이었다. "흐억!" 하고 딸기를 미처 삼키지 못한 새의 비명처럼 이상한 소리를 내더니 그대로 얼음이 되어버렸다. 무라시게 앞에서 저 멍청한 표정으로 계속 있게 내버려두면 너무 딱할 것 같았다. 그래서 츠키시마는 휴식 공간에서 부직포 마스크를 두 장 들고 와서 자기도 쓰면서 오사와에게도 건네주었다. 오사와는 "어" 모양으로 벌어진 채로 굳어 있는 입가를 마스크로 주섬주섬 감췄다.

"무라세는 원래 아오야마에 있는 네일숍에 다닙니다" 하고 고토가 다시 나서서 설명했다.

무라세가 직접 설명하면 다들 넋이 빠져서 무슨 말을 듣는지도 모르고 멍하니 있는 일이 워낙 흔해서 그런지 지금 츠키시마와 오사와가 보인 반응도 그러려니 하는 모양이었다.

"자기 아파트에서 일대일로 하기 때문에 안심하고 다니는 곳이었는데 그 네일 아티스트가 어젯밤에 갑자기 진통을 시작했다고 해서요."

"네에?!"

"깜짝 놀랐겠네요."

츠키시마와 오사와가 고토를 돌아보았다.

"네. 연락을 받고 저희도 많이 놀랐는데 오늘 저녁에 건강한 아들을 무사히 출산했다고 해서 무라세도 저도 가슴을 쓸어내렸죠."

웃는 얼굴이 된 고토에게 동의하듯이 츠키시마의 시야 끝에서 무라세의 발가락이 꼼지락꼼지락 움직였다.

고토에 따르면 아오야마의 네일 아티스트(앞으로는 그냥 '아오야마'라고 부르기로 한다)의 출산은 예정일보다 3주일이나 앞당겨진 것이라고 했다. 앞으로 일주일 정도는 예약 손님의 수를 조절하며 천천히 조금씩 일할 수 있으려니 하고 생각하던 차였다고 한다. 개인 사업자로 등록해서 혼자 일하는 네일 아티스트가 생각보다 많다. 그런 사람들은 출산 휴가나 육아 휴직 제도의 혜택을 받을 수 없다. 그래서 '어찌어찌하다 보니 출산 전날까지 일했고, 아이를 낳고도 두 달 만에 복귀했다'는 이야기를 츠키시마도 종종 듣곤 한다. 그렇지만 출산은 무슨 일이 언제 어떻게 생길지 모르고, 막상 아기를 무사히 낳은 다음에도 마음에 맞는 어린이집 등의 보육 시설을 찾는 게 쉬운 일이 아니다. 그래서 출산 휴가와 육아 휴직 제도 같은 사회적 보장 제도가 없다는 현실이 프리랜서 네일 아티스트들에게 심각한 스트레스가 되는 경우가 있다.

어찌 되었건 아오야마는 무사히 출산했고, 아기도 건강하게 엄마 모유를 잘 먹고 있다고 하니 "다행이네요", "축하할 일이네요"

하며 츠키시마와 오사와도 활짝 웃으며 기뻐했다.

고토에게 연락하기까지 아오야마가 얼마나 고군분투를 해야 했는지 지금 '달과 별'에 모인 사람들은 아무것도 모른다.

사실 아오야마는 20시간이 넘는 진통을 겪으면서도 '손님들에게 예약 취소 연락을 드려야 하는데……' 하는 사명감을 놓지 못했다. 배가 팽팽해지고 묵직한 아픔을 느낀 아오야마는 "혹시 모르니 지금 당장 오세요"라는 병원의 판단으로 한밤중에 남편과 함께 택시를 탔다. 그러면서도 머릿속으로는 '뱃속의 아기는 괜찮을까? 그리고 내일부터 잡힌 예약은 어떡하지……?'를 걱정했다.

불안한 마음으로 아침이 될 때까지 병원에서 기다렸다. 그 무렵에는 진통의 간격도 빨라진 상태여서 아오야마는 '오늘 아기가 나오겠구나' 하고 각오했다. 그래서 "아윽! 또 아파지기 시작한다! 이제 마키하라 씨한테 연락해봐……!" 하고 진통에 몸부림치면서도 옆에 있는 남편에게 지시를 내렸다.

남편은 그때마다 아오야마의 휴대전화를 들고 병원 밖으로 뛰쳐나가 예약 손님에게 전화하는 연락 담당이 되었다.

"진통이 왔을 때 산모의 등이나 허리를 테니스공으로 살살 문질러주면 좀 덜 아플 거예요"라는 말을 들은 적이 있어서 남편은 택시 탈 때부터 준비해온 테니스공을 꽉 쥐고 있었는데 막상 그 공을 쓸 기회가 없었다. 아내는 진통 때문에 힘들어하지, 뱃속의 아이는 무사히 태어날지 걱정이지, 산모 대기실과 병원 밖을 수도 없이 왔다 갔다 해야 하지, 남편 쪽도 정신적으로나 육체적으로나 진이 빠질 지경이었다. 그러다가 무사히 태어난 아들을 떨리는 마음으로 안아보고는 너무나 기쁘고 마음이 놓여서 큰소리로 엉엉 울어버렸다.

그러나 아오야마는 "헉! 어떡하지! 잠깐만, 지금 울고 있을 때가 아니야!" 하며 본인 또한 진이 빠진 상태에서 남편에게 외쳤다.

"무라세 씨가 오늘 예약했다는 걸 완전히 까먹고 있었어!"

무라세 시게유키는 오사와의 추측에 따르면 일본 사람 95퍼센트가 안다고 할 정도로 유명한 천하의 '무라시게'다. 그래서 아오야마는 휴대전화를 잃어버리거나 해서 무라세의 개인 정보가 유출되는 일이 발생하면 절대 안 된다는 강박 때문에 연락처는 가게 예약 장부에만 기록했다. 무라세의 연락처라고 해봐야 결국에는 고토의 휴대전화 번호인데 그래도 조심에 조심을 거듭한 것이다. 종이로 된 예약 장부는 그날의 매출 정리와 함께 매일 가게 안 금고에 넣어두고 귀가한다.

예정보다 훨씬 일찍 출산하게 되면서 밀려오는 진통을 견디느라고 아오야마도 공황 상태였던 모양이다. 아픔 때문에 자꾸 흐려지는 눈으로 휴대전화를 들여다봐도 거기에 무라세의 이름은 등록되어 있지 않았기에 예약이 있었다는 사실을 깜박했던 셈이다.

사랑하는 아들과의 감격스러운 첫 대면도 중단한 채 아오야마의 남편은 숍으로 사용하는 아파트까지 달려가야 했다. 그리고 금고에서 꺼낸 예약 장부를 펼쳐 고토에게 연락해 사정을 설명하고 아내를 대신해서 예약 파기를 사과했다.

"물론 '무사하셔서 정말 다행입니다'라고 말씀드렸죠"라고 고토가 말했다.

"예약 시간은 오늘 오후 7시였고, 그 연락을 받은 시간은 6시 무렵이었습니다. 그런데 문제는 무라세가 내일 새벽부터 광고 촬영이 잡혀 있다는 점이었죠."

"네? 무슨 광고요?" 신이 나서 물어본 오사와가, "생수 광고예요." 하면서 미소 짓는 무라세의 얼굴을 쳐다보더니 다시 얼음처럼 굳어버렸다. 자기가 무라세의 팬이라고 생각하지 않는 츠키시마조차 '눈부셔!' 하고 거의 넋이 나갈 뻔하다가 간신히 정신줄을 붙잡고 '계속해주세요'라는 눈길을 고토에게 보냈다.

고토 입장에서는 무라세가 눈앞의 사람들에게 눈길을 보낼 때마다 메두사의 눈을 쳐다본 것처럼 사람들이 굳어버리는 일 따위는 꽤나 익숙한 광경인 모양이다.

"촬영을 위해 오늘 밤 안으로 무라세의 발톱 네일을 지우고, 새벽 3시에는 나가노 현으로 출발해야 하는데……" 하며 담담하게 설명을 다시 시작했다.

"어떻게 해야 하나 고민하다가 떠오른 곳이 이 가게였습니다. 예전에 제가 옆집의 '딱 한 잔'에서……."

"네, 기억나요."

츠키시마가 고개를 끄덕이며 말했다. 그러면서 속으로 '그때 남자들 중에도 네일을 하는 사람이 있냐고 물어본 이유가 무라세 씨 때문이었구나' 싶어 납득이 갔다. '쿨하고 멋있는 연기파' 배우인 무라시게가 단골 네일숍에서 귀여운 발톱 네일아트를 즐겨 한다는 사실이 알려지면 이미지 면에서 여러모로 타격이 클 것이다. 츠키시마는 누구나 자유롭게 네일아트를 즐기면 된다는 신념을 가지고 있기 때문에 그런 일로 배우 이미지가 실제로 어떻게 나빠질지까지는 구체적으로 상상이 잘 되지 않았다.

"그 뒤로 아내분의 내성 발톱은 좀 어떠세요?"

"네일숍에 가도 치료가 된다고 했더니 자기가 다니는 회사 근처에서 숍을 찾은 모양입니다. 덕분에 조금씩 나아지고 있다네요" 하며 고토가 미안한 표정으로 고개를 숙였다.

"죄송합니다. 물어보기만 하고 다른 가게로 가서……."

"아니에요. 아프신 게 나아졌다니 다행이네요."

겨우 얼음 상태에서 풀린 오사와가 "오오~, 그럼 고토 씨도 '딱 한 잔'에 가시네요? 근처 사세요?" 하며 해맑게 고토를 '오늘 처음 만난 사람'처럼 대했다. 그날은 만취해서 전혀 기억이 없을 테니 할 수 없다.

"네. 역에서 좀더 가면 있는 아파트에 삽니다. 일이 일찍 끝나면 가끔 들르죠."

"아저씨 요리는 정말 맛있으니까요. 아, 잠깐만. 그럼 혹시 무라시게 님도 야요이신마치에 사시나요?!"

갑자기 흥분하는 오사와에게 "저는 요요기하치만에 삽니다" 하고 무라세가 부드럽게 대답했다. 오사와는 "그렇죠?" 하고 쭈그러들었다. "무라시게 님이 이 상점가를 걸어 다니는 모습이 보였으면 벌써 난리가 났을 테니까요."

무라세 씨가 무슨 괴물이냐? 하고 츠키시마가 속으로 따졌다. 그런 대화를 지켜보던 고토가 뭔가 할 말이 있는 표정으로 입을 움찔거렸다. 자기 개인 정보를 아무런 거리낌 없이 말하는 걸 보니

무라세는 쿨하고 멋진 겉모습과 달리 상당히 해맑고 사차원적인 성격인 모양이다. 그래서 그만큼 고토가 더 안달복달할 수밖에 없는 입장이겠지, 하고 짐작이 되어 동정을 금치 못했다.

"그런데 왜 광고를 찍는다고 네일아트를 지워야 하는 건가요?"

오사와가 다시 무라세의 발을 내려다보며 고개를 갸웃거렸. "아직 지울 때도 되지 않았고, 기껏 이렇게 귀여운 디자인으로 했는데 이대로 촬영해도 되잖아요?"

역시 호시에짱도 '남자가 네일아트를 하는 건 이상하다'고 생각하지 않는 사람이구나 싶어 츠키시마는 더욱 오사와에게 호감이 감과 동시에 든든하기도 했다.

"맞습니다. 저도 항상 그렇게 생각해요."

공감해주는 사람을 얻은 무라세가 신이 난 표정으로 맞장구를 쳤다. 그런데 금세 표정이 흐려지면서 한숨을 내쉬었다.

"하지만 현실적으로는 그게 참 어렵습니다. 내일 찍는 광고는 흔히 상상할 수 있는 분위기의 생수 광고예요. 하얀 면 남방 같은 걸 입고 숲속을 걷다가 맑은 물에 발을 담그는 식의 그림이라고 보면 되죠."

그래도 여전히 오사와는 '도무지 이해가 안 된다'는 식으로 고개를 갸웃거릴 뿐이었다. '이렇게 사랑스럽고 좋은 건 없다'는 굳센 믿음을 가진 과격할 정도의 네일 지상주의자랄까 네일 원리주의 사상에 푹 젖은 생활을 하고 있어서 그런지 광고 촬영 전에 네일아트를 없애야 하는 이유가 전혀 짐작이 안 되는 모양이다.

저러다가는 목이 삐딱한 모양으로 굳어 결리겠다는 생각이 들어서 "있잖아, 호시에짱!" 하고 츠키시마가 옆에서 거들었다.

"광고나 포스터에 나오는 연예인 중에 손톱에 화려한 네일아트를 한 사람, 본 적 있어?"

"그러고 보니까⋯⋯그런 걸 본 기억이 거의 안 나네요."

오사와가 그제야 고개를 바로 들었다.

"그렇지? 아무래도 알리고 싶은 상품보다 손톱이 더 눈에 띄면 주객이 전도되니까 그렇지 않을까? 특히 음식이 나오는 광고에서는 절대 네일아트를 하지 않아. 광고는 다양한 세대와 서로 다른 사고방식을 가진 많은 사람들이 보잖아. 그런 사람들 중에는 '손톱을 칠한 상태로 요리하는 건 불결하다'고 느끼는 사람도 있을 수 있으니까. 광고주 입장에서는 그런 리스크를 감수하고 싶지 않겠지."

"에~이! 네일아트하고 손이나 손가락이 깨끗한 거하고는 아무 상관도 없는데."

"실제로는 그게 맞지. 그래도 막대한 돈을 들여서 광고를 제작하는 회사 입장에서는 '완벽한 이미지'가 중요할 테니까."

츠키시마가 한숨을 쉬었다.

"예전에 같이 가게를 운영하던 동업자가 광고 관련 일들을 꽤 많이 했거든. 광고 촬영을 하는 스튜디오에 가서 출연하는 연예인의 손톱을 깨끗하게 다듬는 일이었어. 그런데 너무 반짝반짝하게 연마해도 안 되고, 매니큐어를 바른다 해도 투명하거나 거의 보이지 않는 베이지색이나 핑크색 정도만 쓸 수 있었다고 하더라고. 연예인 쪽에서 '좀더 귀여운 색으로 네일을 하고 싶다'고 말해도 광고주가 절대 수긍하지 않는다면서."

"참 고루하네요."

"동업자도 수시로 '좀더 과감하게 해도 괜찮은데' 하면서 투덜거리곤 했지."

네일 용품이 한가득 담긴 캐리어 가방을 끌고 잔뜩 불만인 얼굴을 하고 가게로 돌아오던 호시노의 모습이 머릿속에 떠올라 츠키시마가 피식 웃었다.

심플한 네일일수록 눈속임으로 적당히 얼버무릴 수 없기에 네일 아티스트의 기량이 적나라하게 드러난다. 츠키시마는 복잡하고 장식이 많은 네일아트와 마찬가지로 기본적인 네일 케어나 단색으로 칠하는 네일을 완벽하게 해냈을 때에도 만족감을 느낀다. 그러나 예전의 호시노는 아직 젊은 혈기 때문이었는지 광고 제작사의 틀에 박힌 사고방식이 답답하고 고리타분하게 느껴졌던 모양이다.

"그래서 무라세 씨의 발톱도, 이렇게 예쁜 상태라 많이 아깝기는 하지만, 오늘 밤 안으로 지워야 한다는 거지."

"그렇구나~, 광고 쪽은 그런 식으로 생각해야 하는 거였군요."

완전히 납득하지는 못한 듯했지만 오사와도 마음을 바꿔 먹은 모양이었다.

"그렇다면 초특급으로 지워드려야겠네요. 무라시게 님도, 고토 씨도 3시 출발이면 잠잘 시간도 없잖아요."

수면 부족은 피부에 치명적인데! 하며 오사와가 무라세의 발가락에 소독용 알코올을 듬뿍 뿌렸다. 츠키시마는 무라세와 고토와

의논해서 발뒤꿈치 등이 아직 부드럽고 반질반질한 상태인 만큼 풋 케어는 생략한다는 데에 합의했다. 일단 가장 짧은 시간 안에 젤을 벗겨내서 맨발톱 상태로 돌려놓는 것을 최우선으로 하기로 했다.

좌우의 젤을 동시에 지우기 위해 무라세에게 양쪽 다리를 모두 츠키시마와 오사와의 허벅지에 각각 올려달라고 했다. "허리가 아플 것 같으면 언제든 말씀해주세요"라고 말했는데 평소에 코어 근육을 단련해놓아서 그런지 "괜찮습니다"라고 태연한 표정으로 무라세가 대답했다. 상당히 우스워 보이고 무리가 되는 자세임에도 불구하고 여전히 보좌에 앉아 눈부신 아우라를 내뿜는 임금님과 열심히 젤을 지우는 신하 두 명, 그리고 그런 모습을 멍하니 보고 있는 또다른 신하가 같이 있는 그림이 되었다.

젤을 파일로 갈아내는 소리, 리무버에 적신 솜을 은박지로 재빨리 마는 소리가 한동안 가게 안에 울렸다.

발톱 표면에서 살짝 들뜬 젤을 다 제거한 다음에는 맨발톱 끄트머리를 파일로 다듬는다. 발톱 모양은 똑같은 편이 보기 좋기 때문에 두 발 다 츠키시마가 담당하기로 했다. 길어진 발톱을 파일로 갈아 짧게 만들고 모양을 가지런히 정돈한다. 할 일이 없어진 오사와는 녹차라도 내오려고 휴식 공간으로 갔다.

그러는 동안 무라세는 츠키시마에게 한쪽 발을 내맡긴 상태로 케이스 안에 전시된 네일아트 샘플 팁을 열심히 들여다보고 있었다. 선반에 놓인 케이스를 발견하고 고토에게 가져다달라고 해서 가까이서 살펴본 것이다.

"이거 좋네~. 아, 이것도 귀엽고!" 하며 꿀처럼 달콤한 저음으로 신나게 혼잣말을 해댔다.

세상에 알려진 이미지 따위는 전혀 믿을 게 못 되는구나, 하고 츠키시마는 절실히 느꼈다. '멋있는 무라시게'를 좋아하는 팬들 중에 이런 모습을 보면 실망하는 사람이 있을 수도 있다. 그러나 반대로 무라세의 팬 중 한 명인 오사와는 네일 원리주의자다. 얌전하게 매실 콤부차를 내오던 오사와가 무라세의 혼잣말을 듣더니 "진짜요~?! 너무 좋아요~! 그 샘플 제가 만든 거예요~!!" 하고 다가와 무라세와 둘이서 신나서 꺅꺅거리며 떠들어댔다.

발톱 모양을 가지런히 다듬은 다음에는 가는 눈금의 파일로 표면을 버핑한다. 무라세와 고토에게 매실 콤부차를 내준 오사와가 다시 둥근 의자에 앉아 시술을 거들었다. 무라세는 각각의 발을 츠키시마와 오사와의 허벅지에 올려놓은 웃긴 자세가 되어서도 여전히 샘플 팁에서 눈을 떼지 않았다.

표면을 너무 갈아서 번들번들해지면 안 되지만 그러면서도 부드럽고 혈색이 좋은 건강한 발톱으로 보일 필요가 있다. 츠키시마와 오사와는 서로의 작업을 확인하여 연마하는 정도를 조정하고, 고토에게도 확인하게 하면서 시술을 계속했다. 무라세가 이따금씩 "이 아트는 어떻게 만드는 겁니까?" 하고 질문하면 오사와가 대답했다. 고토는 도저히 자기 힘으로는 여기서 무라세의 이미지를 지켜주지 못하겠다고 포기했는지 두 사람이 네일에 대해 이러쿵저러쿵 이야기하는 데에는 끼어들지 않고 그저 묵묵히 차만 마셨다.

"무라시게 님은 진짜 네일아트를 좋아하시네요."

오사와가 감격하는 목소리로 말했다.

"당연합니다" 하고 무라세가 고뇌에 찬 표정으로 대답했다.

"아무리 일이 바쁘고 힘들어도 집에 돌아와서 양말을 벗고 내 발톱이 반짝반짝하고 예쁜 걸 보면 마음이 치유되니까. 사실 손톱도 예쁘게 하고 싶은데……사람들이 어떻게 볼까 생각하면 차마 용기가 나질 않네요. 그래서 이런 마음을 숨기고 사는 겁니다. 어째서 이토록 비겁하게 살아야 하는 건지……!"

배우라서 그런지 한탄하는 모습까지도 멋있게 보인다. 제발 진정했으면 좋겠다고 생각하면서 츠키시마는 무라세의 발톱에 보습 오일 한 방울을 떨어뜨린 다음 따뜻하게 데워 온 물수건으로 발을 감쌌다.

"무라시게 님 잘못이 아니에요. 남자가 자기 손발톱에 네일아트 하나 마음대로 못 하게 만드는 이 사회가 나쁜 거죠……!" 하고 오사와가 원리주의자답게 대답했다.

그러고는 물수건을 벗기고 크림을 바르더니 마사지라고 하기에는 너무 과격하게 힘을 꽉꽉 주면서 무라세의 발을 주물러댔다.

'호시에짱, 좀 진정하지' 하고 츠키시마가 속으로 중얼거렸다. 그렇지만 오사와의 발언에는 일리가 있다고 생각했다. '사회'라는 이름을 가진 막연한 존재의 눈길 때문에 자기가 표현하고 싶은 취향조차 자유롭게 하지 못한다면, 그것은 그 사회의 구성원인 나 혹은 타인 속에 숨어 있는 편견과 억압의 눈길이 잘못된 것이다. 많은 사람들이 그런 편견을 극복해서 타인을 억압하지도 않고, 반대로 타인의 편견과 억압에 굴복하지도 않겠다는 마음가짐을 가져야만 네일아트가 진정한 의미에서 사회에 널리 받아들여질 수 있을 것이다. 다시 말하자면 그렇게 해야만 모두가 자유롭게 살아가는 사회가 찾아온다는 뜻이다. 맞아, 그런 거지.

츠키시마가 머릿속으로 거창한 생각을 한껏 펼치는 사이에 시술이 다 끝났다.

무라세의 발이 매끈매끈하고 부들부들해졌다. 네일아트를 지운 발톱도 연한 분홍색으로 보여서 이 정도라면 발을 담그는 청량한 시냇물도, 그 장면을 찍는 광고주도 만족할 만한 완성도였다. 고토가 "정말 고맙습니다. 덕분에 살았어요" 하며 돈을 지불한 다음 소속사 앞으로 영수증을 발행해달라고 부탁했다. 무라세도 고맙다고 인사하고는 양말과 운동화를 신고 보좌에서 일어났다.

고토가 부른 택시가 가게 앞에 도착했다. 좁은 일방통행 길이어서 차를 오래 세워둘 수 없었다. 문가에서 돌아보는 무라세에게 "앞으로도 쭉, 열심히 응원할게요……!" 하며 오사와가 눈물을 꾹 참고 웃는 얼굴로 말했다. 전쟁터로 나가는 애인을 떠나보내는 분위기여서 츠키시마는 살짝 황당했지만 그래도 오사와의 등을 살며시 쓰다듬어주었다.

"여태까지는 항상 수돗물을 마셨는데……" 하고 오사와가 말했다. "광고가 나오면 그 생수를 박스로 사서 마실게요."

호의의 표현이 참 직설적이다. 시청자들이 다 이런 식이면 광고 회사도 일하기 쉽겠다. 무라세는 "고마워요"라고 하며 오사와와 악수했다.

"저도 언젠가는 당당하게 손톱에도 네일아트를 할 수 있게 열심히 노력하겠습니다."

오사와가 다리에 힘이 빠져서 휘청하는 게 당연하다. 옆에서 보던 츠키시마조차 순간 몸을 가누지 못할 정도로 눈부신 미소였다. 마스크와 야구 모자 사이로 눈만 나와 있는데도 이 정도 위력이다. 연예인이라는 사람들의 아우라가 정말 어마어마하다는 사실을 실감했다. 츠키시마와 오사와는 서로가 서로의 몸을 부축하며 가게 밖으로 간신히 나와 무라세와 고토의 택시가 떠나는 모습을 바라보았다.

빨간 후미등이 길 저편으로 사라질 때까지 오사와는 팔을 한껏 흔들어 인사했다.

오사와는 무라세가 떠난 뒤로 남편을 잃고 빈껍데기만 남은 과부 같았다.

아니, 물론 무라세가 죽은 건 아니다. 여전히 TV와 잡지에 등장하는 모습을 츠키시마도 자주 본다. 오사와도 손님을 맞아 시술할 때는 바짝 신경을 써서 웃는 얼굴로 손님과 대화도 하고, 네일아트도 확실하게 완성했다. 하지만 휴식 중이거나 손님이 없을 때는 "휴~" 하고 애달픈 한숨만 푹푹 내쉬며 넋이 나간 사람처럼 멍하니 허공을 쳐다보고 있을 뿐이었다.

호시에짱도 다 큰 어른이다. 가만히 내버려두면 저러다가 원래대로 돌아오겠지. 소들도 언젠가는 되새김질을 그만두고 풀을 삼킨다. 연예인과 만난 추억을 되새김질하며 영원히 그 꿈속에서 헤매지는 않을 것이다.

그러나 2주가 지났는데도 상사병과도 같은 오사와의 증상은 나아지지 않았다. "후……후……" 하고 한밤중 숲에서 들리는 부엉이 울음 같은 소리를 내면서 수건을 갠다. 휴식 공간에 있는 탁자에 무슨 영문인지 입체적인 삼각형으로 접은 수건들이 늘어섰다. 고급 레스토랑의 냅킨처럼 보였다. 츠키시마는 아무 소리 없이 닥치는 대로 수건을 다시 개서 묵묵히 선반에 올려놓았다. 네일 파츠가 들어 있는 통이 원래 있던 수납장이 아니라 계산대 서랍이나 전기 주전자 뚜껑 위에서 발견되는 경우도 종종 생겼다. 명백히 정신줄을 놓고 다니는 상태에서 저지른 일이었는데 츠키시마는 통을 발견하는 대로 말없이 제자리에 돌려놓을 뿐이었다.

무라세가 가게를 방문한 뒤로 TV에 무라세가 나오면 츠키시마도 '어, 무라시게다!' 하고 화면을 열심히 들여다보며 마음속으로 응원하게 되었다. 무라세에게 특별한 흥미나 관심이 없었던 츠키시마조차 이렇게 되었으니 원래부터 배우 무라세를 좋아했던 오사와가 바로 눈앞에서 그 눈부신 아우라를 마주한 뒤로 넋을 놓게 된 것도 이상한 일이 아니다. 허공을 떠도는 오사와의 넋이 돌아갈 자리를 찾지 못해 저 멀리 날아가면 어쩌나 걱정이 되기도 했지만 츠키시마로서는 그저 지켜보는 것 말고 달리 방도가 없었다.

자신의 심정의 변화와 오사와의 비정상적인 상태를 지켜보면서 츠키시마의 뇌리에 '널빤지 선거(선거 때 후보자가 평소에는 거들떠보지도 않던 빈민가 집들까지 널빤지 다리를 건너며 찾아다닌 데에서 유래된 말/역주)'라는 단어가 떠올랐다. 예전에는 선거 기간만 되면 후보자가 자기 지역구 유권자들의 집을 한집 한집 찾아다녔다고 한다. 요즘 선거 유세에도 예전 방식의 잔재가 남아 있는 것 같다. 유세 차량으로 후보자의 이름을 수도 없이 불러대면서 지역구를 돌아다닌다든지, 가두 연설 후에 상점가나 시장통을 누비면서 만나는 사람마다 악수를 청하는 식이다.

저런 게 도대체 무슨 도움이 될까? 츠키시마는 그렇게 유세하는 모습을 보며 오래 전부터 그런 의문을 품었다. 그런데 이번에 무라세와 만나면서 절실히 느끼게 되었다. 이름과 얼굴이 일치하고, 바로 눈앞에서 그 사람을 직접 보고, 게다가 악수라는 신체 접촉까지 이루어지면 이상하게 친근감이 생겨서 '응원해야겠다'는 마음이 우러난다는 사실을 말이다. 츠키시마는 무라세와 악수는 하지 않았고 그저 일방적으로 발을 만졌을 뿐인 사이지만…….

선거에 나온 후보자들 중에서 무라세만큼의 아우라를 가진 사람은 거의 없겠지만, 그래도 '널빤지 선거'라는 게 인간의 심리를 교묘히 이용한 전략이어서 어느 정도 효과는 있겠구나, 하고 츠키시마는 이번 일을 통해 확실히 실감할 수 있었다. 이런 사실을 알았으니까 앞으로는 선거 때 지금보다 정책을 중시하고 후보자의 인성을 더 살펴야겠다, 이름만 자꾸 외치거나 악수 공격에 속지 말고 소중한 한 표를 행사해야지 하고 굳게 다짐했다.

무라세와 만난 덕분에 츠키시마가 자신의 투표권 행사에 대해 교훈을 얻게 된 그 무렵, 오사와는 시술 의자에 앉은 술집 '딱 한 잔'의 사장 마츠나가의 얼굴을 올려다보고는 "후우~!" 하고 한숨을 내뱉으며 고개를 절레절레 흔들었다.

츠키시마가 예약하라고 자꾸 찔러댄 결과 마츠나가가 이제야 겨우 내성 발톱의 세 번째 치료를 받으러 왔다. 츠키시마는 마츠나가의 왼발을 허벅지에 올려놓고 엄지발톱을 자세히 살펴봤다. 앞으로 최소한 한 번은 더 플레이트를 갈아야 되리라고 예상했었는데 생각보다 빨리 상태가 좋아진 것으로 보였다. 발톱이 살에 파고든 부분이 없다. 이 정도면 플레이트를 빼도 발톱이 정상적인 휨새를 유지하며 자랄 것이다. 앞으로는 되도록 네모난 형태를 유지하도록 신경을 써서 일직선으로 발톱을 깎기만 하면 내성 발톱을 충분히 방지할 수 있다.

츠키시마는 플레이트와 발톱이 맞닿은 부분에 끝이 뾰족한 금속 푸셔를 살짝 끼워넣었다. 그렇게 틈새를 조금만 만들어주면 강한 장력을 가진 플레이트가 저절로 발톱에서 벗겨지며 사이가 벌어지기 시작한다. 그러면 니퍼로 플레이트 끄트머리를 잡고 단숨에 벗겨낼 수 있다. 발톱에 남은 접착제를 파일로 갈아낸 다음 완전히 지워졌는지 손가락으로 표면을 쓰다듬어본다. 발톱에 남아 있던 접착제가 완전히 제거된 것을 확인하면 발톱 끝의 모양을 다듬고 스펀지 버퍼로 표면을 매끄럽게 연마한다.

5월 하순의 평일 오후다. 상쾌한 날씨에 이끌려 많은 사람들이 상점가에 장을 보러 나왔는지 일방통행인 길가에서 활기차게 북적이는 소리가 들렸다. 우연히 길에서 만난 사람들이 서로 인사하는 목소리도 가끔씩 들렸다. 그런 분위기에서 츠키시마는 등을 둥글게 굽히고 재빨리 마츠나가의 발톱을 다듬어나갔다. 옆 의자에 앉은 오사와도 내성 발톱에 대한 후속 조치를 배우려고 츠키시마의 손놀림을 들여다보고 있었다. 그러는 와중에 이따금씩 "후우~" 하는 한숨 소리가 뜬금없이 들려왔다.

"이건 그냥 본능적으로 드는 느낌인데……."

츠키시마에게 얌전히 발을 맡긴 상태의 마츠나가가 이제 도저히 참을 수 없다는 식으로 말했다. "호시에짱의 그 '후우~' 하는 한숨은 내가 화를 내도 되는 종류의 행동인 거지?"

"그건 그냥 피해망상이에요, 아저씨" 하고 오사와는 부인하면서도 다시금 서글픈 표정으로 고개를 저었다.

"아저씨는 맛있는 요리도 만들 수 있고, 가만 보면 좋은 사람인 것 같고……. 그런 점만으로도 충분히 희망을 가지고 살아가도 되는 사람이잖아요. 그렇지만 다 같은 발인데 어떻게 주인 얼굴이 이렇게 다를 수 있나 하고 절실하게 느끼게 되는 건 어쩔 수 없으니까 자꾸 한숨이 나오는 거죠……."

"에이~씨!" 마츠나가가 시술 의자에서 일어나려고 몸을 비틀었다. "뭐가 뭔지 모르겠지만 이건 화낼 만한 말 아냐?"

"지금은 니퍼를 쓰고 있으니까 움직이지 말아주세요."

츠키시마가 마츠나가의 발이 움직이지 못하게 꽉 잡았다. 살짝 들떠 있는 발톱 옆면의 얇은 피부가 눈에 띄어서 그걸 잘라내려던 참이었다.

"호시에짱도 그래. 아무리 마츠나가 씨와 편하게 알고 지내는 사이라고 해도 손님으로 오셨는데 그 앞에서 한숨을 그렇게 쉬면 어떡하나?"

"네. 아저씨, 실례되는 짓을 해서 죄송해요."

오사와가 순순히 고개를 숙이고 진심으로 사과를 하자 마츠나가도 기세가 꺾인 모양이다.

"이제 됐어" 하며 시술 의자에 도로 앉았다. "도대체 뭐 때문에 그래? 그렇게 한숨이 나올 만한 일이 있었던 거야?"

"고객의 비밀을 지킬 의무가 있으니까 자세한 정보는 말할 수가 없는데요……."

무라세와 함께했던 달콤한 시간이 떠올랐는지 오사와는 몸을 배배 꼬면서 볼이 발그스레해졌다.

"얼굴이 아름다운 사람은 그 자리에 있기만 해도 마치 태양처럼 빛나는 고마운 존재구나 하는 걸 뼈저리게 느꼈거든요. 그 자리에 있는 모든 사람들의 마음을 밝게 비춰서 따스하게 만들어준다고나 할까."

마츠나가는 무슨 괴수마냥 "케엑!" 하는 소리를 내더니 "기껏해야 얼굴 거죽이 좀 번지르르한 정도로 태양 같은 소리 하고 있네" 하며 삐져버렸다.

"거참 미안하게 됐수다. 주변 사람들을 캄캄한 늪 속으로 끌고 들어갈 정도로 엉망인 상판대기를 가지고 있어서."

"하지만, 맞는 말이잖아요?" 오사와가 불만스러운 투로 항의했다. "아저씨도 예쁜 여자를 보면 뿅 가지 않아요?"

"그야 가지. 가기는 하지만 그래도 중요한 건 얼굴이 어떻게 생겼느냐가 아니야."

"그건 그냥 듣기 좋으라고 하는 말이잖아요."

"아니, 난 진심으로 하는 말이야, 호시에짱."

마츠나가는 불편한 자세로 앉아 있으면서도 시술 의자에서 상체를 약간 앞으로 내밀었다.

"그야 젊은 시절에는 얼굴이 예쁘거나 가슴이 큰 여자를 보면 나도 모르게 좋아서 헤벌쭉하기도 했어. 지금도 반사적으로 눈길이 가기는 해. 하지만 가슴은 커 봐야 언젠가 쪼그라들고 늘어지기 마련이야. 나도 점점 늙어서 힘이 빠지게 되고."

"꿈도 희망도 없는 말이네요."

"아니, 정작 중요한 건 지금부터야. 나이를 어느 정도 먹고서 세상을 둘러보면 잘생긴 사람이 꽤 많다는 사실을 알게 돼. 남녀노소 상관없이 말이야. 게다가 눈, 코, 입이 어디에 어떻게 붙었느냐는 별로 중요하지 않아. 진짜 아름다움은 그 사람이 어떻게 살아왔고 무슨 생각을 하느냐가 얼굴에 드러날 때 보이는 거지. 가게에 오는 손님들을 보다 보면 진심으로 그렇게 느끼게 되더라고."

"아저씨가 웬일로 이렇게 멋진 말을 할 때도 있네요."

오사와가 감격과 존경의 눈으로 마츠나가를 바라보며 말했다. 츠키시마도 마지막 오일을 발톱 안쪽에 떨어뜨리며 고개를 끄덕였다. 끄덕인 직후에 '웬일로'에 동의한 것이 아니라 '멋진 말'에 대한 동의 표시라는 사실을 알아주었을까 싶어 불안해졌다. 그런데 마츠나가는 그런 자잘한 일에는 신경을 쓰지 않는지 "요리도 마찬가지야" 하고 말을 이어갔다.

"보기 좋고 맛도 좋은 요리를 만들려면 가장 중요한 게 재료 손질이야. 호시에짱이 여기서 하는 네일도 마찬가지 아냐? 내가 보다 보니까 조금은 알 것 같던데. 반짝반짝 빛나는 손톱이나 발톱으로 만들려면 우선은 맨손톱부터 다듬어서 밑바탕을 준비해야 하잖아? 그러니까 겉만 번지르르한 아름다움 같은 건 태양도 뭐도 아니야. 기껏해야 변소의 전구 정도에 불과하지. 물론 변소가 어두우면 위험하고 무서우니까 전구라도 있으면 고맙기는 해도 태양하고는 비교할 수 없는 수준이잖아. 진정한 태양은 훨씬 더 밑바닥에서 빛나는 거야. 내성 발톱 때문에 아프다고 하면 이 늦처럼 생긴 지저분한 면상의 아저씨 발톱까지도 정성껏 만져주는 당신들 같은 사람을 태양이라고 해야 하는 거라고."

"아저씨……!"

오사와는 바야흐로 감격에 겨워 눈물을 흘릴 지경이었다.

"난 지금까지 아저씨가 그렇게 멋진 생각을 가진 사람인 줄 몰랐어요! 하지만 분명히 말해두는데 '늪'이라는 말은 아저씨가 꺼낸 거예요. 난 그렇게 심한 말을 한 적도 없고, 그런 생각도 절대 한 적이 없어요, 알았죠?"

진정한 아름다움은 그 사람의 내면에서 우러나온다. 요리나 네일의 경우 꼼꼼한 준비 작업의 과정을 통해서 만들어진다. 마츠나가의 발언은 참으로 진리의 핵심을 찌른 말이었고, 츠키시마도 완전히 동감이었다.

네일아트는 그저 손톱을 예쁘게 치장하는 것만이 목적이 아니다. 손톱을 예쁘게 가꾸는 행위를 통해 자기 마음이 설레고 자신감을 가지고 생활할 수 있어야 비로소 네일아트의 역할을 다했다고 할 수 있다. 그러기 위해서는 당연히 시술 중에 하는 대화나 편안한 가게 분위기도 중요하고, 네일 아티스트가 꼼꼼한 네일 케어를 통해 손톱의 건강 상태를 정확하게 파악할 필요도 있다. 네일 숍에서 기분을 잡치면 아무리 손톱이 예뻐져도 마음은 전혀 기쁘지 않을 것이다. 손톱을 예쁘게 치장하기 위해 손톱에 과도한 부담을 준다면 그 또한 주객이 전도되었다고 할 수 있다.

마츠나가의 말을 들은 츠키시마는 다시 한번 마음을 다잡아야겠다고 다짐했다. 처음에는 마츠나가가 편협하고 꼰대 같다고 생각했었다. 그렇지만 수십 년 동안 주방에서 음식을 하며 자기 가게를 잘 꾸리고, 많은 손님들을 봐온 사람이라 역시 세상을 보는 눈이 있구나, 하며 감복했다.

플레이트를 무사히 벗겨내고 왼쪽 엄지발톱만 반질반질해진 마츠나가는 언제나 신고 다니는 슬리퍼를 걸치고 나갔다.

"아직 시간 많은데 파친코나 다녀와야겠다"는 말을 남기고서.

마츠나가를 배웅하고 나서 츠키시마와 오사와는 사용한 시술 의자 주변과 도구를 소독하고 정리하기 시작했다.

"아저씨가 한 말이 다 옳다고 생각은 해요. 하지만 아저씨는 무라시게 님을 직접 본 게 아니잖아요."

오사와는 마스크로 가린 입을 비쭉 내밀면서 구시렁거렸다.

"아저씨도 직접 무라시게 님을 보면 틀림없이 정신을 못 차리고 멍해졌을 텐데. 아마 다시는 화장실의 전구니 어쩌니 하는 말은 절대 못 할 거라고요."

무라시게를 변호하려는 듯이 씩씩거리면서 말하는 오사와의 모습이 우습기도 하고 사랑스럽기도 해서 "그렇겠지" 하고 츠키시마도 맞장구를 쳐줬다.

"물론 무라세 씨는 태어날 때부터 하늘이 내려준 뛰어난 외모도 대단했지만 '얼굴 가죽 하나'라는 느낌이 없었으니까. 40대인데도 새끼발가락 끝까지 빈틈없이 깔끔했잖아. 외모를 포함한 자기자신을 잘 다듬고 가꾸기 위해 평소에 많은 노력을 하면서 사는 느낌이었어."

"그죠~?!"

오사와는 신나는 표정으로 사용한 수건을 세탁기에 넣기 위해 가벼운 발걸음으로 걸어갔다.

"그런데 그렇게 세세한 부분까지 알아차린다는 점이 미사 언니다운 것 같아요. 손톱성애자다워요."

그야 손톱이 있으면 눈길이 저절로 가는 편이기는 하지만 그 호칭은 좀 심하네라고 츠키시마는 생각했다.

며칠 전, 부엌 바닥에 네일팁이 떨어져 있는 게 보여서 '왜 이게 여기 있지?' 하고 쭈그려 앉아 잘 살펴보았더니 조그만 비닐 랩 조각이었다. 빛 반사 때문에 손톱처럼 입체적으로 둥글게 휜 뭔가로 착각한 것이다. 손톱하고 비슷한 크기에다 반짝거리는 뭔가가 시야에 들어오면 '어, 손톱인가?' 하고 뇌가 자동으로 반응하는 모양이다. 심각한 직업병이다. 비닐 랩 조각을 집어올린 츠키시마는 아무도 보지 않는데도 괜히 혼자 겸연쩍어서 어색하게 헛기침을 하며 일어났다.

그래서 '손톱성애자'라는 소리를 들어도 강하게 반론하지 못한 채 그저 입속으로 웅얼웅얼하는 데에 그쳤다.

그러는 대신 "있잖아, 호시에짱" 하고 불렀다.

츠키시마가 부르는 소리에 오사와가 휴식 공간 탁자 앞으로 강아지처럼 잽싸게 달려왔다.

"넵!"

"슬슬 아크릴 스컬프처 연습을 시작하는 게 어때? 물론 나도 도와줄게."

아크릴 파우더와 아크릴 리퀴드를 배합하여 원래 손톱의 길이를 연장하는 인조 손톱(스컬프처)은 젤보다 더 단단하고, 모양도 자유롭게 만들 수 있다. 오사와가 스컬프처 시술 경험이 별로 없어서 자신이 없다고 했기 때문에 조만간 실습을 시켜야겠다고 마음에 담아두었다. 다만 요즘 대세는 젤을 사용한 네일아트고, 스컬프처는 고도의 기술이 필요하기에 이 기법을 습득하려면 끈기와 시간이 필요하다. 그래서 자꾸만 뒤로 미뤄두고 있었다.

"네, 하고 싶어요!" 하며 눈을 반짝이던 오사와가 금세 걱정스러운 표정을 지었다. "그런데 정말 괜찮겠어요? 요즘 미사 언니는 키즈존 설치 준비 때문에 바쁘잖아요."

"그건 호시에짱도 마찬가지잖아."

츠키시마는 시모무라가 알려준 정보를 토대로 키즈존을 열기 위한 준비에 돌입한 상태다. 담당 노무사에게 보험에 대해 자세한 확인을 해달라고 부탁했고, 오사와와 의논한 끝에 '달과 별'에서는 카펫이 아닌 요가 매트를 쓰기로 했다. 카펫보다 관리도 쉬워 보이고, 타일 바닥인 시모무라네 가게와는 달리 '달과 별'은 나무 바닥이라서 만에 하나 어린아이가 넘어져도 요가 매트 정도면 충분히 충격을 흡수할 수 있으리라 생각해서다. 오사와와 함께 노트북을 들여다보며 진지하게 검토해서 가장 알맞아 보이는 물건을 주문했다. 온라인으로 구매한 요가 매트는 둥글게 말아서 휴식 공간 옆에 세워두었다.

츠키시마는 상점가 회장인 채소 가게에 찾아가 안주인에게 키즈존에 대한 구상을 이야기했다. 안주인은 그 이야기에 크게 공감하면서 곧바로 상점가 전체가 활용할 수 있는 키즈존 설치에 알맞은 장소를 물색하는 한편 상점회 모임 때도 의제로 올리겠다고 했다. 츠키시마는 상점가에서 참고로 삼을 수 있도록 '달과 별'에서 키즈존을 시작하면 얼마나 수요가 있었는지에 대한 데이터를 제공하겠다고 약속했다.

단골손님인 시노하라도 키즈존에서 아이를 돌봐줄 만한 보육사를 찾았다고 연락을 주어 조만간 가게에서 면접을 볼 예정이다. 오사와는 "어떤 장난감을 준비해야 할지 보육 선생님이 오면 물어봐야겠네요" 하며 의욕을 보였다.

"키즈존에 아이가 있으면 그 시간대에는 오지 않겠다는 손님도 있을 거예요"라는 말을 한 사람도 오사와였다.

"여러 사정 때문에 아이를 보면 마음이 힘들다거나, 그냥 시끄럽고 번잡한 게 싫다거나."

"그렇겠네. 근데 수요를 알 수 없는 단계에서 키즈존의 사용 일시를 제한하는 건 너무 위험할 것 같은데. 어떡하지?"

지혜를 모아본 결과 간단한 설문을 받기로 했다. '키즈존 사용 시간과 예약이 겹쳐도 되나요?'라는 질문에 '괜찮다', '가능하면 피하고 싶다' 중 하나를 고르게 하는 것이다. '가능하면 피하고 싶다'

는 대답을 선택한 손님한테만 다음 예약을 잡을 때 키즈존 예약이 잡힌 날짜나 시간을 알려주면 된다. 또는 키즈존을 사용하겠다는 예약이 나중에 들어오는 경우에도 그 손님과 겹치지 않는 시간대로 조정하면 된다. 이런 방식으로 해보면서 문제가 없는지 한동안 살펴보기로 했다.

그렇게 이런저런 일로 츠키시마와 오사와가 전에 없이 바쁘고 정신없는 날들을 보내는 중이기는 하다. 그럼에도 오사와가 아크릴 스컬프처 연습을 하려면 지금 시작해야 한다고 츠키시마는 판단했다.

다음 예약까지 잠시 시간이 비는 것을 확인한 다음, "잠깐 앉아 봐" 하고 휴식 공간 탁자에 앉으라고 오사와에게 말했다. 탁자를 사이에 두고 마주 앉은 오사와에게 자기 생각을 전하기 위해 츠키시마가 진지한 표정으로 이야기하기 시작했다.

"아까 마츠나가 씨가 하는 이야기를 듣고 호시에짱에게 하루라도 빨리 스컬프처 기술을 가르쳐줘야겠다는 생각이 다시 들더라고. 스컬프처는 그냥 손톱만 길게 해서 예쁜 모양으로 만드는 게 다가 아니니까."

"그래요?"

"물론 스컬프처로 손톱의 길이가 원래보다 길어지면 그만큼 면적이 넓어지니까 더 화려하고 세밀한 네일아트를 할 수 있지. 하지만 가장 중요한 건 이 기법이 원래 손톱에 뭔가 문제가 있거나 콤플렉스가 있는 사람들에게 해결책이 될 수 있다는 점이야."

스컬프처는 본래의 맨손톱을 감싸면서 만들어내는 '인공 손톱',

'인조 손톱'이라고 보면 된다. 단단해서 얇은 맨손톱을 보호하는 기능으로 시술할 수도 있다. 이 시술을 하면 맨손톱이 갈라지거나 부러질 걱정을 하시 않아도 된다.

그리고 손톱이 극단적으로 짧아도 스컬프처 기법을 쓰면 덧댈 수가 있다. 손톱을 너무 바짝 깎았거나, 혹은 손톱을 입으로 물어뜯는 버릇이 있어서 맨손톱에 자신이 없는 사람도 스컬프처 기법을 적용하면 가지런하고 예쁜 손톱 모양을 가질 수 있다. 스컬프처로 만들어낸 손톱은 겉보기에 전혀 어색하지 않아서 '본래의 손톱 모양이 이상하다'는 사실을 알아볼 수 있는 사람은 거의 없다.

"우리 손님 중에 이상하게 오른쪽 엄지손톱만 날 때부터 안 자라는 분이 계셨어."

츠키시마가 이야기를 계속했다.

"손톱이 5밀리미터 정도 자란 다음에는 더 이상 안 자라서 고민이 많으셨대. 그래서 남들한테 손을 안 보이려고 애쓰면서 살았다고 하시더라고."

"그런데……남한테 손을 안 보이고 살기는 정말 힘들 텐데요."

오사와가 생각에 잠기며 팔짱을 꼈다.

"그렇지. 아무래도 손은 남의 눈에 잘 띄는 부분이니까. 그 손님도 도저히 더 이상은 감추면서 살지는 못 하겠다 싶어서 '네일숍에 이야기해보면 좋은 방법이 있을지도 모르겠다. 혹시 없다고 해도 그냥 포기하고 당당하게 살아야지' 하고 마음을 굳게 먹고 우리 가게에 오셨다고 했어."

츠키시마는 5밀리미터 손톱에 아크릴 스컬프처를 덧대서 다른 손톱하고 비슷한 길이의 손톱 모양으로 만들어주었다. 손님은 "이런 방법이 있었네요!" 하고 놀라며 인조 손톱의 자연스러운 모습을 보고 아주 좋아하셨다. 처음에는 스컬프처를 포함한 모든 손톱을 눈에 띄지 않는 연한 베이지색으로 칠했는데, 나중에는 화려한 네일아트까지 즐기게 되었다. 다른 사람들 앞에서 아무런 거리낌 없이 손을 내놓을 수 있게 되었다며 시술을 받으러 올 때마다 점점 더 표정이 밝아지는 그 손님을 보면서 츠키시마도 진심으로 보람을 느꼈다.

"2년 정도 스컬프처로 손톱을 만들어드렸는데 어느 날 문득 손님도 나도 신기한 사실을 알게 됐어. 스컬프처를 바꿀 때가 되어 제거했더니 그 밑에 있는 맨손톱이 예전보다 조금 길어졌더라고."

"네에?! 그럴 수도 있어요?"

오사와가 몸을 앞으로 내밀면서 물었다.

"호시에짱도 시술해드린 적이 있는 손님이야" 하며 츠키시마가 싱긋 웃었다.

"전혀 몰랐지? 지금은 그 엄지손톱도 다른 손톱하고 똑같이 자라서 스컬프처가 아니라 맨손톱에 젤을 바르러 오시니까."

"그렇구나~! 어느 손님이지? 전혀 짐작이 안 가는데요." 오사와가 고개를 갸웃거렸다. "그런데 어떻게 손톱이 다시 자라게 되었을까요?"

"그 손님도 나도 그저 '신기하다'고만 생각했지. 확실한 건 아니지만 원래 손톱이 너무 짧으면 그 자리에 살이 봉곳 솟아올라서 손톱이 있어야 할 자리를 채우게 되잖아. 그래서 손톱이 더 자라기 힘들었던 게 아닐까 하고 짐작만 하고 있어."

"그렇구나. 스컬프처를 해서 솟아오르는 살을 눌러준 덕분에 손톱이 자라날 여지가 생긴 거네요."

"그런 것 같아. 물론 맨손톱에 네일팁을 붙이는 편이 더 나은 경우도 있고, 그래서 모든 사람에게 똑같은 효과가 나타난다고 장담할 수는 없겠지만 말이야. 그래도 스컬프처가 손톱의 성장 촉진에 도움이 되는 경우도 있다는 걸 증명하는 사례라고 볼 수 있지. 그런 경우가 아니더라도 손톱을 보호하거나 더 길게 덧대서 모양을 예쁘게 만드는 데에 아주 유용한 기법인 것만은 틀림없어."

"미사 언니가 이 기법을 저한테 빨리 가르쳐주려는 이유를 이제 알 것 같아요. 손님들의 필요나 고민에 대처하려면 다룰 수 있는 무기가 하나라도 더 많아야 한다는 거죠……?"

오사와가 눈을 반짝반짝 빛내며 정중한 태도로 고개를 숙였다.
"열심히 하겠슴다! 스컬프처 지도, 잘 부탐다~!!"

예전부터 종종 했던 생각인데 오사와의 "잘 부탁합니다"가 츠키시마의 귀에는 "잘 부탐다"로 들릴 때가 있어서 '요즘 젊은 애들은 정말로 발음을 뭉개면서 말하는구나' 하고 새삼스레 놀랐다.

그런데 오사와에게 말해봐야, "에이~, 젊은 사람들이 '잘 부탐다'라고 한다는 건 어디서 나왔는지도 모르는 헛소문이에요. 저는 분명히 '잘 부탁합니다'라고 하는데요" 하고 항의할 것 같다. 게다가 또박또박 말한다고 본인이 주장하는 "잘 부탁합니다" 역시 여전히 "잘 부탐다"로 들릴 가능성이 있어 아무리 말해봐야 소용없을 것 같은 예감이 들어서 굳이 지적하지 않기로 했다.

"그럼 앞으로 빈 시간이 생기면 스컬프처 연습을 합시다!"

"넵!"

"잘 알겠지만 네일 아티스트 검정시험 1급 실기시험에 스컬프처 기법도 들어 있어. 그러니까 아예 호시에짱의 1급 합격까지 목표에 두고 집중해서 훈련할 거야, 알았지?"

"네엡!"

뭔가 열혈 스포츠 만화에 나오는 무술 도장의 사범과 수련자 같은 분위기가 되었다. 어쨌든 츠키시마도 오사와도 의욕에 차서 더욱 뛰어난 네일 아티스트가 되기 위해 전력을 다해 지도하고 수련할 것을 서로에게 맹세했다.

그렇지만 그 뒤로도 한동안 오사와는 뜬금없이 "후……후……" 하는 부엉이 소리를 내기도 하고, 눈두덩에 반짝이는 아이섀도를 듬뿍 바르기도 했다. 스컬프처 기법을 터득한다는 중요한 과제가 주어져도 무라세의 아우라를 갈망하는 마음을 억누를 수는 없는 모양이었다.

"무라시게 님은 다시 안 오시려나? 아오야마의 네일 아티스트가 출산 휴가를 가지는 동안만이라도 우리 가게에서 시술을 받으시면 안 되나?"

오사와는 못내 미련을 버리지 못하는 듯했다. 그러던 어느 날 츠키시마가 출근했더니 청소를 마친 오사와가 휴식 공간에 있는 TV 앞에 시커먼 그림자를 드리운 모습으로 앉아 있었다.

"왜 그래?"

뭔가 겁이 나서 주저하며 물었더니 오사와는 세상에 이렇게 쓴

맛의 커피는 없다는 표정으로 커피를 한 모금 마시고는 "어제 TV를 봤더니 무라시게 님이 드라마 예고편에 나오더라고요" 하고 말했다. "새로 방영되는 사극 주연을 맡았대요. 낭인 역할로요."

그렇군. 그러면 맨발에 짚신을 신을 테니까 네일아트는 한동안 못하겠네. 오사와와 더불어 무라세가 얼마나 낙담하고 있을지 짐작이 되어 츠키시마는 동정을 금치 못했다.

"그럼……녹화해야겠네."

"네. 방영 시간에 맞춰 자동 녹화를 설정해놨어요."

오사와에게 드리운 검은 그림자가 더욱 짙어지는데 뭐라고 위로할 말을 찾을 수 없었다.

"음~, 그러면……조만간 생수 광고도 나오겠다."

"미사 언니. 운명의 상대를 한 번도 만나지 못하고 인생이 끝나는 거랑, 딱 한 번 만나고 다시는 못 보는 거랑 어느 쪽이 더 괴로울까요……?"

맛이 갔군. 무라세 씨가 호시에짱의 운명의 상대였던 적은 단 한 번도 없을 텐데. 속으로는 그렇게 생각했지만 차마 내색할 수 없어서 "그……글쎄……" 하고 시간을 끌다가 "한 번만이라도 만날 수 있으면 좋은 거 아닌가……?"라고 대답했다.

"어쩌면 운명이란 이리도 잔인한지……!"

오사와가 과장된 말투로 탄식하더니 탁자에 푹 엎어졌다.

"저기……열연을 펼치는 중에 미안하지만 이제 가게 문 열 시간인데."

"아, 그러네요. 수건이 다 말랐는지 보고 올게요~!"

오사와는 곧장 몸을 일으켜서 세탁기 쪽으로 뛰어갔다.
　찬란한 태양이 일으킨 소동은 이렇게 매듭지어졌다. 그리고 '달과 별'은 다시 평온한 밤과 같은 일상을 되찾았다.

　비가 추적추적 오는 계절이 되어서도 '달과 별'의 나날들은 우울함과는 거리가 멀었다. 밖에서 밀려드는 습기를 튕겨낼 만큼 가게 안에는 활기가 넘쳤다. 키즈존을 본격적으로 시작했더니 어린 아기가 있는 손님들이 찾아오게 되었다.
　키즈존에서 아기들을 돌보게 된 보육사는 이야마라는 이름의 50대 여성이었다. 단골손님인 시노하라가 소개해준 사람이다. 이야마는 시노하라의 맞은편 집에 사는데 5년 전쯤까지 어린이집에서 일했다고 한다. 그런데 허리를 다치는 바람에 이제 매일 출근하는 일은 그만해야겠다고 생각해서 퇴직했다. 그 뒤로 물리치료도 받고 요가를 규칙적으로 했더니 다행히 허리가 좋아졌고, 그래서 마침 느슨한 페이스로 쉬엄쉬엄 일할 수 있는 곳을 찾던 참이었다고 한다.
　'달과 별'에 면접을 보러 온 이야마와 몇 마디 나눠본 츠키시마는 곧바로 채용하기로 마음먹었고, 오사와도 동의했다. 밝고 따뜻한 성품을 가진 사람이라는 게 금세 느껴졌고, 아기 돌보는 데에도 충분한 경험을 갖춘 프로였기 때문이다. 이야마는 대학생과 고등학생인 자녀들이 있는데 육아 경험자로서 아기를 키우는 보호자가 얼마나 힘든지 충분히 안다고 했다.
　"아이들이 어렸을 때는 미용실은 물론이고 어디가 아파도 병원에도 제대로 못 갔어요. 저도 평일에는 일해야 했고, 요즘처럼 키즈존이 여기저기 있지도 않았으니까요. 시노하라 씨한테 이야기를 듣고 도움이 될 수 있으면 좋겠다는 생각에 오게 된 거예요."

'달과 별'에 채용된 이야마는 예전 동료들을 통해 근처에 사는 나른 보육사도 알아봐주었다. 자격은 있지만 프리랜서로 있는 보육사들이 꽤 많다면서 이야마가 올 수 없을 때 대신 부탁하면 된다고 했다.

혹시 모를 경우에 부를 수 있는 보육사까지 확보되자 오사와가 신이 나서 '키즈존 마련했습니다. 편하게 문의해주세요'라고 하늘색 사인펜으로 굵게 쓴 종이를 가게 유리문에 붙였다. 그러자 생각보다 문의가 많이 들어와서 일주일에 두 명 정도는 꾸준히 키즈존을 이용하게 되었다.

시모무라의 조언을 바탕으로 '달과 별'에서는 키즈존 이용자에게 1회당 1,500엔의 추가 요금을 받기로 했다. 이야마의 시급도 시간당 1,500엔이다. 네일 시술에는 대개 2시간 정도 걸리니까 가게에서 부담하는 부분이 적지 않지만, 키즈존 덕분에 신규 고객이 많이 늘어나기도 해서 길게 보았을 때 결코 손해는 아닐 것이다. 무엇보다도 어린아이들이 가게 안에 있으니까 어딘지 마음이 푸근해지는 느낌이 들었다. 아기들은 칭얼거려도, 기저귀에 똥을 싸도 마냥 귀여웠다.

물론 키즈존에 아이가 있을 때는 오지 않겠다는 손님도 있고, 속으로는 그렇게 생각하지만 드러내지 못하는 손님도 있을 수 있기에 세심한 주의를 기울이면서 운영하는 중이다. 처음에는 츠키시마도 '시술하는데 아기가 울면 집중력이 흐트러지지 않을까?' 하는 걱정이 없지는 않았다. 그러나 노련한 이야마는 아기가 칭얼대기 시작하면 안아주거나 장난감으로 주의를 돌리거나 해서 마치 마법이라도 부리는 것처럼 순식간에 달랬다. 기저귀를 갈아야 할 때는 냄새가 나지 않게 휴식 공간으로 데리고 가서 큰 수건을 깔고 눈깜짝할 사이에 갈고 왔다. 대단한 실력자라고 할 수밖에 없는 이야마 덕분에 보호자도, 같이 있는 다른 손님도, 츠키시마와 오사와까지도 모두 딴 걱정 없이 그저 "아이, 예뻐라~!" 하며 아이들의 사랑스러움을 마음 놓고 즐길 수 있었다.

이야마의 부드러운 목소리와 약간 풍성한 체형, 그리고 생각보다 훨씬 더 민첩한 움직임은 아이들에게 안정감과 즐거움을 주는 모양이었다. 그래서 모두가 금세 이야마를 따르고 집에 갈 때가 되면 "이모랑 있을래~!" 하며 안 가겠다는 아이들이 속출했다. 자기 아이가 보육사를 좋아하면 '그 가게에 또 가야겠다'는 생각이 들게 마련이다. 츠키시마는 그저 횡재를 한 듯 신이 나고 고마울 따름이었다.

긴 휴가나 방학 때는 키즈존 이용자가 늘어난다고 하니까 이런 상태라면 여름 동안 이용일을 고정적으로 잡아놔도 예약이 꽉 찰 것 같았다. 문가에 나란히 서서 손님을 배웅하고, 꼬마 손님에게도 "안녕~" 하고 손을 흔드는 츠키시마의 옆구리를 오사와가 팔꿈치로 가볍게 찔렀다. "미사 언니, 너무 좋아하는 거 아니에요?"

우에노가 겐타를 데리고 가게에 다시 온 것도 츠키시마에게는 반가운 일이었다. 우에노의 머리는 아직도 뿌리 염색을 하지 못한 상태였지만 파워 폴리시를 없애러 잠시 들렀을 때와 비교해봐도 표정이 훨씬 밝아진 상태다.

"키즈존을 시작했다는 종이를 보고 바로 예약했어요."

우에노가 겸연쩍은 표정으로 웃으며 이번에는 젤 네일을 해달라고 했다. 우에노가 느긋하게 시술을 받는 동안 겐타는 이야마의 손을 잡고서 자랑스럽게 요가 매트에 발을 디뎠다. 그러니까 못 본 사이에 겐타가 딛고 서기를 할 수 있게 된 것이다. 아이들은 눈 깜짝할 사이에 크는 것 같다. '겐타가 점점 인간에 가까워지고 있네……' 하는 생각에 츠키시마는 감개무량해졌다.

겐타는 중심을 잡으려고 비틀거리면서도 "다, 맘마, 닷 닷" 하는 소리를 내며 가장 좋아하는 애벌레 인형을 높이 들어올렸다. 우에노의 손톱에 젤을 바르던 오사와가 돌아보고 "그래그래, 멋있네!" 하며 웃어주자 신이 난 표정으로 삑삑 소리가 나게 애벌레 인형을 힘껏 눌러댔다. 그런 일이 몇 번이나 계속되자 다른 손님을 시술하던 츠키시마도 알아차릴 수 있었다. 겐타는 오사와가 좋아서 자기를 봐달라고 열심히 어필하는 중이었다. 나는 이 애벌레가 좋으니까 내가 좋아하는 사람도 애벌레를 좋아하겠지라고 생각하는 모습이 사랑스럽고 귀여웠다. 오사와는 자기가 겐타의 구애를 받는 중이라는 사실을 전혀 모른 채 "아휴, 잘하네, 그렇게 좋아?" 하고 밝은 목소리로 답해줄 뿐이었다. 자기도 모르는 사이에 철벽을 치는 상황이네, 하고 오사와를 제외한 가게 안의 모든 어른들이 터져나오려는 웃음을 참으며 지켜봤다.

키즈존 운영에 어느 정도 익숙해진 어느 날이었다. 집에 돌아가려고 이야마가 키즈존을 정리하면서, "저는 네일을 받아본 적이 한 번도 없었는데 여기 와서 보니까 참 좋아 보이네요" 하며 진심 어린 목소리로 말했다.

요가 매트를 닦아내고, 알코올을 뿌려서 소독하는 등 이야마의 손은 여전히 바쁘게 움직이고 있었다.

"디자인도 다양하니 예쁜 게 많고, 앉아서 시술을 받고 있으면 귀족이라도 된 듯한 기분이 들 것 같아요. 여름이 되면 발톱만이라도 해봐야겠어요."

"네, 꼭 그러세요! 슬리퍼 신는 게 즐거워질 거예요."

요가 매트 마는 작업을 도와주던 오사와가 강력하게 권했다.

"할인가로 모시겠습니다" 하고 츠키시마도 거들었다.

상점가 전체의 키즈존에 관해서도 이야마가 유익한 조언을 해주었다. 프리랜서 보육사를 파견하는 회사들이 의외로 여기저기 있다는 것이다. 이야마의 지인도 야요이신마치 근처의 급행이 정차하는 비교적 큰 역 부근에 회사를 차렸고, 규모는 작지만 보육사 파견업을 하고 있다고 했다.

"상점가 전체의 키즈존 정도가 되면 보육사가 상주해야 할 테니 전문 파견업체에 의뢰해서 인원을 확보하는 편이 수월할 거예요. 손님들이 자녀분을 맡기는 곳이니까 이상한 사람이 보육사로 오면 큰일이잖아요. 그런데 그 회사는 등록할 때 깐깐하게 면접을 봐서 능력도 신원도 확실한 사람들만 있더라고요."

그렇군, 좋은 아이디어네. 츠키시마는 이야마가 가르쳐준 회사의 웹사이트를 둘러보았는데 정직하고 건실한 경영방침을 가진 회사라는 판단이 섰다. 그래서 바로 채소 가게 야오요시의 안주인에게 알려주었고, 둘 다 가게 문을 닫은 다음에 작전회의를 위해 술집 '딱 한 잔'에서 모이기로 했다.

츠키시마와 오사와가 가게 안쪽에 있는 카운터 자리 구석을 차지하고 먼저 맥주잔을 기울이고 있었는데, 가게 문이 열리면서 야오요시 안주인이 나타났다.

"데루코 언니~! 여기요~!"

오사와가 의자에서 몸을 일으키다시피 하며 손을 번쩍 들어 불렀다. 얘는 도대체 어느새 또 언니라고 부를 만큼 가까워진 거야? 하고 츠키시마는 깜짝 놀랐다. 보나마나 오사와는 야오요시에서 채소를 사면서도 남다른 친화력을 발휘했을 게 뻔하다. 데루코는 우산을 접어서 빗물을 털더니 밖에다 세워둔 다음, "많이 기다렸지?" 하며 츠키시마 옆에 앉자마자 "여기 맥주 한 잔 더!" 하고 사장인 마츠나가에게 주문했다.

맥주가 카운터에 서빙될 때까지 데루코는 치마 허리춤에 찔러두었던 수건을 빼서 발을 대충 닦아냈다. 슬리퍼를 신고 와서 발이 빗물에 젖은 모양이다. 상점가에 있는 목욕탕인 '마츠노유'에 들렀다 오는 길인지 발치에 내려놓은 비누가 든 대야에 그 수건을 휙 던져넣었다. 에도 시대 사람 같은 몸짓이 되게 멋스럽다고 생각하며 츠키시마는 데루코의 그 행동을 지켜보았다. 40대 중반으로 보이는 데루코는 중년의 멋과 섹시함이 느껴지는 사람이다.

마츠나가가 카운터에 맥주잔을 놓았다. 물수건으로 손을 닦고 잔을 든 데루코는 말만 "건배~!" 하고는 잔도 부딪치지 않은 채 단숨에 쭉 들이켰다. 오늘의 물수건은 레몬 향기였다. 오사와가 서둘러 메뉴를 둘러보더니 맥주 세 잔을 더 시키면서 안주로 조림과 삶은 풋콩 등을 주문했다. 그사이에 츠키시마는 휴대전화로 보육사 파견업체 사이트를 검색해서 데루코에게 보여주면서 이야마한테서 들은 이야기를 설명했다.

"그러게. 내가 봐도 괜찮아 보이네."

데루코는 자기 휴대전화로 그 업체를 검색해서 사이트를 즐겨찾기에 저장했다. "내일이라도 연락해서 비용이나 그런 자세한 내용을 물어볼게."

일 처리가 빠르다. 츠키시마는 두 잔째 맥주를 마시면서 "그런데 상가 다른 분들 의견은 어때요? 키즈존 설치에 찬성하는 거 맞아요?" 하고 물었다.

"아아, 다들 좋대."

데루코가 풋콩을 먹으면서 말했다. "지난주에 모임이 있었는데 지금 많은 가게에 세대교체가 일어나서 젊은 사람이나 여성들이 많거든. 그래서 다들 괜찮겠다며 한번 해보자고 하더라고. 야요이 상점가하고도 연계해서 움직이니까 별 문제 없이 진행될 거야."

야요이 상점가는 역을 사이에 두고 반대편 거리에 있다. 새로 생긴 세련된 미용실과 음식점들이 많은 야요이 상점가는 오래된 채소 가게나 생선 가게가 모여 있는 서민적이고 전통적인 상가인 후지미 상점가와 경쟁 관계이면서도 상호 보완적인 관계를 이루고 있다.

"어? 그럼 벌써 야요이 상점가하고도 얘기가 된 거예요?"

순식간에 조리되어 나온 가자미 조림을 삼등분해서 개인 접시에 담고 있던 오사와가 손을 멈추더니 몸을 이쪽으로 기울였다.

마츠나가는 "가자미는 겨울에 조려야 제맛이라고 다들 그러시만 나 정도 되는 실력이면 장마철에 들어온 가자미로도 부드럽고 깊은 맛을 낼 수가……" 하면시 자랑을 늘어놓느라 바빴는데, 오사와에게 중요한 점은 '가자미를 맛있게 조리하는 법'이 아니라 '조림 그 자체'라서 대놓고 무시하는 중이었다.

"밑밥을 깔아놔야 얘기가 빠르지" 하면서 데루코는 가자미가 담긴 개인 접시를 받아들었다.

"키즈존에 대해 미리 타진해봤더니 '그럼 각각의 상점가 중간 정도 되는 장소에 한 군데씩 만드는 방향으로 생각해봅시다'라고 하더라고."

후지미 상점가의 회장은 야오요시의 사장으로 되어 있는데 마츠나가의 정보대로 실질적인 회장은 그 집 안주인 데루코인 모양이다. 말만 들어봐도 상점가 모임 때 수완 좋게 사람들을 휘어잡는 모습을 상상할 수 있었다.

"역시 대단하시네요, 데루코 언니."

오사와가 맥주에서 청주로 갈아탔다. 저러다가 또 블랙아웃 되는 거 아닌가, 하고 츠키시마는 걱정이 되었는데 때마침 우엉 삼겹살 말이가 나오는 바람에 말릴 타이밍을 놓쳐버렸다. 우엉의 식감이 사각사각하니 절묘하고, 간장과 미림을 써서 달콤 짭조름하게 조려낸 삼겹살은 윤기가 자르르 흐르는 게 맛도 기가 막혔다. 그래, 이건 청주랑 먹어야지 하면서 츠키시마와 데루코도 작은 청주

잔으로 바꿨다.

 데루코에게 맡기면 상점가의 키즈존은 조만간 문제없이 개설될 것으로 보인다. 츠키시마는 '달과 별'의 키즈존이 생각보다 반응이 좋다는 점, 보육사인 이야마가 네일에 흥미를 가지게 되었다는 점 등을 이야기했다.

 "그래~, 발톱 네일아트라고." 우엉 삼겹살 조림을 입에 넣으면서 데루코가 끄덕였다. "나도 여름에는 슬리퍼 바람으로 가게에 나가니까 발톱 정도는 좀 예쁘게 해도 나쁘지 않겠네."

 "그럼요~!"

 두 병을 주문한 두 홉들이 청주 한 병을 독차지하고서 자작으로 부어라 마셔라 하던 오사와가 끼어들었다.

 "채소 모양 네일아트도 충분히 가능하니까 어떤 디자인이든 맡겨만 주세요. 가지든 배추든 발톱에서 춤추게 할 수 있다고요."

 "아니, 굳이 춤출 필요까지는 없는데."

 데루코의 대답은 듣지도 않고 오사와가 혼자 떠들어댔다.

 "있잖아요, 미사 언니. 제가 그런 생각이 들었는데……우리 여름 캠페인으로 발톱 네일아트 쪽을 열심히 밀어보는 건 어때요? 아무래도 아직까지는 네일을 할 용기가 없다는 사람들도 있으니까 우선은 눈에 잘 안 띄는 발톱부터 시험해보라고 권하면 어떨까 해서요."

 '달과 별'에서는 해마다 여름철이 되면 의례히 발톱 네일아트의 스타일도 다양하게 갖추고 손님들에게 열심히 광고한다. 그러나 시시각각 점점 더 취해가는 오사와에게 그런 말을 해봐야 들리지도 않을 것 같아서 "그래그래, 좋은 생각이네" 하고 순순히 의견을 경청해주었다.

머리가 흔들흔들하며 눈이 감기기 시작한 오사와를 데루코가 재미있다는 표정으로 슬쩍 곁눈질하더니 "여기 버터라이스하고 된장국 세 개랑 모듬 채소 절임 하나요. 그리고 누 홉짜리 청주 두 병도요" 하며 마지막 주문을 했다.

츠키시마가 허둥지둥 "술병 하나는 물, 물로 주세요" 하고 작게 속삭이며 덧붙였다. 마츠나가는 '알고 있어'라고 말하듯 한숨을 쉬었다.

이야기가 이상하게 흐르기 시작한 건 "근데 전 발톱 네일아트에 관해서 안 좋은 기억이 있거든요" 하는 이야기를 오사와가 꺼내고부터였다. 술병 안에는 물이 들었는데도 순조롭게 만취한 상태다. 설마 무라세의 발톱 네일 시술한 일을 두고 '안 좋은 기억'이라고 하는 건 아니겠지 싶어서 "어떤 기억?" 하고 츠키시마가 물었다.

"그게 한 4년 전쯤이었어요."

오사와가 아련한 눈빛이 되었다. 그야말로 옛날 옛적 일을 이야기하는 것 같은 말투였는데 츠키시마와 데루코한테 4년 전이면 바로 어제 같은 느낌이어서 김이 빠졌다. "얼마 안 된 일이네", "일단 들어봅시다" 하는 속삭임을 주고받았다.

"당시 저는 미용 전문학교 학생이었고, 데이트앱으로 알게 된 스물아홉 살 남자와 사귀고 있었어요."

"데이트앱이라고?"

"그런 걸로 생판 모르는 남자를 사귀면 너무 위험하잖아?!"

츠키시마와 데루코는 엉겁결에 카운터 모서리를 꽉 잡고 오사와 쪽으로 몸을 내밀면서 외쳤다. 버터라이스에 넣을 마늘을 다지던 마츠나가의 칼질하는 소리도 이상해졌다. 그러나 나이든 사람들의 걱정에는 아랑곳없이 "괜~찮아요!" 하고 오사와는 태평스럽기만 했다.

"어떤 만남이건 처음에는 어차피 다 '모르는 사람'이잖아요. 데이트앱으로 만날 때도 마찬가지예요. 취미라든지 신상 정보도 대충은 나와 있고, 채팅도 할 수 있으니까 옛날에 맞선 볼 때처럼 서로 사진이랑 경력을 보고, 편지를 주고받다가 만나는 거랑 별 차이 없다고 보면 돼요."

그 말이 맞을까? 신상 정보에 거짓말을 쓰는 사람도 있지 않을까? 츠키시마는 영 못 미더웠지만 실제로 데이트앱을 써본 적이 없어서 판단을 유보할 수밖에 없었다.

"전 나름대로 잘 지낸다고 생각했는데 반년쯤 지났을 때 그 인간이 '고등학교 동창회에 갈 거니까 손톱 좀 다듬어줄래?' 하더라고요. 마침 네일 케어를 연습할 때여서 '알았어' 하고 버핑을 해줬더니 '하는 김에 발톱도 해줘'라고 하더라고요."

호시에짱의 불이 붙을 듯한 버핑에 손톱을 맡기다니 대단한 용사다. 츠키시마는 단순히 그 점에 감탄했는데 옆에 있던 데루코는 술잔에 있던 술을 단숨에 벌컥 들이키더니 "설마 그 말을 듣고 진짜로 발톱까지 손질해준 건 아니겠지?" 하며 목소리를 쫙 깔고 으름장을 놓듯이 물었다.

"그 설마를 해줬단 말이죠."

"등신이냐?"

"등신이었죠."

무슨 소리를 주고받는 건지 몰라서 츠키시마는 양옆에 앉은 두 사람의 얼굴을 번갈아 쳐다보았다. 카운터 안의 마츠나가는 밥을 넣은 프라이팬을 이상하리만지 신중하게 흔들고 있었다. 버터와 마늘을 볶는 향긋한 냄새가 가게 안에 풍겼다.

"아, 미사 언니가 '뭐가 뭔지 모르겠다'는 얼굴이네. 묘한 데에서 순진하다니까."

오사와는 주정뱅이처럼 깔깔거리며 웃기만 했고, "생각해봐. 동창회에 가는데 양말까지 벗을 일이 뭐가 있겠어?" 하고 데루코가 설명해주었다.

"그러니까 그놈은 아예 놀아날 작정으로 몸단장을 하다 심지어는 지가 사귀는 애인한테 발톱 손질까지하게 만든 거라고."

"네~에?!"

생각보다 훨씬 악질적인 이야기여서 츠키시마는 깜짝 놀라며 외쳤다.

"그랬다니까요~!"

오사와는 술잔에 가득 따랐던 물을 홀짝 마셔버리더니 "왜 하나도 안 취하지?" 하고는 카운터에 푹 엎어졌다. 이미 충분히 취한 상태다.

"그 자식이 동창회에서 전 여친이랑 칼에 불을 붙여버린 거예요. 처음부터 그러려고 나한테 발톱까지 손질하게 만들고 동창회에 갔던 거라고요. 나쁜 새끼~!"

어째서 '칼에 불을 붙였다'고 하나 하고 츠키시마는 잠시 생각했다. 그러다가 '부부싸움은 칼로 물 베기'라는 말과 '남녀 사이에 불이 붙었다'는 말이 뒤엉켜서 나왔구나, 하고 납득했다.

최악의 남자다. 하지만 지금 오사와가 누군가와 사귀는 느낌이 전혀 없는 걸 보면 일찌감치 헤어진 모양이다. 그렇다면 그런 '네일 기술을 모독하는 놈' 따위는 빨리 잊어버리고 기분 좋게 취하는 게 정답이라는 생각이 들었다.

문제는 데루코다. 마츠나가의 정보에 따르면 야오요시의 사장이 15년쯤 전에 부인이 임신했을 때 바람을 피웠다고 하지 않았던가? 그렇다면 오사와가 꺼낸 이야기는 그 아픈 데를 정곡으로 찌르는 골치 아픈 화제가 아닌가?

츠키시마는 슬금슬금 오른쪽에 있는 데루코의 눈치를 봤다. 데루코는 모듬 채소 절임을 안주 삼아 술병에 있는 청주를 자작하며 쭉 들이켜는 동작을 기계적으로 반복할 뿐이었다.

살려주세요! 하는 심정으로 츠키시마가 주방에 있던 마츠나가를 눈으로 찾았다. 그러나 마츠나가는 어디에도 보이지 않았고 김이 모락모락 피어오르는 된장국 세 그릇과 버터라이스 접시만 카운터 위에 나란히 올려져 있을 뿐이었다. 마츠나가는 위험을 감지한 쥐처럼 쓰레기를 버린다는 명분으로 재빨리 가게 뒤편으로 피신한 모양이었다.

하는 수 없이 츠키시마는 국그릇과 접시를 내려놓고 버터라이스를 개인 접시에 소분해서 각자 앞에 놓았다. 오사와와 데루코는 씩씩거리면서 밥과 국을 입 안에 밀어넣으며 분노에 찬 목소리로 서로에게 말했다.

"어째서 바람 같은 걸 피울까요? 너무 힘들고 귀찮지 않나?"

"거기에 대해서는 고민 끝에 나름대로 결론이 났어. 바람을 피우는 인간은 남자든 여자든 거의가,

1. 한가하다.
2. 학생 때 찐따였다.
3. 상대방은 지위나 돈이나 젊음이나 외모에 끌려서 달라붙을 뿐인데 자기가 잘나서 그런 줄 아는 착각에 빠져 있다.

이 중의 하나거나 아니면 전부 다거나! 한마디로 말하면 덜떨어진 인간에다 귀가 얇은 열등감 덩어리인데 지 스스로가 배배 꼬여 있으니까 아무리 골치 아프고 꼬인 상황이어도 상관하지 않고 그냥 뛰어드는 바보라는 거지!"

절대 한 마디가 아닌데, 하고 츠키시마는 생각했다. 그런데 데루코가 입에서 불을 뿜으며 내놓은 분석에 대해 "에이~씨, 다 나오라고 해! 이 호시에 님이 작살을 내버리겠어!" 하고 오사와가 외치는 걸 듣고는 얌전히 입을 꾹 닫고 있기로 했다.

단골손님들로 시끌벅적하던 가게 안에 어느새 츠키시마 팀만 남아 있었다. 쓰레기를 버리고 온 마츠나가는 기가 막히게 기척도 없이 스리슬쩍 돌아와 카운터 그늘에서 묵묵히 풋콩 줄기를 다듬고 있었다. 버터와 마늘로 맛있게 볶아놓은 버터라이스가 쌀겨로 만든 것처럼 목구멍 안쪽에서 자꾸 걸리는 느낌이 들었다.

오사와와 데루코의 술자리―오사와는 물이었지만―는 한밤중까지 이어졌고, 결국 "제발 부탁이니까 가게 문 좀 닫자!"고 마

츠나가가 간곡하게 부탁까지 하는 바람에 겨우 마치게 되었다.

이튿날 아침, 씩씩하게 출근한 오사와는 당연하게도 전날 밤에 있었던 일을 까맣게 잊은 상태였다. 반면에 츠키시마는 잠 못 드는 밤을 보냈다. 남편의 바람에 대한 분노가 다시금 치솟은 데루코가 잔뜩 취한 상태로 집에 들어가 남편에게 달려드는 건 아닐까, 그래서 당장이라도 야오요시 쪽에서 구급차 사이렌 소리가 들리는 게 아닐까 해서 안절부절못하는 상태였기 때문이다.

다행히 상점가는 밤새도록 평화롭기만 했는데 츠키시마는 수면 부족 상태로 컨디션이 영 좋지 않았다. 여전히 추적추적 내리는 비 때문인지 상점가 앞 일방통행로를 오가는 사람들도 거의 보이지 않았다.

오늘은 웬일로 츠키시마와 오사와 둘 다 예약이 비는 시간대가 있었다. '예약 없이 오는 손님이라도 있으면 좋겠다'고 생각하며 츠키시마는 계산대 옆에 서서 한동안 바깥을 바라보았다. 그러나 인적이 뜸한 평일 오후의 거리는 아스팔트 바닥에 빗방울이 스며들어 더욱 검게 빛날 뿐이었다.

"호시에짱" 하고 부르자 오사와가 건조를 마친 수건을 한가득 안고서 "네~에!" 하며 가게 안쪽에서 모습을 드러냈다.

"다음 예약 손님이 올 때까지 스컬프처를 연습해볼까?"

"네, 좋아요!"

츠키시마가 수건을 받아 개서 선반에 올려놓는 동안 오사와는 계산대 옆의 시술 의자를 정리하고 스컬프처에 사용할 도구들을 작업대에 세팅했다.

익숙해지면 자기 손톱에도 스컬프처를 시술할 수 있게 되지만 오사와의 기량으로는 아직 그럴 수준이 못 된다. 그래서 요즘 츠키시마는 손톱에 아무것도 칠하지 않고 오사와의 연습대가 되어 주고 있었다. 스컬프처를 너무 자주 붙였다 떼면 손톱에 부담을 주게 된다. 그리고 오사와는 아직 스컬프처를 만드는 속도가 느리기 때문에 한 번에 손가락 하나씩 연습하는 중이다. 현재는 츠키시마의 왼쪽 검지와 중지 손톱이 약간 못생긴 스컬프처 시술로 길이가 길어진 상태다.

츠키시마는 시술 의자에 앉아 "오늘은 왼손 약지에다 해볼까?" 하고 말했다.

둥근 의자를 끌고 다가온 오사와가 긴장된 표정으로 "네" 하고 대답하더니 정중하게 츠키시마의 손을 잡았다.

아크릴 스컬프처로 손톱을 연장하는 경우 우선은 손톱을 되도록 짧게 깎은 다음 파일로 표면의 윤기를 갈아낸다. 손톱 표면이 약간 까슬까슬해야 그 위에 스컬프처가 잘 붙을 수 있기 때문이다. 그동안 연습을 거듭한 결과 오사와도 손톱을 파일로 갈아내는 기술은 충분히 터득했다. 츠키시마는 이제 손톱에 불이 붙지 않을까 하는 불안에 시달리는 일 없이 안심하고 오사와에게 약지를 맡길 수 있었다.

윤기를 없앤 손톱 표면에 프리 프라이머를 발라 남은 기름기와 수분을 제거한다. 그런 다음 스컬프처가 밀착하기 쉬운 상태로 만들기 위한 또 하나의 준비로 투명한 액체 약품인 프라이머를 바른다. 둘 다 매니큐어와 똑같은 모양의 용기에 들었는데 프라이머는 조심해서 다뤄야 한다. 프라이머가 손톱에서 삐져나와 피부에 닿으면 피부가 상할 수 있기 때문이다. 오사와는 숨을 멈추고 온 신경을 네일 브러시에 집중했다.

이렇게 맨손톱에 하는 준비 작업이 끝나면 시술하는 손가락에 네일 폼지를 붙인다.

네일 폼지란 눈금이 달린 스티커다. 모양은 제조사에 따라 다양한데 '달과 별'에서는 가로세로 6센티미터 정도 크기에 끝이 뭉툭한 마름모꼴의 스티커를 쓴다. 츠키시마는 이 네일 폼지를 볼 때마다 바닷속을 헤엄치는 가오리가 떠오른다. 물론 네일 폼지에는 가오리의 특징인 긴 꼬리에 해당하는 부분이 없다. 그래도 지느러미를 날개처럼 펼친 가오리의 머리에서 몸통 끝까지의 모양과 가게에서 쓰는 네일 폼지가 똑같이 생겼다.

가오리에 비유하자면 머리 쪽에 약간 가까운 위치로 한가운데에 둥근 모양의 절단선이 있다. 그 선을 따라서 스티커를 떼어내면 가오리 몸통에 둥근 구멍이 생긴다. 오사와는 일단 둥근 부분의 스티커를 떼어냈다. 그런 다음에 스티커 밑종이에 남은, 몸통에 구멍이 뚫린 가오리, 아니, 네일 폼지를 꼬리 쪽에서부터 반쯤 들어 올렸다. 몸통 뒷면, 꼬리 쪽에 가까운 구멍 가장자리에 아까 벗긴 원형 스티커를 붙인다. 가장자리 부분이 비뚤어지지 않게 보강하기 위해서다.

보강한 다음에는 살짝 들어올렸던 가오리의 몸통을 원래대로 붙여놓고 스티커 밑종이째로 세로로 반을 접는다. 그렇게 접을 때 둥근 막대기를 등뼈처럼 안으로 집어넣어서 접는 게 요령이다. 손가락과 손톱의 둥근 휨새에 잘 붙을 수 있게 네일 폼지가 약간 둥글게 휘도록 미리 말아두는 것이다. 네일 폼지는 엽서 정도의 두께에, 표면이 반질반질하고 탄력과 강도가 있는 종이다.

막대기를 가운데 놓고 접어서 네일 폼지가 약간 둥글게 휘어지면 밑종이에서 스티커를 뗀다. 오사와는 네일 폼지의 구멍 모양이 츠키시마의 손톱 끝에 딱 맞도록 가위로 살짝 오려냈다.

"그럼 하겠습니다."

구멍 모양을 알맞게 오려낸 다음 오사와가 네일 폼지를 츠키시마의 약지에 끼웠다. 다시 가오리를 비유로 들자면 머리가 츠키시마의 손가락 안쪽을 향하는 형태다. 츠키시마도 합세해서 네일 폼지의 빈 구멍에 자기 손가락 끝을 끼워주었다. 꼬리 쪽 구멍 가장자리를 손톱 끝하고 그 밑의 살 사이에 끼워야 하기 때문이다.

오사와는 둥글게 휜 네일 폼지로 츠키시마의 약지를 감싸듯이 하면서 구멍 가장자리를 손톱 틈새로 꾹꾹 밀어넣었다. 맨손톱과 네일 폼지의 높이와 각도가 이어지도록 자리를 잘 잡아야 하기 때문인데, "아야야야!" 하고 츠키시마가 비명을 질렀다.

손톱과 밑살 사이에 끼운 종이를 이리저리 눌러대는 게 거의 고문처럼 느껴질 만큼 아팠기 때문이다.

"아, 죄송해요!"

오사와가 허둥지둥 네일 폼지를 손가락에서 뺐다.

"아니야, 나야말로 미안해. 너무 심하게 비명을 질러댔네" 하고 츠키시마는 눈물이 찔끔 나오는 걸 간신히 참으며 말했다.

호시에짱은 어째서 기본적인 시술은 전부 힘으로 밀어붙이는 식일까? 그 점이 궁금했다. 호시에짱이 생각해내는 디자인이나 네일아트를 할 때의 붓놀림은 자유분방해도 참 섬세하고 치밀한데 말이다. 원래 네일 시술의 목적은 손님의 손톱을 아름답게 만든다는 것도 있지만 그보다 더 근본적으로는 손님이 편안하게 안정을 취하면서 기분을 전환할 수 있는 자리를 제공하는 것이다. 따라서 '아야야' 하고 비명을 지르게 될 만한 시술은 없다고 봐야 한다. 그런데도 손톱을 파일로 갈 때는 불이 붙을 듯하고, 네일 폼지를 끼울 때는 고문처럼 느껴진다는 게 너무 이상하다. 호시에짱이 남다른 괴력의 소유자라서 그런가?

"물론 스컬프처를 아름답게 만들기 위해서는 네일 폼지를 정확하게 끼워넣는 작업이 중요하기는 한데……" 하고 츠키시마가 말했다.

"'이 작업을 잘해야 돼!'라는 생각에만 너무 사로잡히니까 매번 에도 시대의 가혹한 취조가 되고 만다고나 할까…….."

손톱 밑에 대나무 꼬치를 찔러넣는 것 같은 고문 행위는 그만하라고 에둘러 말한 셈인데 오사와는 도무지 알아듣지 못한 듯 눈만 동그랗게 뜨고 쳐다볼 뿐이었다. 얘는 TV의 가요 프로그램은 물론이고 사극도 제대로 본 적이 없는 모양이네, 하고 츠키시마가 생각했다. 난 어렸을 때 할머니랑 같이 과자를 먹으면서 TV로 사극의 고문 장면을 보고는 '빨래판 같은 데에 무릎을 꿇리고 허벅지 위에 커다란 바위 같은 걸 올려놓는다고?! 저런 걸 누가 생각해낸 거지?' 하며 무서워서 벌벌 떨곤 했는데.

이참에 무라세가 주연을 맡은 사극에 고문 장면이 나오기를 기다리는 수밖에 없으려나? 드라마 예고편을 보면 별 볼 일 없게 생긴 떠돌이 낭인이 사실은 검술의 달인이고, 뒤에서는 암살자로 일한다는 '필살' 시리즈 느낌의 설정 같던데, 그러면 나쁜 놈들을 고문할 틈도 없이 종횡무진으로 칼을 휘둘러서 죽여버리겠네.

TV에 나오는 고문 장면을 기다리다가는 자기 손톱이 먼저 남아나지 않겠다고 판단한 츠키시마는 하는 수 없이 정확한 이론을 가지고 지도하기로 했다.

"전문학교에서도 배웠겠지만 손톱 끝하고 손톱 밑살 사이에는 하이포니키움(하조피)이라는 얇은 피부가 있어" 하고 가르쳤다. "조금만 닿아도 아픈 곳이니까 그렇게 마구잡이로 밀어넣지 말고 살살, 살살 해. 알았지?"

"네."

오사와는 심호흡을 한 다음 다시 한번 네일 폼지를 츠키시마의 약지에 끼웠다. 이번에도 구멍 가장자리가 손톱 틈새를 찌르면서 들어왔지만 아까보다는 조금 덜 무자비한 느낌이어서 오사와의 노력을 인정해주는 의미에서 일단 그냥 넘어가기로 했다. 후진 양성을 위한 지도는 그저 인내하고 참아야만 가능하다는 사실을 절감할 따름이었다.

할 수만 있다면 핸드 마네킹에게 대역을 맡기고 싶었다. 핸드 마네킹은 젤이나 매니큐어를 바르는 연습을 하기 위해서 만들어진 손만 있는 마네킹인데, 손끝 부분에 네일팁을 붙여서 사용한다. 그러나 스컬프처 기법에서는 손톱 밑 하이포니키움에 네일 폼지를 끼우는 연습이 아주 중요하기 때문에 손끝이 뭉툭한 핸드 마네킹으로는 제대로 연습할 수가 없다. 네일팁을 붙인다고 해도 자꾸 흔들릴 테고, 무엇보다 얇은 피부의 질감을 재현할 방법이 없다. 이것만큼은 살아 있는 사람이 손을 내줘서 연습대가 되는 수밖에 없다.

오사와는 네일 폼지를 구부리면서 왼손으로 츠키시마의 손을 들어올려 구멍 가장자리가 손톱 밑에 잘 맞게 끼워졌는지 여러 각도에서 확인했다. 구멍의 커브가 손톱 모양에 딱 맞게 끼워지지 않았다고 판단했는지 다시 네일 폼지를 빼서 가위로 미세하게 잘라냈다. 또 한 번 츠키시마의 손톱 밑으로 네일 폼지를 밀어넣었다.

"으으윽. 응, 아까보다 훨씬 잘 맞네" 하고 츠키시마가 말했다. "가운데 라인은 제대로 맞춰졌어?"

네일 폼지의 구멍에서 끄트머리까지—가오리의 몸통으로 보자면 구멍에서 꼬리가 달린 방향에 걸쳐—눈금이 인쇄되어 있다. 등뼈와 늑골의 모양처럼 보이기도 한다. 세로로 선이 하나 죽 이어지는데 이 선을 손톱 중앙에 맞춰야 한다. 가로 선은 여러 개가 있고, 이 선이 아크릴로 손톱 길이를 연장할 때 기준선이 된다.

"네."

오사와가 신중하게 네일 폼지의 각도를 조정하며 구멍 가장자리가 손톱 아래에 딱 맞게 끼워졌는지, 네일 폼지와 손톱 사이에 커다란 단차가 생기지 않았는지 등을 확인했다. 그런 다음 양옆으로 날개처럼 펼쳐진 가오리의 지느러미 부분을 손가락 아래로 서로 붙여서 고정했다. 그러니까 긴 고깔 모양의 네일 폼지가 손가락 끝에서 뾰족하게 튀어나온 게 마치 마녀의 긴 손톱을 연상시키는 모양새다. 다만 손톱 부분만큼은 노출되어 있다.

자, 이제 드디어 눈금을 기준으로 해서 아크릴로 손톱을 연장하는 작업에 들어간다.

오사와가 투명한 아크릴 리퀴드가 든 유리병 뚜껑을 열었다. 페트병 뚜껑처럼 생긴 유리로 된 작은 용기에 아크릴 리퀴드를 당장 쓸 분량만큼 덜어낸다. 네일 리무버나 시너보다 훨씬 심하게 코를 찌르는 강한 냄새가 주위에 풍겼다. 네일 용품을 개발하는 업자들의 노력 덕분에 예전에 비하면 '미향 타입'이라고 불러도 될 정도였지만 그래도 이 냄새가 너무 싫어 아크릴로 하는 시술을 피하려는 손님도 간혹 있을 정도다.

물론 '달과 별'에서는 아크릴을 사용할 때 비가 오나 눈이 오나 출입구 문을 활짝 열고 환풍기도 '강'으로 해서 환기에 힘쓴다. 인화 물질이어서 예를 들어 담배를 피우면서 아크릴을 다루는 행위는 엄격히 금지된다. 물론 츠키시마도 오사와도 흡연자가 아니고, 시술에 사용하는 재료가 아크릴이 아닌 젤이라고 해도 기본적인 예의 측면에서 담배를 입에 물고 손님을 상대하는 네일 아티스트는 없다.

그러나 츠키시마는 걱정이 많은 성격이랄까, 자꾸 나쁜 쪽으로 상상의 날개를 펼치는 버릇이 있다. 작업대에 있는 미니 조명이나 젤을 말릴 때 쓰는 LED 램프에 연결된 전선들이 시술 의자 뒤로 어지럽게 얽혀 있는데 거기에 먼지가 쌓여서 불꽃이 튈지도 모른다. 그 불꽃이 생각보다 멀리 튀어 아크릴 리퀴드가 들어 있는 용기에 툭 떨어지는 순간 츠키시마는 물론이고 오사와와 가게에 있는 손님들, 옆의 '딱 한 잔'과 사장인 마츠나가까지 건물과 함께 폭발하면서 불타오르지 않을까?

전기 플러그에서 튀는 불꽃이 그렇게 멀리까지 날아갈 리가 없다는 사실을 머리로는 충분히 알고, 아크릴이 니트로클리세린만큼 폭발력이 있는지 알지도 못하지만, 자꾸 이런 나쁜 상상을 하게 되는 걸 멈출 수가 없다. 그래서 평소 츠키시마는 먼지가 쌓이지 않게 가게 안 구석구석까지 쓸고 닦으며 지내는 것이다.

그 덕분에 아크릴을 다룰 때의 안전 관리도 철저하다. 츠키시마는 오사와가 아크릴 파우더 용기를 여는 모습을 지켜보았다. 납작한 원통형 용기인데 안에 아주 고운 파우더 형태의 아크릴이 들어 있다. 파우더에는 다양한 색깔이 있는데 오늘은 투명한 손톱을 만들 예정이어서 눈처럼 투명하게 하얀 가루를 쓴다. 아크릴 리퀴드와 파우더를 섞어 믹스처라고 부르는 소재를 만들고 이걸로 인조 손톱 모양을 만드는데 그때 네일 폼지가 토대 역할을 한다.

오사와가 붓을 들었다. 네일 브러시의 종류와 털의 재질은 헤아릴 수 없이 다양하다. 가격도 몇백 엔부터 몇만 엔까지 천차만별이다. 스컬프처에 쓰는 붓으로는 적당한 탄력과 안정감 있는 나일론 재질의 털을 고르는 사람이 많다. 그런데 츠키시마는 오사와가 아크릴 스컬프처 연습을 시작하면서 콜린스키라는 동물의 털로 만들어진 브러시를 새로 구입했다는 사실을 알고 있다.

"좀 무리해서 6,000엔짜리 콜린스키를 사버렸어요!" 하고 배시시 웃으며 자랑했기 때문이다.

장인은 연장 탓을 하지 않는다는 말도 있으니 얼마짜리든 자기한테 잘 맞는 브러시를 찾으면 된다고 츠키시마는 생각한다. 하지만 비쌀수록 모질을 비롯한 품질이 좋아지는 것도 사실이다. 따라서 프로라면 얼마간의 돈에 연연할 게 아니라 제대로 된 도구를 갖추고 자기가 가진 최고의 기술을 고객들에게 제공해야 한다고 생각한다. 게다가 좋은 도구를 사면 그 자체로 일할 의욕이 생겨서 새로운 기법 연습도 열심히 하게 된다.

그래서 오사와가 "지난번 휴일에 네일 용품점에 가서 이 브러시를 샀어요"라고 신이 난 표정으로 자랑했을 때도 "그래그래, 잘했네" 하고 기특한 마음에 미소를 지으며 고개를 끄덕였다.

그런데 "그나저나 콜린스키라는 건 어떤 동물일까요?"라는 질문을 듣고는 머릿속이 하얘지면서 말문이 막혔다. 그러고 보니 네일 용품 카탈로그를 펼쳐보면 브러시 모질에 '콜린스키'라고 표시된 경우가 많고 얼핏 듣기로는 그림을 그리는 붓에도 사용되는 모양이다.

네일 용품 개발에 관해서 보자면 붓은 그림 업계, 스톤과 징 등의 파츠는 액세서리나 수예 업계, 손톱에 붙이는 스티커는 문구 업계 등에서 활용하는 다양한 기술과 밀접한 연관성을 가진다. 예를 들어 젤을 만들려면 화학 지식이 필수적이기 때문에 젤을 개발하는 회사는 "이런 성분과 배합으로 부탁합니다"라고 화장품 만드는 공장에 제조를 의뢰한다고 한다.

니퍼도 고급품은 니가타 현이나 후쿠이 현의 칼 제작 장인과 제휴해서 하나하나 수제품으로 만들기도 한다. 츠키시마도 장인이 수제로 만든 니퍼를 가지고 있는데 날을 갈아야 할 때는 그것을 구매한 네일 용품 도매상으로 보낸다. 그러면 2주일쯤 지나서 제대로 날이 선 상태도 돌아오곤 한다. 날의 관리까지 장인이 직접 해주기 때문에 배송 등에 시간이 좀 걸리는 것이다.

아무튼 다양한 분야의 기술, 지식, 기능이 결합되어 네일 용품이 만들어진다. 지금까지 츠키시마는 자세한 부분에 신경을 쓰지 않고 그저 있는 도구를 잘 활용해서 네일 아티스트로서 기량을 닦는 데에만 집중했다. 그런데 새삼 질문을 듣고 보니 궁금해졌다. 콜린스키는 어떤 동물일까?

곧바로 휴대전화로 검색을 해봤더니 보송보송한 연갈색 털을 가진 족제비였다. 오사와도 새 브러시를 한 손에 든 채 화면을 들여다보더니, "어라, 생각보다 귀여운 동물이네!" 하고 말했다. "'콜린스키. 시베리아 족제비라고도 한다. 꼬리털은 붓의 원재료가 되기도 한다'. 아아, 그럼 이건 꼬리털로 만든 거구나······."

사랑스러운 콜린스키의 운명에 대해 생각한 것인지 오사와는 약간 숙연한 태도로 손등에다 브러시를 슬슬 쓸었다.

그 뒤로 츠키시마와 오사와는 브러시에 더욱 애착을 가지고 소중히 써야겠다고 마음을 먹게 되었다. 지금 오사와는 그 애용하는 브러시를 연필꽂이에서 꺼내 아크릴 리퀴드에 살그머니 담근 참이었다. 납작붓의 끝을 유리 용기 가장자리에다 몇 번 고르면서 리퀴드를 고루 스미게 한다.

"아니아니, 잠깐만!"

가만히 작업을 지켜보려다가 도저히 안 되겠어서 츠키시마가 시술 의자에서 상체를 앞으로 내밀었다.

"붓에 리퀴드를 더 많이 머금게 해야 돼. 그리고 호시에짱, 붓끝을 가장자리에 대고 문질렀지? 그러지 말고 붓의 뿌리 쪽을 가장자리에 대고 가볍게 짜는 식으로 해봐. 브러시가 머금은 리퀴드를 붓끝으로 모은다는 생각으로. 그렇다고 리퀴드가 뚝뚝 떨어질 정도면 너무 많은 거고."

"네."

오사와는 순순히 고개를 끄덕이더니 다시 브러시를 리퀴드에 담갔다가 츠키시마가 말해준 대로 붓 뿌리에서 끄트머리 쪽으로 리퀴드를 밀어내듯이 했다. 콜린스키의 부드러운 털이 젖어서 반질반질한 빛을 띠었다.

리퀴드를 머금은 브러시 끝으로 아크릴 파우더를 톡톡 건드린다. 리퀴드가 닿으면 파우더가 찐득한 질감이 되어 브러시 끝에 공처럼 뭉친다. 이게 인조 손톱의 소재가 되는 아크릴 믹스처다.

"좀 묽은 것 같은데. 붓끝으로 한 번만 더 파우더를 톡 건드려봐. 그렇지."

리퀴드와 파우더를 딱 알맞은 분량으로 조절하는 게 어렵다. 브러시 끝에 붙은 공 모양 믹스처의 질감과 투명도를 보고 배합 정도가 적절한지 아닌지를 판단해야 한다. 경험치가 필요한데다가 믹스처는 순식간에 굳기 시작해서 모든 작업을 신속하게 진행해야 한다. 그래서 츠키시마는 그냥 지켜보기로 했다가 자꾸 이게 맞다, 아니다 하는 부분까지 참견하게 되는 것이다.

오사와는 붓끝에 만들어진 둥근 믹스처 볼을 츠키시마의 약지 손톱에 올렸다. 정확히 말하자면 손톱 끝에 끼운 네일 폼지의 구멍 가장자리 부분이다. 믹스처를 브러시로 고루 펴 바르면서 손톱과 네일 폼지 사이의 미세한 단차를 메우고 토대가 되는 네일 폼지 위의 눈금을 기준으로 본래 손톱보다 긴 인조 손톱을 만들어간다.

오늘은 손톱에 1센티미터 정도의 인조 손톱을 덧대서 스퀘어 모양으로 만들기로 했다. 오사와는 정신없이 브러시를 움직여 네일 폼지 위에서 믹스처를 펴 바르고, 만들어진 손톱 끝이 네모난 모양이 되도록 손질했다. 믹스처가 굳기 전에 모든 작업을 하지 않으면 이상한 모양 그대로 굳어버리기 때문에 정신이 없다.

"브러시 앞면으로 밀어가면서 스퀘어 모양으로 만들어가면 돼. 그렇지. 그리고 브러시 옆면을 가지고 옆으로 삐져나가지 않게 모양을 잡고……."

"아아, 어떡하지?! 이거 굳기 시작했어요!"

"침착해, 아직은 괜찮아. 손톱 옆 부분하고 믹스처가 제대로 연결되지 않았네. 사이드 라인이 이어지도록 손톱 안쪽을 향해서 믹스처를 펴야 돼."

"으아~"

"브러시로 너무 만지면 안 돼. 가볍게 두드리면서 안쪽을 향해 밀어올린다는 느낌으로."

"으아아아~"

끈적한 엿—더구나 시시각각 굳어지는—으로 손톱을 만드는 셈이어서 오사와는 거의 공황 상태다. 그나마 간신히 원하던 길이에다 모양도 스퀘어로 만든 스컬프처가 완성되었다.

다시 새로운 믹스처 볼을 만들어서 이번에는 손톱 한가운데에 올린다. 이걸 브러시로 살살 펴서 아까 만든 끝부분과 매끄럽게 이어지도록 한다. 세 번째는 손톱 가장 안쪽 뿌리 부분에 올려서 마찬가지로 매끄럽게 연결한다. 그러니까 스컬프처란 아크릴 수지로 손톱에 길이를 더하고 거기에 덧붙여가며 손톱 전체를 덮는 인조 손톱을 만드는 기술이다. 너무 평평하게 만들면 손가락에 판자를 붙여놓은 것 같은 이상한 느낌이 드니까 자연스럽게 둥근 형태가 되도록 중심선을 따라 적당한 두께를 주어야 한다.

다음은 '핀치 주기'라는 작업이다. 스컬프처 양옆을 시술자의 양손 엄지로 지긋이 눌러서 인조 손톱의 봉긋한 모양을 더 자연스럽게 만드는 작업이다.

그런데 오사와가 여기까지 하는 동안 시간을 많이 잡아먹어서 스컬프처는 벌써 굳어가고 있었다. "어어, 어떡해!" 하고 오사와는 완전히 공황 상태가 되었는지 핀치 작업을 건너뛰고는 손가락에 둘렀던 네일 폼지를 찢어서 뺐냈다. 찢어내기 쉽도록 가오리의 머리 쪽에 절취선이 나 있다. 토대가 되었던 네일 폼지를 빼버려도 아크릴로 만든 스컬프처는 뛰어난 강도를 자랑한다. 휘어지지도 않고, 어지간한 충격을 가하지 않는 한 부러지지도 않는다.

"어휴~, 마음이 너무 급해서 핀치를 제대로 못했어요."

오사와는 완성된 스컬프처 옆면을 꽉꽉 눌렀다. 네일 폼지를 뺀 다음에도 핀치를 넣어서 최종적으로 모양을 조정하기 때문에 '알고 있으니까 됐네' 하고 츠키시마는 그냥 넘어가기로 했다.

"그것만큼은 익숙해지는 수밖에 없으니까. 그래도 점점 실력이 좋아지고 있어. 너무 허둥대지 말고 부드럽고 꼼꼼하게 믹스처를 고루 펴 바르는 데 신경을 쓰면 더 좋아질 수 있을 거야."

"정말요? 고맙습니다."

"아, 끝에만 하지 말고 뿌리 쪽도 핀치를 잘 넣어야 돼."

"넵!"

"아야야야! 아무래도 핀치 타이밍이 너무 늦었나 보다. 스컬프처가 벌써 다 굳어서 핀치를 넣으니까 아프네."

"죄송해요!"

과제는 많지만 투명한 스컬프처가 생각보다 손톱에 잘 어울리게 완성된 것 같았다. '열심히 연습해야지!' 하는 지나친 부담감만 없어져도 작업에 여유가 생기고, 그러다 보면 문제없이 손님에게 시술할 수 있는 수준이 될 것이다.

다 만든 스컬프처의 표면과 끄트머리, 길이를 덧댄 부분의 옆면 등을 파일로 갈아서 울퉁불퉁하거나 걸리적거리는 곳만 없애고 나면 완성이다. 파일로 갈아서 생긴 미세한 먼지를 솔로 쓸어내고 알코올로 닦았더니 매끄러운 스컬프처가 약지 끝에 모습을 드러냈다.

완성된 스컬프처를 진지한 표정으로 들여다보던 오사와가 "어때요?" 하며 얼굴을 들었다.

마침 츠키시마가 손을 좀더 자세히 보려고 얼굴을 숙이던 참이어서 두 사람의 이마가 쾅 부딪쳤다.

"으악!"

"아야~!"

눈에서 불꽃이 번쩍 튀는 느낌이었다. 츠키시마는 엉겁결에 아크릴 리퀴드가 든 작은 용기를 쳐다보았다. 액체는 그릇 안에 조용히 담겨 있을 뿐이었다. 다행이다. 불붙는 줄 알았네. 둘 다 자기 이마를 손으로 쓸면서 "죄송해요, 아무 생각 없이 얼굴을 확 치켜들어서", "나야말로 무심결에 고개를 숙였네. 미안해" 하고 서로에게 사과했다.

"스컬프처의 완성도 말인데, 대체적으로 괜찮은 것 같아. 다만……" 하고 츠키시마가 연필꽂이에서 나무로 된 막대기를 집어 문제가 될 수 있는 지점을 가리키며 설명했다.

"길이를 덧댄 부분을 자세히 보면 완전한 스퀘어 모양이 아니라 약간 사다리꼴로 끝부분이 더 벌어져 있지?"

"헐~, 진짜 그러네요."

오사와가 이마와 이마 사이의 거리에 조심하면서 다시 등을 굽혀 약지를 들여다보았다.

"손가락을 감을 때 네일 폼지가 고깔 모양이 되잖아? 그러니까 손톱 양쪽 끝을 향해 경사가 만들어져서 믹스처가 마르지 않은 상태에서는 좌우로 흘러내려 끝이 벌어지기가 쉬워. 손톱 양옆 라인을 항상 의식해서 길이를 덧댄 끝부분까지 일직선이 되도록, 자꾸 벌어지려는 믹스처를 붓 옆면으로 밀어넣는 요령을 익혀야 돼."

"네, 조심할게요."

"또 한 가지는 발상의 전환이라고 해야 하나?"

츠키시마가 자기 왼손을 내려다보았다. 검지와 중지 손톱에도 오사와가 한 스컬프처 시술이 되어 있다. 모양은 모두 스퀘어로 하고 길이를 덧댔다. 그런데 손가락을 가지런히 펴보니 약지 스컬프처만 약간 짧은 데다가 끝이 살짝 벌어지는 바람에 넓이와 길이의 비율이 안 맞아서 뭉툭하고 둔해 보였다.
"손톱 모양은 사람에 따라 당연히 다르고 한 사람의 손이라 해도 손가락마다 다르게 생겼어. 예를 들어 나는 다른 손가락에 비해 약지 손톱만 약간 네모난 모양으로 나 있지?"
츠키시마가 오른손을 내밀었다. 언제든 스컬프처 연습대가 될 수 있게 네일은 제거했다. 츠키시마의 오른손 약지 손톱을 확인한 오사와가 고개를 끄덕였다.
"그러고 보니 다른 손가락은 손톱 끝이 둥근 형태로 자라는데 약지 손톱만 끝이 일직선이어서 네모난 느낌이 드네요."
"젤 시술을 하는 경우는 처음 손톱을 깎는 단계에서부터 다른 손톱하고 균형이 맞도록 모양을 잡아줘야 해. 예를 들면 '되도록 손톱을 짧게 해주세요'라고 손님이 요청해도 손톱 모양이 내 약지처럼 생겼으면 일부러 가운데를 좀 길게 남기고 양옆을 짧게 깎아서 둥근 모양을 만드는 거지. 그렇게 해야 다른 손톱하고 모양이나 길이나 크기가 잘 맞아서 조화를 이룰 수 있으니까."
"네. 손톱 어디에 파츠를 붙이느냐를 정할 때도 손톱 모양이나 다른 손톱하고의 균형을 생각해서 미세하게 조정하고 있어요."
오사와는 자랑스러운 표정으로 가슴을 펴고 말했다. 오사와가 젤로 하는 네일아트는 자유분방해 보여도 역시 구석구석까지 세심하게 신경을 쓰기에 완성도가 높다는 사실을 새삼 깨달았다.
"그래. 젤 네일은 지금처럼 그렇게 하면 돼."

오사와의 의욕이 꺾이지 않도록 츠키시마가 격려했다. 물론 진심으로 하는 말이기도 했다. 츠키시마는 천진난만하고 재능이 넘치는 오사와에게 이것저것 가르치면서 후진을 양성할 때 필요한 것이 첫 번째가 성의, 두 번째가 칭찬, 세 번째가 격려임을 실감하게 되었다.

오사와는 '자유분방하면서도 진지하다'는 식의 대책 없는, 아니, 복잡한 성격을 가지고 있어서 원리와 원칙대로 틀에 박힌 시술 방법을 강요하면 위축되거나 너무 강박적으로 시술하게 될 수 있다. 그러면 그 뛰어난 재능을 자유롭게 발휘하지 못하게 되고 만다. 그렇다고 기본적인 기술이나 네일의 이념을 전수하지 않으면 지나치게 자기 방식으로 치우쳐서 손님이 바라는 대로 시술하지 못하는 네일 아티스트가 될 위험이 있다.

"그렇지만 아크릴 스컬프처의 경우 젤 네일과는 근본적인 발상 자체가 다르다는 생각이 들어" 하고 츠키시마가 덧붙였다.

"그게 무슨 뜻이에요?"

"젤 네일은 손톱의 모양을 잘 살려서 손톱과 손가락이 아름답게 보이도록 균형을 잡아가는 거라면 스컬프처는 처음부터 손톱을 아예 짧게 잘라버리잖아."

"네."

"그렇게 해야 네일 폼지를 끼우기 쉽다는 이유도 있지만 그게 다가 아니야. 스컬프처는 손톱 모양 같은 건 문제로 여기지 않기 때문이지. 본래의 손톱 모양을 다 무시하고 '이상적인 손톱 모양'을 인공적으로 만든 게 바로 스컬프처인 거야!"

"오오~!"

무엇인가에 감격한 듯 오사와가 온몸을 부르르 떨었다. 젤 네일이라는 산을 넘어 정복해야 할 또다른 산꼭대기가 구름 너머로 살짝 보였을 때 느끼는 떨림이었는지도 모른다.

"그러니까 미사 언니는 스컬프처가 '손톱의 이데아'를 추구하는 시술법이다라는 말씀이죠?"

"이, 이데아? 뭐 그렇다고 할 수도 있지. 그나저나 호시에짱, 어려운 말을 알고 있네."

"저도 사반세기 정도는 살았으니까요."

오사와가 콧김을 내뿜으며 다시금 가슴을 당당히 폈다.

"고등학교 윤리 시간에 '이데아'라는 단어를 가르치면서 선생님이 동굴이 어쩌고 하는 설명을 했는데 그건 무슨 뜻이었을까요?"

"내가 그걸 어떻게 알겠어? 네일에 관한 질문이라면 대답할 수도 있겠지만 말이야."

"죄송해요. 스컬프처에 대한 이야기를 계속 잘 부탁다."

"이상적인 손톱을 제로부터 만들어내는 기법이라서 본래의 손톱이 극단적으로 작거나 모양이 이상한 사람들에게는 스컬프처가 복음이 될 수 있는 거지. 내 약지의 경우도 그래. 호시에짱은 손톱 모양을 잘 살리면서 다른 손톱하고의 균형도 맞추려고 노력했겠지만, 그건 어디까지나 젤 네일을 할 때의 사고방식이야. 스컬프처를 시술할 때는 원래 손톱 같은 건 아예 없다는 가정을 하고 시작해도 된다는 거야!"

"네~에? 하지만 손톱이 있기는 하잖아요."

"미안, 아예 없다고 생각하라는 건 좀 과장이 심했네. 구체적으로 말하자면 좀더 길게 하고 끝부분도 벌어지지 않게 딱 잡으라는 거지."

왼손 약지의 스컬프처를 막대기로 가리키며 문제가 있는 부분을 지적해나갔다.

"손톱 모양에 대한 배려는 없어도 돼. 어디까지나 '하나의 손톱 모양으로만 생각할 때 뭐가 가장 아름답고 이상적인가' 하는 점만 고려해서 믹스처로 인조 손톱을 만들면 되는 거야. '이상적인 모양의 손톱이 각각의 손가락에 붙으면 반드시 이상적인 균형을 이룬다.' 이게 스컬프처의 발상이고 이념이야."

"이데아……!"

이런 식으로 츠키시마와 오사와는 다음 예약 손님이 올 때까지 스컬프처의 모양과 이념에 대해 지치지도 않고 이러쿵저러쿵 따지면서 검토를 계속했다.

4

7월 중순에 접어들자 슬슬 장마가 걷힐 때가 된 모양이었다. 찜통더위가 점점 더 심해지고 주변이 아예 보이지 않을 정도로 심한 폭우가 갑자기 쏟아지는 일이 잦아졌다.

단골손님인 우다가 쏟아지는 폭우 속에 두 살배기 딸을 유모차에 태우고 데려왔다.

"제가 생각해도 네일에 대한 집념이 무서울 정도네요."

우다는 비옷을 입어 완전 방수를 한 차림이었고, 유모차도 방수천으로 된 커버를 씌워서 비 대책은 완벽했지만 어린 사츠키짱은 더운 유모차 안에 갇혀서 땀투성이였다. 보육사인 이야마가 사츠키짱을 받아 안고 수건으로 땀을 닦아준 다음 휴식 공간에 데리고 가서 엄마가 들고 온 옷으로 갈아입혔다. 산뜻해진 사츠키짱은 기분 좋게 키즈존의 요가 매트에 앉아 이야마가 읽어주는 그림책을 옆에서 들여다보았다.

우다는 재택근무로 디자인 일을 한다는데 예전부터 '달과 별'에 정기적으로 오는 단골손님이다. 그런데 사츠키짱이 태어난 뒤로는 회사에 다니는 남편이 집에 돌아온 저녁 시간 이후나 주말이 되어야 가게에 올 수 있었다. 근처 어린이집에는 아기를 맡길 자리가 없어 남편과 의논한 결과 사츠키짱이 세 살이 되어 유치원에 들어갈 때까지 우다가 일을 좀 덜 하면서 육아를 하는 수밖에 없다는 결론을 내렸기 때문이다.

"저는 집에서도 할 수 있는 일이어서 어린이집 빈자리 쟁탈전에 아득바득 참전하기도 좀 망설여지더라고요"라고 우다는 말했다. 아무리 집에 있다고는 해도 일하면서 갓난쟁이를 돌보는 건 힘들겠다고 츠키시마는 안쓰러운 마음을 가지고 있었다. 그런데 '달과 별'에 키즈존을 도입하고부터 우다도 평일 오후에 사츠키짱을 데리고 올 수 있게 되었다. 컴퓨터로 일하는 시간이 긴 우다는 타이핑하고 마우스를 움직이는 자기 손가락을 보는 경우가 많아서인지 젤 네일로 예쁘게 다듬은 손톱을 보는 게 삶의 낙이라고 한다.

이날 우다는 검은 바탕 위에 반짝이는 은색 펄을 빗방울처럼 뿌리는 디자인을 골랐다. 우다는 검은색이나 감색, 진홍색 등의 선명한 색채를 좋아하고 디자인도 귀여운 모양보다는 록 스타들이 할 법한 모양이나 반짝이는 네일 스톤, 혹은 펄 등을 선택하는 경향이 있다. 그런 디자인으로 해야 일할 때 힘이 난다고 했다.

츠키시마가 시술하는 동안 오사와도 옆 공간에서 손님을 상대하고 있었다. 이분은 신규 고객이어서 요금을 설명하고 샘플을 보여드리면서 디자인에 대해 꼼꼼히 상담하는 중이었다.

20대 후반으로 보이는 여자 손님은 어느 디자인으로 할지 한참을 고민하는 듯하다가, "저기요……" 하고 작은 목소리로 말하는 소리가 들려왔다.

"사실 보석 같은 것도 조금 더 올리고 싶기는 한데 오늘은 그냥 기본적인 코스로요……."

"네, 알겠습니다."

오사와가 밝은 목소리로 대답했다.

"혼조 님이 고르신 연보라색은 발색이 아주 예쁜 젤이고 프렌치로 하면 은색 계열하고도 잘 맞아서 화사한 느낌이 날 거예요."

"다행이네요. 친구 결혼식에 가거든요. 이왕 꾸밀 거면 손톱도 예쁘게 하고 싶어서요."

"어머~, 축하할 일이네요! 열심히 예쁘게 칠해드릴게요."

"저기, 그런데, 죄송해요."

혼조라는 이름의 신규 고객이 다시금 목소리를 낮추었다. "아마 매번 여기에 오지는 못할 것 같아서요."

우다의 시술을 하면서 슬쩍 옆에서 주고받는 대화를 듣고 있던 츠키시마는 돈 때문이구나 하고 금세 알아차렸다. 네일 시술 요금은 디자인에 따라 다르지만 '달과 별'의 경우 기본 코스여도 양손을 칠하면 5,400엔이다. 3, 4주일에 한 번씩 시술한다고 가정하면 결코 적은 돈이 아니다. 실제로 '달과 별'의 단골손님들은 대개 30대 이상으로 안정된 직업을 가지고 있고, 그러면서도 직장 내 분위기가 비교적 자유로운 곳에서 일하는 여성들이 많다. 공무원이나 은행, 의료기관, 요식업 관련자 등 직종에 따라서는 네일을 금지하는 곳들도 있다.

"에이, 그런 건 신경 쓰시지 않아도 괜찮아요!" 하고 오사와가 쾌활하게 대답했다.

"네일은 하고 싶은 마음이 들 때, 편하게 와서 하는 게 가장 좋으니까요. 아, 하지만 혼자서 젤 네일을 억지로 벗겨내면 손톱이 상하니까 나중에 한 번은 꼭 네일숍에 가서서 제거해주세요. 우리 가게가 아니더라도 직장 근처라든지 들르기 쉬운 곳으로 가셔도 상관없어요."

"그럴게요. 고맙습니다."

혼조는 오사와의 말을 듣고 안심이 되었는지 편안한 분위기가 옆 자리에서 풍겨왔다. 편히 쉬다가 가끔 오사와와 잡담을 나누기도 하는 것 같았다. 그제야 츠키시마도 마음이 놓여서 우다의 시술에 집중할 수 있었다. 잘 말린 젤 네일 위에 균형을 맞추며 반짝이를 여러 겹 입혀갔다.

"조금씩 변화를 줬으면 좋겠는데요."

우다가 자기 손을 들여다보면서 요청했다.

"장대비가 쏟아지는 손톱도 있고, 안개비가 내리는 손톱도 있는 식으로요."

"그럼 은색 펄의 밀도를 조절해볼게요. 중간까지만 반짝이를 칠하는 손톱하고 끝부분만 칠하는 손톱하고 각기 다르게 하면 변화가 생길 것 같네요."

"그럼 그렇게 해주세요" 하고 말한 우다가 후훗 하고 웃었다.

왜 그러나 싶어 츠키시마가 얼굴을 들었더니, "츠키시마 씨는 제가 애매하게 말해도 정확하게 해석해주시네요" 하며 기분 좋은 표정으로 말했다.

"아니요, 애매하기는커녕 우다 님은 정말 알아듣기 쉽게 표현해주시는데요."

검지에는 은색 펄이 꽉 차게 하고, 중지에는 되도록 미세한 펄로 연하게 뿌리는 식으로 다르게 시술하면서 츠키시마가 대답했다. 우다는 자기가 생각하는 디자인의 느낌을 표현하면서 풍경이나 움직임으로 비유할 때가 종종 있다. 츠키시마는 그런 비유가 좋아서 이번에는 어떤 식으로 표현해주려나 기대하면서 기다릴 때도 있다. 그리고 "맞아요, 이게 제가 생각하던 이미지예요!" 하고 우다가 좋아해주면 서로의 머릿속에 떠오른 이미지를 그대로 손톱에 구현해낼 수 있었다는 사실에 쾌감을 느끼곤 한다.

원하는 바를 전하는 방법은 손님마다 제각기 달라서 인스타그램에서 발견한 네일 사진을 보여주는 사람이 있는가 하면, "그 스톤을 1밀리미터만 오른쪽으로"라는 식으로 매우 구체적으로 지시하는 사람도 있다. 물론 샘플하고 똑같은 색과 디자인으로 해주면 된다면서 그 외에는 아무런 요구 사항이 없는 사람도 있다.

그런데 가끔 가다가 우다처럼 비유를 쓰는 손님도 있는데 츠키시마는 경험과 상상력을 총동원해서 손님이 묘사한 이미지를 구현하는 게 즐거웠다. "부처님상이 할 것 같은 액세서리 느낌으로"라든지 "한없이 투명하고 차가운 음악처럼"이라는 식의 요청이 들어오면 '손님이 지금 떠올리는 이미지를 어떻게 해서든 손톱에 표현해내야지' 하면서 의욕이 불타오른다.

오늘도 츠키시마는 우다의 손가락 끝에 무사히 장대비와 안개비를 나타낼 수 있었던 모양이다. 우다는 만족한 얼굴로 마무리 마사지를 받은 다음 옷걸이에 걸어둔 비옷을 입었다. 사츠키짱은 이야마하고 하던 블록 놀이에 빠져서 집에 가기 싫다고 칭얼거렸는데 "엄마랑 집에 가서 간식으로 계란 과자 먹을까?" 하고 우다가 말하자, 얼른 유모차에 올라탔다.

"다행히 아까보다 비가 좀 덜해졌네요."

이야마가 가게 유리문을 활짝 열어주었다. 츠키시마와 이야마는 문가에 나란히 서서 우다와 사츠키짱을 배웅했다.

"자, 이야마 씨. 이제 풋 네일 시술을 합시다."

다가오는 본격적인 여름에 대비해서 오늘은 이야마의 발톱에 젤 네일을 발라주기로 약속이 되어 있었다. 츠키시마는 재빨리 작업대를 청소하고 소독한 다음 이야마를 불렀다.

"이상하게 긴장이 좀 되네요."

처음 네일을 하는 이야마가 어색해하면서 시술 의자에 앉았다.

"어머, 의자가 아주 편하네요. 갑자기 여왕님이 된 느낌이네."

"폐하~, 신발과 양말을 벗어주시옵소서~!"

츠키시마가 발가락을 소독하고 파일로 발톱 모양을 가지런히 다듬는 동안 이야마는 색깔 샘플 케이스를 찬찬히 들여다보았다.

"정했어요. 점장님, 이 감색으로 칠해주세요."

이야마가 가리킨 샘플 네일팁은 깊은 바다처럼 짙은 파랑이었다. 미세한 펄 입자가 섞인 젤이어서 여름 햇살에 반짝이는 해수면처럼 반짝이는 광택도 있다.

"아주 좋은 색깔이네요." 츠키시마가 고개를 끄덕였다. "개인적으로 풋 네일은 이렇게 선명한 색으로 하는 편이 발가락이 길쭉하고 예쁘게 보인다고 생각하거든요."

츠키시마는 수납장에서 감색 젤을 들고 와서 금속으로 된 작은 주걱으로 내용물을 가볍게 섞었다. 펄 입자가 들어 있으면 아무래도 밑으로 가라앉기 마련이어서 골고루 섞는 것이다. 이야마는 흥미롭다는 듯이 작업을 지켜보면서 "이 색깔을 좋아해서 고른 것도 있지만" 하고 말했다.

"아까 우다 님과 점장님이 주고받는 이야기를 들으면서 비처럼 표현한 게 멋지다고 생각했거든요. 그래서 그럼 난 지구 같은 느낌이었으면 좋겠다는 생각이 들어서요."

"지구요······."

이야마의 발톱을 다시 한번 찬찬히 보았다. 엄지발톱이 둥그런 모양이어서 감색 젤을 바르면 우주 공간에 떠 있는 지구처럼 보일지도 모른다고 생각했다.

"그렇다면 흰색 젤도 같이 써서 대리석 모양처럼 해볼까요? '구름이 옅게 낀 지구'처럼 될 것 같은데요."

"어머, 그렇게도 할 수 있어요?"

"엄지발톱만 하는 거면요. 흰색을 쓰게 되면 아무래도 펄이 가진 광택 느낌이 없어지니까 크기가 작은 다른 발톱은 감색 젤만 칠하는 게 효과적일 거예요."

"그럼 그렇게 부탁드려요."

이야마는 들뜬 목소리로 부탁한 다음 여전히 어색해하면서 자기 발을 츠키시마의 허벅지 위에 올려놓았다.

원래는 마블 디자인이 한 줄기라도 들어가면 그만큼 추가 요금이 발생한다. 그러나 츠키시마는 그 부분은 말하지 않았다. 평소에 신세를 많이 지고 있는 이야마에게는 그냥 서비스로 해줄 요량이다.

오사와도 시술을 마치고 혼조를 배웅하려고 나섰다. 혼조는 돈을 내려고 지갑을 꺼내면서 자기 손톱에 칠해진 연보라색 프렌치 네일을 보고 만족스러운 표정을 지었다. 츠키시마와 이야마는 시술 공간에서 한목소리로 "감사합니다" 하고 가게를 나가는 혼조에게 인사했다.

"방금 그 손님, 아주 좋아하는 것 같더라고요. 틀림없이 언젠가 우리 가게에 또 오실 거예요."

이야마도 이제 '달과 별'의 식구라는 의식을 가지게 되었는지 손님들의 반응이 신경 쓰이는 모양이다. 기분 좋게 자기 의견을 말하고는 츠키시마의 뒤쪽을 본 이야마가 "아이고" 하더니 "호시에짱, 나중에 내가 치울 테니까 그냥 둬요" 하고 큰 소리로 말했다.

츠키야마가 브러시를 한 손에 들고 츠키야마가 돌아보니 오사와가 키즈존 요가 매트를 닦고 있었다.

"괜찮아요, 제가 할게요. 이야마 씨는 편하게 앉아 계세요."

오사와는 순식간에 요가 매트를 닦은 다음 돌돌 말아서 세워두고, 혼조에게 시술하면서 사용한 작업대 주변을 정리했다. 수건들을 안고 휴식 공간으로 사라지더니 조금 있다가 웅웅 하고 돌아가기 시작한 세탁기 소리를 뒤로 하고 츠키시마가 있는 시술 공간으로 돌아왔다.

"미사 언니, 저도 같이 할게요."

"고마워. 파일은 끝났으니까 왼발에 베이스 코트를 부탁해."

"네."

츠키시마 옆의 둥근 의자에 앉은 오사와가 "실례합니다~!" 하더니 이야마의 왼발을 자기 허벅지 위로 끌어올렸다.

"아이고, 이걸 어째. 이제 진짜 여왕님이 된 기분이네요."

츠키시마는 문득 오른쪽 볼에 오사와의 시선을 느꼈다. 얼굴을 돌리자 오사와가 순간적으로 고개를 푹 숙이며 시술에 집중하는 척했다. 그런데 어딘지 모르게 할 말이 있어 보였다.

도대체 뭐야? 실은 요즘 들어 계속 오사와가 이런 식으로 머뭇머뭇하며 할 말을 망설이는 경우가 많아졌다. 뭔가 걱정거리라도 있나? 혹시 시술이 잘 안됐는데 말을 꺼내지 못하는 건가 싶어 츠키시마는 내심 걱정하면서 되도록 말하기 쉬운 분위기를 조성하려고 노력 중이다. 실제로는 "괜찮아? 할 만해?"라는 식으로 새로 들어온 운동 코치처럼 어색한 태도로 뚝딱거릴 뿐이었지만, 어쨌든 은근히 말을 걸 여지를 보이려고 노력했다. 그러나 오사와는 그럴 때마다 츠키시마의 눈치를 흘깃흘깃 보면서 "네, 아주 좋아요!" 하고 태도와는 딴판인 대답만 되풀이했다.

호시에짱은 가끔 무슨 생각을 하는지 알 수 없는 신기한 생명체가 된단 말이지. 하지만 그런 생각을 하는 건 내가 나이를 먹어서인지도 모르겠다.

에~이, 도저히 안 되겠다. 신경 쓰여서 집중도 안 되고, 저 답답한 우물쭈물을 그만하게 하려면 "왜 그래?" 하고 대놓고 물어보는 수밖에 없겠다.

작정한 츠키시마가 입을 열려고 한 그 순간, "두 사람을 보고 있으면……" 하고 이야마가 말을 꺼냈다.

"정말 성실하게 열심히 일한다 싶어서 감탄할 때가 많아요."

"아~이, 갑자기 왜 그러세요?"

베이스 코트를 칠하면서 오사와가 쑥스러운 표정으로 웃었다. 말을 꺼내려다가 기회를 놓친 츠키시마도 '그렇게까지 칭찬을 받을 정도는……' 하고 속으로 겸손하게 생각하면서 "그냥 자잘하게 하는 작업들이 많아서 묵묵히 일에 집중하는 것처럼 보이는 거죠" 하고 말했다.

"아니에요." 이야마가 고개를 저었다. "솔직히 말하면 여기서 일하게 된 뒤로도 한동안은 '평범한 사람들은 아니겠지'라고 생각했어요. 점장님도 호시에짱도 항상 쨍쨍하게 화장한 얼굴이고, 하는 일도 손톱에다 덕지덕지 뭘 치장하는 거니까 그걸 하러 오는 손님들도 보나마나 허영심 많고 사치스러운 사람들일 거라고 생각했어요."

"그런 식으로 보는 사람들이 많기는 하죠."

오사와가 이야마의 발을 LED 램프 쪽으로 유도하면서 한숨을 쉬었다.

"저 같은 경우는 화려하기는커녕 너무 대충대충 사는 편이라서 남친이 집에 데려다주는 걸 아빠한테 들킬 때마다 엄청 혼났거든요. '그놈은 또 누구야? 지난번에 같이 있던 놈은 어디 가고? 벌써 헤어지고 딴 놈을 만나냐?!'라고요."

그건 네일하고 아무 상관이 없다. 오사와가 얼마나 자유분방한 연애를 하며 살았는지 모르지만 '달과 별'을 비롯해 네일 업계 종사자의 윤리 의식에 심각한 의심을 불러일으킬 만한 발언은 자제해줬으면 좋겠다.

츠키시마가 헛기침을 하자 오사와가 허둥대면서 "아니, 그게 아니라요……. 울 아빠와는 항상 타이밍이 최악이어서 이상한 것만 보게 되거든요. 남친 일만 해도 꼭 사람이 바뀌는 시점에 마주치게 되더라고요" 하고 덧붙였다. 영 헛다리를 짚은 변명이다.

이야마는 '충분히 이해해요' 하고 말하려는 듯이 따뜻한 미소를 지으며, "내가 네일에 대해 잘 몰랐기 때문에 '살아가는 데에 꼭 필요하지도 않은데 굳이 저렇게 치장하는 걸 보면 틀림없이 겉멋만 든 천박한 사람들일 거야' 하는 편견을 가졌던 거죠" 하고 작은 목소리로 말했다.

"그런데 점점 알게 되었어요. 물론 네일을 한다고 배가 부른 건 아니죠. 하지만 이 가게에 오는 사람들에게 반짝반짝 빛나는 예쁜 손톱이 얼마나 생활에 활기를 주고 마음의 안식이 될 수 있는지 말이에요. 그래서 이제는 점장님이나 호시에짱처럼 시술을 할 수 있는 건 아니더라도 손님들이 조금이라도 더 편하게 있다 가실 수 있게 도움이 될 수 있어서 기쁘게 생각해요."

"그렇게 생각해주셔서 정말 고맙습니다."

이야마가 네일에 대해 가지게 된 깊은 이해심이 그대로 느껴지는 이야기를 듣고 츠키시마는 가슴이 따뜻해졌다. 그렇게 이해해주는 이야마에게 고마운 마음에서라도 더욱 정성을 다해 지구 분위기를 잘 구현해야겠다고 마음먹었다. 츠키시마는 다 마른 오른쪽 엄지발톱의 감색 젤 위에 흰색 젤로 번개처럼 생긴 모양을 그려나갔다. 그런 다음 가는 붓으로 그 흰색을 펴 바르면 구름이 옅게 낀 느낌을 낼 수 있다.

붓놀림을 아주 신중하게 해야 하기 때문에 츠키시마는 몸을 더 앞으로 수그려서 허벅지에 올려놓은 이야마의 발에 얼굴을 더 가까이 댔다.

그러는데 이야마가 "아니, 그런데 말이에요!" 하며 시술 의자에서 몸을 앞으로 내밀었다.

"어어어, 가만히 계세요."

"어머, 미안해요."

이야마는 원래대로 등받이에 몸을 기댔다. 그러면서도 억울해서 못 살겠다는 투로 말을 이어갔다.

"어젯밤에 TV에서 하는 2시간짜리 특집 드라마를 봤거든요. 왜 그 '하코네 온천에 피어오른 연모의 살인 사건, 아름다운 여주인이 가슴에 품은 슬픈 과거'라는 추리 드라마 있잖아요. 호시에짱은 봤어요?"

"어제는 '딱 한 잔'에서 술 한잔 하느라 못 봤어요."

"차라리 잘됐네. 이야기 자체는 꽤 재미있었는데, 세상에나~, 범인이 여자인데 하필 네일하는 사람이더라고요. 료칸 주인의 불륜 상대인데 남자한테 돈을 받아서 온천 마을에 네일숍을 차린 거예요. 그러다 남자가 헤어지자고 하니까 눈이 돌아간 거죠. 그래서 그 안주인이 범행을 저지른 것처럼 위장해서 남자를 죽여버린 거예요. 그걸 보다 보니까 자꾸 화가 나더라고요. 온천이 있는 마을이라고 네일숍이 없으라는 법은 없지만 굳이 이 직업을 갖다 써야 할 이유가 없잖아요? 선물가게 주인이었어도 아무 상관이 없을 정도로 직업 얘기는 털끝만큼도 안 나오는 설정이었는데."

츠키시마와 오사와가 서로 얼굴을 마주 보았다. 네일 업계에서는 자기들의 직업이 '2시간짜리 특집 추리물 드라마의 범인으로 가장 잘 등장할 법한 직업'이라는 게 일반적인 통설이다.

"그런 경우가 진짜 많아요!" 하며 오사와가 다시 한숨을 쉬었다. "저도 네일 아티스트가 범인으로 나온 추리물을 적어도 세 번은 본 것 같거든요."

"일반적으로 네일 아티스트에 대한 이미지가 번지르르하고 사치스러워서 남의 남자를 꾀어내는 상간녀가 할 법한 직업이라는 인식이 있어서 그런지도 모르겠네요." 츠키시마가 흰색 젤을 계속 옅게 펴 바르면서 말했다. "이야마 씨도 보셔서 알겠지만, 실제로는 상당한 끈기가 필요한 기술직이고 아무나 쉽게 금방 할 수 있는 일이 아니라서 이 일을 모르는 사람들이 가진 단순한 오해라고 생각하지만요."

"그런 게 이유라면 엄청난 편견이죠. 하긴 '사치스러운 사람들이겠지' 하고 생각하던 내가 할 말은 아니지만요."

이야마는 살짝 부끄러워하면서도 쾌씸해하는 표정이었다.

"아무래도 '정체를 알 수 없다'고 느끼는 대상에 대해서는 편견을 갖기 쉬워서 그렇겠죠."

츠키시마는 이야마의 엄지발톱 디자인이 잘 시술되었음을 확인하고서 오사와와 서로 자리를 바꿨다. 왼발의 두 번째 발톱부터 새끼발톱까지는 오사와가 감색 젤 한 가지로 모두 칠한 상태다. 이번에는 츠키시마가 이야마의 왼쪽 엄지발톱에 지구를 출현시키는 작업에 돌입했다. 언젠가부터 오사와와 같이 일할 때 일일이 지시하지 않아도 물 흐르듯이 원활한 연계 작업을 할 수 있게 되었다. 츠키시마는 그 사실이 뿌듯했다.

"아마 드라마 PD들이나 제작 담당자들이 여전히 남자인 경우가 훨씬 많을 테고, 그래서 네일에 대한 지식이 별로 없을 거예요. 그 사람들한테는 예를 들면 미용사보다 더 모르는 직업 분야라 '범인으로 나오는 불륜 상대를 네일 아티스트로 하면 되겠네. 뭔가 건실하지도 않고 사치스러운 느낌이니까'라는 식이겠죠. 하긴 이것도 드라마 제작자들에 대한 일종의 편견일 수 있지만요."

"그럴 수도 있겠네요."

이야마가 점점 색이 칠해지는 자기 발톱을 들뜬 표정으로 바라보면서 말했다.

"사실 진짜 현실에 '불륜 상대나 범인인 게 당연한 직업' 같은 게 어디 있겠어요? 드라마는 허구니까 그러는 거지."

이야마의 말에 대해 오사와는 이야마의 오른쪽 발톱에 감색 젤을 바르면서 항의하듯 투덜댔다.

"아무리 그래도 네일 아티스트가 상간녀이자 범인으로 나오는 경우가 너무너무 많잖아요."

어쩌면 그렇게 되는 데에는 이미지 말고도 또다른 이유가 있지 않을까 하는 생각을 츠키시마는 예전부터 해왔다.

자기 일에 충실한 드라마 제작자라면 범인을 네일 아티스트로 하자고 결정한 시점에 어느 정도 그 직업에 대해 조사해볼 것이다. 그러면 네일숍을 여는 데에 필요한 초기 투자금이 엄청나게 많지 않다는 사실을 알게 된다. 가게 면적이 좁아도 시술은 충분히 가능하니까 임대료도 적게 들고, 비싼 기계를 들여놓을 필요도 없다. 미용실이나 치과를 차리는 데에 비하면 훨씬 쉽게 가게를 시작할 수 있다. 물론 기술이나 성실함이 필요하다는 점에서는 미용실이나 치과 등 다른 사업과 다를 바가 없지만 말이다.

그 사실을 알게 된 드라마 제작자는 '안성맞춤이네' 하고 생각할 것이다. '이 정도 금액으로 가게를 차릴 수 있으면 그 초기 자금을 대주는 남자가 "대기업 사장"처럼 아주 부자가 아니어도 된다. "상간녀는 네일 아티스트"라는 설정이 괜찮겠네' 하고 말이다. 어디까지나 츠키시마의 추측일 뿐이지만 바로 이런 이유도 있어서 '불륜 상대이자 범인은 네일 아티스트'가 2시간짜리 추리 드라마에 빈번하게 나오는 게 아닐까? 츠키시마로서는 '비교적 적은 돈으로 개업할 수 있다는 이유 때문에 오히려 누군가의 지원 없이 자기 혼자 꾸릴 자신이 있는 사람이 혼자의 힘으로 가게를 연다는 사실을 알아주면 얼마나 좋을까' 하고 생각하지만 말이다.

이야마의 발톱은 무사히 감색으로 반짝이게 되었고, 특히 양쪽 엄지발톱은 우주에 떠 있는 지구 그 자체였다.

"오늘 하필 비가 와서 애석하네."

이야마는 양말과 신발을 신고 시술 의자에서 일어섰다. "슬리퍼를 새로 샀거든요. 여름이 어서 왔으면 좋겠네요."

"금방 올 거예요."

츠키시마가 장담했다. "지금도 멀리서 천둥이 울리잖아요. 조만간 장마가 끝난다는 신호죠."

다행히 비가 보슬보슬 내리는 상태여서 이야마는 가벼운 발걸음으로 가게를 나섰다.

"조심해서 들어가세요~! 중간에 천둥 번개가 칠 것 같으면 가까운 편의점 같은 데에 들어가서 피하세요~!"

문가에 선 오사와가 그렇게 외치면서 이야마를 향해 팔을 크게 흔들었다. 시술 의자 주변을 치우고 다음 예약을 위해 작업대 세팅을 새로 하던 츠키시마는 '수건이 안 말라서 모자라는 거 아닌가' 하고 걱정이 되었다.

"호시에짱, 세탁기 좀 보고 와……" 하고 말하면서 뒤를 돌았더니 오사와가 소리도 없이 등 뒤에 서 있었다.

"으아악!"

츠키시마가 뒤로 펄쩍 물러나다가 그대로 시술 의자에 털썩 주저앉았다. "왜 기척도 없이 유령처럼 바로 뒤에 서 있는 거야?"

"미사 언니!"

오사와는 츠키시마의 항의가 들리지 않는 듯 더욱 가까이 다가왔다. 기도하듯이 가슴 앞에 양손을 모은 자세였다. 뭔가 절박한 느낌이었다. 이제야 그동안 머뭇거리기만 하고 말하지 못했던 이야기를 꺼내겠구나 싶었다. 츠키시마는 얼굴을 뒤덮다시피 머리 위에서 내려다보는 오사와를 "으, 응" 하며 올려다보았다.

그러나 오사와는 시선을 이리저리 돌리면서 또다시 머뭇거리더니, "음~, 그러니까……아까 신규로 오신 혼조 님하고 이야기하다가 그런 생각이 들었는데요……"라는 말을 꺼냈다.

명백하게 애초에 하려던 말과는 전혀 다른 이야기로 보였다. 그래서 츠키시마는 '그렇게 꺼내기 힘든 말이 도대체 뭘까' 하고 더욱 궁금해졌다. 그렇지만 일단 꺼낸 이야기부터 들어주자는 생각에 "혼조 님이 왜?" 하고 되물었다.

"네일은 보통 사람들이 자주 할 만한 가격은 아니잖아요? 부담감을 조금이라도 덜어주기 위해서 예를 들어 요금을 좀 내린다든지, 아니면 할인 쿠폰을 만든다든지 하는 방법은 없을까요?"

"응, 그 시술 가격에 대해서는 나도 여태까지 이런저런 고민을 많이 해봤어."

츠키시마는 시술 의자에서 일어난 다음 방금 앉았던 곳을 손바닥으로 탁탁 쳐서 가지런히 했다. "그런데 시술에 걸리는 시간이나 제공하는 기술에 대한 대가를 생각하면 그 정도가 적당하다는 생각이 들더라고. 네일 용품에는 일회용 소모품이 많고, 가게 임대료에다 수도세나 전기세 같은 비용도 드니까. 가격을 내리게 되면 그만큼 회전을 많이 시켜야 해서 시술에 최선을 다하기 힘들지 않을까?"

"그렇구나……전에 일하던 가게처럼 자기 맡은 일만 분업식으로 하는 네일 공장이 되면 의미가 없겠네요."

"요즘에는 100엔 숍 같은 곳에서도 네일 스티커나 젤 네일을 파니까 저렴한 가격에 자기가 직접 손톱을 꾸밀 수 있는 방법은 얼마든지 있잖아? 그런데도 일부러 네일숍을 찾아주시는 손님이라면 프로 네일 아티스트의 빈틈없는 시술과 남다른 센스를 원하시는 걸 거야. 그런 기대에 부응하려면 지금 우리 요금 정도가 하한선이라고 봐."

"그러네요. 그런데, 그게요……" 하면서 오사와가 고개를 푹 숙였다.

"혹시 저한테 드는 인건비 때문에 시술 가격을 못 내리시는 건가요?"

"설마! 절대 그건 아냐!" 깜짝 놀라면서 츠키시마가 강하게 부인했다. "방금 말한 대로 지금이 적정 가격이라고 생각해서 내리지 않을 뿐이야."

"그게 진짜면, 혹시 저를 정식으로 채용해주시는 거예요?"

으응? 츠키시마가 눈을 깜박깜박했다. 그리고는 다음 순간에 '그렇구나!' 하고 깨달았다. 3개월 동안은 수습 기간이라는 약속으로 오사와가 '달과 별'에서 일하기 시작한 때가 3월 말이었다. 그리고 지금은 벌써 7월 중순이다. 그러니까 오사와는 지난 2주 동안 '수습 기간이 끝났는데 나는 어떻게 되는 거지?' 하는 불안에 사로잡혀 있었던 모양이다. 우물쭈물의 원인이 이거였구나……!

"정말 미안해, 호시에짱!"

츠키시마가 큰 소리로 사과했다. 그 사과를 엉뚱한 방향으로 알아들었는지 오사와의 얼굴이 순식간에 일그러지면서 당장이라도 울음을 터뜨릴 판이었다.

"아니 아니, 채용한다고!" 츠키시마가 손사래를 치면서 허둥지둥 말했다. "사실 수습 기간에 대해서 까맣게 잊어버리고는 당연하게 호시에짱이 정식 직원이라고 생각했어. 걱정하게 해서 정말 미안해."

"깜짝이야……."

오사와는 울상인 채로 미소를 짓는 신기한 표정을 보여주었다. "제가 스컬프처 기법도 너무 서툴고 해서 잘리나 보다……정말 여기서 미사 언니하고 같이 일하고 싶은데……, 그런 생각을 하고 있었어요."

"무슨 소리야! 잘리긴 누가 잘린다고!"

자유분방해 보이면서도 왜 이렇게 순진한지 모르겠다. 츠키시마도 울컥하고 감정이 격해져서 얼떨결에 오사와를 와락 끌어안았다.

"앞으로도 잘 부탁해. 이번 달부터 월급도 제대로 올려줄게."

"저야말로 잘 부탐다!"

껴안았던 팔을 풀고 두 사람은 얼굴을 마주 보며 웃었다.

"아아, 정말 다행이다. 호시에짱이 뭔가 계속 우물쭈물하기만 하고 말을 못 하기에 난 또 나도 모르는 사이에 손님 손톱에 불을 붙인 줄 알았잖아."

"이제 파일 다루는 건 식은 죽 먹기예요."

씩씩함을 되찾은 오사와가 곧바로 세탁기 쪽으로 갔다.

"있잖아, 호시에짱."

건조를 마친 수건들을 꺼내는 오사와의 등에 대고 츠키시마가 말을 걸었다.

"요금을 싸게 하는 것 말고도 많은 사람들이 네일에 친근감을 갖게 하는 방법이 있어."

"네?"

"금전적인 부분에 대한 부담 없이 많은 분들이 네일을 즐길 수 있는 방법이 있다고."

돌아보는 오사와를 향해 츠키시마가 싱긋 미소 지었다. "어떻게 하는지 보여줄 테니까 일단 기다려봐."

네일 비용이 부담스러울 수 있다는 점에 대해서는 츠키시마도 예전에 끙끙거리며 고민한 적이 있었다.

미용실에 가서 커트를 하거나 펌을 하거나 하면 물론 가게에 따라 다르겠지만 대개는 네일 시술을 한 번 받는 것보다 훨씬 많은 돈을 내야 한다. 그러나 미용실에 매달 가는 사람은 그리 흔치 않다. 머리 모양에 따라서 2년 동안 그냥 둔다고 해도 특별히 문제될 것이 없다.

그러나 젤 네일의 경우 손톱 상태를 계속 예쁘게 유지하려면 3, 4주에 한 번씩은 다시 칠해줘야 한다. 물론 결혼식 같은 특별한 행사 때문에 네일을 받으러 오는 뜨내기손님도 있다. 그러나 대다수의 고정 손님이 네일에 쓰는 금액을 합치면 미용실보다 더 많을 수밖에 없다.

짝꿍이던 호시노와 동업으로 가게를 처음 오픈했을 당시, "이게 맞는 건가?" 하며 가격 설정과 경영방침에 대해 둘이서 많은 토론을 했다.

에비스라는 지역의 특성 때문인지 유행에 민감하고 금전적으로도 비교적 여유가 있는 손님들이 많았다. 그런 손님들은 굳이 뭔가 따로 광고하지 않아도 정기적으로 네일숍을 찾아주기 때문에 가게가 금방 자리를 잡는 데 도움이 되었다는 면에서는 참 감사한 일이었다. 하지만 장사와는 별도의 차원으로 네일을 하는 즐거움, 혹은 시술을 느긋하게 즐기는 체험을 더 많은 사람들에게 경험하게 하려면 어떻게 해야 하나라는 것이 츠키시마와 호시노가 공통적으로 고민하던 과제였다.

지금 돌이켜 생각해보면 츠키시마도 호시노도 젊어서 그랬던 것 같다. '네일의 매력을 널리 알리면서 세상 사람들에게 도움이 되는 방법이 있지 않을까' 하며 의욕적으로 다양한 방법을 모색하던 때였다. 가게를 열면서 모아둔 돈을 다 써버렸고, 그래서 생활하는 것조차 빠듯한 실정이었다. 그래서 더욱 '돈 많은 아줌마들을 상대로 장사하는 데에만 급급한 것은 싫다'는 이상한 오기가 생겼는지도 모른다.

물론 그때나 지금이나 모든 손님이 돈 많고 여유롭기만 할 리가 없다. 실제로는 그냥 네일이 좋아서 어떻게든 생활비를 쪼개서 한 푼 두 푼 모으기도 하고, 때로는 식비나 유흥비를 절약한 돈으로 가게를 찾아온다. 그런 마음에 보답하려면 프로로서 자신의 기량을 최대한으로 발휘하여 예쁘게 해드리면 된다. 그런데 젊은 시절의 츠키시마와 호시노는 '가게에 앉아 손님 오기만을 가만히 기다리는 게 아니라 뭔가 우리가 할 수 있는 일이 있지 않을까?' 하는, 좋게 말하자면 의욕적이고 나쁘게 보자면 약간은 오만한 마음을 품고 있었다.

그 무렵 동일본 대지진이 발생했다. 미용사가 된 전문학교 시절 친구들 중에는 대피소에 가서 이재민들의 머리를 깎아주는 자원봉사를 하고 왔다는 사람이 많았다. 츠키시마와 호시노도 어떻게든 도움이 되고 싶은 마음은 굴뚝 같았지만 머리 커트 기술은 배운 적이 없었다. 대피소에 있는 이재민들이 미용실이나 이발소도 못 가는 힘든 상황에서 손톱에까지 신경이 가지는 않을 것이라고 생각했다.

"막상 중요할 때 할 수 있는 게 아무것도 없네……. 아아, 학교 다닐 때 미용사 자격증도 같이 따놓을걸."

"머리가 아니라 네일이 좋아서 이쪽으로 온 거잖아. 다른 건 몰라도 미사 너는 미용사 쪽은 안 맞을 것 같아. 입체 감각이 모자란 사람이 둥근 머리를 자르면 머리 모양이 어떻게 되겠어?"

"그치?"

"지금 우리가 가도 방해만 될 거야. 언젠가 기회가 올 수도 있으니까 좀 기다려보자."

가게 영업을 계속하면서 속으로 애면글면할 뿐이었다.

이재민들을 위한 임시 대피소가 설치되고 얼마 후에 미용사인 친구로부터 '네일에 대한 수요도 있을 것 같다'는 정보가 들어왔다. 이제야 때가 되었다 싶어서 츠키시마와 호시노는 매니큐어와 여행용으로 개별 포장된 리무버 등을 대량으로 캐리어 가방에 넣고 주말 이틀 동안 임시 휴업을 한 다음 도호쿠 지방으로 떠났다. 센다이에서 렌터카를 빌려 임시 대피소를 몇 군데 돌았다. 현지 안내는 미용사 친구가 해주었다.

지진과 해일이 할퀴고 간 상처를 TV 화면이 아니라 눈으로 직접 보았을 때 츠키시마와 호시노는 할 말을 잃고 그저 숙연해질 수밖에 없었다. 그러나 일부러라도 평소처럼 자연스럽게 행동해야겠다고 마음먹고 즉석 출장 네일숍을 설치했다. 임시 대피소가 늘어선 부지 안의 작은 광장에 다른 곳에서 임시로 빌려온 긴 테이블과 간이 의자를 설치했다. 테이블에 다양한 색의 매니큐어 병들을 가지런히 올려놓았더니 어느새 임시 대피소에 있던 사람들이 웅성웅성 모여들었다.

출장 네일숍은 생각보다 훨씬 인기를 끌어서 많은 사람들이 손톱을 칠했다. 그러면서 여러 가지 이야기들을 나눌 수 있었다. 혼자 사는 어르신들이 많아서인지 차례를 기다리는 사람들끼리 서로 이런저런 이야기를 나누는 친목의 장이 만들어졌다. 아기를 안은 젊은 엄마부터 허리가 굽은 할머니에 이르기까지 화사한 색깔로 물든 손톱을 보면서 기쁨의 탄성을 지르곤 했다. 중년 아저씨도 줄을 서서 시술을 받더니 은색 매니큐어가 칠해진 손톱을 다른 아저씨들에게 보여주며 "아이고, 멋쟁이가 됐네!" 하는 소리에 입이 귀에 걸리기도 했다.

물론 도저히 네일 같은 걸 할 기분이 아니라서 광장에 나오지 않은 사람들도 있었을 것이다. 츠키시마가 시술한 사람들 중에 쓰나미로 딸네 부부를 잃었다는 이야기를 꺼낸 한 할머니가 있었다. 금세 다른 화제로 넘어가기는 했지만 츠키시마는 할머니의 아담하고 서늘한 손을 소중히 감싸 잡고 손톱에 매니큐어를 정성껏 칠해드리며 할머니의 이야기에 귀를 기울였다.

시술을 마친 다음 매니큐어를 지우고 싶을 때 언제든 지울 수 있게 개별 포장된 리무버를 건네며, "또 올게요"라고 츠키시마가 말했다.

할머니는 사랑스러운 연분홍색이 된 손톱을 흡족하게 바라보더니, "그럼 다음번에는 그 형광 노란색으로 해줘요" 하고 웃었다.

첫날은 센다이의 비즈니스 호텔에서 묵었다. 츠키시마와 호시노는 호텔 트윈룸 침대에 누워서 "네일을 가지고 뭔가를 해줄 수 있겠다는 건 완전히 오만한 착각이었어, 그치?"

"응. 그냥 이야기를 듣느라 바빴지" 하며 천장을 올려다보았다.

하지만 그러면서도 츠키시마는 지금 할 수 있는 게 그것뿐인지도 모른다는 생각이 들기도 했다. 세상 사람들에게 도움이 되는 직업, 혹은 도움이 안 되는 직업 같은 구분은 없다. 그저 상처를 입었거나 마음이 아픈 사람이 있으면 묵묵히 이야기를 들어주고 되도록 곁을 지킨다. 남이 해줄 수 있는 일이라고는 그 정도밖에 없는지도 모른다. 네일 시술을 하려면 상대를 마주해야 하고 피부를 만지니까 서로의 온기도 느낄 수 있다. 시술을 통해서 가슴에 맺힌 아픔과 상처를 조금이나마 표현할 수 있게 되었다면 정말 다행일 텐데 하고 츠키시마는 바랐다.

이튿날에는 다른 임시 대피소에서 시술을 한 다음 도쿄로 돌아왔다.

그런 경험을 한 이후로 츠키시마는 요금 설정에 대해 고민하는 것도, '누군가에게 도움이 되어야 한다'는 강박적인 생각을 하는 것도 그만두었다. 가게에서 일할 때는 기술에 합당한 금액을 당당히 제시하고 손님들이 편안함과 아름다움을 즐길 수 있도록 전력을 다했다. 그러다가 가끔씩 가게를 쉬고 호시노랑 함께 각지를 돌며 자원봉사로 즉석 네일숍을 열었다. 임시 대피소에서 그 할머니를 다시 만났을 때 약속한 대로 형광 노란색 매니큐어를 칠해드렸고, 양로원 여름 축제에서는 손톱이 밝고 화려해진 어르신들과 다코야키를 함께 먹기도 했다.

자원봉사에서 돌아오는 길에 호시노와 함께 온천에 들르는 일도 종종 있었다. 반쯤 여행 기분이었는데 '편하고 느긋하게 하지 않으면 오래 할 수 없다'는 명분을 내걸면서 온천에 몸을 담그고 술집이나 음식점에서 그 지역 전통주를 맛보기도 했다. 지금 있는 힘으로 할 수 있는 만큼 일을 열심히 하다가 여러 곳에 가서 시술을 하며 다양한 사람들과 이야기를 나누는 게 즐거웠다.

호시노와 함께 운영하던 가게를 그만두고 각자 다른 가게를 연 다음에도 츠키시마는 가끔 짬을 내서 자원봉사가 필요한 곳에 자원해서 간 일이 종종 있었다. 아마 호시노도 마찬가지로 가끔 어딘가에 가서 자원봉사 네일숍을 여는 모양이라고 짐작하고 있다. 뜬금없이 지방의 전통주, 혹은 뭐가 예쁜지 알 수 없는 지역 캐릭터 열쇠고리를 선물로 보내곤 하기 때문이다.

최근 1년 동안은 츠키시마 혼자서 '달과 별'을 꾸려나가다 보니 자원봉사 활동을 전혀 못 하고 있었다. 그런데 오사와가 예전의 자기처럼 네일 가격 설정에 대한 갈등을 느끼며 좀더 널리 네일의 매력을 전하고 싶어한다는 사실을 알게 된 이상 발 벗고 나서는 게 선배로서의 도리가 아니겠는가.

그렇지만 감사하게도 예약이 순조롭게 꽉 찬 덕분에 한동안 멀리 봉사를 가서 1박을 하고 오는 시간까지 내기는 힘들다. 게다가 오사와는 아직 스컬프처 연습도 해야 한다. 온천과 각지의 특산품이나 전통주를 탐미하기에는 아직 이르다. 머릿속에서는 스파르타식으로 훈련시키는 엄한 방침을 세워보지만 사실 츠키시마는 기본적으로 오사와가 마냥 이쁘고 기특하다. 그래서 '우선 가까운 곳에서 네일 자원봉사자 찾는 곳을 알아봐야겠다'고 속으로 작정했다.

근처에서 정보가 모이는 집결지라고 하면 맨 먼저 머리에 떠오르는 곳이 옆집 '딱 한 잔'이다. 그런데 대개는 오사와가 술 취한 상태에서 카운터 자리를 차지하고 있다. 사장인 마츠나가에게 자원봉사에 대해 물어보는 건 상관없다. 하지만 혹시라도 옆에 있던 오사와가 그 얘기를 듣고 잔뜩 기대했다가 적당한 곳이 없다는 결론이 나오면 낙담하지 않을까 걱정되었다. 아무리 오사와가 술만 들어가면 기억을 잃는 습성이 있다고 해도 자원봉사를 하러 갈 수 있을지도 모른다고 기대했다가 '그 얘기는 없었던 걸로 합시다'가 된다면 너무 딱한 일이다.

가능한 한 호시에짱이 없는 곳에서 미리 알아보는 편이 낫다. 그렇다면 이럴 때 의지할 수 있는 사람은······.

일과를 마치고 츠키시마는 '달과 별' 2층에 있는 집으로 돌아왔다. 냉동 우동으로 간단한 저녁을 먹고 샤워를 한 다음 화분에 물을 주려고 창문을 열었다. 연일 비가 내린 덕분에 화분 안의 흙이 거뭇거뭇하니 싱싱해 보였다. 츠키시마는 그동안 쓸 일이 없었던 물뿌리개를 손에 들고 살짝 몸을 내밀어 바깥을 내다보았다.

슬슬 자정이 되려는 시간이었다. 한밤중이 되니 상점가 거리에는 인적이 거의 없었고 늘어선 가게 2층 주거 공간에도 불이 켜진 곳을 찾아보기 힘들었다. 분명히 알 수는 없었지만 야오요시네 집도 모두 잠든 모양이었다.

젖은 머리카락을 눅눅하고 미지근한 바람이 살짝 스치고 지나갔다. '딱 한 잔'의 취객들이 한바탕 웃어대는 소리가 아래층에서 들려왔다. 밤하늘을 올려다보니 은색으로 빛나는 별들이 여기저기 흩어져 있었다. 오후에 멀리서 울리던 천둥과 더불어 장마가 끝난 모양이다. 내일은 더워질 것 같다.

물뿌리개 안에 남은 물을 싱크대에 비우고 선반에 올려놓았다. 어차피 습도가 있으니까 하고 게으름을 변명하며 머리카락이 마르지도 않았는데 그대로 잠자리에 들었다. 방충망만 달아놓은 창문으로 흘러드는 아래층 소음을 들으며 어느새 잠이 들었다.

이튿날 츠키시마는 점심 휴식 시간에 바로 야오요시로 갔다. 가게 앞에서 안주인인 데루코에게 사정을 이야기하자, "흠~, 네일 자원봉사를 하고 싶다고……" 하더니 이파리가 달린 무를 재빨리 신문지로 싸면서 잠시 생각에 잠겼다.

"자, 여기요." 돈을 내고 무를 받아든 츠키시마에게 데루코가 힘차게 고개를 끄덕여 보였다.

"마침 우리가 채소를 대주고 있는 노인 간병 시설이 있어. 여기서 걸어서 15분 정도 언덕을 내려가면 있는 하라나미 강 근처야. '하나조노 니코니코엔'이라는 곳인데, 혹시 들어봤어?"

"아니요."

묘하게 길기만 하고 정체를 알 수 없어서 유치원인지 양로원인지 구분이 안 가는 이름이네 하고 생각하면서 츠키시마가 고개를 저었다.

"가끔 자원봉사를 하러 온 걸로 보이는 학생들은 보이는데 네 일은 어떨지 모르겠네. 그래도 일단 직원한테 물어볼게. 기대는 하지 말고 기다려봐."

"고맙습니다. 잘 부탁드려요."

데루코에 따르면 상점가 키즈존은 보육사 파견 업체와도 이야기가 거의 다 되어서 가을 무렵에는 오픈할 수 있을 것 같다고 했다. '달과 별'의 키즈존 이용률이 얼마나 되는지 등의 정보를 제공하고 있었던 만큼 츠키시마도 그 소식을 듣고 마음이 놓였다.

"원래는 여름방학 때 이용객들이 가장 많다고 하는데 시작하자마자 너무 바빠져서 사고라도 나면 큰일이잖아. 그래서 찬찬히 준비해서 가을부터 시작하는 게 낫겠다고 이야기가 된 거지."

"그렇죠. 우리 가게도 보육사하고 이야기해서 여름방학 대응책을 마련해야겠네요."

앞으로도 종종 만나서 정보를 주고받자고 한 다음 츠키시마는 가게로 돌아왔다. 오사와는 방금 손님을 보내고 시술 의자를 정리하던 참이었다.

"호시에짱, 반 나눠줄까?"

오른손에 든 무를 들어올렸더니 신문지 사이로 이파리가 덜렁거렸다.

"네, 주세요. 무조림, 너무 좋아해요" 하고 오사와가 눈을 반짝이며 말했다.

"조림 종류는 다 좋아하잖아."

"그야 그렇죠. 미사 언니, 네일숍에 큼직한 무는 너무 안 어울리니까 빨리 확 잘라버려요."

등을 떠밀리다시피 휴식 공간으로 가서 탁자 위에 무를 놓고 신문지를 펼쳤다.

"머리 쪽하고 꼬리 쪽 중에, 어느 쪽을 줄까?"

"머리 쪽이요. 이파리도 소금에 살짝 절여서 먹고 싶으니까."

"나도 그런데. 가위바위보 할까?"

"아예 세로로 자르면 되잖아요."

"참신한 아이디어네. 무를 그런 식으로 자르기도 해?"

소소한 이야기를 주고받고, 같이 웃기도 하면서 츠키시마는 뭔가 신기한 기분이 들었다. 혼자서 가게를 꾸리며 지냈을 때는 뭘 느끼고 어떻게 지냈는지 거의 생각이 나지 않았기 때문이다. 이런 식으로 목소리를 내는 일이 없었다는 것만은 확실하다.

'하나조노 니코니코엔'이 네일 자원봉사를 받아들여주기를 츠키시마는 기도했다. 호시에짱이 새로운 경험을 쌓으며 네일 아티스트로서의 즐거움과 기쁨을 맛볼 수 있기를 진심으로 바라면서.

야오요시의 데루코가 이야기해보니 '하나조노 니코니코엔' 측은 네일 자원봉사에 흥미를 느낀 모양이었다. 7월 하순 월요일 오전에 츠키시마가 '하나조노 니코니코엔'으로 가서 원장을 만나기로 약속을 잡았다. 데루코는 책임감을 느꼈는지 "나도 같이 가줄까?" 하고 제안했는데 가게를 보느라 바쁘겠다는 생각에 "혼자 가도 괜찮아요"라고 사양했다. '달과 별' 쪽은 일정을 살짝 조정해서 그날 아침 예약을 오사와에게 모두 맡겨두었기 때문에 츠키시마가 몰래 벌이는 일을 아직은 눈치채지 못했을 것이다.

데루코가 가르쳐준 대로 상점가 거리에서 벗어나 주택가로 들어서서 강을 향해 언덕길을 내려갔다. 아직 아침 시간대임에도 불구하고 벌써 햇살이 강렬하게 비추는 바람에 짙은 화장으로 철벽 방어를 했는데도 땀이 흘러나왔다. 매미가 정신없이 울어댄다. 평소에는 온종일 에어컨을 빵빵 틀어놓은 창문 없는 가게에서 일하기 때문에 츠키시마는 더위에도 추위에도 약한 편이다. '하나조노 니코니코엔'이 보이는 곳에 다다랐을 무렵에는 가벼운 현기증을 느꼈다.

약속한 10시가 되려면 아직 시간이 남아서 자판기에서 이온 음료를 샀다. 손수건으로 땀을 닦으면서 길가에 선 채로 반쯤 쭉 들이켰더니 그제야 정신이 좀 들면서 다행히 현기증도 사라졌다. 너무 나약한 육체가 되어버렸어, 헬스장에라도 다녀야 되려나, 운동은 싫은데, 하고 생각하면서 '하나조노 니코니코엔'을 다시 바라보았다.

아담한 학교나 병원처럼 보이는 상자 모양의 3층 건물이었다. 다만 외벽이 파스텔 핑크색이어서 '흉악한 보물 상자' 같은 느낌이 들었다. 입주자나 인근 주민들의 마음을 편하게 만들려는 선의로 이 색깔을 선택했으리라 짐작은 하지만 풍경과 어울리지 않고 너무 튀어 보인다. 뒤편으로 돌아갔더니 하라나미 강이 반짝이며 흐르고 있었다. 그렇지만 강기슭 공사를 너무 높게 해놔서 수면하고 기슭의 높이 차이가 3미터나 되었고, 강이라고 해봐야 도랑 수준의 작은 시냇물이었다. 그런데도 오리 한 쌍이 물위로 둥둥 떠다니면서 작은 물고기가 있는지 가끔 물속으로 머리를 들이밀고 수초를 쪼아대곤 했다.

멍하니 강물을 쳐다보면서 시간을 보내다가 다 마신 이온 음료를 자판기 옆 쓰레기통에 버렸다. 츠키시마는 호흡을 가다듬고 '하나조노 니코니코엔'의 자동문을 향해 걸어갔다. 자원봉사자로 양로원을 비롯한 고령자 시설을 방문한 적은 여러 번 있는데 그때마다 조금 긴장이 되었다. 인생의 선배―더구나 한 사람도 아니고 많은 선배들―가 생활하는 장소를 잠시 방문한다고 생각하니 주눅이 들기도 했고, 노인 시설의 종류나 간병 현장에 대해 잘 모르는 츠키시마에게는 어딘지 모르게 '미지의 세계'라는 느낌이 들어 기가 죽는 것이다.

츠키시마는 할머니한테 예쁨을 많이 받고 자랐다. 할머니는 츠키시마가 전문학교에 다닐 때 폐렴으로 입원했다가 얼마 지나지 않아 그대로 병원에서 돌아가셨다. 그 당시 츠키시마는 도쿄에서 혼자 살았는데 '이번 주말에는 병원에 가봐야겠다'고 생각하던 참이었다. 엄마한테 연락을 받고 나서도 전혀 실감이 나지 않아 '감기 걸려서 죽는다는 게 정말 있는 얘기구나' 하고 약간 초점이 빗나간 생각만 머릿속에서 멍하니 맴돌 뿐이었다. 허겁지겁 지치부시에 있는 부모님 집으로 가서 마루 이부자리에 눕혀진 할머니의 온화한 얼굴을 봤을 때도 지금 당장이라도 벌떡 일어나 사탕이나 과자를 꺼내주지 않을까 하는 생각만 자꾸 들었다. 화장터에서 유골을 수습하는 단계가 되어서야 비로소 '다시는 할머니를 볼 수 없구나, 같이 앉아서 TV를 보면서 수다를 떨 수도 없구나' 하는 실감이 나며 갑자기 눈물이 왈칵 쏟아졌다. 그러면서도 머리 한쪽으로는 '뼈 굵은 거 봐. 역시 우리 할머니는 튼튼해' 하고 전혀 그 자리와는 맞지 않은 엉뚱한 생각을 떠올렸다. '도대체 인간은, 아니 내 뇌는 어떻게 생겨먹은 거야? 이제 할머니는 뼈 굵은 거 하고는 아무 상관도 없는 곳으로 가버렸는데 뭐 하자고 이런 생각이 드는 거야?' 하며 스스로에게 화가 나기도 했다.

아무튼 할머니가 그렇게 어느 날 갑자기 돌아가시는 바람에 츠키시마는 30대 중반인 지금까지 고령자 시설과는 거의 접점이 없이 살아왔다. 잘 모르는 대상에 대해서는 경계하게 되는 게 인지상정이다. 사실 '늙음'에 대해서도 잘 모르기는 마찬가지다. 나이를 먹고 오래 살다 보면 너나 할 것 없이 노인이 되게 마련이다. 그러나 츠키시마는 현시점에서 나이를 먹는다는 실감을 거의 하지 못하는 만큼 자기 입장에서 미지의 영역에 들어서버린 선인들의 모습에 존경과 더불어 약간의 두려움을 느낀다. 고령자 시설을 방문할 때마다 긴장하는 이유는 그런 점들 때문일 것이다.

'하나조노 니코니코엔'의 자동문으로 된 현관을 들어서자마자 안내 겸 사무 공간이 있었는데 컴퓨터 앞에 앉아 있던 40대 중반으로 보이는 남자가 츠키시마를 보더니 바로 일어났다.

하얀 폴로셔츠에 베이지색 바지를 입은 그 남자가 원장인 다마다 씨였다. 명함을 교환하고 잠시 인사를 나눈 뒤 다마다 씨의 안내를 받으며 엘리베이터를 타고 2층에 있는 식당 겸 면담실로 갔다. 엘리베이터 내부도 파스텔 핑크색이었고, 열림과 닫힘 버튼은 부드러운 고무 소재인데 희미한 녹색이었다. 이런 색깔을 보면 이상하게 광대뼈 근처가 당기는 느낌이 든단 말이지, 하고 츠키시마는 생각했다. 말하자면 안 좋아하는 색깔이라는 뜻이다.

식당은 햇빛이 잘 드는 널찍한 공간으로 커다란 나무 테이블과 의자가 여러 개 놓여 있었다. 다마다 씨의 설명에 따르면 '하나조노 니코니코엔'은 간병인이 상주하는 유료 양로원으로 분류되는 모양이었다. 모든 방이 1인실이고, 입주자는 61명이라고 했다. 부부가 함께 들어온 경우도 있지만 대부분 혼자라고 한다. 침대에서 일어나지 못하는 사람들을 제외하고 식사 시간에는 모두가 식당으로 모여 필요에 따라 도움을 받으면서 밥을 먹는다. '하나조노 니코니코엔'의 자랑은 식사인데 각자 삼키는 능력에 맞춰 세밀하게 신경 쓴 음식이 제공된다. 반찬을 죽처럼 갈아서 제공하는 경우까지 있을 만큼 식감이나 맛을 즐길 수 있도록 영양사와 조리사가 지혜를 모으고 실력을 발휘해서 만든다는 것이다.

츠키시마가 찾아온 것은 아침 식사가 끝난 시간이었는데 주방에서는 벌써 점심 준비를 하는 모양이었다. 츠키시마는 코를 벌름거리며 '점심은 미트 소스 파스타인가 보다, 진짜 맛있는 냄새가 나네' 하고 생각했다. 식당에는 10명가량의 노인들이 여기저기 의자에 앉아 떠들기도 하고 TV를 보기도 하는 중이었다.

츠키시마와 다마다 씨는 구석에 있는 의자에 마주보고 앉았다.

"야오요시 사모님한테 이야기를 대략 들었습니다. '니코니코엔'의 여름 마쓰리 때 네일 자원봉사를 와주시면 가장 좋겠다는 게 저희 생각입니다"라고 다마다 씨가 말했다. 이야기를 들어보니 '하나조노 니코니코엔'에서는 매달 한 번씩 꽃구경이나 칠석 같은 절기 행사를 하는데 8월에는 여름 마쓰리를 한다는 것이다. 예전에는 바깥 주차장에 포장마차를 설치해서 했는데 이런 더위에 그렇게 했다가는 어르신들 몸이 상할까 봐 몇 년 전부터 냉방이 잘되는 식당으로 자리를 옮겼다고 한다. 고리 던지기나 비닐 풀장을 활용한 요요 낚시 등 직원들이 할 수 있는 범위 안에서 게임 코너도 만든다. 그날은 식사도 야키소바나 오코노미야키처럼 마쓰리 때 포장마차에서 파는 음식들을 제공한다고 한다. 오본(お盆, 백중맞이) 직전 주말에 개최하기 때문에 면회 겸해서 놀러 오는 입주자 가족들도 많다고 한다.

츠키시마는 고개를 끄덕이면서 듣는 척했지만 실은 이야기가 거의 귀에 들어오지 않았다. 다마다 씨가 아주 진지하게 설명을 하는데 왼쪽 어깨에 풍뎅이가 붙어 있었기 때문이다. 처음에는 폴로 셔츠의 브랜드 마크나 디자인인 줄 알았다. 하지만 어깨에 마크를 붙이는 건 좀 이상하지 않나 하는 생각에 자세히 봤더니 역시 살아 있는 풍뎅이였다. 꼼짝도 하지 않고 다마다 씨의 옷에 들러붙어 있는 모습이 재미있어서 반려동물인가 하며 가만히 쳐다보고 있었다. 그러자 풍뎅이가 시선이 느껴져서 불편해졌는지 조금씩 꼼지락거리며 움직이기 시작하더니 어깨에서 가슴 쪽으로 꾸물꾸물 기어내려갔다.

"매년 하던 게임 코너만 계속 하는 것도 재미가 없으니까요" 하고 다마다 씨가 말을 이어갔다.

"그래서 네일 해주시는 분이 오시면 여기 어르신들도 좋아하실 것 같네요. 그런데 제가 이 분야에 대해 워낙 아는 게 없어서 드리는 말씀인데 아무래도 네일이라고 하면 여성들이 주로 하시겠지요? 남성분들께서 '불공평하다'고 뭐라 하시지 않을지 걱정이 되어서요."

"지금까지 자원봉사를 해봤던 경험에서 말씀드리자면……" 츠키시마가 풍뎅이의 움직임을 주시하면서 말했다.

"남자분들도 나이와 상관없이 '모처럼 기회가 생겼는데 시험 삼아 한번 해볼까?' 하며 흥미를 보이시는 경우가 적지 않습니다. 마음에 안 드시면 곧바로 지울 수 있게 일회용 리무버도 드리고 있으니까 큰 문제는 없을 겁니다. 중요한 점은 남자분들이 '해보고 싶다'는 말씀을 편하게 꺼낼 수 있는 분위기를 조성하는 거죠."

"그렇군요. 그럼 남자 직원들이 먼저 나서서 네일을 부탁한다든지, 여러 가지 방안을 고민해보겠습니다."

"저희도 남자분들이 편하게 고르실 수 있을 만한 색깔의 매니큐어를 준비하도록 하겠습니다. 그런데 제가 좀 걱정하는 부분은……" 하고 츠키시마가 말했다.

"실내에서 많은 분들에게 한꺼번에 매니큐어를 칠해드리면 그 냄새가 심하게 나지 않을까 하는 점입니다. 요즘 나오는 매니큐어는 냄새가 적은 경우도 많지만 아무래도 특유의 시너 냄새는 있거든요. 혹시라도 그런 냄새 때문에 어르신들 중에 편찮으신 분이 생기면 큰일이니까요. 여기 이곳은 넓은 편이라 괜찮을 것 같기는 합니다만."

"그러면 창문을 살짝 열어놓도록 하겠습니다. 그리고 그 리무버라고 했나요? 그걸 사용할 때 되도록 식당에서 해달라고 어르신들에게 전하겠습니다. 혼자서 하시기 힘들 것 같은 분들은 저희 직원이 가지고 있다가 필요하실 때 직접 지워드리면 되겠네요."

풍뎅이는 이동을 마치고 폴로셔츠 윗주머니 근처에 자리를 잡았다. 그래서 더 브랜드 마크처럼 보이게 되었다. 웃음이 터져나오려는 걸 참으며 츠키시마는 다마다 씨의 가슴 쪽을 계속 힐끔힐끔 쳐다보고 있었다. 그제야 다마다 씨도 츠키시마의 눈길이 엉뚱한 곳에 가 있다는 사실을 알아차리고 자기도 덩달아 가슴을 내려다보더니 "어?" 하고 말했다.

"넌 도대체 언제부터 여기 있었던 거야?"

다마다 씨는 풍뎅이를 손바닥으로 부드럽게 감싸더니 자리에서 일어나 식당 창문을 열었다. 파스텔 핑크색 외벽에 풍뎅이를 내려주는 모양이었다.

테이블로 돌아온 다마다 씨는 "그럼 여름 마쓰리 때 잘 부탁드리겠습니다" 하고 악수하려고 손을 내밀었다가 곧장 도로 오므렸다. "아, 이쪽은 풍뎅이를 잡았던 쪽이네."

그거야 상관없었지만 츠키시마는 악수하는 습관이 없어서 그냥 자리에서 일어나 "저희야말로 잘 부탁드립니다" 하고 고개를 숙이는 걸로 끝냈다.

어르신들이 목욕하는 시간이 시작되었는지 직원들이 바쁘게 돌아다녔다. 다마다 씨도 도와야 한다고 해서 자세한 부분은 나중에 이메일로 보내달라고 부탁한 다음 혼자 엘리베이터를 탔다. 광대뼈가 당기는 느낌을 받으며 녹색 버튼을 눌렀다.

외벽을 비롯해 다양한 곳에 사용된 색깔이 도무지 이해가 안 된다는 점, 고지식해 보이는 다마다 씨가 아무렇지도 않게 악수하자고 손을 내민 것으로 보아 생각보다 일을 밀어붙이는 스타일일지도 모른다는 점 등을 알게 되었다.

어찌 되었든 일이 순조롭게 결정되어서 다행이다. 기온은 더욱 치솟는 중이었지만 '하나조노 니코니코엔'에서 나온 츠키시마는 의기양양하게 언덕길을 올랐다. 언제쯤 호시에짱에게 알려줄까? 이 소식에 기뻐해주려나? 그런 생각을 하다 보니 어느새 다시 땀이 흐르기 시작한 얼굴에 자연스레 미소가 지어졌다.

'달과 별'에서는 오사와가 오전 손님의 시술을 하는 중이었다. 가게로 돌아온 츠키시마는 앞치마와 마스크를 착용한 다음 "안녕하세요" 하고 손님과 오사와에게 인사했다. 얼마 후에 츠키시마가 담당하는 예약 손님이 들어왔고, 점심도 오사와하고 번갈아서 먹는 바람에 겨우 제대로 이야기할 시간이 생긴 건 오후 6시가 지나서였다.

예약되었던 시술은 모두 마쳤고, 예약 없이 방문하는 손님이 있으면 받아줄 요량으로 문 닫을 준비를 해나갔다. 저녁 시간이기는 해도 여름이라서 바깥은 아직 밝았다. 오사와는 가게 뒤편에 널어놓은 수건을 걷으러 갔다. 호시에짱이 돌아오면 자원봉사에 대해 이야기해줘야지 하는 생각에 들뜬 마음으로 츠키시마는 계산대에

서서 노트북을 열고 이메일을 확인했다.

'하나조노 니코니코엔'의 다마다 씨한테서 벌써 이메일이 와 있었다. 무난한 인사 문구에 이어 '입주자 중 여름 마쓰리 참가자는 거동을 못 하시는 분들을 제외하고 55명이 될 것으로 보입니다. 참고로 작년 여름 마쓰리에 참가하기 위해 오신 입주자의 가족과 친구분들은 당일 통틀어 100명가량 되었습니다. 그럼 잘 부탁드립니다! 즐거운 마음으로 기다리겠습니다'라고 되어 있었다.

그럼 전부 합해서 160명가량이 여름 마쓰리에 참가한단 말이야?! 갑자기 이런 폭탄을 투하한다고? 역시 다마다 씨는 해맑은 표정으로 마구 밀어붙이는 스타일이 맞네. 황당함을 느낀 츠키시마가 신음 소리를 냈다. 다마다 씨는 네일에 대해 잘 모르는 모양이라서 아무 생각 없이 그런 글을 보냈겠지만 시술 체험을 하려는 사람이 참가자의 5분의 1만 되어도 30명 이상이다. 츠키시마와 오사와 둘이 가서 시술한다 해도 숨 쉴 틈 없이 종일 해야 하는 인원이다.

이렇게 중요한 말을 지금 하면 어쩌란 말이야! 츠키시마는 계산대 위로 엎어져서 그렇게 소리를 지를 뻔했다. 그런데 돌이켜 생각해보니 어르신들의 파워라고 할까 인덕을 얕잡아본 건 바로 츠키시마 자신이었다. 오래 살다 보면 방문하는 친구들도 많아지겠지. 아니, 친구들 중에서 돌아가시는 분들이 생기니까 점점 줄어들지도 모르지만, 하고 약간 험한 생각도 했다. 어쨌든 지금 양로원에 계시는 어르신들의 세대에서는 결혼하고 아이를 낳는 게 당연하고 대다수가 그랬을 테니까 손주나 증손주가 엄청나게 많은 분들도 있을 것이다. 그러면 당연히 '가족을 면회하러' 오는 사람도 많을 테니 100명 정도의 방문객은 자연스러운 일인지도 모른다. 아아, 어떡하지?

오사와가 수건을 잔뜩 안고서 미닫이문을 열고 들어왔다. 츠키시마는 '적당한 타이밍에 깜짝 발표해서 호시에짱을 기쁘게 해야지'라는 계획을 아예 집어던지고 "호시에짱~! 나 좀 살려줘~!" 하고 매달렸다.

"걱정 마, 진구야!(일본 애니메이션 「도라에몽」에서 매번 나오는 대사/역주) 어? 진짜 심각해 보이네? 왜 그래요, 미사 언니?"

두 사람 몫의 커피를 내려서 휴식 공간에 나란히 앉은 츠키시마가 차근차근 상황을 설명했다.

"어르신들이 매니큐어를 체험하실 기회가 생기는 거네요?" 하며 오사와가 눈을 반짝였다. "진짜 좋은 일이잖아요! 손톱이 깔끔해지면 기분도 좋아지실 테니까 다들 20년씩 젊어지실 수 있게 제가 열심히 할게요!"

오사와의 성격을 보았을 때 "골치아픈 일을 벌이셨네요"라는 소리는 절대로 나오지 않으리라 짐작은 했다. 그래도 너무 좋아하는 걸 보고는 '이야기를 제대로 들은 것 맞나?' 싶어 츠키시마는 불안해졌다.

"평소 네일을 접할 일이 없는 사람에게 시술할 기회가 생기면 호시에짱에게도 좋은 경험이 될 것 같아서 시작한 일인데……. 방금 말했다시피 생각보다 여름 마쓰리에 참가하는 사람들이 많은 데다가 남자분들도 거부감 없이 접근할 수 있는 아이디어가 필요해. 생각지도 못하게 일이 커질 것 같네. 미안해."

"아니에요~, 전혀 문제없어요~!"

오사와는 하나도 걱정하지 않는 얼굴이었다. "그러니까 짧은 시간에 할 수 있고, 남자도 해보고 싶은 디자인이면 되는 거죠?"

음~, 하고 고개를 갸웃거리다가 3초도 되지 않아서 "생각났어요!" 하고 말했다. 뭐 이렇게 빨라? 하고 츠키시마가 놀라는 사이에 오사와는 가게 여기저기에서 매니큐어와 도구 등을 들고 왔다.

휴식 공간 탁자에 몇 가지 색의 매니큐어와 비닐 랩, 그리고 물이 든 컵을 올려놓았다.

"예를 들어서 이런 식으로 랩에다가 파란색이랑 갈색이랑⋯⋯ 노란색 매니큐어를 떨어뜨리고" 하고 말하면서 오사와가 비닐 랩을 일정 길이로 뜯어 탁자에 펼쳤다. 그러더니 자기가 말한 색깔의 매니큐어 병을 열어 세 가지 색을 떨어뜨렸다.

"톱 코트용 네일 브러시로 마블 모양이 되게 섞는 거죠."

랩 위에 남성적인 색의 소용돌이가 완성되었다.

"마를 때까지 기다렸다가 마블 부분을 작은 조각이 되도록 가위로 자르면⋯⋯" 오사와가 종횡무진으로 가위질을 하자 탁자 위에 나전처럼 복잡한 색감과 윤기를 가진 조각들이 흩어졌다.

"이 작은 조각들을 네일 파츠처럼 손톱 위에 톡 올리고 그 위를 투명한 톱 코트로 코팅하면 순식간에 멋진 디자인이 완성되죠. 이 때 톱 코트를 접착제처럼 써서 조각들이 뜨지 않게 조심하는 게 포인트가 될 수 있어요. 여러 가지 색의 마블 조각을 미리 만들어 가지고 가면 어르신들이 '어떤 게 좋을까' 하고 고르는 재미를 느낄 수도 있고, 손톱에 올려놓고 획 한 번 바르면 끝이니까 그럴듯해 보이면서도 간단한 시술이 되지 않을까요?"

"우와~!"

츠키시마가 감탄했다. 오사와의 말대로 이 방법에서 마블의 색감만 조절하면 남성들도 접근하기 쉽다. 손톱에 색깔이 있는 작은 랩 하나만 붙이는 거라서 단색으로 손톱 전체를 칠하는 것보다 덜 튀고, 그래서 심리적인 저항감도 적을 것이다.

츠키시마가 핀셋으로 조각을 집어서 자기 손톱에 올려놓고 어떤 느낌인지 보는 사이에 오사와는 녹색 매니큐어를 컵 안의 물에 떨어뜨렸다. 매니큐어는 물 표면에 녹색 막을 형성했다. 우유를 데웠을 때 생기는 막보다 훨씬 얇고 투명한 막이다. 예쁘기는 한데 설마 마시려는 건 아니겠지 하며 츠키시마가 지켜보고 있었더니 오사와는 막을 이쑤시개로 살살 건드려서 주름을 만들었다.

"이런 방법도 있을 것 같거든요" 하고 말하자마자 주름이 생긴 부분의 막을 향해 오른쪽 검지를 수직으로 컵 안에 집어넣었다. 오사와는 손끝에 막이 붙은 채로 물에서 손가락을 살그머니 뺐다.

"이건 잎맥처럼 보이지 않아요?"

옅은 녹색 막이 손톱을 덮은 채 달라붙어 있었다. 주름진 곳이 짙은 색 줄기를 이루어서 진짜 잎맥처럼 보였다.

"손톱에서 삐져나온 부분은 리무버에 적신 솜으로 닦아내면 돼요. 그런 다음 톱 코트를 칠하면 금방 완성이에요."

"오오오~!"

츠키시마가 박수를 쳤다. "호시에짱, 천재 아냐? 어떻게 이런 아이디어를 생각해낼 수 있어?"

"아니, 뭐, 그 정도는 아닌데……."

삐져나온 부분을 솜으로 닦아내면서 오사와가 쑥스러워했다. "네일을 너무 좋아해서 립스틱으로 거울에 '안녕'이라고 쓰는 장면을 영화에서 보고 매니큐어로도 할 수 있나 하고 시험해볼 정도여서……."

그렇게 쪽팔리는 짓을 했다고……? 도대체 얼마나 난리를 치며 헤어진 거야, 하고 어이없는 표정으로 오사와를 뚫어지게 쳐다보았더니 오사와가 허둥지둥 "그냥 혼자서 집에 있는 거울에 해봤다고요" 하고 변명했다. "곧바로 지워버렸고요. 그리고 수채화 물감처럼 쓸 수 없나 하는 생각에 매니큐어를 물에 타보기도 했어요. 그러면서 '어, 막이 생기네. 이걸 재미있게 쓸 수도 있겠다'고 알게 됐죠."

"그렇구나. 여러 가지로 실험해본 거네."

오사와처럼 자유롭게 발상하는 방법을 배우고 싶다는 생각이 들었다. 츠키시마는 네일 도구나 매니큐어 등을 본래 사용법에 따라 곧이곧대로 다룰 줄만 안다. 그래서 단정하고 예쁜 교과서적인 완성도를 이룰 수 있는 반면에 너무 고지식해서 재미가 없는 시술밖에 못 한다고 볼 수 있다.

역시 호시에짱은 좀더 자기 재능을 살릴 수 있는 가게에서 일하는 편이 좋지 않을까 하는 생각이 들었다. '달과 별'에는 상대적으로 얌전한 디자인을 요청하는 손님들이 많고 츠키시마도 정석을 따르는 느낌의 네일아트밖에 생각하지 못한다. 오사와가 가진 대담하고 참신한 센스를 마음껏 발휘할 수 있는 가게에서 일하는 편이 훨씬 자극이 되고 오사와 자신도 성장할 수 있지 않을까? 예를 들면 호시노네 가게 같은 곳 말이다.

이런 생각들이 자꾸만 불쑥불쑥 고개를 들고 머릿속을 헤집어 놓으려고 해서 억지로 뿌리쳤다. 지금 당장은 '하나조노 니코니코 엔'에서 할 시술에 대해 검토해야 한다. 이런저런 급하지 않은 생각에 매몰될 때가 아니다.

츠키시마도 물컵에 매니큐어를 떨어뜨리고 적당히 막이 굳어졌을 때 이쑤시개로 주름을 잡은 다음 손가락을 넣어보았다.

"손톱 끝에만 막을 붙이는 식으로 해도 색다른 느낌을 주는 게 괜찮네."

"네. 색깔도 보라색이나 빨간색 같은 걸 쓰면 튤립 꽃잎 비슷하게 될 것 같아요. 꽃잎을 햇빛에 대고 봤을 때처럼 투명하게 보일 수도 있고요."

시술 희망자들이 제각기 색깔을 고르고 자기가 매니큐어를 물컵에 떨어뜨리게 하면 색칠 놀이를 하는 듯한 즐거움도 느끼게 할 수 있을 것 같다. 물컵 안에 손가락을 집어넣는 행위도 어린아이가 장난삼아 두부를 쿡쿡 찌르는 것 같아서 '네일 시술'이라는 느낌이 들지 않아 남자들도 별 저항감 없이 할 수 있을지도 모른다.

"이거 재밌다."

"그죠~!"

신이 나서 이런저런 실험을 해본 결과 오사와가 제안한 대로 비닐 랩을 사용한 마블 조각과 물컵에 만든 막을 이용해 시술하자고 결론을 냈다. 많은 사람들을 한꺼번에 시술해야 하는 경우가 생기더라도 이 방법을 쓰면 가능할 것 같았다.

희망의 빛이 보여 마음이 가벼워진 츠키시마가 "좋았어, 그럼 단합 대회 하러 가자!"고 선언했다.

"우리 둘이서만요?"

단합해도 둘이다. 둘만 있어도 대회가 된다. 시를 읊듯이 머릿속으로 그렇게 외친 츠키시마는 "괜찮아, 뭐 어때?" 하고 오사와를 재촉해서 가게 문을 닫고 바깥으로 나왔다.

어느새 상점가는 밤이 되어 있었다.

대회 장소는 물론 뻔하다. 바깥으로 나오자마자 바로 다음 순간에 옆집 가게 문을 열고서 "안녕하세요~!", "이리 오너라~!" 하며 츠키시마와 오사와가 술집 '딱 한 잔'에 들이닥쳤다.

카운터 안에서 냄비에 끓는 국물 거품을 걷어내던 사장 마츠나가가 "왜 또 왔어? 나가, 나가" 하며 그물망 국자를 휘둘렀다.

"에~이, 또 말만 그런다! 속으로는 좋으면서!"

오사와는 앉아 있던 다른 손님들에게 실례하겠다고 손짓하면서 카운터의 빈자리에 몸을 쑤셔넣었다.

"작작 좀 오라고. 특히 호시에짱, 너!"

"오늘 메뉴도 맛있어 보이네요" 하며 츠키시마도 오사와 옆에 앉았다.

"호시에짱, 뭐로 할까?"

"이 상점가에 술집이 우리 집밖에 없는 것도 아니고 말이야. 다른 데로 가라고, 제발!"

투덜거리면서 마츠나가가 카운터에 물수건 두 개를 툭툭 던졌다. 상큼한 레몬 냄새가 풍겨왔다.
"일단 맥주요. 미사 언니 것도요" 하고 오사와가 마음대로 주문했다.
그렇게 그날 밤에도 기억상실에 이르는 파티가 시작되었다.

'하나조노 니코니코엔'의 여름 마쓰리까지 남은 2주 남짓한 기간 동안 츠키시마와 오사와는 일하는 틈틈이 준비를 계속했다.
츠키시마가 몰래 일을 진행시킨 덕분에 자원봉사 활동을 할 수 있게 된 것까지는 좋은데 당일은 '달과 별'을 닫고 가야 한다. 미리 잡혔던 3건의 예약 손님들에게는 전화를 해서 다른 날짜로 변경했다. '이날은 가게 문을 닫아야겠다'는 결정과 그에 따른 일정 조정이 쉬운 이유는 가게에서 일하는 사람이 둘밖에 없고, 손님들 대부분이 단골이기 때문이다. 이것이 작은 가게의 좋은 점이기도 하다. 평소에는 정기 휴일 없이 츠키시마와 오사와가 일하는 날을 조정해서 번갈아 쉬는 식으로 운영한다.
"원래 자원봉사에 대해서 미리 의논한 다음에 진행시켰어야 했는데 말이야" 하고 츠키시마가 휴식 공간에서 오사와에게 말했다.
두 사람 사이에 있는 탁자에는 여러 색으로 물든 비닐 랩 조각들이 여러 장 놓여 있었다. 다음 예약까지 자투리 시간을 활용해 매니큐어를 섞어 비닐 랩에 마블 모양을 그린 다음 말리는 중이다.
"예약을 변경하는 바람에 8월은 온종일 쉴 수 있는 날이 줄어버렸잖아. 호시에짱은 혹시 개인적으로 뭔가 일정이 있었어?"

"아니요. 전혀 없었어요."

오사와가 쉴새 없이 비닐 랩을 펼치면서 고개를 저었다. "쉬는 날이었어도 어차피 집에서 혼자 스컬프처 연습하다가 아저씨네 가게에 가서 저녁 먹는 것밖에 할 일이 없어서요. '하나조노엔'에 가게 되어서 저는 좋아요."

역시 호시에짱은 말투가 좀 건들건들해도 기본적으로 참 착실하네. 츠키시마는 새삼스레 감탄하는 한편 약간 걱정이 되기도 했다. 혼자 사는 사람이 휴일에도 일 생각만 하는 거면 제대로 쉬는 시간이 있을까 싶었다. 하긴 나도 남 걱정할 때가 아니긴 하지. 그리고 '하나조노 니코니코엔'의 이름을 제멋대로 생략해서 부르는 것도 좀 듣기 거슬렸다.

"아무튼 난 서프라이즈를 제대로 기획하는 데에 완전히 꽝이라는 걸 알았어."

츠키시마는 한숨을 쉬면서 비닐 랩에 떨어뜨린 연분홍과 형광 오렌지색과 흰색 매니큐어를 톱 코트 네일 브러시로 섞었다.

"진짜 서프라이즈로 할 작정이었어요?"

오사와가 힘차게 고개를 들더니 웃음을 터뜨렸다. "하긴 미사 언니가 도라에몽의 진구처럼 울면서 저한테 매달렸을 때 깜짝 놀라기는 했어요."

"그런 식으로 하려던 게 아니었는데."

"그렇겠죠. 아, 그 형광 오렌지색 여기에다가도 좀 떨어뜨려주세요."

츠키시마가 비닐 랩에 형광 오렌지색 매니큐어를 떨어뜨리자 오사와는 거기에 보라색과 은색을 섞어서 이제 갓 생겨난 은하계 같은 마블 모양을 만들었다. 파워가 느껴지면서도 어딘가 고요함과 깊이가 있는 색깔 조합이다. 츠키시마는 속으로 역시 호시에짱은 남달라 하고 생각하면서 작은 소용돌이를 들여다보았다.

탁자가 마블 비닐 랩으로 꽉 찬 것을 보고 "이 정도만 해도 되겠지" 하며 두 사람은 한숨을 돌렸다. 오사와가 자리에서 일어나 페트병에 있는 물을 전기 주전자에 붓고 '끓이기' 버튼을 눌렀다.

"그 생수 얼마나 더 있는 거야?"

"집에 두 박스 정도 더 있어요."

그 물은 물론 배우 무라세 시게유키, 애칭 무라시게가 광고하고 있는 생수다. TV에 광고가 나오기 시작하자마자 무라세의 멋있는 모습에 또다시 넋을 잃은 오사와가 그 생수를 온라인으로 구매한 모양이었다. 500밀리리터짜리 페트병 24개들이 1박스.

이튿날 밤, 집으로 돌아온 오사와가 오랜만에 저녁으로 채소볶음을 얹은 라면을 끓여서 막 입에 넣으려는데 현관 벨이 울렸다. 누가 왔나 하고 나가보니 택배 아저씨였는데 생수 박스를 2개나 들고 있었다. 아저씨는 들고 온 생수 2박스를 영차 하고 힘을 주며 현관 안에 들여놓더니 "나머지 8박스도 바로 가지고 오겠습니다" 하고 말했다.

그러니까 오사와는 실수로 10박스, 다 합해 240병의 생수를 주문해버린 것이다. "졸린 상태로 휴대전화를 만지는 건 정말 위험한 일이더라고요." 나중에 오사와가 한 말이다.

힘들게 들고 온 택배 아저씨한테 잘못 주문해서 취소할 거니까

도로 가져가라고 하기도 미안했던 오사와는 택배 아저씨를 도와 화물차 짐칸에 있는 나머지 박스들을 2층에 있는 자기 집까지 운반했다. 생수 24병이 들어 있는 박스가 워낙 무거워 오사와는 팔을 바들바들 떨면서 겨우 한 박스씩 쉬엄쉬엄 날랐는데 그조차도 힘들었다. 그사이에 택배 아저씨는 바깥 계단을 가볍게 왕복하며 생수 박스를 모두 현관 신발장 옆과 문턱 앞에 쌓아주었다. 생수 박스가 점령해버린 현관 앞에서 오사와는 택배 아저씨에게 감사하다고 인사하고 그 자리에서 박스를 열어 생수 2병을 드렸다. 사실 한 박스를 통째로 주고 싶었지만 이 무거운 상자를 또 나르게 하는 게 너무 미안해서 겨우 자제했다.

다 식어서 불어터진 라면을 우물우물 먹은 다음 박스를 하나씩 질질 끌어 집안 벽쪽으로 옮겼다. 집안은 다다미 6장 정도 크기의 작은 원룸이다. 잘 때는 작은 앉은뱅이 탁자를 접어 구석으로 치워놓고 붙박이장에 있는 요와 이불을 꺼내 펴야만 잠자리가 생긴다. 필연적으로 이부자리 바로 옆에 생수 박스가 산더미처럼 쌓여 있는 꼴이 되었다. 그러다 보니 오사와는 '이러다가 지진이라도 나면 무라시게 님의 물에 깔려 죽을지도 모르겠다'는 공포에 사로잡혔다. 어떻게 해서든 한시라도 빨리 이 생수들을 치우는 수밖에 없다고 생각했다.

그러나 오사와는 지금껏 수돗물을 마시며 살아왔다. 그러니 목이 마르면 자기도 모르게 습관적으로 수도꼭지를 틀곤 했다. 무엇보다 집에서 음식을 만드는 일이 손꼽을 정도라서 생수를 쓸 일이 거의 없었다. 그외에 생수를 쓸 만한 곳이라고는 목욕탕과 화장실

정도인데 아무리 그래도 생수를 목욕물로 쓰거나 배설물을 흘려보내는 데에 사용하는 건 인간으로서 할 짓이 아니라는 생각이 들었다. 그래서 오사와는 팔을 바들바들 떨면서 '달과 별'에 생수 박스를 하나씩 들고 왔다.

그 뒤로 '달과 별'에서 커피나 차를 마실 때는 생수를 쓰기로 했다. 보육사인 이야마는 좋아라하며 한 박스를 들고 갔다. 그런데도 물은 좀처럼 줄지 않았다. '달과 별'의 휴식 공간에도 아직 4박스나 남아 있다.

"비상용으로 물을 비축했다 생각하고 천천히 마시면 되지, 뭐."

오사와가 내린 커피를 혀 위에서 굴리면서 맛을 보았다. 솔직히 말하자면 수돗물로 내린 커피하고 무슨 차이가 나는지 전혀 알 수 없었다.

"하긴 오래 둬도 썩거나 하지는 않을 테니까요. 그럼 추가로 더 주문해놓을게요."

머그잔을 손에 들고 다시 맞은편 의자에 앉은 오사와가 신이 나서 말했다. "무라시게 님을 향한 팬의 사랑은 수원지를 마르게 할 정도로 어마어마하다는 걸 보여줘야죠."

물이 고갈되면 곤란하고, 무라세의 광고 계약이 언제까지인지 모르니까 돈 쓰는 것도 적당히 했으면 좋겠다고 츠키시마는 생각했다.

그 광고는 TV에 자주 나오기 때문에 당연히 츠키시마도 본 적이 있다. 생수병을 손에 든 무라세가 여전히 수려한 얼굴로 약간 진지한 표정을 지으며 맑은 시냇물 한가운데 서 있다. 주변은 녹음이 우거진 숲속이고 의상은 예상했던 대로 위아래 모두 새하얀 순면이다. 무라세는 물방울이 맺힌 페트병의 물을 마시고 희미하게 미소를 짓는다.

대사는 한마디도 없지만 보는 사람이 '아, 시원하겠다'라고 느끼게 할 정도로 연기만큼은 대단하다. 그런데 전체적으로 생수 광고에 대해 한마디 딴지를 걸자면 그토록 맑고 시원해 보이는 시냇물이 거기 있는데 그 물을 마시면 되지 왜 굳이 페트병에 있는 물을 마셔야 하냐고 묻고 싶다. 하긴 아무리 맑고 깨끗해 보여도 시냇물에는 어떤 세균이 있을지도 모르니까 품질 관리가 확실히 된 생수를 마시는 게 안전하겠지. 그런데도 여전히 '일부러 맑은 시냇물에 들어가서 굳이 페트병의 물을 마신다'는 행위는 곰곰이 생각해보면 우습기도 해서 '차라리 기슭으로 올라가서 마시지' 하면서 츠키시마는 피식피식 웃게 된다.

문제는 무라세가 처음부터 흐르는 시냇물 한가운데 서 있다는 점이다. 그러니까 발을 물속에 담그고 있어서 보이지 않는다. 츠키시마는 그 광고가 나올 때마다 허둥지둥 TV 화면에 얼굴을 가까이 대고 열심히 들여다보았다. 맨발이라는 것은 간신히 알 수 있었지만 시술한 발톱까지는 도저히 볼 수 없었다.

"저렇게 보이지도 않을 걸 굳이 벗겨내야 했을까요?" 하며 오사와도 불만을 토로했다. "진짜 귀여운 딸기 디자인이었는데."

그 말이 맞다. 그러나 현장에서는 어떤 상황이 일어날지 모르니까 만반의 준비를 갖춰놓는 편이 낫다. 프로 의식이 투철한 무라세도 틀림없이 그런 생각으로 촬영에 들어갈 때마다 어김없이 풋 네일을 지우는 것으로 보였다.

광고 제작 현장을 출입하던 호시노가 관계자들이 너무 고리타분하고 모험심이 없다고 투덜거리면서도 일을 진지하게 열심히 하던 모습이 떠올랐다. 어떻게 하면 자연스럽게 윤기 있고 혈색 좋은 손톱으로 보일까? 끝이 갈라진 손톱은 당연히 절대 용납이 되지 않았고, 평범하게 건강한 손톱이어도 어떻게 하면 아름답게 보이도록 만들 수 있을까에 매달렸다. 완성된 광고 속에 1초도 안 되는 찰나의 순간만 나오더라도 호시노는 꼼꼼하게 연예인들의 손톱 모양을 정돈하고 손을 마사지하는 모양이었다. 여차하면 갈라진 부분 정도는 CG로 지울 수도 있을 텐데 호시노는 타협하지 않았다. 끝이 일어난 살은 니퍼로 가장자리를 조심스레 잘라내고 크림을 바른 다음 비닐 랩으로 둘둘 감아 가능한 한 곧바로 보습이 되도록 각별한 조치를 했다.

"완성된 광고에서 손가락 끝을 CG로 깔끔하게 처리하는 것도 물론 좋은 방법이지만" 하고 호시노가 말했다.

"제일 중요한 건 그 광고를 찍는 사람이 어떤 기분이냐 하는 거니까. 현장에서 받은 시술로 눈에 띌 만큼 손끝이 예뻐지면 훨씬 더 당당하게 상품을 들 수 있잖아? 그런 예쁜 손끝이 화면에 나오지 않는다고 해도 출연자가 기분 좋게 촬영할 수 있으면 결과적으로 좋은 광고가 될 테니까. CG 가지고는 출연자의 마음까지 보정할 수 없거든."

그렇네, 하고 그 이야기를 들은 츠키시마는 납득했다. 스타일리스트도, 헤어 디자이너도 광고의 작품 세계를 구현하기 위해 일하는 부분이 있지만, 무엇보다 출연자에게 자신감을 불어넣기 위해 존재하는지도 모른다. '이렇게 많은 전문가들이 온 힘을 다해 세심한 주의를 기울여서 아름답게 꾸며줬으니까 이제 할 수 있다. 반드시 좋은 광고가 만들어질 테고, 틀림없이 좋은 연기를 할 수 있어'라는 자신감을 가질 수 있게 말이다.

조명을 받으며 무대에 서는 사람들이 느끼는 중압감은 상상을 초월할 것이다. 그런 사람들에게 힘을 주고 북돋우기 위해 전문가로서 자신의 기량을 다한다.

사실 그것은 촬영과 같은 일에서뿐만 아니라 일상을 살아가는 손님들 뿐인 나 같은 네일 아티스트에게도 해당하는 말이라고 츠키시마는 생각한다. 아무리 소소하고 평범해 보이는 일상일지라도, 당연하지만, 모두가 나름대로 고민과 고통을 안고 있다. 그런 사람들의 손톱을, 손끝을 아름답게 물들이는 행위를 통해 마음속에 잠깐의 쉼과 내일도 열심히 살아보자 하는 용기를 불어넣는 마법을 건다. 아름다움은 겉만 번지르르한 속 빈 강정이 아니다. 누군가의 마음에 힘을 주고 격려하고 하루하루를 살아가는 희망과 여유가 될 수 있어야만 진정한 아름다움이다. 그런 아름다움을 만들어내기 위해 우리 같은 네일 아티스트가 존재한다.

새삼스레 마음속에서 의욕이 솟아나는 느낌이 든 츠키시마는 다 마신 커피 컵을 작은 싱크대에서 씻으며, "그러고 보니까" 하고 말했다.

"무라세 씨가 주연으로 나온다는 사극 드라마는 어떻게 됐어?"

"에에~! 미사 언니 안 봤어요?"

마블 모양이 다 말랐는지 확인하던 오사와가 비닐 랩을 뒤흔들어버릴 기세로 외쳤다.

"벌써 시작했단 말이에요. 오늘 밤에는 총 8화 중 2화가 방영되고요. 지난주에 첫 방이 나왔을 때 말해줄걸 그랬네."

"그랬구나. 호시에짱, 한참 전부터 예약 녹화해놨다고 하지 않았어?"

"아아, 그건 '드라마 촬영을 시작했다'는 뜻에서 나온 드라마 홍보 같은 거였나 봐요. 사람 헷갈리게 말이에요. 그 바람에 전혀 얼토당토않은 잔잔~한 형사 드라마가 매주 녹화됐잖아요. 하긴 그것도 나름대로 재미있었으니까 괜찮지만."

오사와가 비닐 랩을 쓸어모으더니 반을 츠키시마에게 내밀었다. 서로 집에 가져가서 마블 부분을 잘게 잘라 오기로 했다.

"아무튼 그 사극에서 무라시게 님은 천상에서 내려오신 것처럼 미치도록 멋있거든요. 꼭 보세요. '여러분의 NHK'에서 해요."

그날 밤 츠키시마는 오사와가 당부한 대로 '달과 별'의 2층에 있는 방에서 TV를 봤다. 침대에 등을 기대고 바닥에 앉아 앉은뱅이 탁자 앞에서 작업을 하면서 말이다.

비닐 랩의 마블 모양을 잘 살펴서 가장 괜찮아 보이는 색 배합으로 조각조각 가위질을 했다. TV에서는 무라세가 연기하는 낭인이 신사 경내에서 평민 아가씨와 알콩달콩한 분위기를 연출하고 있었다. 이제 2화째인데도 전개가 빠르다 싶었는데, 알고 보니 그 아가씨는 도적 집단이 몰래 잠입시킨 첩자였다. 주인공인 낭인이 정부의 밀명으로 은밀히 움직이는 자가 아닌지 의심해서 알아보러 온 것이다.

아가씨의 정체를 알게 되어 낙담하는 무라세를 보고 '약간 허당 끼가 있는 무라세 씨도 괜찮은 느낌이네' 하고 츠키시마는 생각했다. 말과 행동은 엉뚱한데 여전히 수려한 외모에서 저절로 우러나는 섹시함이 보는 사람을 살살 녹이는 것이다. 지난주에 이런 모습을 보고도 호시에짱은 어떻게 아무 소리도 안 했지? 싶어 신기할 정도였다. 그런데 생각해보니 여름방학에 들어가면서 손님들이 훨씬 늘어나고, 키즈존을 이용하는 사람들도 많아 하루하루가 정신없이 지나갔다. 그래서 말할 생각을 못 했던 모양이다.

도적 집단은 에도 시대 사람들에게 의적이라 불리며 칭송을 받고 있고, 무라세가 연기하는 낭인도 정말 그냥 낭인인지 아니면 뭔가 속사정이 있는지 아직은 모른다. 적어도 단순한 권선징악물은 아닌 드라마 같아 재미있어 보였다.

그러나 츠키시마는 마블 조각을 색깔에 따라 분류하는 데 몰입하는 바람에 정신을 차리고 보니 '여러분의 NHK'는 저녁 뉴스 시간대가 시작되었음을 근엄한 음악으로 알리는 중이었다.

5

 모든 준비는 끝났고, 마침내 자원봉사 당일이 되었다. 마블 조각은 비슷한 색깔들로 분류해서 알약통처럼 납작한 원통 모양 용기에 담았다. 꽃잎처럼 생긴 매니큐어 아트도 몇 번씩 시험해봤고, 종이컵과 이쑤시개도 충분히 준비했다.

 다양한 색깔의 매니큐어 병, 개별 포장된 리무버, 두 사람이 쓸 네일 브러시와 니퍼 등의 도구도 여행 가방에 잘 챙겨넣은 다음 츠키시마는 가게 앞으로 나왔다.

 기다릴 새도 없이 "안녕하세요~!" 하며 오사와가 좁은 샛길에서 종종걸음으로 나타나 츠키시마 옆에 있던 여행 가방의 손잡이를 잡았다.

 "오늘 잘 부탁다!"

 긴장된 표정의 오사와가 잰걸음으로 앞장섰다.

 "잠깐 잠깐! 거기서 꺾는 거 아냐. 하나 더 가서!"

 츠키시마가 서둘러 오사와를 따라잡고 나란히 걸었다. 8월 중순에 접어들자 햇살은 더욱 강하게 내리쬐고 매미도 시끄럽게 울어댔다. 너무 더워서 밖에 나와 노는 아이들도 없는지 기척이라고는 멀리서 이따금 들려오는 자동차 엔진 소리밖에 없었다. 예전에 농가였던 것으로 보이는 으리으리한 대문의 커다란 집터 안으로 들어서자, 큰 느티나무 한 그루가 가지를 활짝 벌리고 서 있었다. 그 나무 그늘을 지나치려는데 수십 마리, 아니 수백 마리도 더 될 것 같은 매미 소리가 쏟아져 내리는 바람에 바로 옆에서 하는 말소리조차 제대로 들리지 않을 지경이었다.

그런데 막상 츠키시마와 오사와는 아까부터 입을 꾹 다물고 걷기만 하고 있었다. 오사와는 진지함을 넘어서 전에 없이 '심각하다'고 할 정도로 굳은 표정으로 가방을 드르륵드르륵 끌면서 걸었다. 난생처음 하는 자원봉사라는 생각이 머릿속을 점령한 모양이었다. 그래서 츠키시마도 말을 걸지 않았다. 대화가 없어도 어색하지 않았고, 막상 어르신들을 대하면 오사와의 긴장이 풀려서 평소의 친화력을 마구 발휘할 게 뻔했기 때문이다.

오사와는 '하나조노 니코니코엔' 건물이 앞에 보이자, "우와! 엄청 튀는 색깔이네요!" 하면서 옆에 선 츠키시마 쪽으로 고개를 돌렸다.

"허걱! 미사 언니, 화장이 다 녹아버렸어요!"

"응……."

그렇게 말하는 오사와는 이마에 땀방울이 좀 맺혔을 뿐 화장이 번진 흔적은 없다. 파운데이션이 약간 녹아서 흘러도 원래 피부가 탱글탱글 매끌매끌해서 타격감이 전혀 없는 모양이었다. 이게 젊음이라는 건가 보다 하고 츠키시마는 손수건으로 이마의 땀을 꾹꾹 눌러 닦으면서 생각했다.

"자, 들어가자. 안쪽은 저런 핑크색이 아니니까 걱정하지 마."

여름 마쓰리를 한다는 광고는 어디에도 붙어 있지 않았는데, 아침 식사가 끝날 시간에 맞춰서 방문했는지 벌써 입주자의 가족으로 보이는 사람들이 몇 팀이나 시설 입구에 있었다. 차례를 기다리던 사람들이 접수를 마치고 엘리베이터에 올라타는 모습도 보였다. 츠키시마와 오사와도 차례를 기다렸다가 접수처의 방문자 목록에 이름을 썼다.

방문자 담당으로 보이는 여성 직원이 이름을 차례로 보더니 "'달과 별'에서 오셨죠?" 하고 금방 알아봤다.

"오늘 봉사 잘 부탁드립니다. 다마다 씨가 2층에 있을 테니까 엘리베이터로 올라가시면 됩니다."

가게 이름이 우리 이름에서 딴 건 아닌데, 하고 츠키시마는 왠지 쑥스러워하면서 엘리베이터에 탔다.

드르륵드르륵 가방을 끌고 따라온 오사와가 녹색으로 된 '닫힘' 버튼을 누르더니 "이런 물렁물렁한 감촉 좋아해요" 하고 말했다. 색깔에 대해서는 아무 말이 없었다.

2층의 식당은 츠키시마가 지난번에 왔을 때와는 전혀 다른 모습이었다. 테이블 몇 개를 중앙에 모아놓고 어린이용 비닐 풀장을 올려놓았다. 뭐 하는 거지, 하고 가까이 가서 안을 들여다보니 물은 없고 선명한 색깔의 요요들만 잔뜩 굴러다니고 있었다. 의자에 앉은 채로 요요 낚시를 할 수 있게 만들어놓은 모양이었다. 물이 없어서 안의 요요가 둥둥 뜨지 않고, 그래서 고무로 된 끝부분이 바닥에 깔려버리면 플라스틱 고리로 낚아올리기 힘들겠다는 생각이 들었다. 그런데 막상 그 게임을 하려는 것으로 보이는 할머니 한 분이 손을 쓱 집어넣더니 그대로 요요를 확 잡아챘다. 이러면 낚시 게임이라고 부를 수 없지 않나 하는 생각이 들었지만 여기서는 그러건 말건 아무 상관이 없는 모양이었다.

그밖에도 앉은 채로 할 수 있는 고리 던지기 코너와 스펀지 총알로 하는 사격 코너 등이 벽쪽에 있었다. '금붕어 낚시'라는 빨간 팻말도 세워져 있었고, 그 옆의 작은 탁자에는 전동 낚시 장난감이 보였다. 입을 뻐끔뻐끔하는 플라스틱 물고기를 작은 자석 막대기로 낚아올리는 가정용 장난감이다. 금붕어 낚시하고는 거리가 멀지만 그런 세세한 부분에는 신경 쓰는 사람이 없는지 어르신 세 분이 낚시에 열중하는 모습이었다.

"어머, 또 떨어졌네."

"딱 잡아서 올리는 타이밍이 꽤 어렵네요."

"이거는 아까부터 입을 안 여는데."

오사와가 같이 해보고 싶은 얼굴로 바라보다가 "좋은 마쓰리네요" 하고 츠키시마에게 속삭였다.

동감이었다. 휠체어에 앉아서도, 몸을 굽히는 게 힘들어도 충분히 즐길 수 있도록 배려했다. 직원들의 도움을 받아 사격 게임의 인형을 맞히려는 사람, 창가 의자에 앉아 손녀로 보이는 어린 여자아이랑 이야기를 하는 사람, 아무하고도 어울리지 않고 혼자서 TV를 보고 있는 사람도 있었는데 아무튼 마음이 내키는 대로 하면 된다는 분위기였다.

여기서라면 네일 시술을 원하는 입주자들이 많이 올지도 모른다. 그런 생각에 신이 난 츠키시마가 '우리는 어디쯤 자리를 깔면 되려나?' 하고 주위를 둘러보았다.

그러자 츠키시마를 알아본 다마다 씨가 가까이 다가왔다.

"아이고, 어서 오세요, 츠키시마 씨."

오사와를 다마다 씨에게 소개하고 한차례 인사를 주고받으면서 츠키시마는 다마다 씨의 하얀 폴로셔츠에서 눈길을 떼지 못했다. 다마다 씨는 종이접기로 만든 파란 배지를 가슴에 달고 있었다. 그게 아무리 봐도 곤충, 그중에서도 풍뎅이 모양이었다. 엉겁결에 웃음을 터뜨린 츠키시마에게 "아, 이건 어디까지나 우연입니다. 종이접기를 잘하시는 입주자 분께서 만들어주셨어요" 하며 다마다 씨가 웃었다.

"이쪽으로 오세요."

창가를 향하는 다마다 씨를 따라가면서 "뭔가 분위기가 좋은데요?" 하고 오사와가 작은 목소리로 말했다.

"아니거든" 하고 츠키시마가 작은 목소리로 반박했다.

사실 이게 드라마나 소설 속에 나오는 상황이었다면 서로에 대한 연모의 마음이 싹텄을 수도 있다. 그런데 현실을 살아가는 츠키시마는 '연애를 어떻게 시작하는 거였더라?' 하는 심정이었다. 뭔가에 익숙해지는 것과 순발력을 발휘하는 능력은 사랑에 국한되지 않고 다양한 국면에서 필요한 자질인지 '달과 별'을 오픈한 이후로 일에만 매진해온 츠키시마의 '연애 세포'는 거의 죽어버린 상태다. 다마다 씨의 풍뎅이가 정말로 우연인지, 아니면 뭔가 어필하려는 행동인지는 알 수 없었지만 '좀 재미있는 사람이네' 하는 막연한 생각을 했을 뿐이다.

오사와는 최소한 과거에는 연애의 달인이었던 것으로 추정되는데, 역시 그런 끼가 남아 있어서인지 "왜 그렇게 철벽녀인 거예요, 정말~!" 하며 답답하다는 듯이 츠키시마에게 따지고 들었다. 호시에짱이야말로 연애가 아니라 조림 안주에 푹 빠졌으면서 왜 나만 갖고 그래, 하고 츠키시마가 속으로 투덜댔다.

다마다 씨가 안내한 창가에는 긴 테이블 하나가 있었다.
"준비한 건 덜렁 이것 하나뿐인데 괜찮을까요? 죄송하네요."
"아니에요, 이거면 충분해요."
츠키시마와 오사와가 창문을 등지고 간이의자에 나란히 앉았다. 테이블 맞은편에 식당 의자를 두 개 두어서 시술을 원하는 사람이 앉을 수 있게 했다. 테이블 높이를 생각하면 간이의자 쪽이 맞았지만 앉았을 때의 편안함을 중시했다. 휠체어에 앉은 사람이 오면 식당 의자를 옆으로 치우면 된다.

가방에서 시술 도구를 꺼내서 긴 테이블 위에 세팅하기 시작했다. 다마다 씨가 어디선가 선풍기를 들고 왔다.
"햇볕 때문에 너무 덥지 않겠어요? 블라인드를 내릴까요?"
"아니에요. 환기가 잘 되는 게 더 중요해서요."
뒷목만 햇볕에 타게 생겼지만, 피부 보호보다 등 뒤의 창문을 조금 열고 선풍기 방향을 돌려서 매니큐어 냄새를 바깥으로 빼는 쪽을 선택했다. 비닐 랩으로 만든 조각들이 바람에 날리지 않게 오사와와 다마다 씨가 힘을 합쳐서 창문 쪽으로 틀어놓은 선풍기의 각도를 세심하게 조정했다.

"여러분~!"

다마다 씨가 식당에 모인 사람들을 향해 외쳤다.

"여기 오시면 손톱을 칠해달라고 하실 수 있어요. 전부 다 무료입니다! 가족분들과 손님들도 가능합니다!"

"금방금방 칠할 수 있으니까 부담 가지지 마시고 많이많이 와주세요~!"

오사와도 테이블을 손으로 짚고 몸을 내밀면서 적극적으로 홍보했다. 순간적으로 뭔가를 선전할 만큼의 순발력이 없는 츠키시마는 어르신들이 경계심을 가지게 하지는 말아야지 하면서 어색한 미소를 지었다.

맨 먼저 다가온 사람은 고등학생으로 보이는 여자아이였다. 입주자인 할머니의 손을 잡고 "이거 해보고 싶은데요. 아, 할머니가 아니라 제가요" 하고 말했다.

여자아이는 두 종류의 샘플을 비교해보더니 비닐 랩 조각으로 해달라고 했다. 같이 온 할머니도 여자아이 옆에 앉아서 흥미진진한 얼굴로 지켜보고 있었다.

오사와가 맡겠다면서 여자아이가 고른 비닐 랩 조각을 손톱에 올렸다.

"네일 하면 학교에서 뭐라고 안 해? 아, 방학이라서 괜찮은가?"

"동아리 활동은 있는데, 저희 학교는 느슨한 편이라 괜찮아요."

"그렇구나. 다행이다. 오렌지 계열 색을 좋아하나 보네."

옆에서 오가는 오사와와 여자아이의 대화를 들으면서 츠키시마가 마스크 아래로 입을 우물거렸다. 호시에짱, 손님한테 반말을 하면 어떡해. 하지만 오늘은 자원봉사니까 엄밀히 말하자면 '손님'이 아니라고 할 수도 있고, 여고생이 편하게 시술을 받게 하려면 이런 식으로 편한 말투를 쓰는 게 오히려 나으려나? 여기서 오사와한테 뭐라고 하면 내가 꼰대 같이 보여서 어르신들이나 여름 마쓰리에 오신 손님들에게 안 좋게 보일 수도 있겠지?

어떻게 해야 하지, 하고 망설이는 사이에 두 사람은 더욱 재미있게 대화를 이어갔다.

"네, 이런 색깔 좋아요. 뭔가 에너지가 생기는 느낌이 들어서요. 사실 육상 단거리를 하고 있는데요, 올림픽이나 세계선수권에 출전하는 선수들 중에 네일을 한 사람이 의외로 많더라고요. 보면서 멋있다고 생각했었거든요."

"맞아. 특히 멀리뛰기 선수들이 네일을 많이 하는 것 같더라."

"그럴 수도 있어요. 육상은 종목에 따라서 조금씩 분위기가 다르니까. 허들이나 멀리뛰기 쪽이 좀 화려하더라고요."

"단거리는 어떤데?"

"보통이에요. 가장 건실하달까 우중충한 건 장거리 같아요. 아무래도 끈기가 가장 필요한 종목이라서."

"아아, 그렇구나."

오사와는 재미있게 수다를 떨면서도 비닐 랩 조각을 손톱 위의 적절한 위치에 딱 맞춰서 올린 다음 톱 코트를 칠했다. 역시 친화력이 남달라, 하고 츠키시마는 감탄하면서 말투는 알아서 하도록 내버려두기로 했다. 그리고 오사와를 본받아 맞은편에 앉은 할머니에게 익숙하지 않은 영업을 시도했다. 손녀가 시술받는 것을 기다리는 동안 심심하지 않게 하려던 것이었는데 "한번 해보시겠어요?" 하고 여전히 어색하게 물어보는 정도였다.

손녀의 손가락이 반짝반짝 예쁘게 변해가는 모습을 지켜보던 할머니는 "비닐 랩 같아 보이진 않네" 하며 할 마음이 생겼는지 "저건 아무래도 나한테 너무 화려한 것 같으니까 이쪽으로 부탁해요" 하고 말했다.

넵, 맡겨만 주십시오! 마음속으로는 신이 나서 외치면서도 겉으로는 어디까지나 우아하게 움직이려고 신경 쓰면서 들고 온 페트병의 물을 종이컵에 따랐다. 병은 무라세 시게유키가 광고하는 생수병인데 안에 든 물은 '달과 별'에서 담아온 수돗물이다. 오사와하고 이야기해봤는데 마실 것도 아닌데 생수를 쓰기는 너무 아까우니까 이렇게 하기로 했다. 이런 식으로 아끼다가는 오사와가 산 생수들을 다 마시려면 한참 걸릴 것 같다.

할머니는 연보라색 매니큐어를 골라서 츠키시마가 알려준 대로 종이컵 안의 물에 떨어뜨렸다.

"어머나, 정말 순식간에 막이 생겼네."

할머니가 놀라면서 신기해하는 소리에 옆에 있던 여자아이도 덩달아 종이컵 안을 들여다보았다.

"정말이네. 신기하다."

츠키시마는 이쑤시개를 써서 막에 주름을 만든 다음 할머니에게 종이컵 안으로 손가락을 넣어보라고 했다. 츠키시마가 할머니의 손을 잡고 움직임을 유도해서 매니큐어가 깔끔한 각도와 깊이로 손톱에 붙도록 조절했다.

손톱에서 삐져나온 매니큐어를 리무버로 닦아내고서 "어떠세요?" 하고 물어봤더니, 할머니는 환한 표정으로 "아주 예쁘네~" 하며 자기 엄지손톱을 정신없이 들여다보았다.

이번에는 먼저 나서서 매니큐어를 물에 떨어뜨리더니 할머니가 직접 이쑤시개를 들고 막을 톡톡 건드렸다.

여자아이는 자기가 직접 할 수 있다는 점이 부러웠는지 "나도 할머니처럼 저걸로 할걸" 하고 말했다.

"손가락 하나만 꽃잎 네일로 해도 예쁠 것 같은데."

오사와가 시술하던 것을 멈추고 종이컵을 준비했다.

"무슨 색으로 할래?"

여자아이는 오른손 약지만 빨간 꽃잎 네일을 하기로 했다. 오렌지 계열의 비닐 랩 조각들과 색감도 잘 맞고, 다른 디자인이 섞인 덕분에 어른스럽게 느껴지기도 한다. 할머니의 양손도 손끝에 하늘하늘한 연보라빛 꽃이 핀 느낌이었다.

할머니와 여자아이의 반응이 좋아서 그런지 어느새 입주자들이 '뭐야, 뭐야?' 하며 테이블 주변으로 모이기 시작했다. 네일에 흥미를 보이는 사람도, 호기심을 솔직하게 드러내는 사람도 주로 여성들이었다. 할머니가 입주자 친구에게 연보라색 손톱을 보여주자 할머니들이 일제히 감탄하며 앞다퉈서 "나도 해줘요, 나도!" 하고 나섰다.

입주자들의 점심 식사는 야키소바였고, 손님들에게도 제공되었는데 식당 테이블이 비닐 풀장 받침대로 사용되고 있어서 한꺼번에 먹지 못하는 모양이었다. 그 때문에 다 먹은 순서대로 할머니들이 끝도 없이 테이블 쪽으로 찾아왔다. 츠키시마와 오사와는 점심 먹기가 힘들 경우를 대비해서 편의점에서 샌드위치를 사왔는데 그마저 먹을 짬이 없이 전자동 네일 기계처럼 정신없이 일을 했다. 톱 코트까지 다 칠한 할머니들은 어느새 선풍기 고개를 돌려놓고 바람으로 네일을 말리면서 수다에 여념이 없었다.

츠키시마가 담당한 할머니들 중 한 분은 "난 검은 꽃잎으로 하고 싶은데 어떨까 모르겠네" 하고 색다른 주문을 했다. "내가 원래 흑장미 같은 여자거든."

"아주 예쁠 것 같은데요."

검은색 매니큐어로 했을 때 주름이 잘 보일지 불안했지만 막상 만들고 나니까 의외로 괜찮아 보였다. 흑장미라기보다 검은 튤립 꽃잎 같은 질감이었지만 그래도 할머니는 흡족한 표정이었다.

오사와가 담당한 할머니 한 분은 "이렇게 쬐~끄만 거 하나만 틱 올려놔봐야 나 같은 늙은이 눈에는 보이지도 않는단 말이야" 하며 불만스럽게 따지더니 비닐 랩 조각을 생선 비늘처럼 손톱에 꽉 차게 깔아달라고 했다.

운동회 경기에서 젓가락으로 팥알을 줍는 학생들처럼 오사와는 핀셋을 가지고 필사적으로 조각들을 손톱에 올려놓았다. 생선 비늘이라기보다 번질번질한 모자이크 같은 손톱이 완성되었는데 할머니는 꽤나 만족스러운 모양이었다.

아무튼 어르신들은 생각보다 훨씬 자유로운 영혼들이어서 츠키시마와 오사와의 예상과는 다른 다양한 요구를 해왔다. 얌전한 색깔을 좋아할 줄 알았는데 쨍한 핑크색이나 보라색을 희망하는 사람들이 많아서 "아아, 이래서 가끔 뜬금없이 큼지막한 호랑이가 따악 그려진 스웨터를 입은 할머니가 거리에서 보이는 거구나" 하며 오사와가 감탄하는 목소리로 속삭였다.

"호시에짱, 쉿!" 하고 입 다물라고 눈을 흘기면서 마음속으로는 츠키시마도 고개를 끄덕였다.

비닐 랩 조각들을 충분히 많이 만들어왔다고 생각했는데, 다들 '좀더 반짝반짝하게 하고 싶다'며 손톱에 잔뜩 올리는 디자인을 요구했다. 그래서 20명 정도 시술하고 나니 만들어온 조각들이 바닥났다. 뭔지 모를 예감이 들어서 그랬는지 츠키시마가 가게에서 나올 때 몇 종류의 스톤과 파츠를 가방에 던져넣었는데, '만약을 위해 들고 오기를 정말 잘했다'고 생각하며 가슴을 쓸어내렸다. 나머지 시술 희망자들에게는 꽃잎 네일이나 한 가지 색 매니큐어에 스톤이나 파츠를 올리는 것으로 대응했다.

손님들까지 포함해서 40명가량을 시술하고 나서 시계를 보니 벌써 3시가 지나 있었다. 이번 자원봉사 때는 보다 많은 사람들이 네일을 즐기게 하는 데에 중점을 두었기 때문에 큐티클 처리나 손톱을 갈아내는 작업 없이 곧바로 매니큐어를 발랐다. 가장 손이 많이 가는 기초 작업을 생략했는데도 5시간 가까이 쉴 새 없이 시술하고 나니까 피곤하기는 했다.

다마다 씨는 입주자들을 챙기면서 츠키시마와 오사와에게도 신경을 쓰고 있었는지 "여러분, 이제 슬슬 간식 드시러 오세요" 하고 할머니들을 불렀다.

　시술을 마친 후에 일부러 식당 의자를 들고 와서 선풍기 주변에 자리 잡고 수다를 떨던 입주자들이 삼삼오오 자리에서 일어났다.

　베테랑인 츠키시마도 시술 대기자들을 소화하느라 정신이 없어서 알아차리지 못했는데 문득 시선을 돌려보니 방 한가운데 있었던 요요 낚시용 비닐 풀장이 사라지고 없었다. 그 비닐 풀장 받침으로 사용되던 나무 테이블과 의자들은 다시 식당 형태로 가지런히 배치되어 있었다. 벽쪽에 설치한 게임 코너는 그대로 유지하면서 입주자들이 간식을 편하게 먹을 수 있도록 그렇게 한 모양이었다. 간식으로 나온 귤 젤리도 주방에서 직접 만든 것 같았다. 이 또한 입주자 각자의 씹고 삼키는 능력에 맞춰 단계별로 말랑함에 차이를 둔 것 같았고, 도움이 필요한 사람에게는 직원이 옆에서 스푼으로 조금씩 입에 넣어주고 있었다.

　쉴 생각도 못 하고 일하는 그 직원들을 보며 츠키시마는 다시 한번 정신을 차렸다. 힘들게 왔다갔다 하며 일하는 저 사람들에 비해 나는 편하게 앉아서 시술만 했으니까 조금 더 힘을 내야지. 오사와도 같은 생각인지 시술하던 할머니의 손을 살짝 잡고 손톱에서 삐져나온 꽃잎 네일을 부드럽게 닦아주는 게 보였다. 일단 순서를 기다리는 사람들이 보이지 않을 때까지 두 사람은 집중력을 잃지 않고 시술을 계속했다. 다마다 씨가 츠키시마와 오사와를 위해 귤 젤리를 들고 왔다가 방해가 되지 않게 책상 귀퉁이에 조용히 놓고 갔다.

　시술 희망자가 더 이상 없을 때가 되어서야 츠키시마와 오사와는 테이블 앞에 나란히 앉은 채로 점심으로 들고 온 샌드위치와 약간 흐물흐물해진 귤 젤리를 먹었다. 젤리에는 통조림 귤이 잔뜩 들어 있었고, 젤리 부분은 너무 달지도 않고 부드러워서 시술하느라 잔뜩 힘이 들어갔던 어깨가 자연히 풀리는 느낌이 들었다.

할머니들도 식당 나무 테이블 쪽에서 귤 젤리를 먹으면서 서로의 네일을 보여주고는 좋아하며 함께 웃곤 했다. 그 모습을 본 츠키시마는 그래도 여기 온 보람이 있었네, 하고 생각했다.

젤리를 다 먹은 오사와는 플라스틱 접시를 옆으로 치우더니 "미사 언니, 그거 알아요?" 하며 약간 어두운 표정으로 말했다. "오늘 시술하러 온 어르신 중에 할아버지는 한 분도 없었다는 거."

그 점은 물론 츠키시마도 신경이 쓰이던 부분이었다. 지금까지의 자원봉사 경험으로는 그 자리의 분위기에 따라 다르기는 해도 "공짜니까 시험 삼아 한번 해보지" 하며 시술해달라는 남자들이 적지 않았다. 그런데 오늘은 시술을 받겠다고 한 남성이 손님으로 온 딱 한 사람뿐이었다.

한 50대 정도로 보이는 그 남자는 '하나조노 니코니코엔'에 입주한 어머니를 만나러 온 김에 여름 마쓰리에 참가한 손님이었다. 휠체어를 탄 어머니가 네일에 관심은 있는데 한 번도 시술을 받은 적이 없어 망설인다는 사실을 눈치챈 아들이 먼저 나서서 "괜찮아요, 엄마. 내가 먼저 받아볼게" 하더니 오사와 앞에 앉았다.

남자는 매니큐어 아트가 아니라 손톱을 손질하는 네일 케어를 원했다.

"손톱을 예쁘게 칠해주셔도 내일 회사에 가야 하니까요. 곧바로 지워야 하니 아깝잖아요" 하고 남자가 말했다.

오사와가 파일로 손톱 모양을 다듬으며 친화력을 발휘해 알아낸 바에 따르면 남자는 런던에 파견되어 일한 적이 있어서 손톱을 다듬는 데에 별다른 저항감이 없다고 했다. 그러고 보니 츠키시마도 영국, 그중에서도 상류층의 남자들이 손톱 관리를 위해 네일 살롱에 다니는 전통이 있다는 이야기를 들은 적이 있다.

아들이 편안하게 시술받는 모습을 보고 휠체어에 앉은 어머니도 안심이 된 모양이었다. 츠키시마가 할머니를 담당해서 비닐 랩 조각을 손톱에 예쁘게 얹어드렸다. 할머니는 분홍 조개 같은 색감의 조각이 마음에 들었는지 비슷한 느낌의 연한 하늘색과 노란색 조각도 골랐다. 손톱 위에 별사탕이 통통 튀면서 구르는 느낌의 디자인이 완성되자 할머니는 환한 얼굴로 아들에게 보여주며 자랑했다. 손톱이 반짝반짝해진 아들도 "우리 엄마, 손톱만 한 50년 젊어지셨네!" 하고 웃으며 츠키시마와 오사와에게 고맙다고 인사하고 휠체어를 밀어 사격 코너 쪽으로 사라졌다.

그러나 그 뒤로는 남자가 한 명도 오지 않았다. 그 아저씨가 시술을 받는 모습을 보고 경계심이나 쑥스러움이 없어져서 시술을 받으러 나서는 입주자 할아버지가 나오지 않을까 기대했는데, 그 뒤로도 테이블 앞으로 줄 서는 사람은 할머니들뿐이었다. 그럼 할머니들에게 손톱 손질을 알리는 역할을 부탁해야겠다 싶어서 네일 케어를 권해봤는데 모두가 한사코 거부했다. 반짝반짝 눈이 부실 정도로 조각을 잔뜩 올린 손톱으로 만들어주지 않으면 한이 되어 죽을지도 모른다고 협박 아닌 협박을 하면서 매달렸다.

"에~이, 왜 그러세요", 하고 농담으로 흘려버리고 싶어도 그런 협박이 설득력을 가질 연세들이라서 츠키시마와 오사와는 아무런 반박도 하지 못한 채 할머니들이 하자는 대로 해드릴 수밖에 없었다. 나이 드신 여성들의 마음속에서 활활 불타오르는 아름다움에 대한 욕망을 우리가 얕잡아봤구나. 츠키시마는 비닐 랩 조각들이 들었던 통이 완전히 빈 것을 보면서 그렇게 반성했다.

그래서 츠키시마는 '하나조노 니코니코엔의 할아버지 입주자분들에게는 네일이 영 좋아 보이지 않았던 모양이네. 이번 기회에 네일의 즐거움을 경험해주셨으면 했는데, 어쩔 수 없지. 이런 날도 있는 거니까' 하고 생각하고 말았는데, 오사와는 전혀 다르게 보고 있었던 모양이다.

츠키시마가 젤리를 다 먹을 때까지 기다렸다가 빈 접시를 포개면서 "아무래도 뒤에서 사람들을 조종하는 누군가가 있는 것 같단 말이에요." 하며 고개를 갸웃거렸다.

"그게 무슨 소리야?"

"아무리 그래도 할아버지들이 이 정도로 안 온다는 건 너무 이상해요. 공짜잖아요? 할머니들이 네일을 받고 저렇게 좋아하는 걸 뻔히 봤을 거 아니에요? '그럼 나도 한번 해볼까? 어차피 공짜인데' 하고 생각하는 게 당연하지 않아요?"

"그런가? '공짜보다 비싼 건 없다'는 말도 있잖아."

"아니에요. 이건 틀림없이 '사내놈이 어디 손톱에다가 이상한 장난질을 하려고 그래?' 하면서 옛날식 꼰대 마인드로 남들까지 가로막는 고집불통 할배가 있는 거예요. 그 할배가 눈을 부라리면서 다른 할아버지들까지 막고 있는 거라고요."

"근거가 뭔데?"

"직감이죠."

오사와가 간이의자 위에서 잘난체하며 몸을 뒤로 기댔다. 너무나도 사소한 음모론에 휘둘리고 있을 때가 아니라서 츠키시마는 오사와가 잘난 체를 하든 말든 내버려두고 시술 희망자가 또 왔을 때를 대비해 테이블 위에 있는 도구들을 정리하기 시작했다.

그때 입주자 남성 한 명이 츠키시마가 있는 쪽으로 다가왔다. 이번 여름 마쓰리는 실내에서 하는 행사여서 입주자들 태반이 트레이닝복이나 실내에서 입는 원피스 등 거의 실내복 수준의 편한 옷차림이었다. 그런데 70대 후반 정도로 보이는 이 할아버지는 옷깃이 있는 새하얀 모시 셔츠에 감색 면바지를 입고 백발이 성성한 머리도 빗어 넘긴 단정한 차림새로 기력이 정정해 보였다.

이제야 남성 입주자가 시술하러 오시나 하고 츠키시마는 기대했는데 표정을 보고는 그게 아니구나 하고 금방 알았다. 책상 앞에 선 할아버지는 지구의 자전축이 흔들렸다고 보고하러 온 과학자처럼 심각한 얼굴로 "이 냄새 어떻게 좀 안 되겠습니까?" 하고 말했다.

"너무 지독해서 식욕도 없어지고 간식으로 나온 젤리마저 못 넘길 지경입니다."

"죄송합니다……!"

츠키시마가 그 자리에 벌떡 일어서서 머리를 숙였다. 선풍기 방향이 바뀌었다는 사실을 잊고 있었다. 오사와도 서둘러 일어나서 창문을 좀더 활짝 열고 선풍기 위치도 조정했다.

남자는 책상 위에 있는 물이 든 종이컵과 여러 가지 색깔의 매니큐어들에 흘깃 눈길을 주더니, "이런 식의 놀이는 다른 곳에서 해줬으면 좋겠네요" 하고 어디까지나 조용한 말투로 말하더니 한가운데 모여 간식을 먹는 노인들 무리 쪽으로 돌아갔다.

"지금부터는 조심하겠습니다. 정말 죄송합니다."

츠키시마는 남성의 뒷모습을 향해 다시 고개를 깊숙이 숙였다.

"뭐지, 저 뒤통수에 호박씨 까는 할배는?" 하고 옆에서 오사와가 중얼거렸다. '뒤로 호박씨 깐다'와 '뒤통수를 친다'가 뒤죽박죽이네 하고 생각하면서 "쉿, 호시에짱!" 하고 꾸짖었다.

"내가 깜박하고 있었던 거니까 말씀해주셔서 다행인 거야."

"미사 언니는 너무 순진한 거 같아요!"

오사와가 입을 삐죽 내밀면서 간이의자에 털썩 앉았다.

"아마 아까 말한 그 뒤에서 조종하는 사람이 틀림없이 저 할배일 거란 말이에요."

"근거가 뭔데?"

"감이죠!"

에효~, 호시에짱이 뭐라고 하건 내버려둬야겠다. 그렇게 생각한 츠키시마가 간이의자에 다시 앉았더니 아까 그 할아버지와 말을 주고받는 모습을 보고 있었는지 다마다 씨가 자연스럽지만 빠른 걸음으로 방을 가로질러 다가왔다.

"츠키시마 씨, 혹시 와타세 님이 뭐라고 하시던가요?"

"환기가 제대로 안 되었다는 말씀을 하셨어요. 제가 조심했어야 하는데……죄송합니다."

아이고야~! 하듯이 다마다 씨가 손바닥으로 자기 이마를 탁 쳤다. 오사와가 츠키시마의 팔을 팔꿈치로 꾹꾹 찔렀다.

'이런 반응을 하는 사람은 생전 처음 봤어요'라고 말하고 싶은 모양이었다. 츠키시마도 팔꿈치로 반격했다.

"아니, 창문은 계속 열어둔 상태여서 아무 문제없어요" 하고 다마다 씨가 말했다.

"와타세 님은, 원래……좀 성정이 까다로운 분이어서요. 그런데, 그게 그렇게 된 거였군요. 와타세 님의 기분을 상하게 했던 거네요……."

마지막에는 거의 혼잣말처럼 중얼거렸다. 다마다 씨는 테이블 맞은편의 의자에 앉더니 자세를 바로잡았다.

"조금 있다가 제가 시술을 받아서 남성 입주자 분들에게 보여드리려고 했는데 아마 효과는 기대하기 힘들 것 같네요. 그게…… 츠키시마 씨네 잘못이 있거나 그런 게 아니라 저희가 미리 준비를 하지 못해서 그렇게 된 겁니다. 정말 죄송하게 됐습니다."

"역시 저 할배……아니 와타세라고 하는 할아버지가 '하나조노엔' 입주자들의 보스라서 그런 거죠?"

오사와가 급하게 다그쳤지만 다마다 씨는 직접적인 대답을 피하고, "어떤 집단에나, 나이가 얼마나 들건 아무래도 파벌이나 힘의 강약이 있게 마련이니까요" 하며 미소를 지었다.

"하지만 그렇다고 오해하시면 곤란합니다. 와타세 님은 우리 시설의 질서와 평온을 위해서 신경을 써주시는 성실하고 좋은 분입니다."

그 뒤로도 자유분방한 할머니들이 한두 명씩 테이블 앞으로 다가와 시술을 받고 사라졌다. 그리고 오후 5시부로 자언봉사 활동이 무사히 끝났다. 벽 쪽에 설치되었던 게임들도 직원들이 신속하게 정리해서 식당은 평소의 모습을 되찾았다.

식탁에 앉아 저녁 배식을 기다리는 할머니도, 귀가하는 가족들을 엘리베이터 근처에서 배웅하는 할머니도 여행 가방을 끌고 철수하는 츠키시마와 오사와를 발견하면 손등을 앞으로 돌려 양손을 가지런히 얼굴 앞으로 들어서 보여주는 모습이 재미있었다. 다들 네일이 아주 마음에 들었던 모양이다. 그때마다 츠키시마와 오사와는 환하게 웃으며 꾸벅 인사했다.

시설 현관까지 바래다준 다마다 씨가 "오늘 정말 고생이 많으셨습니다. 저도 입주자 여러분이 그렇게 활기찬 모습을 보여주실 줄은 정말 몰랐습니다" 하며 감탄했다는 듯이 말했다.

"괜찮으시면 다음에도 꼭 와주세요. 하지만 가게 일로 바쁘실 텐데 자원봉사를 또 부탁드리자니 너무 죄송하네요."

"아닙니다. 앞으로도 잘 부탁드려요" 하고 화답했다.

그런 다음 츠키시마가 잠시 머뭇거리다가 덧붙였다.

"네일아트는 쉽게 접근하기 힘들다고 느끼시는 입주자 분도 계시겠지만 손톱 관리는 미용적인 부분뿐만 아니라 건강면에서도 아주 중요합니다. 자원봉사가 아니라 비용이 발생하지만 고령자 시설을 정기적으로 방문하면서 손톱 상태를 확인하고 손질해주는 복지 네일 아티스트도 있어요. 전문 인증 제도가 있어서 강습도 꼬박꼬박 받아야 하고 현장 연수도 한다고 합니다."

"그러고 보니까 어딘가에서 들은 적이 있는 것 같네요."

다마다 씨가 끄덕였다. "제대로 알아보겠습니다. 혼자 손톱을 못 깎는 어르신들도 계시고 하니 전문가에게 부탁드리면 안심이 되겠네요."

"물론 저희도 다음 기회가 되면 또 새로운 디자인을 생각해오겠습니다. 그때도 잘 부탁드려요."

복지 네일 아티스트한테 지면 안 되겠다고 생각했는지 오사와가 그렇게 말하면서 고개를 꾸벅 숙였다.

'하나조노 니코니코엔' 부지에서 길가로 나오자마자 "어떻게 뒤에서 조종하는 게 저 할아버지인 줄 알았어?" 츠키시마가 오사와에게 물었다.

"아니다, 대답은 뻔하겠구나. '감'이지?"

"그럼요."

가방을 드르륵 끌고 가면서 오사와가 그럴듯하게 끄덕였다. 저녁 시간인데도 아직 기온이 후끈후끈했지만, 밤으로 변해가는 공기를 감지했는지 매미 울음소리는 한결 작아졌다. 잠시 동안 묵묵히 뭔가 생각에 잠겼던 오사와가 "제가 예전에 미용실이랑 쇼핑몰 안에 있는 네일숍에서 일했다고 했잖아요?" 하고 말을 꺼냈다.

"응."

"양쪽 다 가게 직원들이 많은 편이었는데 이상하게 무슨 군대같이 선후배 관계가 엄격했거든요. 그래서 어느 선배 밑에 들어가면 일하기 쉬워진다던가, 누가 누구하고 사이가 좋거나 나쁘다거나, 아무튼 진짜 귀찮고 신경 쓰기 싫었지만, 그래도 신경을 바짝 곤두세우고 지낼 수밖에 없더라고요. 그래서 오늘도 그냥 보자마자 감으로 알 수 있었던 것 같아요."

"그렇구나. 호시에짱은 정말 대단한 것 같아. 사람도 잘 보고 말이야."

"아이, 아니에요. 그냥 익숙해서 버릇처럼 하는 거라서요. 별로 좋은 것도 아니고요."

오사와가 얼굴 앞에서 손을 마구 흔들며 부정했다. 겸손이 아니라 진심으로 별로 쓸모없는 능력이라고 생각하는 모양이었다.

그러나 츠키시마는 자기가 우물 안 개구리였다는 사실을 절실히 느꼈다. 물론 츠키시마도 학생 때는 나름대로 교실 안의 세력 관계를 살피고 눈치를 보기도 했었다. 집단에서 혼자만 삐져나오거나 아니면 남에게 얕잡아 보이지 않기 위해서. 다만 츠키시마는 너무 화려하지도 어둡지도 않은 지극히 평범한 학생이었다. 지치부에서 다녔던 초중고 모두 평화롭고 여유로운 교풍이었고, 반 친구들 대부분도 아주 어렸을 때부터 같이 자라온 익숙한 얼굴들이어서 특별한 문제나 말썽 없이 다녔다.

그리고 도쿄의 전문학교에서는 뜻을 같이하는 친구들을 만나 네일 지식과 기술을 습득하는 데에 푹 빠져서 주변 인간관계에는 신경을 쓸 틈도 여력도 없었다. 처음 취직한 곳은 비교적 작은 네일숍이었고, 독립한 뒤로는 호시노와 함께 열심히 일했다. '달과 별'을 시작한 뒤로도 네일 아티스트의 최대 인원은 두 명이었다.

나하고 또 한 명 정도가 수용 능력의 한계라는 뜻인가? 이래서

야 파벌이나 알력 다툼을 알아차릴 리가 없다. 도대체 얼마나 맹하고 속 편하게 살아온 건가 싶어서 츠키시마는 스스로에게 좀 실망했다.

'달과 별'의 손님들 중에도 직장이나 가족, 친척, 친구하고의 인간관계 때문에 고민하는 사람은 틀림없이 있을 것이다. 손님과의 대화 속에서 그 점을 민감하게 알아차리고 조금이라도 마음을 편하게 만들어드리는 것도 네일 아티스트의 역할 중 하나다. '맹하니' 있어서는 안 된다고 츠키시마는 마음을 다잡았다.

그런데 직장에는 오사와, 그리고 가끔 이야마 정도만 있으니까 마음이 잘 맞아서 그런지 그 사람들에 대한 별다른 불만이나 고민이 없었다. 결혼은커녕 사귀는 사람도 없으니까 눈치를 보면서 가까이 지내야 하는 시댁 쪽 식구들이 생길 일도 없다. 일하느라 바빠서 친구들하고도 자주 만나지 않는다. 아무리 마음을 다잡고 정신을 차려도 인간들 사이의 파벌이나 알력 다툼에 대한 실감이 전혀 나지 않았다.

세상 사람들이 흔히 말하는 복잡하고 오묘한 인간관계라는 게 나한테는 존재하지 않는 걸까? 그렇다면 나는 좋게 말해 고고하다고 할 수 있지만, 실상은 그저 있는 듯 없는 듯한 희박한 관계만 간신히 유지하는 아주 쓸쓸한 삶을 사는 인간이고, 그런데도 외로움조차 느끼지 못하는 둔한 바보라는 뜻인가?

그런 생각에 이르자 츠키시마는 아연실색을 넘어서 뭔가 우스운 느낌이 들었다. 우습다는 느낌은 마음속에 있는 불안감의 또다른 모습이었다. 이제껏 살아온 나의 삶과 인간관계, 더 나아가서는 존재 자체가 작은 우물 안에서 바라보는 하늘이 전부라고 생각하는 개구리나 다름없지 않을까 하는 불안감 말이다.

빠져나간 데 없이 평범하다고만 생각했는데 어느새 모든 것들로부터 동떨어져 혼자 빠져나온 상태다. 신기하고도 잔인하다. 그러나 틀림없이 많은 사람들이 한 번쯤은 이런 기분에 빠져드는 순간이 있으려니 짐작이 되기도 했다. 수많은 이들 가운데 파벌의 정점에 선 사람이거나 무슨 일에서든 남들보다 앞서서 주도권을 쥐어야 하는 사람이라도 말이다.

가방을 '달과 별' 입구에서 안쪽으로 밀어넣은 츠키시마와 오사와는 서로의 눈을 바라보며 말없이 끄덕였다. 말로 하지 않아도 서로의 마음이 회식에 대한 갈망으로 가득하다는 사실을 알았기에 가게 안으로는 한 발짝도 들어가지 않은 채 그대로 뒤로 돌아서 옆에 있는 '딱 한 잔' 문 앞으로 갔다.

마침 그때 야오요시 쪽에서 안주인인 데루코가 세숫대야를 들고 걸어왔다. 츠키시마와 오사와는 그런 데루코를 체포하듯이 양옆에서 팔을 하나씩 꽉 잡고 '딱 한 잔' 안으로 끌고 들어갔다.

"아니, 왜 이래? 지금 목욕탕 가려는 길인데······."

"알았으니까 그냥 딱 한 잔만 하고 가세요" 하며 츠키시마가 데루코를 카운터 자리에 앉게 했고, "데루코 언니 덕분에 오늘 무사히 '하나조노엔'에서 자원봉사 잘하고 왔단 말이에요" 하며 오사와가 기쁜 얼굴로 말했다.

"아저씨, 우리 언니들하고 나하고 해서 생맥주 세 잔이요!"

"어이구, 웬수들이 또 왔네. 그냥 나가!"

한바탕 구박하면서 사장인 마츠나가가 맥주 서버 앞에 섰다.

"그럼 진짜 딱 한 잔만 하고 갈게. 오늘은 후딱 목욕한 다음에 가족들 저녁을 챙겨줘야 하니까."

카운터 자리에 엉덩이만 걸친 데루코, 그리고 옆에 앉은 츠키시마와 오사와가 술잔을 마주쳤다. 정말 한 잔밖에 할 시간이 없는 데다가 "일 끝나고 하는 한 잔이 꿀맛이라니까!" 하며 데루코가 맥주를 거침없이 마셔대는 바람에 주로 오사와가 빠른 어조로 자원봉사 때 있었던 일들을 보고했다.

"목욕 전에 알코올을 마셔도 괜찮을까요?"

뒤늦게 걱정이 되어 묻는 츠키시마에게 "이건 그냥 물이나 마찬가지야" 하며 데루코는 신경도 쓰지 않았다. 자원봉사 활동이 전반적으로 잘 마무리 되었다는 사실을 반가워했다.

"근데 말이야, 츠키시마 씨랑 분위기가 좋았다는 사람 말인데……. 다마다 씨라고 했던가?"

데루코가 맥주잔을 내려놓고 팔짱을 꼈다.

"아니요, 그건 어디까지나 호시에짱 혼자 생각이고 분위기고 뭐고 없었어요" 하고 츠키시마가 반박해도 여전히 데루코는 듣는 둥 마는 둥 자기 할 말을 이어갔다.

"우리 가게 고객이니까 나도 채소를 실어다주면서 이런저런 이야기를 하기도 하는데……. 내가 알기로는 애 딸린 유부남인데. '주말에 우리 애 운동회에 갔다가 온 가족이 새카맣게 타버렸어요'라는 말을 들은 적이 있는 것 같거든."

"네에에~!?" 하고 오사와가 소리를 질렀다.

"그런데도 미사 언니한테 플러팅을 한 거예요? 완전 나쁜 놈이잖아!"

"아니, 그런 적 없대도."

"미사 언니는 사람이 너무 순진해요."

오사와가 맥주를 꿀꺽꿀꺽하고 단숨에 들이켜더니 "한 잔 더!"라고 마츠나가에게 주문했다. "나도" 하며 데루코가 한 잔만 마시겠다던 말을 취소하고 빈 잔을 내밀었다.

"내가 보니까 미사 언니한테 친한 척은 다 하면서 틀림없이 그런 느낌을 팍팍 주고 있었단 말이에요. 그런데 유부남이었다고? 뻔한 수작을 보니 많이 해본 솜씨네. 이거 사기꾼 아냐?"

"에이, 무슨 사기꾼이야……. 그냥 친절해서 나한테도 잘해줬던 것 같은데."

"아니라니까! 데루코 언니는 어떻게 생각해요?"

이런 화제를 데루코한테 물어본다고? 츠키시마가 조마조마하면서 지켜봤더니 역시 아니나 다를까, "가능성이 백프로네" 하고 단정 지었다.

판정 기준이 애매한데다가 너무 가혹하다. 그렇게 따지자면 세상의 기혼자들은 돌처럼 입을 꾹 다물고 살아야 하고 배우자 외에 친절하게 대할 수 있는 대상은 반려동물 말고는 없다는 말인가 싶었다. 하지만 데루코에게 불륜 찬성자라는 오해를 받아 그 가게에서 채소도 못 사게 될까 봐 츠키시마는 당연히 아무런 반박도 하지 않고 가만히 있었다.

데루코는 30여 분 만에 맥주 두 잔을 다 비우더니 "잘 마셨어"

하고는 목욕탕으로 갔다. 얼굴에도 발걸음에도 술 마신 티가 하나도 나지 않았다.

츠키시마와 오사와는 청주와 안주를 주문한 다음 카운터 자리에서 다시 한번 작게 건배했다. 마츠나가에 따르면 오늘은 이거다 싶은 생선이 안 보여서 들이지 못했다고 한다. 그래서 오늘 메뉴에 생선 조림이 없었고, 오사와는 그 사실에 큰 충격을 받았다. 그렇지만 마츠나가가 주키니 호박과 가지가 듬뿍 든 라타투이를 "이것도 채소 조림 같은 거 아냐?" 하면서 내주자, 금방 기분이 좋아졌는지 바삭하게 구운 바게트빵에 얹어 맛나게 먹어대기 시작했다.

'딱 한 잔'은 일본식 선술집으로 알았는데 음식이 점점 만국박람회처럼 되어가고 있다. 야키토리와 라타투이와 청주라는 조합으로는 처음 먹어보네 하고 생각했는데, 라타투이의 산미가 입을 깔끔하게 해주어 의외로 잘 맞았다. 마츠나가에게 들어보니 겨울에는 육수를 낸 크림 스튜와 카레도 메뉴로 나온다고 한다. 물론 어묵탕도 있는 모양이다.

"그 얘기를 들으니까 겨울이 빨리 왔으면 좋겠다아~."

옆에서 오사와가 말했다. 한순간 츠키시마는 자기 마음의 목소리가 그대로 들려서 깜짝 놀랐다. 그런데 묘하게 혀가 꼬인 발음이어서 '뭔가' 싶어 옆을 봤더니 오사와가 몸을 건들건들하면서 씨익 웃고 있었다. 어느새 2홉들이 청주 2병을 다 비운 상태였다. 오사와가 만취하는 걸 막기 위해 츠키시마는 술잔에 똑같이 따르는 척하면서 사실은 자기 잔에 조금 더 따르곤 했다. 그러나 오사와도 보통내기가 아니었다. 오사와는 츠키시마 몰래 자기 술잔에만 몇 번 더 술을 따랐던 모양이다. 결국 오사와는 만취 주량인 2홉보다 더 마셔버린 모양이었다.

"미사 언니이~. 언니가 저 때매 자언봉사 아라봉거죠~. 진짜, 지인~짜 고마슴다!"

오사와의 혀가 점점 더 꼬여갔다.

"아니, 뭐, 나도 슬슬 한 번은 가보고 싶던 참이어서."

"아니아니, 나때매 한 거자나요~!"

겸손하게 아닌 척할 필요 없다는 듯 오사와는 오른손을 들어 손바닥으로 '멈춰!' 하는 동작으로 허공을 눌렀다.

"오늘, 거기 가서~, 할머니들이 네일을 보고 조아해서, 저도 지인~짜 조아꺼등요! 그야 가게에 온 손님드리 조아하는 것도 기부니가 조치만, 이런 방법으로 네일을 조아하게 할 수도 있구나! 오늘, 그걸, 아라꺼등요!"

좋아하는 것투성이인 내용인데, 아무튼 오사와가 자원봉사라는 경험을 통해 네일에 대한 마음가짐을 새롭게 가지게 되었다는 점은 충분히 알 수 있었다. 츠키시마가 술잔에 남은 마지막 한 잔에 눈길을 주었다.

뭔가 보상을 받은 기분이었다. 츠키시마의 정보 수집이 모자랐고, 네일 디자인 아이디어도 이러니저러니 해도 오사와가 다 냈고, 준비도 배려도 모자라서 와타세라는 할아버지한테 한 소리까지 듣게 되었다. 그러니까 완벽하고는 거리가 먼 자원봉사 활동이었지만 그래도 오사와는 츠키시마의 마음을 알아주었구나 싶었다.

츠키시마는 작은 보름달처럼 불이 환하게 비친 술잔 속의 술을 단번에 마시고는 "그랬구나. 앞으로도 그런 마음가짐으로 열심히 해" 하면서 다시 옆을 봤다. 오사와는 카운터에 엎어져 있었다.

호시에짱 말을 듣고 좀 감동하고 있었는데 자면 어떡하냐? 호시에짱의 성장에 감격한 내 기쁜 마음은 어떡하고? 츠키시마는 김이 좀 샜지만 하는 수 없지, 하며 마음을 다잡았다.

익숙하지 않은 자원봉사로 하루종일 신경을 곤두세웠고 몸도 지친 데다가 술이 2홉이나 들어갔으니 오사와가 뻗는 것도 당연하다. 엎어진 오사와를 가만히 둔 채 츠키시마는 고구마 소주 언더록과 마츠나가의 수제 어묵 튀김을 주문했다. 보들보들 폭신폭신한 생선 살 안에 제철인 풋콩이 들어 있었다. 달큰한 맛과 짭짤한 맛의 균형이 절묘해서 간장을 안 찍어도 정말 맛있었다.

홀짝홀짝 고구마 소주를 마시면서 '그동안 몰랐네' 하고 생각했다. '딱 한 잔'에서 겨울에 스튜나 카레를 먹을 수 있다는 것도, 겨울이 기다려지는 마음도.

지치부에서 나고 자란 츠키시마에게 겨울은 할머니랑 같이 코타츠 속에 파고 들어가서 지내는 계절이었다. 이불 속에 난로가 있는 코타츠 안에 파묻혀 있으면 아늑하고 따뜻해서 행복했지만, 한편으로는 빨리 봄이 되어 냇가에 나가서 놀았으면 좋겠다고 생각하던 심심한 계절이기도 했다. 일하게 된 이후로는 계절의 변화와 흐름은 네일 디자인이나 색감에만 나타날 뿐 츠키시마 본인은 에어컨이 잘되어 있는 가게 안에서 그저 일에만 몰두할 뿐이었다. 오사와가 '달과 별'에 오기 전까지는 오래도록 바로 옆에 있는 '딱 한 잔'에 발을 들여놓은 적이 없었다. 당연히 겨울 메뉴도 몰랐고, '딱 한 잔'에 모이는 손님이나 상점가 사람들과의 접점도 없었다. 그래서 아무에게도 기대지 않는 대신 의지할 곳도 없는 채로 '달과 별'을 꾸려왔다.

그런데 지금은 완전히 딴판이 되었다. 상점가를 걷다가 아는 사람을 만나 수다를 떨고, 야오요시의 데루코나 마츠나가의 지혜와 힘을 빌려서 키즈존을 만들기도 하고, 자원봉사를 하기도 하면서 지낸다. 가게에서 손님을 대할 때도 모르거나 난처한 일이 생기면 오사와나 이야마와 의논해서 서로 힘을 모아 대응할 수 있게 되었다. 코타츠처럼 언제든 들락거릴 수 있는 느슨한 고리가 형성되어 츠키시마의 마음을 따뜻하게 해주고 북돋아준다.

호시에짱은 여러 면에서 나를 새로운 세계로 이끌어주었다. 그럼 나는? 나는 네일 아티스트 선배로서 호시에짱을 위해 뭔가 할 수 있는 일이 있지 않을까?

거의 물처럼 연해진 고구마 소주잔을 든 채 츠키시마가 깊은 생각에 잠겨 있었더니 "또 혼자서 너무 깊이 파고드는 거 아냐?" 하며 카운터 안에서 마츠나가가 말을 걸었다.

"호시에짱을 좀 봐. 그렇게 만사를 어렵게 보지 말고 힘 좀 빼고 살아. 무슨 일이건 다 자연스럽게 흘러가게 되어 있어."

그런 말을 듣고 옆을 쳐다보니 오사와는 양팔을 카운터 밑으로 축 늘어뜨리고 카운터에 얹은 한쪽 볼만 가지고 머리 무게를 지탱하면서 츠키시마 쪽으로 얼굴을 돌린 채 잠들어 있었다. 힘을 빼도 너무 뺀 것 같고, 무게 때문에 볼이 짓이겨져서 못생겨졌지만 그래도 행복해 보이기는 했다.

가게 문을 열자마자 쳐들어가 먹고 마셨기 때문에 '딱 한 잔'은 지금이 제일 바쁜 시간이었고, 정신을 차리고 둘러보니 가게 안은 어느새 손님들로 꽉 차 있었다. 츠키시마는 서둘러 계산을 부탁하고 오사와의 어깨를 흔들어서 일으켰다.

"좀더 있다 가도 상관은 없는데 지금 튀김을 튀기기 시작했으니까 호시에짱을 바깥으로 데리고 나갈 때 도와주지 못하겠네."

"아니, 괜찮아요. 호시에짱, 정신 차려. 빨리 일어나, 나가야 돼. 잘 먹었어요, 사장님."

마침 지갑에 잔돈이 가득해서 정확한 금액을 카운터에 놓고, 입맛을 쩝쩝 다시며 일어선 오사와의 팔을 어깨에 둘렀다.

"감사합니다~!"라는 소리를 뒤로 하고 거의 오사와를 질질 끌다시피 해서 가게 밖으로 나왔다. 나오자마자 후끈하니 더운 공기의 무게감이 온몸에 느껴졌다.

오늘도 오사와는 가게를 나서자마자 약간 의식이 분명해졌는지, "미사 언니, 감사함다~!"라며 5,000엔짜리 지폐를 내밀었다.

"너무 많아."

"갠~차나요, 갠~차나."

뭐가 괜찮은지 모르겠지만 오사와는 "그럼!" 하고 오른손을 들어 보이더니 주택가의 어두운 길을 따라 묘하게 꼿꼿한 자세로 걸어갔다.

한숨을 쉬고 방으로 돌아온 츠키시마는 냉장고 안에 있는 보관통에 5,000엔을 넣었다. 오사와의 왕성한 음주 욕구 덕분에 보관통 안의 H저금은 순조롭게 잘 모이는 중이다. 이대로 가면 송년회

비용은 물론이고 젤을 말리기 위한 최고급 LED 램프까지도 충분히 살 수 있겠다. 가게에서 쓰는 램프를 슬슬 바꿀 때가 되었는데, 하고 츠키시마는 불순한 생각을 잠시 했다. 그러나 금품을 착복하는 건 범죄라고 스스로를 꾸짖으며 냉장고 문을 닫았다.

샤워를 마치고 수건으로 머리를 말리면서 창가에 앉았다. 방충망 너머로 불어오는 눅눅한 바람을 맞으며 물기가 마르기를 기다렸다. 허리 높이의 창문틀에서는 두부 팩을 재활용해서 대파를 수경재배하고 있다. 물론 말이 수경재배지 그냥 대파를 먹고 남은 뿌리 부분을 물에 담갔을 뿐인 궁상스러운 물건이다. 그래도 2주 정도 지나자 파릇파릇한 이파리가 자라나는 변화를 보는 게 재미있고, 귀엽기도 하고, 물론 이파리 부분은 잘라서 먹을 수도 있어서 츠키시마는 꽤나 만족하는 중이다. 대파 뿌리가 똑바로 서 있을 수 있게 나무젓가락을 적당한 길이로 잘라 격자 모양으로 짜서 고정기구로 두부 팩 안에 설치할 만큼 공을 들였다. 뛰어난 손재주가 생활의 멋이 아닌 검소한 절약을 위한 방향으로 발휘되어야 하는 현실이 약간 아쉽기도 했지만 츠키시마는 그것도 싫지 않았다. 컵에 물을 떠서 두부 팩 안에 따른 다음 순조롭게 자라는 대파 이파리를 바라보았다.

움직임이 거의 없다고 생각하기 쉬운 식물도 실제로는 나날이 성장한다. 사람도 마찬가지다. 햇빛을 듬뿍 받아서 활발하게 잎이 뻗어가고 키가 자라나는 시기에는 특히 그렇다. 두부 팩이 아니라 넓은 대지가 있다는 사실을 알고 자유롭게 쭉쭉 뿌리를 내리는 편이 당연히 훨씬 좋다.

츠키시마는 앉은뱅이 탁자 위에 있던 휴대전화를 들고 잠시 망설이다가 호시노에게 메시지를 보냈다.

그렇게 해서 8월 하순의 어느 날 저녁 7시 반에 츠키시마는 모든 일을 제쳐두고 에비스로 가서 예전 짝꿍인 호시노 에리를 만났다. 호시노가 지정한 장소는 호시노의 네일숍 '천체' 근처에 있는 찻집 겸 술집인데 조명을 약간 어둡게 해놓은 가게는 평일인데도 많은 손님들로 붐비고 있었다.

츠키시마는 예약 손님 시술을 끝마치자마자 '달과 별'의 마무리를 오사와에게 맡기고 "오늘은 친구랑 약속이 있어서 일찍 나간다"며 가게를 나와 전철을 탔다. 야요이신마치에서 에비스까지는 갈아타는 시간까지 해서 전철로 한 시간 남짓 걸렸고, 더구나 에비스 가든 플레이스가 너무 크고 넓어서 통과하는 데에 시간을 많이 잡아먹었다. 예전에 호시노랑 동업했던 가게는 역을 사이에 두고 가든 플레이스의 반대편에 있는 오래된 상점가의 상가 건물 안에 있었다. 그래서 호시노가 보내준 술집 지도를 봐도 어디가 어딘지 감이 오지 않았다. 호시노의 네일숍 근처 어디쯤이라는 건 알았지만, 사실 츠키시마는 '천체'에 가본 적 자체가 없었다. 호시노도 '달과 별'에 온 적이 없다. 따로 가게를 낸 후로는 어딘지 모르게 서로의 일터는 침범하면 안 되는 것처럼 생각하고 있었다.

가든 플레이스를 겨우 빠져나와 세련된 음식점들이 늘어선 좁은 길 중간 정도에 목적지인 술집이 보였다. 츠키시마는 종종걸음으로 온 탓에 헐떡거리는 숨을 고르고 가게 안의 시끌벅적한 소음 때문에 큰 목소리로 앞에 있던 점원에게 일행이 있어서 왔다고 전했다. 하얀 셔츠에 검은 바지, 검은 앞치마를 허리에 두른 남자 점원은 잘 알겠다는 듯이 고개를 끄덕이더니 가게 안쪽으로 안내했다. 내부에 있는 테이블 자리에도, 벽을 따라 설치된 바 카운터에도 젊은 남녀들이 감자튀김 같은 것을 앞에 두고 작은 병맥주를 병째로 마시며 즐겁게 떠들어대고 있었다. 다양한 나라의 맥주들을 파는 가게 같았다.

이렇게 손님들이 많은 것을 보면 누군가와 만날 약속을 한 사람도 많을 텐데, 과연 나를 제대로 안내해줄 수 있으려나? 생판 모르는 젊은이들이 먹고 마시는 테이블에 데려다놔서 나도 '예~이!' 하며 맥주병을 얼굴 옆에 가져다대고 휴대전화로 셀카를 찍어야 하는 일이 벌어지지는 않을까? 츠키시마는 살짝 불안해졌지만 점원이 너무나 확신에 찬 발걸음으로 앞장서는 바람에 순순히 그 뒤를 따라 활발히 가동되는 젊은이들의 입과 위장 사이로 열심히 걸어갔다.

점원은 가게 제일 안쪽에서 걸음을 멈추더니 마당이 보이는 커다란 창문을 손으로 가리키며 "이쪽입니다"라고 말했다. 어쩔 줄 몰라하는 츠키시마를 본 점원은 창문 귀퉁이에 있는 유리문을 밀어 열어주면서 다시 한번 "이쪽입니다"라고 말했다. 창문에 너무 녹아들어서 유리문이 있다는 걸 몰랐다. 문밖에는 작은 마당이 있고, 옆 빌딩 벽을 슬쩍 감추듯이 푸릇푸릇한 나무들이 서 있었다. 창문 바로 바깥에 마당을 바라볼 수 있는 테라스 자리가 딱 하나 있었는데, 거기에서 호시노와 시모무라 유리나가 손을 흔들었다.

츠키시마는 호시노와 둘이서만 만나려니 뭔가 부담스러워서 라인으로 메시지를 주고받을 때 '그러고 보니 유리나도 같이 보고 싶어하더라'라고 덧붙였다. 호시노는 츠키시마가 의도한 대로— 혹은 호시노도 시모무라가 같이 있는 편이 이야기하기 쉽다고 생각했을지도 모르지만—'같이 만나면 좋지'라고 답신했다.

시모무라는 시모무라대로 그냥 오랜만에 셋이서 한잔하고 싶었을 뿐이었는지, 아니면 '미사랑 에리랑만 있으면 둘 다 입 꾹 다물고 있을 것 같으니까 나라도 분위기를 좀 만들어줘야지' 하면서 눈치껏 끼겠다고 한 건지 몰라도 아무튼 '좋아 좋아!' 하면서 바로 오케이 했다. 그래서 '블루 로즈'의 손님을 직원에게 맡기고, 딸과 남편에게 집을 지키라고 하고는 달려온 것이다.

점원에게 고맙다고 한 다음 츠키시마는 유리문을 통해 마당으로 나갔다. 훅 하고 여름밤의 공기가 얼굴을 덮쳤는데 빌딩 사이로 바람이 불자 의외로 선선하니 좋았다. 나무뿌리 근처에서는 벌써 시원한 가을벌레 울음소리가 들렸다.

"불러내놓고 기다리게 해서 미안."

츠키시마가 테라스 자리에 앉았다. 창문을 등지고 마당을 향해 놓인 둥근 테이블을 츠키시마, 시모무라, 호시노가 U자 형태로 둘러싼 포진이다. 테이블 중앙에는 랜턴 모양의 등불이 있었고 머리 위로는 하얀 파라솔이 펼쳐져 있었다. 아마 점심시간에도 이 자리를 쓰는 모양이다.

가게 안의 시끌벅적함이 차단된 곳이고 꽤나 멋지게 꾸며놓은 자리인데 주변에 모기향이 여기저기 놓여 있어서 냄새만큼은 '옛날 시골 할머니 집' 같았다. 그렇게 서로 어울리지 않는 냄새와 겉보기가 재미있었다. 자리에서 약간 떨어진 처마 밑에는 보라색에 가까운 파란색 불빛의 벌레 퇴치 램프가 설치되어 있었다. 결계를 만든 것이나 다름없는 방충 대책인데 이렇게까지 해서 테라스 자리를 만든 이유는 마당을 활용해서 조용한 공간을 제공하고자 하는 가게 측의 의욕 때문인 모양이었다.

"미안하기는. 우리 먼저 시작했어" 하며 호시노가 독일 맥주로 보이는 병을 흔들었다.

"너는 뭐 마실래?" 하면서 시모무라가 메뉴를 건넸다.

츠키시마는 랜턴 불빛에 메뉴를 가까이 대서 간신히 글자를 판독했다. 그런데 맥주에 대해 아는 게 없어 뭐가 뭔지 구분이 가지 않았다. 그래서 신호를 받고 바로 테라스 자리에 온 점원에게 일단 맨 위에 적힌 맥주를 주문했다. 츠키시마가 도착하기 전에 이미 메뉴를 열심히 읽은 것으로 보이는 호시노와 시모무라가 덩달아 먹을거리도 줄줄이 부탁했다.

츠키시마의 맥주가 나오자 우선 모두가 병으로 건배하고 음식이 나와서 테이블이 세팅되기 전에 잠시 각자의 근황을 이야기했다. 그런데 좀처럼 다 나오지 않았다. 아니, 점원은 바냐 카우다(소스에 채소와 빵을 찍어먹는 이탈리아 요리/역주)에, 프라이드 포테이토에, 허브가 든 소시지에, 새우와 양송이로 만든 요리 등을 차례차례 들고 왔는데, 점원이 테라스 자리에 모습을 나타낼 때마다 일행 중 누군가는 맥주를 다 마셔서 그때마다 새로 맥주를 주문했기 때문이다.

"정신이 없네."

시모무라가 철판 위의 소시지를 적당한 크기로 자르면서 말했다. "이러다가는 점원이 끝도 없이 왔다 갔다 할 것 같은데."

"맛있는데 너무 적단 말이야."

호시노는 자기의 음주 속도가 아니라 맥주병 사이즈에 책임을 덮어씌웠다. 그리고는 마침 치킨 레몬 버터구이를 들고 온 점원에게 "맥주 피처 있어요?" 하고 물었다. 피처는 없다고 해서 작은 병맥주 3개와 화이트 와인을 병으로 주문했다. 맥주를 입가심으로 대신하고 와인으로 갈아타면 한동안은 버틸 테니까 점원을 셔틀지옥에서 구출할 수 있고, 조용히 이야기할 시간도 벌 수 있다는 작전이었다.

점원이 추가한 알코올을 들고 오기를 기다리는 동안 츠키시마 일행은 음식을 개인 접시에 덜어 왕성한 식욕으로 먹어치웠다. 모두 하루종일 각자의 가게에서 일하고 온 사람들이다. 직업적 여건 때문에 점심을 제대로 먹기 힘든 만큼 저녁 식사만큼은 굶주린 늑대처럼 온힘을 다해 달려든다.

"정신이 없네."

시모무라가 또 같은 말을 했다.

"이대로 가면 이번에는 음식 주문 때문에 점원이 끝도 없이 왕복하게 생겼네."

하긴 그렇겠다고 생각한 츠키시마는 포크를 잠시 내려놓고 와인이 오기를 기다리면서 아까부터 좀 궁금하던 점을 물었다.

"아까 이 자리로 안내해준 점원한테 에리 이름도 대지 않았거든. 그냥 '일행이 있어요'라고만 했는데 점원이 앞장서서 거침없이 안내하더라고. 어떻게 너네인 줄 알았지?"

"아직 안 온 사람이 있는 테이블이 여기밖에 없었던 거 아냐?" 하고 시모무라가 말하자마자 뒤쪽 창문 너머 가게 안에서 손뼉치는 소리가 들려왔다. 손님들 중에 생일인 사람이 있는지 불꽃이 튀는 가는 막대가 꽂힌 케이크를 점원이 정중하게 들고 왔고, 주변에 있던 손님들도 박수로 축하하는 중이었다. 자기들끼리 케이크를 둘러싸고 서로 사진도 찍어주는 모습이 '여기 난리 났어요', '다들 정신없어요'라고 태그를 붙여 SNS에 올릴 모양이었다. "이런 상태라면 다 왔는지 안 왔는지 알 턱이 없겠네"라며 시모무라가 자기 주장을 철회했다.

"미안. 처음에 좀더 조용한 다른 가게로 가려고 했는데 거기는 자리를 잡을 수가 없었어."

호시노가 쓴웃음을 지으며 사과했다. "테라스 자리라면 괜찮겠지 싶어서 이 가게로 했는데 이렇게 시끄러울 줄 몰랐네."

"아니, 괜찮아."

"음식도 맛있고."

츠키시마와 시모무라가 말했다. 사실 왜 손님이 북적이는지 충분히 알 만큼 요리의 질이 좋았고 편하게 즐길 수 있는 분위기의 가게였다.

"우리가 일행인지 어떻게 알았을까 하는 부분은……" 하고 호시노가 말했다.

"아마 그 점원은 미사의 네일을 보고 유리나랑 내가 기다리는 일행인 걸 알아봤을 거야. 나는 이 가게에 종종 오는 손님이고, 근처에서 네일숍을 한다는 걸 점원도 알거든. 요즘에 네일아트 하는 사람은 꽤 있는 편이지만 스컬프처까지 하는 사람은 아무래도 흔하지 않을 테니까."

츠키시마가 테이블에 놓인 각자의 손을 다시 한번 유심히 바라보았다. 세 사람 모두 아크릴 스컬프처로 손톱을 연장한 데다가 네일아트까지 되어 있었다. 호시노는 연한 색깔을 수채화처럼 몇 겹씩 겹쳐 칠하고 색깔과 색깔의 경계선을 흐리게 만든 섬세한 아트다. 더구나 손가락 10개를 제각기 전혀 다른 색깔들로 칠했으면서도 전체적으로 보면 조화를 이루고 있었다.

시모무라는 바탕을 연한 펄 베이지 색으로 칠하고 작은 금색 징을 뿌린 다음 그을린 듯한 금색 반짝이를 써서 손톱 끝에 아주 가는 프렌치 라인을 그려넣은 디자인이다.

알 만한 사람이 보면 이런 디자인이 고도의 기술을 구사한 것이고, 느낌은 달라도 각자의 감각을 보여주는 네일아트임을 알아볼 수 있다. 스컬프처 기법도 완벽해서 들뜨거나 뭉개진 곳이 전혀 없다. 더구나 호시노도 시모무라도 이런 네일 시술을 직접 자기 손에 했을 텐데 잘 안 쓰는 쪽 손으로 붓을 잡아도 문제가 없을 정도로 기술이 완벽하게 몸에 뱄다는 뜻이다.

츠키시마도 마찬가지로 '달과 별'에서 다음 달에 내놓을 디자인 중 하나를 연습 삼아 자기 손톱에 시술했다. 오사와가 생각해낸 마그넷 젤을 사용한 디자인이다. 우선은 빨간 마그넷 젤을 손톱 전체에 바른다. 미세한 반짝이 입자가 든 젤인데 자석을 가까이 대면 입자가 움직여서 꿈틀거리는 모양을 만들어낼 수 있다. 그 모양 덕분에 빛을 반사하는 각도에 따라 반짝이는 느낌에 색다른 깊이가 생긴다.

이 단계에서 일단 젤을 굳힌 다음 검은색 젤로 마그넷 젤의 테두리를 만든다. 마그넷 젤과 검은 젤과의 경계 부분은 진함에 차이를 두면서 선을 흐리게 펴 바른다. 그렇게 하면 캄캄한 우주 공간에 마그넷 젤의 붉은 성운이 떠 있는 모양의 아름답고도 격렬한 네일아트가 만들어진다. 스컬프처로 길이를 연장해서 바른 것이어서 더 박력이 넘쳤다.

오사와가 이 디자인을 보여줬을 때 '역시 호시에짱 대단하네. 참신한데다 예쁘기도 하다'고 속으로 감탄을 금치 못했다. 그러나 문제는 스컬프처다. 츠키시마는 오사와의 연습대가 되어주고 있어서 아크릴 스컬프처를 오사와가 했는데 손톱 끝 쪽이 미묘하게 벌어져 있다. 그런 점에서 보면 호시노나 시모무라의 네일에 비해 완성도가 좀 떨어지는 느낌이었다. 그래도 '끝이 커지는 건 갈수록 앞길이 넓어진다는 뜻이니까' 하고 스스로를 다독였다. 그리고 오사와에게도 "응, 약간 벌어진 감이 있지만 그래도 지난번보다 나아진 것 같네" 하고 일단 칭찬을 건넸다.

오사와를 보면서 절실히 느끼는 점은, 당연한 일이지만 누구에게나 잘하고 못하는 부분이 있고, 발전하는 속도도 제각기 다르다는 것이다.

예를 들어 오사와는 츠키시마가 도저히 생각해낼 수 없는 참신한 디자인을 어렵지 않게 떠올릴 수 있고, 선을 그리거나 스톤 등을 적절한 위치에 올려서 굳히는 작업 등은 정말 잘한다. 그러나 츠키시마가 별로 힘들이지 않고 체득할 수 있었던 기술, 예를 들면 파일이나 스컬프처 등은 상당히 힘들어한다. 그래서 열심히 연습하는데도 아크릴 스컬프처의 재료인 믹스처를 아직도 적당한 점도로 만들지 못한다. 줄줄 흐르는 믹스처를 가지고 어쩔 줄 몰라 하는 경우가 다반사다.

그렇지만 아무거나 그냥 어중간하게 금세 해내기보다는 시간이 걸리더라도 조금씩 발전하는 편이 결국에 가서는 탄탄한 기술을 체득할 수 있게 되고, 이론을 자기 머리로 생각해내는 여유도 생기지 않을까? 재능이 뛰어난 부분과 그렇지 않은 부분의 편차가 심한데도 끊임없이 연습을 계속하는 오사와와 함께 있다 보면 그런 생각이 자꾸 들었다.

어쨌든 나를 안내해준 점원이 네일만 보고도 어느 자리로 안내해야 할지 간파했다면 어마어마한 관찰력과 추리력이다. 그러고 보니 츠키시마는 가게에 발을 들여놓았을 때 지도를 보기 위해 휴대전화를 손에 들었고, 점원에게 말을 걸면서 그것을 핸드백에 집어넣으려고 꾸물대고 있었다. 점원이 츠키시마의 손에 주목했을 가능성은 충분히 있다. 게다가 그 점원은 가게 안이 이렇게 시끌벅적한 와중에도 아까부터 테라스 자리까지도 잘 지켜보고 있는지 츠키시마 일행이 주문을 위해 뒤를 돌아보거나 손을 들거나 하면 곧바로 유리문을 열고 나오곤 했다.

"그렇구나, 네일을 보고 알아봤구나."

무슨 일에나 프로는 있는 법이다. 츠키시마는 진심으로 감탄하며 손님을 상대하는 직업을 가진 사람으로서 저 점원을 본받아야겠다고 생각했다.

자기가 츠키시마와 친구들의 화제에 오른 줄도 모른 채 그 점원은 작은 병맥주 3개와 와인잔 3개, 그리고 화이트 와인 병을 꽂아놓은 와인 쿨러를 은쟁반에 올려서 "많이 기다리시게 해서 죄송합니다" 하며 테라스 자리로 왔다.

생일 축하팀까지 있어서 홀도 주방도 풀 가동 중이겠구나 하고 짐작할 수 있었다. 화이트 와인을 각자의 잔에 따라준 점원에게 "이제는 저희가 알아서 할게요" 하고 호시노가 말하자, "그럼 필요한 일이 있으시면 이걸 써주세요" 하며 점원이 처마 아래의 선반에서 호출용 방울을 꺼내서 테이블에 놓았다. 그 방울이 황소 목에나 달렸을 법하게 거대한 것이어서 모두 깔깔대고 웃었다.

"가게 안이 좀 시끄러운 편이어서 힘차게 흔들어주시면 될 것 같습니다."

점원은 여전히 진지한 표정으로 말하더니 안으로 들어갔다.

이제야 이야기를 나눌 수 있는 상태가 되었다. 그러나 츠키시마는 본론을 호시노에게 어떤 식으로 꺼내야 할지 망설이며 주문한 포테이토를 오물거리면서 시모무라가 해준 조언 덕분에 키즈존이 잘 운영되고 있다는 이야기 등을 늘어놓았다.

"좋은 보육사를 찾을 수 있어 정말 다행이네."

시모무라가 와인잔을 한 손에 들고 우아하게 미소를 짓더니 "같이 일한다는 직원은 어때?" 하고 물었다. "왜, 네가 지난번에 말했던 감각 있는 디자인을 한다는 친구 말이야. 아이들 상대하는 일에 익숙하지 않은 사람도 당연히 있으니까. 그 친구는 어떤가 싶어서."

츠키시마가 속으로 혀를 내둘렀다. 오늘 츠키시마는 호시노에게 오사와에 대해 의논하려고 이 자리를 마련했다. 그러나 호시노에게도 시모무라에게도 이런 용건이 있다는 사실을 한마디도 한 적이 없다. 그런데도 호시에짱의 존재를 화제로 꺼내다니······. 유리나의 촉은 끝내준단 말이지.

"아아, 호시에짱 말이지?"

동요하는 바람에 진땀이 확 나서 감자튀김 기름이 묻지 않은 부분까지 손바닥이 미끄덩거렸다.

"문제가 있기는커녕 시술하는 틈틈이 먼저 나서서 아이들하고 놀아주느라 바쁠 지경이야. '소통 능력의 귀재'라고 해야 하나? 아무튼 남자, 여자, 어른, 아이 가리지 않고 누구하고도 금방 친해지고, 누구나 호감을 느끼게 하는 사람이니까."

"그래? 아주 좋은 직원이네."

호시노가 맥주를 쭉 비우더니 접시에 딱 하나 남은 새우를 포크로 거침없이 찍어서 먹으며 말했다.

"잘 지낸다니 정말 다행이다. 그 친구, 채용을 해야 하나 말아야 하나 처음에는 꽤 고민했잖아."

놀리는 말투였는데 '나랑은 같이 일 못 하겠다며 찢어지자고 그랬던 네가 다른 네일 아티스트하고는 잘 지내나 보네'라는 뜻으로 하는 말인가 싶어 츠키시마는 속으로 안절부절못하면서 호시노의 눈치를 슬쩍 살폈다. 그런데 생글생글 웃는 호시노의 표정을 보면 츠키시마가 순조롭게 잘 지낸다는 사실을 진심으로 기뻐하는 듯이 보였다.

츠키시마는 그래서 오히려 좀 실망했다. 호시노가 전혀 질투하는 것 같지 않아서다. 그러니까 츠키시마의 마음속 어딘가에 '내가 진짜로 대등하게 짝꿍이라고 인정한 사람은 에리밖에 없고, 에리도 나를 그렇게 여겼으면 좋겠다'는 바람을 가지고 있다는 소리다. 물론 그런 자신이 친구에게 질척거리며 집착하는 것 같아서 서둘러 쓸데없는 생각을 떨쳐내며, "응, 그랬지" 하고 대답했다.

"에리, 너는 어때? 혼자서 가게를 꾸려나가는 게 힘들지 않아?"

그 말을 입에 올리자마자 '그러니까 먼저 찢어지자고 한 사람은 나면서 이런 말을 꺼내는 게 너무 웃기고 쓸데없는 참견이잖아'라는 생각이 떠오르는 바람에 손에 진땀이 더 나면서 자기 입을 꿰매고 싶을 지경이었다.

"아니, 할 만해. 가게도 작고 뭔가 일이 있으면 예약을 조정하는 것도 어렵지 않으니까."

호시노는 스스럼없이 밝게 말했다. "가고 싶을 때 여행도 가고 하면서 느긋하게 하는 중이야."

"그렇구나" 하고 끄덕였다.

호시노가 하루하루를 잘 보낸다는 사실을 느낄 때마다 츠키시마는 '역시 에리는 나랑 떨어져서 지내는 편이 자유롭게 재능을 펼치기 쉬웠던 거구나' 하는 아쉬움에 속이 약간 쓰리곤 했다.

혼자서 눈치를 봤다가, 말 한마디에 속이 상했다가 하는 츠키시마가 풍겨내는 불편한 분위기를 아는지 모르는지 시모무라는 와인을 한 모금씩 마시면서 두 친구의 대화를 여전히 우아하게 바라만 보았다.

"유리나가 '감각이 좋다'고 했고, 거기다 소통 능력도 뛰어나다는 건 손님들 상대도 잘한다는 뜻이네?"

호시노가 고개를 갸웃거렸다. "그럼 그 호시에짱이라는 친구는 정체가 뭐야? 아무 약점도 없는 완벽한 직원이야?"

오오, 뜻하지 않게 에리 쪽에서 먼저 본론에 접근했다. 이 기회를 놓치면 큰일이다 싶었던 츠키시마는 상반신을 앞으로 내밀면서 의욕에 차서 오사와의 이력서 같은 약력을 줄줄이 읊어댔다.

"아무튼 그렇게 우리 가게로 오게 됐는데 사람이 순수하고 열심이고, 참 좋은 친구야. 그리고 무엇보다도 발상이 자유로워. 이 디자인도 호시에짱이 생각한 거거든."

호시노와 시모무라가 츠키시마의 손을 들여다보았다.

"응, 좋네" 호시노는 한마디로 평가했고, "이 스컬프처는 네가 한 거 아니지?" 하며 시모무라가 싱긋 웃었다.

"호시에짱이라고 했나? 그 친구, 아직 기술적으로는 연습이 필요하구나?"

"들켰네."

츠키시마는 와인잔을 들고 한 모금 마셔 목을 축였다. "맞아. 스컬프처는 아직 살짝 모자란 상태인데 그래도 열심히 연습 중이고 기술 같은 건 하다 보면 언젠가는 익히게 되어 있잖아. 하지만 감각만큼은 천부적인 거라서 아무도 가르쳐줄 수가 없지."

"하긴 그래."

호시노가 동의하는 말을 들은 츠키시마가 작정하고 본론을 꺼냈다.

"실은 오늘 내가 보자고 한 건 다름이 아니라······."

"아니, 난 네가 갑자기 '한잔하자'고 해서 온 거지 '다름'이 있다는 소리는 못 들었어."

"나도. '에리랑 마실 건데 너도 올래?'라고 해서 온 것 뿐인데."

"말꼬리 잡아서 딴지 걸지 말고 진지하게 좀 들을래? 중요한 이야기란 말이야."

"아, 네네."

"알았어, 해봐."

츠키시마는 헛기침을 하면서 친구들의 농담 때문에 흐트러졌던 머릿속을 정리했다.

"있잖아, 실은 에리 네가 호시에짱을 맡아주었으면 좋겠어."

"내가?! 왜?!"

호시노가 깜짝 놀라며 큰소리로 물었다. 시모무라는 말없이 추이를 지켜만 보았다.

"내 능력으로는 호시에짱의 감각을 제대로 키워줄 수가 없겠다는 생각이 들어서."

츠키시마가 조용히 자기 생각을 설명했다. "내가 틀에 박힌 디자인밖에 못 한다는 건 너네도 잘 알잖아."

"미사, 네 디자인이나 기술은 '틀에 박힌' 게 아니라 '정확하고 꼼꼼한' 거야."

호시노의 그 말이 "고마워" 하며 츠키시마는 마음속 깊숙히 받아들였다.

"그래도 나는 호시에짱이 좀더 다른 세계, 더 넓은 세계를 경험해봤으면 좋겠어. 그럴 만한 감각이 있는 아이니까. '달과 별'에는 보수적인 디자인을 희망하는 손님들이 많아서 예를 들면 광고나 잡지 촬영 같은 현장에서 얻을 수 있는 창의적인 경험을 쌓기는 힘들거든."

"창의적인 경험이라고만 볼 수도 없어."

호시노가 한숨을 쉬며 반박했다. "광고의 경우는 대개 네일을 '눈에 띄지 않는 수준으로' 해달라고 주문하니까."

"그런데도 에리, 네가 촬영쪽 일을 계속 맡는 건 많은 사람들이 하나의 이미지를 만들어가는 작업이 즐거워서 아냐? 지난번 광고, 나도 봤어."

츠키시마가 명품 브랜드의 이름을 말했다. 환상적이고 스토리텔링이 있는 아름다운 광고가 일주일 전쯤부터 TV와 온라인상에서 자주 나오는 중이다. 핸드백을 든 유명 여배우의 손에는 투명하게 반짝이는 흰색 실버 네일이 시술되어 있다. 인어공주의 비늘을 붙여놓은 듯 유려한 자태다.

"그 네일, 네가 한 거지?"

"어떻게 잘 알아봤네? 그 광고는 스타일링 팀하고 뜻도 잘 맞았고 소통이 잘 되어서 자유롭게 꾸밀 수 있었거든. 덕분에 즐겁게 일했지."

"그래? 그런 세계를 조금이나마 경험하고 에리의 시술을 옆에서 배울 수 있으면 호시에짱에게 좋은 자극이 될 거야. 그럼 지금

보다 훨씬 더 자기 재능을 키울 수 있을 거라고 생각해. 그래서 부탁인데 호시에짱이 에리네 가게에서 일하면서 수련을 하게 해주면 안 될까?”

“음······.”

“반년이나 1년 정도라도 괜찮아. 물론 그동안 월급은 내가 부담할 거야. 자세한 부분은 노무사나 세무사한테 물어봐야겠지만, 일종의 출장 형식으로 말이야.”

“아니, 돈이 문제가 아니라······” 하면서 호시노가 말을 가로막았다.

“난 사실 다른 사람한테 뭔가 가르치는 걸 잘 못하는 사람이라서. 네가 그렇게 말할 정도니까 호시에짱이라는 그 친구는 감각도 성격도 틀림없을 테고, 스컬프처 빼고 다른 시술을 믿고 맡길 수 있을 만한 기술이 있는 거면 나야 당연히 도움이 많이 되지. 그런데 막상 그 스컬프처는 어떻게 호시에짱한테 가르쳐주라고? 난 못하거든. 그 귀찮은 걸 일일이 ‘이런 식으로 해’라면서 지도하는 건 절대 무리야.”

“그 점은 걱정할 필요 없어. 호시에짱은 가만히 둬도 혼자 연습하는 애니까. 스컬프처 순서나 주의할 점은 벌써 몇 번이고 가르쳤으니까 그냥 경험만 쌓으면 돼. 실제 연습 상대가 되어서 가끔 손만 빌려주면 될 거야. 그사이에 너는 낮잠을 자건 멍을 때리건 하면 되고······.”

“잠든 사이에 끝이 벌어진 스컬프처가 내 손에 만들어지는 건 별로 안 반가운데······.”

호시노는 불안해하면서도 말을 이어갔다. "있잖아, 이건 좀 잘 난척하는 것처럼 보일 수도 있는 이야기인데, 만약 나중에 호시에 짱이 우리 가게로 완전히 옮기고 싶다고 하면 어떡하려고? 그런 게 아니더라도 촬영 현장 같은 데서 이런저런 사람들을 보다가 '나도 독립해서 내 가게를 열고 싶다'고 생각할지도 모르잖아."

그 점은 츠키시마도 고민에 고민을 거듭한 끝에 결론을 내린 상태였다.

"각오는 되어 있어."

언제가 될지 모르지만 오사와도 언젠가는 네일 아티스트로서 독립해야 한다고 츠키시마는 생각한다. 그때까지 여러 기술과 지식을 가르치고, 재능을 키울 수 있는 기회를 제공해서 좋은 네일 아티스트로 성장시키는 것이 자기 임무라고 믿고 있다. 그렇게까지 생각하게 할 만큼 장래성과 손님의 사랑을 받는 매력이 오사와에게 있다고 느끼기 때문이다.

"음~……" 호시노는 신음 소리를 내며 한참을 고민하더니 드디어 "알았어"라며 승낙했다.

"네가 그렇게까지 말하는 거면 호시에짱을 받아들일게. 하지만 나랑 너무 안 맞는다든지, 도무지 쓸모없는 애송이 같으면 곧바로 쫓아낼 테니까 알아서 해."

"정말? 고마워~!"

츠키시마는 어느새 빈 호시노의 술잔에 와인을 따랐다. 이러니저러니 해도 에리는 남을 잘 챙겨주는 성격이고 호시에짱은 타의 추종을 불허하는 친화력의 소유자니까 틀림없이 둘이 잘 맞을 거라는 굳건함 믿음이 있었다.

그때까지 가만히 있던 시모무라가 "이야기가 잘 된 것 같은데……" 하며 부드러운 말투로 대화에 참가했다.

"당사자인 그 호시에짱은 자기가 한동안 에리네 가게에서 일한다는 걸 오케이 한 거야?"

아픈 곳이 찔린 츠키시마가 "그게, 사실은……아직 말을 안 꺼냈어" 하고 대답했다.

"그럴 줄 알았다" 하며 시모무라가 한숨을 쉬었고, "뭐라고?!" 하며 호시노가 입에 넣으려던 감자튀김을 떨어뜨렸다.

"그럼 우리가 지금까지 열띠게 한 얘기는 다 뭐야? 이런 건 본인 오케이를 받은 다음에 말했어야지."

"물론 지극히 당연한 말씀이오나……."

츠키시마가 관찰한 바에 따르면 오사와는 그 넘치는 재능에도 불구하고 묘한 부분에서 자신감이 없다. 그래서 노력을 꾸준히 한다고 볼 수도 있지만 "에리네 가게에서 좀 배우고 오는 게 어때?"라고 츠키시마가 미리 물어봤다가는 "네~?! 그럼 미사 언니는 제가 이제 필요 없다는 거예요?" 하면서 길 잃은 양처럼 매~매~ 울어댈 게 뻔하다. 그러느니 차라리 아예 "결정된 일이야"라고 통보하는 편이 오사와도 쓸데없이 이런저런 고민에 빠지지 않고 '그럼 할 수 없지. 열심히 배우고 와야겠다'고 작심하기 쉽지 않을까 하고 계산한 것이다.

"호시에짱은 내가 꼭 설득할게" 하며 츠키시마가 자신 있게 말했다. "영 안 되겠으면 '잔말 말고 다녀와!' 하는 엄명을 내리면 돼."

"너 그거 직장 내 괴롭힘이야" 하며 시모무라가 또다시 한숨을 쉬었다.
"우리 가게가 목숨 걸고 가야 할 전쟁터냐?" 하며 호시노도 발끈했다.
궁지에 몰린 츠키시마는 테이블 위의 거대한 방울을 있는 힘껏 흔들어서 점원을 불렀다. 호시노와 시모무라는 금세 메뉴에 정신이 팔려서 역시 마지막에는 밥을 먹어야지 하며 '3종 치즈로 만든 리조토'를 주문했다. 얘네들의 왕성한 식욕 덕분에 이야기가 얼버무려져서 다행이다, 하고 츠키시마는 가슴을 쓸어내렸다. 그러고는 화이트 와인을 디캔터로 추가 주문하려는데, "디캔터? 제정신이야?"
"너 그렇게 손이 작아서 어떡하니?" 하며 호시노와 시모무라가 강력하게 항의하는 바람에 결국 병으로 하나 더 주문하게 되었다. 음주 욕구도 왕성한 친구들이어서 다행일 따름이다.
전철 막차가 아슬아슬한 시간까지 디저트를 포함해서 엄청난 양을 먹고 마시며 최근에 유행하는 네일 디자인이나 '좀 이상한 손님'에 대해 신나게 떠들어대다가 자리에서 일어났다. 모이자는 말을 꺼냈던 츠키시마가 돈을 낼 작정이었는데 이 또한 호시노와 시모무라의 반발이 심해서 츠키시마가 조금 더 내는 정도로 결론이 났다. 점원은 이름과 각자의 금액이 정확하게 적힌 현금영수증을 석 장 발행해주고는 "감사합니다. 또 오세요"라고 깍듯하게 인사하고 배웅했다.
호시노는 '천체' 근처의 아파트에 살기 때문에 좁은 골목에서

나가자마자 "또 연락하자"며 인사하고 헤어졌다. 시모무라와는 시부야까지 같이 가서 각자 다른 전철로 갈아타야 한다.

시부야 역 주변은 여전히 언제 끝날지 모르는 공사판이었고, 역 자체도 시시각각 모습이 변하는 거대한 미궁이나 다름없었다. 이런 통로가 있었나 하고 생각하면서 츠키시마는 안내판을 따라 시모무라와 역 구내를 걸었다.

"오늘 고마웠어"라고 츠키시마가 말하자, "나야말로 좋았어. 오랜만에 학생 때처럼 먹고 마시고 떠들었네" 하며 시모무라가 미소를 지었다.

자기가 츠키시마와 호시노 사이에서 완충재로서 사명을 다했다는 사실을 아는지 모르는지 시모무라의 표정만 가지고는 여전히 짐작할 수 없었다.

또 나타난 안내판을 올려다보더니, "아, 난 이쪽이다" 하며 시모무라가 길이 갈라지는 지점에서 발걸음을 멈췄다.

"미사. 어쩌면 공연한 참견일지도 모르지만 그래도 한마디 할게. 너는 '옆집 잔디가 더 푸르게 보인다' 이론이 아니라 '파랑새' 이론으로 생각하는 게 더 마음이 편해질 거야."

"엉?"

"에리도 그런 말을 했지만 나도 너의 그 정확하고 꼼꼼하고 정성스러운 시술을 좋아한다는 소리야."

시모무라는 자기가 한 말이 쑥스러웠는지 "그럼 간다!" 하더니 휙하니 바로 돌아서서 개찰구를 향하는 사람들 속으로 사라져버렸다.

막차 시간이 코앞이어서 츠키시마도 안내판을 따라 종종걸음으로 자기가 탈 전철의 승강장을 향해 열심히 걸었다. 취객으로 붐비는 전철 안에서 호흡을 가다듬으며 시모무라가 한 말을 곰곰이 생각해보았다.

'파랑새' 이론으로 생각하라는 말이 트위터를 시작하라는 뜻은 아닐 것이다. 시모무라가 하려던 말은 '자기의 행복, 자신이 진정으로 바라는 것은 의외로 가까운 곳에 있다'는 뜻으로 추측된다. 요약하자면 '분수에 없는 건 바라지 말라'다.

그 말이 맞을지도 모른다고 츠키시마는 생각했다. 츠키시마는 오사와를 보며 '왜 묘한 부분에서 쓸데없이 위축되지?'라는 생각을 종종 한다. 그런데 제3자의 눈으로 보면 그 느낌은 츠키시마 자신에게 해당하는지도 모른다. 츠키시마는 자신의 디자인 감각이나 시술에 창의력이나 재미가 없다고 생각하며 호시노에 대한 열등감에서 벗어나지 못하고 있다. 그러나 그렇게 자신감을 갖지 못한다는 점 자체가 호시노나 시모무라, '달과 별'의 손님들이나 오사와에 대한 실례라고 할 수도 있다. 그 사람들은 츠키시마의 디자인과 기술을 인정하고 신뢰하기 때문이다. 오랜 친구의 말을, 일부러 시간과 돈을 들여 가게에 와주는 많은 손님들을, 선배라고 따르는 오사와의 반짝이는 눈망울을 믿지 못한 채 '그래도 나한테는 참신한 디자인 감각이 없잖아' 하며 혼자 쓸데없이 고민하는 것 자체가 어리석기 짝이 없는 일이다.

네일 아티스트의 재능은 한 가지로만 나타나지 않는다. '빵이 없으면 과자를 먹어라'는 말이 적절치는 않겠지만 디자인 감각이 없으면 성실하고 꼼꼼한 것으로 대체하면 된다. 츠키시마도 그렇게 생각했기에 시술의 정확성과 정성스러운 꼼꼼함을 연마해왔다. 오사와와 함께 일하면서부터는 서로가 모자란 부분, 잘하지 못하는 부분을 보완할 수 있다는 게 얼마나 좋은 일인지를 새삼 느끼게 되었다.

호시노와 함께 가게를 하던 시절에는 그런 감사함을 느낄 여유도 없이 재능의 차이에 절망하고 때로는 혼자 질투에 몸부림치며 이를 갈곤 했다. 하지만 츠키시마도 나이와 경험을 쌓으며 자기 시술에 조금은 자부심이 생겨났고, 이제는 '아무리 몸부림쳐도 내 안에 잠들어 있는 "참신한 디자인 감각"이 눈을 뜰 일은 없다. 잠들어 있는 게 아니라 처음부터 없었기 때문이다. 처음부터 없던 걸 눈뜨게 할 방법은 없다'를 깨달으며 어느 정도는 마음을 내려놓은 상태다.

시모무라가 말한 대로 공연히 나와 남을 비교하며 부러워하고 질투하게 되면, 자기 마음이 피폐해지니까 가능하면 그런 짓은 하지 않아야 한다. 그래도, 하고 츠키시마가 생각을 이어갔다. 그렇다고 '분수에 없는 건 바라지 말라'고 하는 건 자칫 누군가에게는 인내만을 강요하며 현상 유지를 우선하고 가능성이나 변화의 싹을 잘라버리는 위험한 말이기도 하다.

아니, 잠깐만. 전철이 야요이신마치 역에 도착하자 거의 무의식적으로 플랫폼에 내린 츠키시마는 여전히 생각에 골몰하면서 자동 개찰구를 통과했다. 혹시 처음부터 '파랑새'의 내용을 '분수에 없는 건 바라지 말라'고 했던 내 생각이 잘못된 게 아닐까?

그 동화의 줄거리는 틸틸과 미틸이 수많은 모험 끝에 결국에는 자기 집에 파랑새가 있음을 발견한다는 것이다. 넓은 세상을 보고, 많은 사람과 만나야만 비로소 행복, 자기가 진정으로 원하는 바, 즉 자기자신을 알 수 있게 된다. 시모무라가 하려던 말도 틀림없이 그런 뜻일 것이다.

츠키시마는 네일 아티스트로서 충분히 경험을 쌓고 자신의 장점을 살리기 위해 연마를 계속했고, 참신한 감각을 얻으려고 뼈를 깎는 노력을 감수했다. 감각을 얻는 건 무리일 듯하지만 그걸 대신하려고 유행하는 디자인을 인스타그램으로 빠짐없이 찾아보며 시대에 뒤처지지 않게 노력한다. 그렇게 하는 이유는 오로지 네일이 좋아서다. 츠키시마에게 시술을 받으려고 가게에 와주시는 손님들에게 전력을 다해 보답하고 싶어서다.

시모무라는 그런 츠키시마를 이해하기에 '파랑새' 이론으로 생각하라고 권한 것이다. '이제 슬슬 에리에게는 있고 너에게는 없는 것을 찾아 헤매지 말고 너 자신의 좋은 점을 그대로 받아들였으면 좋겠다'고. 호시노와 시모무라가 츠키시마의 시술과 네일에 대한 열정을 얼마나 인정해주고 있는지가 새삼 가슴을 치는 바람에 한밤중의 상점가를 걷던 츠키시마는 그 자리에서 울컥하며 눈물이 나올 뻔했다. 친구의 고마운 마음에 감격하며 '파랑새' 이론을 받아들이기로 맹세했다. 덩달아 트위터 계정도 만들 뻔하다가 때마침 '달과 별'에 도착한 덕분에 그냥 넘어갔다. '딱 한 잔'도 이미 가게 문이 닫혀서 주변은 고요하기만 했다.

되도록 발소리를 내지 않으려고 조심하면서 건물 뒤편으로 돌아갔다. 취한 상태여서 감정 기복이 심해졌음을 깨달은 것은 가방 속에 있던 열쇠를 도무지 찾지 못했을 때였다. 간신히 찾아 문을 열고 휘청거리면서 계단을 올라 부엌에서 물을 마신 시점에서 힘이 다한 츠키시마는 침대까지 가지도 못하고 방바닥에 쓰러졌다.

'파랑새' 이론으로 보자면 역시 호시에짱은 에리네 가게에서 배우는 게 맞다. 왜냐하면 호시에짱은 현상 유지를 하기에는 아직 이르다. 넓은 세상을 보고, 많은 사람들과 만나서 호시에짱의 행복을 찾았으면 좋겠다.

그건 그렇고, 화장 지우고 자야 되는데……. 이게 그날 밤 츠키시마가 한 마지막 생각이었다.

이튿날 아침, 츠키시마는 마스크를 끼고 있어도 술 냄새가 나지 않을까 불안해하면서 '달과 별'에서 손님을 맞이했다.

"어라~ 미사 언니, 웬일이에요? 숙취예요?"

아침에 얼굴을 보자마자 오사와는 츠키시마의 심상치 않은 상태를 알아보았다. 그리고는 몸을 숙여야 하는 풋 네일 시술을 자진해서 맡는다든지 속에 부담되지 않게 커피가 아닌 허브티를 내준다든지 여러모로 신경을 써주었다.

호시에짱, 너무 착하다. 얘가 없어지면 나 혼자 가게를 꾸려갈 수 있을까? 츠키시마는 생각만 해도 눈물이 날 것 같았는데 그건 어디까지나 몸 안에 아직도 버티고 있는 알코올 기운 때문이었다. 저녁이 되어서 메슥거리던 속이 겨우 진정되자 '당연히 꾸릴 수 있지. 지금까지도 혼자 있었던 기간이 더 길었는데, 뭐' 하는 냉정한 판단력이 돌아왔다.

예약 손님들 시술을 다 끝내고, 예약 없이 손님이 올 수도 있으니까 조금만 더 가게를 열어두자는 정도의 느낌으로 여유를 가지고 저녁 시간을 보내고 있었다. 오사와는 콧노래를 흥얼거리면서 파츠 보관 서랍을 여닫으며 재고를 확인하는 중이었다. 츠키시마는 오늘 매출을 계산한 다음 계산대 안의 돈을 꽃무늬 파우치에 넣었다. 후덥지근한 날씨가 계속 이어지는 가운데서도 해가 떨어지는 시간은 확실하게 빨라졌다는 걸 느낄 수 있었다. 어스름한 어둠 속에 가라앉은 상점가 거리를 사람들이 그림자처럼 오가는 게 보였다.

츠키시마는 가게 문 앞의 조명을 껐다.

"호시에짱, 지금 잠깐 시간 좀 낼 수 있어?"

"네."

수납장 앞에 쭈그려 앉아 있던 오사와가 벌떡 일어났다. "밤 시간은 언제나 비어 있으니까요. 미사 언니, 숙취는 완전히 괜찮아졌어요?"

'딱 한 잔'에 가자는 말인 줄 안 모양이다. 기대가 담긴 눈으로 그렇게 물었는데 술을 마시면서 이야기했다가는 오사와가 내용을 잊어버리게 된다.

"아니, 여기서 그냥 잠깐 얘기 좀 하자고" 하며 츠키시마가 휴식 공간으로 향했다. 오사와도 뭔가 중요한 용건이 있음을 눈치챈 모양이었다. 처음 간 집에서 여기저기 탐색하며 다니는 고양이처럼 살금살금 츠키시마의 뒤를 따라왔다.

호시노의 가게인 '천체'에서 한동안 일하면서 호시노의 감각이나 촬영 관련 일을 옆에서 배우면 어떻겠냐는 이야기를 츠키시마가 꺼내자, 아니나 다를까 오사와는 어미를 찾지 못한 새끼 양처럼 불안한 표정을 지었다. 츠키시마는 허겁지겁 자기 의도를 설명했다. 호시노 옆에서 배우고 일하면 오사와의 재능을 더욱 키우고 네일 아티스트로서 성장하는 데에 좋은 자극이 될 거라는 판단에서 하는 제안이라는 점. 호시노의 동의도 받았고, 마음도 맞을 테니까 아무 걱정 말고 일단 새로운 세상을 잠깐 보고 왔으면 좋겠다는 점.

"물론 만약 인간관계가 힘들어지거나 '천체'에서 하는 일이 별 도움이 안 되겠다는 생각이 들면 바로 돌아와도 상관없어."

그렇게 덧붙여도 여전히 오사와의 표정은 어두웠다. 분위기를 좀 바꾸고, 이야기가 길어질 수도 있다는 생각에 츠키시마는 냉장고에 있던 생수를 꺼내왔다. 손님이 주신 초콜릿 상자도 꺼내와서 테이블에 같이 놓고 조공을 바치듯 조심조심 오사와가 있는 쪽으로 밀어주었다.

오사와는 초콜릿 박스를 열고 보석처럼 생긴 초콜릿 세 개를 연달아 입으로 던져넣었다. 혈당이 오르며 머리가 돌아가기 시작했는지 물을 마시고 한숨을 돌리더니, "한동안이면 얼마 정도요?" 하고 겨우 입을 뗐다.

"반년, 아니면 1년 정도 생각하는데."

"너무 길어요!"

길 잃은 어린 양, 아니 오사와의 눈가에 눈물이 맺히려고 했다.

"혹시 미사 언니, 저한테 그만두라고 하고 싶은데 돌려서 말하는 거예요?"

"아니라니까!"

묘하게 위축된 호시에짱이 또 모습을 드러냈다. 머리를 싸매고 싶은 기분이 들면서도 츠키시마는 설득을 계속했다.

"아까도 말한 것처럼 '천체'는 예전에 나랑 동업했던 호시노 에리라는 친구가 하는 가게인데 호시에짱이라면 틀림없이 그 친구한테서 배울 점이 많을 거야. 여러 가지 경험을 쌓고 '달과 별'로 돌아와주면 우리 가게에도 많은 도움이 될 테고, 나도 고마울 것 같단 말이야."

"저는 이미 미사 언니한테 많이 배우고 있다고 생각하는데요."

"나한테 배울 점이라고 해봐야 뻔하니까 그러지."

오사와가 납득할 수 없다는 표정을 지어서 츠키시마는 쓴웃음을 지었다. 호시노네 가게가 마음에 들면 그대로 옮겨도 상관없고, 수련 기간이 끝난 다음에 그대로 독립할 수도 있다고 말해주고 싶었지만, 공연히 오사와의 마음을 더 어지럽게 할 것 같아 지금은 그냥 마음에 담아두기로 했다.

"그럼 제가 없는 동안 '달과 별'은 어떻게 해요? 다음 달도 예약이 잔뜩 잡혔는데."

"알아. 그러니까 서서히 예약을 조정해서 호시에짱이 '천체'로 가는 건 다다음달인 10월부터가 어떨까 하는데. 호시에짱이 없는 반년이나 1년 동안은 내가 원래 하던 대로 혼자 일하면 돼."

"너무 길다니까요. 그 가게가 에비스에 있다고 했죠? 우리 집에서 다니게 되면 퇴근하고 돌아올 시간에는 '딱 한 잔'의 마지막 주문 시간이 지났을 거잖아요. 그럼 반년이나 아저씨가 한 조림을 못 먹을 텐데, 그러다가 전 완전히 말린 생선처럼 변해버릴 거란 말이에요. 말린 생선 가지고는 조림도 못한다고요."

무슨 소리를 하는지 모르겠다. 머릿속이 뒤죽박죽이 되어버린 오사와에게 "여기 상점가보다 에비스 쪽이 훨씬 번화가니까 조금만 찾으면 맛있는 조림을 먹을 수 있는 가게가 '천체' 근처에도 있을 거야"라고 하면서 달랬다. 그렇게 말하면서 '호시에짱이 이렇게 거부하는 이유가 환경이 변하는 것에 대한 불안 때문이 아니라 옆집 조림하고 헤어지는 게 힘들어서였구나' 하는 생각에 조금 억울해졌다. 오사와가 꽤나 자기를 따른다고 자부했기에 츠키시마는 "미사 언니랑 헤어져서 배우러 가야 하는 건 싫어요"라고 말할 줄 알았는데 조림 안주에 어이없이 패배하고 말았다.

그 뒤로도 오사와는 "그냥 한 달 정도만 가면 안 돼요? 더 이상은 못 견딜 것 같은데……" 하고 떼를 썼다.

그런 오사와에게 츠키시마가 "그렇게 짧은 기간에 감각이고 기술이고 어떻게 배우겠어?"라며 끈질기게 설득하고 서로 줄다리기를 거듭한 끝에 일단 3개월 동안만 '천체'에서 일하는 것으로 양쪽이 합의했다. 츠키시마로서는 예상보다 많이 한 양보였고 오사와의 장래를 생각하면 불만이 남는 결론이었다. 한편 오사와는 오사와대로 그렇게 하기로 해놓고 조림 결핍 기간 때문인지 풀이 팍 죽어 있었다.

"'천체'에 가면 손님들이 원하시는 디자인 경향도 여기하고는 다를 테니까 틀림없이 재미있고 자극도 많이 받을 거야."

그러니까 3개월 가지고 모자라면 반년이건 1년이건 걱정하지 말고 연장하면 돼라고 말하려다가 츠키시마는 다시 한번 그 말을 삼켜버렸다. 오사와가 네 개째 초콜릿을 입 안에 넣더니 위에 토핑이 되었던 너트를 와그작와그작 씹어먹었기 때문이다.

"알았어요."

어마어마하게 쓴 초콜릿을 먹은 사람처럼 오사와가 목소리를 쥐어짰다.

"그럼 '천체'에 가서 열심히 배워서 실력을 쌓고 올게요. 그런데 미사 언니는 정말 모르는 거 같아요."

오사와의 등 뒤로 활활 타오르는 새파란 불꽃을 본 듯한 느낌에 츠키시마는 흠칫하면서 "내가 모르다니, 뭘?" 하고 물었는데 오사와는 삐친 고양이처럼 가만히 고개를 숙일 뿐이었다. 고양이인지 어린 양인지, 둘 중 하나만 했으면 좋겠다고 츠키시마는 생각했다.

이튿날이 되자 오사와는 평소의 쾌활함을 되찾은 듯 보였다. 시험 삼아 다른 가게에서 일해보는 것도 나쁘지 않겠다고 마음을 고쳐먹었을 수도 있고, 그냥 계속 말없이 삐져 있는 게 불가능한 성격이어서 그런지도 모른다.

츠키시마는 9월 한 달 사이에 혼자서도 대응할 수 있게 다음 예약 일시를 배분했다. 예약표는 금방 꽉 차서 쉴 새 없이 일하게 될 모양이었다. 손님에 따라서는 원하는 날에 도저히 예약을 잡을 수 없는 경우도 발생했다. 참다못한 손님이 다른 가게로 갈 가능성도 있지만 그래도 그러려니 포기하는 수밖에 없다. 과로로 건강을 망치면 본전도 못 찾는 셈이니까 할 수 있는 범위 안에서 꾸준히 일하면서 호시에짱의 성장을 빌어야겠다고 츠키시마는 작정했다.

오사와는 형식적이기는 해도 면접을 위해 '천체'에 다녀왔다. 호시노와 처음 만난 오사와는 '달과 별'로 돌아오자마자, "에리 언니, 정말 끝내주게 멋진 사람이네요" 하고 살짝 들뜬 목소리로 츠키시마에게 보고했다.

"샘플을 보여주셨는데 색감들이 정말 복잡하면서도 투명감이 있어서 '이게 정말 내가 쓰는 거랑 똑같은 젤로 만든 샘플이라고!?' 하고 깜짝 놀랐어요."

면접을 잘 보고 있으려나 하고 일하면서도 마음을 졸이던 츠키시마는 그 보고에 안심이 되었다.

"그렇지? 에리는 혼자서 가게를 꾸리고 있으니까 직원들 간의 파벌 같은 것도 아예 없고, 호시에짱도 시술에 집중하고 많이 배울 수 있는 환경이라고 생각해."

오사와에게 그렇게 장담했다. 마음속으로는 '벌써 언니라고 부른다고? 와~, 역시 남다른 친화력이야' 하고 오사와의 스스럼없음과 뛰어난 사교성에 소름이 돋기도 했다.

그날 밤 호시노도 휴대전화로 전화해서 "호시에짱, 괜찮은 친구 같네" 하고 말했다.

좋은 인상을 받은 모양이었다.

"시험 삼아 내 손톱을 칠해보라고 했는데 라인도 깔끔하게 그리고 색깔 고르는 감각도 괜찮더라고."

"그럼 채용하는 걸로 알면 되는 거지?"

"물론이지. 뭐, 우리 가게에 취직하는 건 아니니까 '채용'이라는 말을 쓰기도 이상하지만. 3개월만이라도 호시에짱 같은 사람이 와주면 나로서야 고마울 따름이지. 그런데 너는 괜찮은 거야? 갑자기 혼자 다 하려면 힘들 텐데."

"다음 달 예약부터는 너무 욕심 안 부리고 적당히 잡아놔서 괜찮아. 지난번에도 말했지만 에리하고 호시에짱이 나중에 그렇게 하고 싶으면 3개월이 아니라 아예 '천체'에서 일하는 걸로 해도 상관없어."

오사와에게는 말하지 못했던 본심을 츠키시마는 억지로 쥐어짜서 다시 한번 호시노에게 밝혔다.

그런데 그 말을 "그때 가서 생각하면 되지"라고 호시노는 웃으며 흘려버렸다.

"호시에짱이 네일 브러시 쓰는 걸 보니까 스타일이 너랑 너무 똑같아서 되게 반갑더라."

"그래?"

"응. 브러시 끝을 손톱에 대는 각도라든지 젤을 '톡톡' 리듬감 있게 브러시에 묻힌 다음 여분의 젤을 용기 가장자리에 문질러서 뺄 때의 움직임이라든지, 진짜 빼다 박았더라고."

"전혀 몰랐네. 내 버릇이 옮았나 보다."

"네가 호시에짱을 좋은 네일 아티스트로 잘 키우고 있구나를 잘 알게 되었어."

호시노의 목소리가 따사로운 햇살이 되어 츠키시마의 고막에서 가슴으로 부드럽게 물결쳤다.

당분간 '천체'에서 일하면서 배우는 것으로 결정된 오사와는 새로운 곳에 너무 초라한 도구를 들고 가기가 싫었는지 스펀지 버퍼를 새로 샀다. 그리고 '달과 별'의 단골손님들과 보육사인 이야마에게 잠시간의 이별을 고했다.

모두들 입을 모아 "한동안 적적해지겠네" 하며 아쉬워했는데, "3개월이면 금방이에요~!" 하고 오사와가 밝은 목소리로 말했다.

"업그레이드해서 돌아올 테니까 그때도 잘 부탁다!"

'딱 한 잔'의 마츠나가는 "오~, 호시에짱이 수련하러 간다고? 그래, 열심히 하고 와!" 하며 가지 국물조림을 서비스로 주었다. 오사와는 "조림이 좋은데……" 하고 뻔뻔하게 불만을 토로한 것치고는 츠키시마 옆에서 맛나게 가지를 후루룩 먹어치웠다.

"조림이나 국물조림이나, 그게 그거지."

"국물 양이 전혀 다르잖아요. 아저씨는 다른 가게에서 일하면서 수련했을 때 어떤 식이었어요?"

"조금만 실수를 해도 선배 조리사가 게다짝으로 뒤통수를 후려쳤지."

"에이, 거짓말!"

"거짓말이긴! 원래 우리 때 수련은 다 그런 식이었어."

오사와가 절망적인 시선으로 츠키시마를 바라보았다.

"에리는 옛날 깡패 같은 선배도 아니고, 어차피 가게에 게다짝

같은 것도 없으니까 괜찮아" 하고 츠키시마가 달랬다.

그런 식으로 지내다 보니 시간이 순식간에 흘러서 더위가 어느 정도 가신 10월에 오사와는 '천체'로 떠났다.

츠키시마는 '달과 별'의 개점 준비 작업을 묵묵히 혼자 하고, 그날의 첫 번째 손님을 맞았다. 시술하는 동안에 손님과 즐겁게 이런저런 수다를 떨면 떨수록 텅 빈 옆자리가 신경 쓰였고, 가게 안의 고요함이 더욱 두드러지게 느껴졌다.

원래 하던 대로 돌아왔을 뿐이다. 금방 익숙해진다. 손님이 고른 터키 블루 색 젤을 두 번 칠하면서 츠키시마가 스스로를 타일렀다. 문득 '이건 호시에짱이 처음 내 손톱에 칠해준 색이네' 하며 그때의 기억이 떠올랐다.

6

 오사와가 가고 나서 일주일도 지나지 않아 츠키시마는 혼자 가게를 꾸리던 감을 되찾았다. 조금이라도 빈 시간이 생기면 파츠가 든 서랍 등을 정리정돈해서 시술할 때 금방 원하는 물건을 찾을 수 있게 대비할 것. 무리해서 예약을 너무 많이 잡지 않도록 반드시 명심할 것.
 그렇기는 해도 하루에 어느 정도 이상의 인원수를 소화하지 않으면 가게가 제대로 굴러가지 않고, 고객들의 손톱도 점점 더 황폐해진다. 그래서 영업시간을 조금 연장해서 츠키시마는 오전부터 밤 8시 넘어서까지 손님들의 네일을 시술하는 기계가 되었다. 별로 힘들지는 않았다.
 예를 들면 샘플 네일팁 중에서 똑같은 디자인을 연달아서 해달라는 요청을 받을 때도 있었다. 당연한 일이지만 손님의 손톱 크기나 형태는 제각기 다르다. '이 손님한테 이 디자인이 가장 예쁘게 표현되려면 균형을 어떻게 잡아야 하나……?' 하고 생각하면서 시술을 하다 보면 즐거워서 시간이 금방 지나가곤 했다.

사람과 얼굴을 마주하고 시술하는 것도 네일의 재미 중 하나여서 브러시 다루는 손을 기계처럼 자동으로 움직이면서 손님과의 대화도 절대 허투루 하지 않았다. 오사와의 친화력을 본받아서 츠키시마도 손님의 마음을 편하고 즐겁게 해주기 위해 예전보다 훨씬 애쓰고 있다. 덕분에 상점가를 비롯한 동네 소식은 물론이고 손님들의 집안 사정까지도 자세히 알게 되었다. 츠키시마는 손님의 이야기에 "네, 네" 하고 귀를 기울이면서 '이 정도면 부업으로 탐정 사무실을 열어도 되겠다'는 생각이 들었다.

그렇게 알게 된 정보 중 하나로 상점가의 키즈존 에피소드가 있었다. '달과 별'이 있는 후지미 상점가와 역을 사이에 두고 반대편에 있는 경쟁 상대인 야요이 상점가. 두 상점가 모두 상의 끝에 이번 9월, 상점가 중간 지점 근처에 한 군데씩 키즈존을 개설했다. 그런데 이게 생각보다 인기를 끌어서 '잠깐 아이를 맡겨둘 데가 생겼으니 이참에 역 반대편에 있는 상점가에도 한번 가봐야겠다'고 생각한 사람이 많았던 모양이다. 그러니까 지금까지는 어딘지 모르게 역을 경계로 해서 물리적으로나 심리적으로 분단되어 있던 두 상점가 사이에 사람의 왕래가 활발해지게 된 것이다.

"야오요시의 안주인도 아주 좋아하더라고요" 하며 단골손님인 시노하라가 츠키시마에게 알려줬다.

"아까 시금치를 사러 갔는데 '이 정도면 내년 여름 마쓰리를 야요이 상점가 쪽하고 합동으로 개최하는 것도 괜찮겠어요'라는 말까지 하더라니까."

시노하라는 '달과 별'에 키즈존을 만들 때 여러모로 같이 고민한 인연도 있어서 상점가 쪽 동향까지 살피고 있었던 모양이다. 키즈존이 두 상점가 사이를 이어주다니 '자식은 부부의 연결 고리'라는 말이 이런 경우를 두고 쓰는 거구나 하며 츠키시마는 감명을 받았다가 '아니, 그거하고는 좀 느낌이 다르잖아' 하며 곧바로 머릿속으로 정정했다.

"상점가 쪽 키즈존이 아주 잘되는 모양이에요" 하고 츠키시마도 예약이 있어 출근한 보육사인 이야마에게 바로 이야기했다. "이것도 사실 호시에짱이 남기곤 간 선물이라고 생각하면 감회가 새롭기는 한데 마음에 걸리는 점은 다들 상점가 쪽에 아이를 맡겨서 우리 가게 키즈존을 안 쓰게 되면 어떡하나 하는 거네요."

안 그래도 네일 예약을 받는 인원수를 제한하는 바람에 가게의 키즈존 이용률이 떨어지는 상태다. 그래서 이야마가 활약할 자리와 수입이 줄어들면 어쩌나 하고 마음이 쓰였다. 그런데 당사자인 이야마는 "잘됐네요. 아이를 맡길 수 있는 곳이 여러 군데로 늘어나면 좋지요" 하며 요가 매트를 닦다가 손을 멈췄다.

"그보다 저는 딴 게 마음에 걸리네요."

"어떤 거요?"

"점장님은 왜 '남기고 간 선물'이라고 그래요? 호시에짱은 내년 연초에 돌아오게 되어 있잖아요?"

"네, 그렇죠."

아마도, 하고 마음속으로 츠키시마가 덧붙였다. 이야마는 마무리 작업으로 요가 매트에 알코올을 뿌리면서 "시술에 쓰는 젤이나 반짝거리는 보석 같은 걸 준비하는 작업 정도는 저라도 점장님을 도와드리면 참 좋을 텐데" 하며 한숨을 쉬었다.

"비슷해 보이는 것들이 서랍 안에 한가득 있는 데다가 라벨에 적힌 글씨가 너무 작아서 노안 때문에 제대로 보여야 말이죠."

"아니에요, 괜찮아요. 이야마 씨한테는 충분히 도움을 받고 있는데요. 파츠를 찾느라 행여나 아이한테서 눈을 떼게 되면 그게 더 큰 문제니까 그냥 키즈존에만 신경을 써주시면 됩니다."

"그것도 그러네."

알코올이 다 마른 것을 확인한 다음 이야마가 요가 매트를 말기 시작했다. 츠키시마도 같이 둘둘 만 매트를 찍찍이가 달린 벨트로 묶었다.

"네일 아티스트라는 직업이 역시 꽤나 힘든 일이라는 생각이 들더라고요."

크고 뚱뚱한 김밥처럼 말아놓은 요가 매트를 휴식 공간으로 들고 가면서 이야마가 진심 어린 목소리로 말했다. "여러 가게에서 수련을 쌓아야 한다니 다른 도장에 가서 '이리 오너라~!' 하며 도전장을 내미는 무사 같잖아요."

그건 수련이라기보다 도장 깨기 같은 거 아닌가, 하고 츠키시마는 생각했다.

"여러 가게에서 배워야 한다는 규정이나 그런 건 따로 없어요."

"아아, 그래요? 그런데도 점장님은 호시에쨩을 친구분의 가게로 보낸 거예요? 하긴 그런 거겠죠. 귀한 자식일수록 멀리 보내라고 하고, 사자는 새끼를 벼랑 밑으로 밀어서 단련시킨다고도 하니까요."

그래 그런 거지, 하고 이야마는 혼자 납득하며 고개를 끄덕이더니 무청이 빼꼼히 삐져나온 에코백을 들었다.

"그래도 영 적적하기는 하네요. 수련을 마치고 많이 성장한 호시에짱이 빨리 돌아왔으면 좋겠어요."

귀가하는 이야마와 엇갈리듯이 가게로 들어온 손님을 맞아서 츠키시마는 다시 시술 준비를 했다. 손님은 조용한 가게 안을 둘러보더니, "다른 네일 아티스트는 오늘 쉬는 날인가요?" 하고 물었다. 수련을 위해 다른 가게에 가 있다고 하자, "그럼 한동안 츠키시마 씨가 적적하겠네요"라고 말했다.

그동안 오사와가 손님과 웃고 이야기하는 목소리가 얼마나 가게 분위기를 밝게 만들어줬는지 새삼 깨닫게 되었다.

오사와의 빈자리를 아쉬워하는 사람은 이야마나 단골손님들만이 아니었다. '딱 한 잔'의 사장인 마츠나가도 마찬가지였다.

일에 치여 살게 된 츠키시마는 혼자 밥해 먹을 힘도 의욕도 예전보다 훨씬 더 없어져서 일주일에 세 번 이상 가게 문을 닫자마자 '딱 한 잔' 안으로 빨려 들어가게 되었다. 오사와가 '천체'에서 일을 마치고 집으로 돌아가는 길에 조림에 이끌려서 '딱 한 잔'에 들를 가능성이 높으니까 여기서 저녁을 먹고 있다 보면 마주치게 되지 않을까 하는 바람도 있었다.

그러나 10월 하순이 지나가는데도 오사와와 마주친 적은 한 번도 없었다. 마츠나가에게 물어봐도 "수련하러 간 후로는 그림자도 안 보이던데"라고 하며 꽤나 실망한 눈치였다. "설마 나 말고 다른 놈이 만든 조림에 넘어가버린 건 아닐 텐데."

"그 근거 없는 자신감은 도대체 어디에서……" 츠키시마는 얼떨결에 나오려던 말을 허겁지겁 맥주와 함께 꿀꺽 삼켜버렸다. 그러나 마츠나가는 이탈리아식 새우튀김을 만드느라 정신이 없는 와중에도 그 소리를 놓치지 않았던 모양이다.

"애당초 츠키시마 씨가 자신감 있게 호시에짱을 가게에 붙잡아두지 않아서 이런 일이 생긴 거 아닌가? 앗 뜨거!"

"이런 일이라뇨?"

"맛있게 생긴 은어, 알까지 품은 놈이 보이기에 호시에짱한테 먹이려고 달달한 양념장에 잘 재워서 쪄놨는데 코빼기도 보이지 않아서 은어도 양념 부분도 딱딱하게 굳어버렸잖아."

"조림하고 양념찜은 미묘하게 다른 느낌이 드는데요."

"어디가?"

"글쎄요, 음……양념 국물이 찐득하냐 아니냐 차이인가?"

"그게 그거지. 자, 새우 나왔습니다."

마츠나가가 카운터 너머로 츠키시마 옆에 앉은 단골손님 하마 씨에게 튀김이 담긴 접시를 건넸다.

폭신폭신해 보이는 튀김옷에 김이 모락모락 나는 튀김을 안주 삼아 하마 씨는 기분 좋은 표정으로 소주를 마시고 있었다. 새우뿐만 아니라 고추와 표고버섯도 섞여 있는 모양이다. 이런 튀김과 일본식 튀김인 덴푸라의 차이는 뭘까? 잘 모르겠지만 아무튼 맛있어 보인다.

츠키시마가 안주를 곁눈질하는 걸 알아차렸는지, "요즘 들어통 안 보인다 했더니 호시에짱이 수련하러 딴 데로 간 거군요" 하고 하마 씨가 말을 걸어왔다.

"네."

"손톱 손질하겠다고 달려들지 않아서 다행이기는 한데 뭔가 맥이 빠지네요."

그렇구나, 하고 츠키시마가 생각했다. 이런 경우는 '맥이 빠진다'고 표현하는 게 가장 잘 들어맞는 상태구나. 가게는 혼자서도 잘 꾸려나가고, '달과 별'의 손님들이나 일주일에 몇 번씩 오는 이 야마하고도 즐겁게 떠들며 보람 있는 나날을 보내고 있다. 지나가다 문득 '호시에짱이 아이디어를 내주면 좋을 텐데'라든지 '호시에짱이라면 어떤 반응을 보일까?' 하고 생각할 때도 있다. 그러나 오사와에게 수련 기간은 꼭 필요하고, 만약 이번 일을 계기로 오사와가 '달과 별'에 다시 돌아오지 않는다고 해도 그건 그것대로 어쩔 수 없는 일이라고 납득한 상태여서 츠키시마에게는 '적적하다'고 할 정도로 끈적한 감정이 생기지는 않았다.

다만 냉장고를 열었더니 납작하게 찌부러진 마요네즈 병만 덜렁 보였을 때처럼, 아니, 그것보다도 있어야 할 냉장고 자체가 부엌에서 사라졌고, 냉장고가 있던 자리에 먼지 더미만 잔뜩 굴러다니는 걸 목격했을 때와 같은 심정, 그러니까 뭔가 너무 '맥이 빠진' 느낌이 드는 것은 사실이다.

혼자 생각에 빠진 츠키시마가 고개를 푹 숙인 채 튀김 접시를 뚫어지게 보고 있었더니 하마 씨가 머뭇거리면서 "저어, 좀 드릴까요? 아니면 츠키시마 씨도 튀김을 시키실래요?" 하고 물어봤다.

츠키시마는 정신이 들었다. 튀김 생각이 절실한 상태였지만 지금은 다른 사명감이 있었다.

"고맙습니다. 하지만 튀김은 다음에 먹을게요. 사장님, 그 은어 양념찜 주세요. 그리고 청주도요."

"알았어."

아무리 딱딱하고 퍼석퍼석하게 마른 양념찜이 나와도 호시에짱을 다른 곳으로 보낸 책임을 지고 내가 다 먹어줘야지. 츠키시마는 그런 각오를 하며 음식이 나오기를 기다렸는데 막상 눈앞에 놓인 은어는 젓가락을 가볍게 대기만 했는데도 스르륵 살이 떨어질 정도로 부드러운데다가 속에 꽉 찬 알에까지 달짝지근한 양념이 배어서 뽀독뽀독한 식감을 즐길 수 있는 기가 막힌 요리였다. 역시 사장님 솜씨야, 하고 감탄하며 먹다 보니 청주도 쭉쭉 들이켜게 되었고, 시간이 늦었으니 밥은 자제해야지 하고 생각했지만 얼떨결에 매실 오차즈케(녹차에 밥을 말아 먹는 일본 요리/역주)까지 다 먹은 츠키시마는 빵빵해진 배를 두들기며 집으로 돌아왔다.

샤워하고 창가에 있는 식물들을 챙긴 다음 네일아트 디자인 샘플을 만들었다. 머리카락이 어느 정도 마를 때까지의 시간을 알차게 활용하려고 그렇게 했는데 계절이 어느새 완연한 가을이 되어 잠옷 위에 카디건을 걸쳤는데도 좀 쌀쌀하게 느껴질 정도였다. 머리는 좀처럼 마르지 않고, 하다 보니 극세 붓으로 네일팁에 작은 꽃모양을 그리는 데에 몰두하게 되어 정신을 차리고 보니 날짜가 바뀌어 있었다.

이제는 정말 자야지 하고 도구들을 치우는데 침대에 두었던 휴대전화에서 메시지 알림이 울렸다. 뭔가 봤더니 오사와가 보낸 메시지였다. '오늘 에리 언니랑 광고 촬영 현장에 다녀왔어요! 스태프들이 너무 많아서 깜짝 놀랐어요' 하는 문자만 봐도 오사와의 흥분이 느껴졌다.

'천체'에서 일하기 시작한 뒤로 오사와는 이틀에 한 번꼴로 근황을 알리는 메시지를 보내준다. 스컬프처 연습 상황을 보고하려고 호시노의 손을 크게 찍은 사진이 첨부되어 온 적도 있었다.

'지금까지 한 것 중에 가장 잘했네' 하고 츠키시마가 답하자, '정말요? 고맙습니다! 에리 언니가 스파르타식으로 "빨리빨리, 휘리릭 해야지" 하고 막 재촉하거든요. 그런데 덕분에 믹스처가 너무 굳어지기 전에 바를 수 있었어요'라는 메시지가 돌아왔다.

호시노한테서도 일주일에 한 번씩은 전화 연락이 와서 "호시에 짱 정도면 충분히 가능성이 있는 것 같아" 하는 식의 쿨한 평가를 전하곤 했다. 네일에 관해서만큼은 전문가답게 꽤나 까탈스러운 면이 있는 호시노치고는 보기 드물게 "오늘 손님 한 분을 호시에 짱한테 전면적으로 맡겨봤는데 완성도도 꽤 높고, 디자인도 잘 뽑혀서 손님이 좋아하시더라고" 하며 밝은 목소리로 말하는 것으로 보아 오사와의 '천체' 입문이 성공적이고, 두 사람은 잘 지내는 모양이었다.

오사와는 자기가 보낸 메시지의 옆의 1이 금방 사라지는 걸 본 모양이었다. 츠키시마의 메시지 화면에 '혹시 지금 전화 괜찮으세요?'라는 새로운 메시지가 뽕 하고 나타났다.

츠키시마가 전화기 아이콘을 누르자 신호가 제대로 울리기도 전에 "미사 언니, 밤늦게 죄송해요" 하며 오사와가 전화를 받았다. 햇살처럼 밝은 목소리였다.

"아니야. 잘 지내는 모양이네?"

"네. 매일같이 에리 언니한테 시달리고 있어요."

오사와가 웃었다.

"그러다가 오늘, 아, 벌써 어제가 되었네요. 광고 현장에 데리고 가주셨어요."

"무슨 광고인데?"

"아직 비밀인 모양인데 경매 사이트 쪽이었어요. 거기서 사무라 유카리의 손을 제가 마사지했거든요."

연예인을 잘 모르는 츠키시마는 머릿속에 있는 'TV에 나오는 사람 앨범'을 열심히 찾아보다가, "아아, 예능 프로그램에 자주 나오는 그 사람?" 하고 물었다.

"맞아요, 맞아요. 무라시케 님 때도 그런 생각을 했는데 연예인들은 왜 다 그렇게 얼굴이 작은지 모르겠어요. 유카리 씨 얼굴도 매실 알갱이 정도 크기밖에 안 되어 보이더라고요."

츠키시마는 머릿속 앨범을 옆으로 치우고 이번에는 아까 먹었던 매실 오차즈케를 떠올렸다.

"그럼 너무 작아서 얼굴이 안 보일 정도라는 얘기네?"

"진짜 신기하더라고요. 눈앞에 있는데도 멀리 떨어져 있는 것처럼 보였다까요. 같이 있다 보면 원근 감각이 사라질 것 같아요."

오사와는 사무라 유카리의 아름다움을 머릿속에서 떠올리는지 황홀해하는 말투였다. "손이라든지 몸의 골격 같은 건 아주 가냘

프기는 해도 어느 정도 일반적인 사이즈인데 얼굴만 신기할 정도로 작았어요. 스타일이랄까 균형이 아주 좋아서 그런 걸까요? 그리고, 진짜 좋은 냄새가 나더라고요!"

그건 아마 향수겠지. 황홀감과 흥분이 뒤섞여서 이야기가 앞으로 나아가지 않는 것을 보고, "어떤 네일을 했는데?" 하고 츠키시마가 은근슬쩍 화제를 돌렸다.

"제가 마사지한 다음에 에리 언니가 무지무지 꼼꼼하게, 그러면서도 순식간에 큐티클을 손질했어요. 샤이너(광택제)도 해서 손톱 표면이 맑은 얼음처럼 매끌매끌해졌거든요. 그런데 새벽부터 움직여서 그랬는지 유카리 씨 손이 얼음처럼 차가운 데다가 영 기운이 없어 보이더라고요……."

광고 촬영 현장에서는 출연자의 기분이 영 저조할 때가 있다고 예전에 호시노가 츠키시마에게 말한 적이 있었다. 바쁜 스케줄 때문에 피로가 쌓여서 그런지, 아니면 옆에서 추켜세우니까 '남들이 내 기분 맞춰주는 게 당연하다'고 착각해서 그런지 연예인들 중에는 인사도 제대로 안 하고 스태프를 자기 하인마냥 부려먹는 사람도 극소수지만 존재한다고 했다. 그렇지만 어떻게든 기분 좋게 일하게 만들어야 좋은 광고를 찍을 수 있다. 호시노는 연예인들에게 굽히고 들어가지 않으면서도 네일로 기분을 바꾸고 의욕을 끌어내려고 시행착오를 거듭하는 것처럼 보였다.

이번에도 비슷한 경우였던 모양이다.

"감독님은 투명한 매니큐어를 원했던 것 같은데 에리 언니는 유카리 씨 상태를 보더니 스타일리스트랑 헤어, 메이크업 담당자들하고 뭔가 열심히 의논하더라고요. 최종적으로는 감독님하고도 이야기해서 '호시에짱, 홀로그램을 올리자'라고 결정이 되었어요."

홀로그램이란 알루미늄 포일보다 더 얇은 질감을 가진 2밀리미터 정도 크기의 반짝이는 조각을 말한다. 색깔은 금색, 은색, 빨간색, 하늘색 등 다양한데 어떤 색이건 손톱에 올리면 작으면서도 빛을 복잡하게 반사하며 반짝이기 때문에 화려하게 연출된다.

갑작스러운 예정 변경에 오사와는 스튜디오 대기실에 들고 갔던 가방을 허겁지겁 뒤졌던 모양이다. 전날 호시노의 지시에 따라 네일 케어용 도구들은 다 준비했고, 매니큐어도 혹시 몰라 투명한 것뿐만 아니라 여러 가지 색깔을 들고 왔다. 그러나 아트 요소가 들어간다는 생각은 전혀 하지 않아서 스톤이나 파츠까지는 들고 오지 않았다. 그래도 가게에서 출발할 때 뭔가 좀 불안해져서 반짝이와 홀로그램, 스티커 등을 선반에서 꺼내 여행 가방에 적당히 몇 개 쑤셔넣은 기억은 있었는데…….

"너무 불안해서 진땀이 날 지경이었는데 다행히 있더라고요. 금색이랑 은색 홀로그램을 우연히 들고 온 거예요. 그때 나 자신을 얼마나 칭찬해주고 싶던지!"

오사와가 자화자찬을 하며 이야기한 바에 따르면 호시노는 은색 홀로그램을 골라 투명한 매니큐어를 칠한 사무라 유카리의 손톱 끝에 핀셋으로 작은 조각을 신중하게 올렸다고 한다.

"양손 가운뎃손가락 손톱 끝에만 홀로그램 두세 조각을, 서로 약간씩 겹치도록 배치한 거예요. 그렇게만 했는데도 아주 작은 은색 꽃이 핀 것처럼 보였어요."

거기에 다시 투명한 톱 코트를 칠해서 네일을 완성할 즈음이 되자 사무라 유카리의 표정이 생기발랄하게 변해 있었다.

"마지막으로 다시 제가 마사지를 했는데 유카리 씨 손이 손가락 끝까지 따뜻해졌더라고요. '너무 예쁘다'면서 마사지 받지 않는 쪽 손을 쭉 펴고는 은색 꽃을 계속 바라보고 있었어요. 에리 언니가 나중에 '화면에는 아마 손톱까지 분명하게 나오지는 않을 거야'라고 몰래 귓속말을 해줬는데 그래도 저는 너무 기분이 좋았고, 눈물이 나올 것 같았어요."

사무라 유카리는 피곤했을 수도, 뭔가 기분 좋지 않은 일이나 힘든 일이 있었는지도 모른다. 그런데 손끝에 핀 작은 은색 꽃의 반짝임이 그녀의 마음을 아주 조금이라도 가볍게 만들어준 것이다. 사람이 본래 가지고 있던 활력과 아름다움을 불러일으키는 네일의 마법을 직접 목격한 오사와는 무척이나 감격한 모양이었다.

"그랬구나. 좋은 경험을 했네."

츠키시마로서도 감회가 새로웠다. 오사와가 착실하게 경험을 쌓고 있다는 사실을 알면 이야마나 '달과 별'의 단골손님들도 좋아해줄 것이다. 그렇게 생각하던 츠키시마는 문득 머릿속에 떠오른 의문점을 물어보았다.

"그러고 보니까 '딱 한 잔'의 마츠나가 씨가 호시에짱이 한 번도 안 온다고 서운해하던데. 매일 집에 오는 게 많이 늦어? 혹시 아직도 '천체'에 있는 건 아니지?"

만약 그렇다면 그건 너무 심하게 부려먹는 것이니 에리한테 단단히 따져야지 하고 츠키시마는 다그쳐 물었다.

그런데 "아아~, 깜박하고 말을 못 했네요. 저, 지금 부모님 집에 있어요." 하며 오사와가 속 편하게 대답했다.

"근무시간은 '달과 별'에 있을 때랑 거의 비슷한데 야요이신마치에서 '천체'로 출근하는 게 너무 힘들어서요. 걸어서 10분 만에 출근하는 거에 너무 익숙해져 있다가 전철로 1시간씩 출퇴근하려니까 일주일 만에 뻗겠더라고요."

그렇구나. 그러고 보니 호시에짱 부모님이 이케부쿠로에서 소바집을 한다고 했었지. 츠키시마가 기억을 떠올렸다. 이케부쿠로에서 에비스라면 전철 한 번 타고 15분이면 가니까 편하겠네.

"그런 거면 힘도 많이 들지 않을 테니 다행이네."

"심리적으로는 엄청 힘들다구요~. 아빠는 '좋다고 나가더니 도로 기어들어왔냐?'고 맨날 구박하고, 엄마도 '언제까지 뒹굴거릴 거야?' 하면서 쉬는 날에도 두들겨 깨워서 가게 일을 시킨단 말이에요."

"흐흐흐, 말로는 그래도 즐거워 보이는데?"

"절대 아니거든요. 오빠가 수련한다고 일하러 다니는 소바집에서 손님하고 썸을 타는지 '1년 더 일하다가 들어갈 거야'라고 하는 바람에 부모님은 지금 살기등등한 상태라고요."

오사와네 남매는 둘 다 수련 중인 모양이다. 한 달 만에 씩씩한 오사와의 목소리를 듣고, 잘 지낸다는 사실도 확인할 수 있었다.

"잘 자. 무슨 일 있으면 언제든 연락하고."

"네. 안녕히 주무세요."

서로 인사한 다음 전화를 끊은 츠키시마는 안도하는 마음으로 잠자리에 들었다.

그런데 캄캄한 천장을 올려다보는 사이에 가슴속에서 검은 구름처럼 불안감이 피어올랐다.

호시에짱은 역시 '천체'에서 일하는 편이 잘 맞는 모양이다. 그걸 말릴 수는 없지만 실제로 그 가능성이 명확하게 보이자 '맥이 빠진다'는 정도의 느낌이 아니었다. 명확하게 '적적하다'고 느끼게 되었고, 선택받는 사람은 항상 에리라는 사실이 분하기도 했다. 그렇지만 이렇게 사소한 데에 매달려서 째째해지는 내가 너무 바보 같다는 생각도 들고……. 아아, 그만 그만! 그냥 자자!……그래도 지리적으로는 '달과 별'이 더 낫지 않나? 걸어서 10분이잖아. 하지만 호시에짱이 아예 이쪽 집에서 이사를 가버릴지도 모르겠다. 부모님 집에서 '천체'까지 15분 거리니까. 그럼 '달과 별'이 더 좋은 점은 없는 건가……?

불안감에 휩싸인 채로 어느새 츠키시마는 잠에 빠져들었다.

그 뒤로도 문득문득 호시에짱에게 어필할 수 있는 좋은 점이 뭐가 있을까 궁리하며 혼자 울적해질 때도 있었지만 마냥 우울감에 빠져 있어서는 생활을 이어갈 수가 없다. 끊이지 않고 찾아오는 손님들에게 네일아트를 시술하고, 계절에 맞는 디자인을 고안하고, 비품 재고 관리에 신경을 쓰다 보니 나름대로 충실한 나날이 정신없이 흘러갔다.

'호시에짱이 있었으면 디자인 샘플의 반은 생각해줬을 테고 비품 재고 확인도 매번 할 필요가 없어서 참 편할 텐데……' 하는 아쉬움을 종종 느꼈지만 그 대신 이야마가 시간 날 때마다 비품이 들어 있는 서랍을 들여다보며 얼마 남지 않은 젤이나 파츠 용기를 골라내주었다. 츠키시마는 손님을 계속 상대해야 해서 거기까지 신경 쓸 틈이 없었기 때문에 이야마의 도움이 무척 고마웠다. 가게 문을 닫은 다음 한쪽에만 불을 켠 가게에서 노트북을 열고 도매 사이트에 들어가 키보드를 툭툭 누르며 필요한 물품을 주문했다.

다음에 키즈존 예약이 있던 날, 보육사 일을 마치고 귀가하려는 이야마를 붙잡은 츠키야마는 예약 손님이 빈 틈을 이용해 이야마의 발톱을 깎고 모양을 손질해주었다. 지구처럼 그렸던 발톱 네일 아트를 서비스로 지워준 이후로 이야마의 발톱 케어를 해준 적이 없어서 안 그래도 마음에 걸리던 참이었다.

"어머나, 이러려고 그런 건 아닌데" 하며 이야마가 미안해했다.

"풋 네일을 해드렸을 때 그런 생각을 했는데 약간 내성 발톱이 될 낌새가 보이네요. 발톱은 모서리를 깎지 말고 네모가 되도록 깎는 게 요령이에요."

"그래요? 발톱이 자꾸 파고들어 아파서 모서리를 둥글게 깎았는데."

"그런 분들이 많은데 오히려 역효과거든요. 모서리는 남겨두고 발톱 끝만 일직선이 되게 깎아주세요."

'딱 한 잔'의 사장인 마츠나가의 내성 발톱을 치료했을 때가 생각났다. 그 뒤로 마츠나가가 아프다는 말을 하지 않는 걸 보니 알아서 발톱을 잘 깎는 모양이다. 약간의 요령만 알면 손발톱을 건강하고 쾌적하게 관리할 수 있다. 그런 요령을 알려주는 일도 네일 아티스트의 소중한 사명이다.

호시에짱이 옆집 사장님을 데리고 왔을 때부터 모든 것이 시작되었다고 츠키시마는 생각한다. 마츠나가를 비롯한 상점가 사람들과 인간관계를 맺게 되었고, '달과 별'에 오시는 손님들에 그치지 않고, 어떻게 하면 네일이라는 수단을 통해 더 많은 사람들에게 즐거움이나 편안함을 느낄 수 있게 할까 깊이 고민하는 계기가 되었다.

내성 발톱 예방과는 달리 네일의 즐거움과 좋은 점을 알리는 방법을 생각하고 어떤 경우에나 만전을 기해 대응하는 요령을 체득하는 것은 쉬운 일이 아니다. '요령' 따위는 존재하지 않고 오로지 실천과 고민을 끝없이 반복하는 방법밖에 없는지도 모른다.

그런 츠키시마에게 오사와는 '창문'이었다. 묵묵히 기술을 연마하고, 단조롭게 일에만 몰두해온 츠키시마에게 시원한 바람과 빛을 가져다준, 바깥세상과 연결해주는 활짝 열린 창문이었다. 그 창문으로 바라보는 풍경과 새로운 만남이 얼마나 가슴 뛰게 설레는 것이었는지 모른다. 네일 아티스트로서는 츠키시마가 오사와를 가르치고 이끌어주는 입장이지만 오사와 덕분에 츠키시마도 많은 것을 배웠고, 아직 더 성장할 수 있음을 깨달았다.

자신이 영원히 완성되지 않는 '살아 있는 존재'라는 사실은 츠키시마에게 절망이 아닌 희망을 가져다주었다. 지금보다 젊었을 때라면 '여전히 모자란 곳투성이네' 하며 자신에게 실망했을 것이다. 그러나 츠키시마는 오직 네일 아티스트라는 외길을 걸어오며 30대 중반을 맞이했고, 자기 가게까지 운영하고 있다. 그런데도 여전히 손님을 대하는 법이나 네일의 감각, 기술 등에서 더 채워가야 할 게 있음을 알게 되니 네일의 세계가 얼마나 심오한지 새삼 깨닫고 더욱 매료되면서 이 길에 한층 매진해야겠다는 의욕이 샘솟게 되었다. 매너리즘에 빠지지 않고 열정을 가지고 탐구할 수 있는 네일 아티스트라는 일을 할 수 있다는 게 정말 행운이구나 하고 츠키시마는 절실히 느꼈다. 이런 감회에 젖을 수 있는 이유도 자극적인 바람을 츠키시마의 마음속에 불러일으킨 오사와라는 창문 덕분이다.

그 창문은 여전히 '천체'에서 열심히 수련에 임하는 모양이었다.

'딱 한 잔'의 마츠나가는 오사와가 출퇴근 때문에 부모님 집으로 돌아갔다는 이야기를 듣고 어딘지 모르게 김이 샌 모양이었다. 생선 조림은 아예 만들지 않게 되었고, 일부러 삐딱하게 나가는 건지 조림 요리로는 돼지고기 조림만 매일같이 메뉴에 나오게 되었다. 그 돼지고기 조림도 맛이 아주 기가 막혔다. 살코기에는 간이 잘 배어서 촉촉하니 부들부들하고, 비계 부분은 푸딩처럼 탱글탱글하면서도 액체가 되려는 듯이 살살 녹았다. 거기에 달걀 반숙까지 들어 있는 메뉴여서 츠키시마가 불만을 제기할 이유는 전혀 없었다. 마츠나가의 돼지고기 조림 실력도 날이 갈수록 점점 업그레이드되는 느낌이어서 '역시 요리의 길에도 완성이란 없는 거구나. 끝도 없는 열정으로 나날이 노력하는 사장님을 본받아야겠다'고 츠키시마는 새삼 감탄하며 입안에서 육즙이 팡팡 터지는 돼지고기 조림을 우물거렸다.

"이 돼지고기 조림을 호시에짱한테도 맛보게 하고 싶어요."

"하지만 이쪽으로는 전혀 안 오잖아. 보나마나 에비스에 있는 화려한 술집에 허구한 날 드나들고 있겠지."

마츠나가가 삐친 모양이어서 츠키시마가 허둥지둥 오사와를 감쌌다.

"그럴 새도 없이 일하느라 바쁜 모양이던데요. 다음에 만날 기회가 있으면 돼지고기 조림 먹으러 오라고 말해줄게요."

오사와의 메시지 앱을 통한 보고는 여전히 계속되고 있는데 그에 따르면 호시노가 '네일 박람회'에 게스트로 출연하게 되었고 오사와도 조수로 따라간다고 했다. 좋은 기회니까 츠키시마도 네일 박람회에 가서 호시노와 오사와의 활약을 보고 올 작정이다.

네일 박람회는 1년에 한 번씩 아리아케의 도쿄 국제 전시장에서 열리는 네일 업계 최대의 행사다. 일본 네일 아티스트 협회가 주최하는 행사로, 츠키시마도 회원이다. 물론 협회 운영에는 일절 관여하지 않는다. 회원이 되면 회보나 네일 박람회의 무료 입장권을 보내오는데 그런 혜택들 때문에 가입한 것이다.

네일 아티스트들은 대개 실력 하나만 가지고 사업을 하는 독립적인 사람들이다. 가입에 따른 혜택만 받고 협회 운영에는 전혀 흥미가 없는 츠키시마 같은 회원들이 대부분일 텐데 그런 점은 사무국도 충분히 인지하는 모양이다. 회원이 되었다고 해서 뭔가를 해야 한다거나 무슨 직무를 맡아야 한다는 의무 사항이 전혀 없다. '네일 아티스트로서 열심히 일하고 있으면 되고, 나머지는 알아서 하세요. 올해도 네일 박람회가 열리니까 시간 되면 놀러 오세요' 정도의 느낌으로 분위기가 상당히 자유롭다.

네일 박람회는 네일 용품을 개발하고 판매하는 기업 80개사 정도가 참가하는데 회사별로 화려한 부스를 만들어 자사 제품을 전시한다. 회원들은 그런 제품들을 할인 가격으로 구매할 수 있다. 또한 신제품을 선보이는 경우도 있어서 네일을 좋아하는 일반인들도 많이 찾는다. 덕분에 매번 행사장이 상당히 북적북적한데, 이틀 동안 개최되는 네일 박람회 입장객이 무려 2만 명에 달할 정도다. 출품하는 기업도, 상품을 사러 오는 네일 아티스트들도 일본 국내는 물론이고 아시아 각국을 중심으로 세계 여러 나라에서 오는데 그 다채로운 모습만 보아도 네일에 대한 사랑이 전 지구적으로 불타오르고 있음을 알 수 있다.

또한 같은 기간 네일 아티스트의 기술과 감각을 겨루는 '세계 네일 아티스트 선수권 대회'와 '일본 전국 네일 아티스트 선수권 대회'도 동시에 열리기 때문에 행사장 안은 열기와 긴장감과 인파로 더욱 북새통을 이룬다.

그 인파에 시달리다가 살아서 돌아올 수 있을까? 체력 저하를 서서히 느끼기 시작한 츠키시마는 약간 불안하기도 했다. 최근 몇 년 동안 가게를 꾸리느라 바빠서 네일 박람회에는 가보지 못했다. 하지만 최신 상품이나 유행하는 디자인을 접할 수 있는 좋은 기회고, 호시노와 오사와를 응원할 겸 가봐야겠다고 마음먹었다.

시모무라에게도 같이 가겠냐고 물었더니 원래 '블루 로즈' 직원들과 같이 갈 생각이었다는 답신이 왔다. 그럼 행사장에서 보자고 약속하고 츠키시마는 11월 하순 월요일에 '달과 별' 가게 문을 하루 닫고 아리아케로 갔다.

네일 박람회를 위해서 당연히 전날 밤 집에서 손톱을 다시 칠했다. 자기 손으로 스컬프처를 장착하고 이런저런 디자인을 고민하다가 파란 마노처럼 희미하게 반짝이는 모양으로 결정했다. 밤늦게까지 붓을 놀리는 데 집중하다 보니 아침까지 늦잠을 잘 뻔했다. 침대에서 벌떡 일어나 15분 만에 준비를 마치고 야요이신마치 역까지 츠키시마 나름대로 전속력으로 뛰어갔다.

간신히 점심시간에 맞춰 국제 전시장에 도착해서 입구에서 시모무라와 무사히 만날 수 있었다.

"미안! 기다렸지?" 숨을 헐떡이는 츠키시마에게, "나도 지금 막 왔어" 하고 시모무라가 느긋하게 대답했다.

"가게 사람들은?"

"같이 왔지만 행사장 안에서는 각자 자유롭게 다니기로 했어. 사고 싶은 물건들도 다 다르고. 그건 그렇고, 너 눈썹도 안 그리고 나왔어?"

"엉? 설마!?"

"안타깝게도 그 설마야. 눈화장은 완벽하니까 보기에 따라서는 '일부러 그렇게 했구나' 하는 느낌도 나니까 괜찮지 않을까?"

"괜찮기는!"

츠키시마는 쏜살같이 화장실로 달려가서 눈썹을 그렸다. 눈치 빠른 시모무라가 그사이에 구내 편의점에서 샌드위치와 페트병에 든 밀크티를 사와서 감사히 잘 먹었다. 빈속으로 다닐 수 있을 만큼 네일 박람회의 인파는 만만한 게 아니다.

"자, 돌격!"

눈썹도 없는 얼굴을 남들 앞에 드러낸 상태로 야요이신마치에서 아리아케까지 1시간이나 돌아다녔다는 사실은 일부러 기억 저편에 봉인해둔 채, 샌드위치로 배를 채운 츠키시마가 씩씩하게 앞장서며 외쳤다.

"에리가 출연하는 건 A-103부스라고 했어. 혹시 따로 떨어지게 되면 거기서 보자."

꼼꼼하고 야무진 시모무라가 츠키시마 뒤를 따라가며 다시 한 번 말해줬다.

도쿄 국제 전시장는 여러 개의 넓은 홀을 한곳에 모아놓은 시설이다. 홀이라고는 해도 콘서트를 열 수 있는 곳처럼 좌석이 마련되어 있는 게 아니라 바닥이 평평한 창고 같은 공간이다. 자동차, 의료기기부터 원예, 수공예 작품까지 수많은 물품의 전시회가 열리기 때문에 어떤 분야의 행사도 치를 수 있도록 천장도 아주 높다.

국제 전시장 중에서도 큰 편에 속하는 대형 홀을 두 개나 빌려서 열린 네일 박람회에는 많은 사람들이 북적이고 있었다. 간판을 내걸고, 장식을 쏟아부은 네일 관련 기업들의 화려한 부스가 수없이 늘어서 있고, 그 사이로 난 통로에는 지나다니기도 힘들 만큼 어마어마한 인파가 북새통을 이루고 있었다. 시모무라가 혹시 따로 떨어지거나 길을 잃을까 봐 걱정했던 게 당연할 정도로 엄청나게 혼잡한 상황이었다.

"잠깐만, 나 이 가게 파츠 사고 싶어."

"나도."

츠키시마와 시모무라는 사금 같은 반짝이와 연한 빛깔의 천연

석 스톤을 파는 부스 안으로 돌진했다. 파격 세일 매장처럼 사람들이 무리를 지어서 파츠 케이스를 작은 쇼핑 바구니에 연신 집어넣었다. 행사장에 들어오는 사람들 대부분이 네일 아티스트라서 그런지 진열된 상품을 향해 뻗은 손에는 거의 100퍼센트 아름다운 네일아트가 자태를 뽐내고 있었다. 최근 네일아트를 하는 사람들이 늘었다고는 해도 이렇게 많은 사람들이 모두 네일을 한 상태로 모여 있는 장소는 여기밖에 없겠구나, 하는 생각이 절로 들었다. 보기만 해도 장관이었다. 파츠가 있다고 하면 사냥꾼처럼 눈에 불을 켜고 찾아다니는 것 또한 네일 아티스트들의 습성이라고 할 수 있었다. 다들 손톱도 눈동자도 워낙 반짝거리는 바람에 조명이 없더라도 주변 일대가 눈부실 것 같았다.

부스에서 열심히 상품 설명을 하거나 안면이 있는 네일 아티스트하고 담소를 나누는 정장 차림의 남자들도 꽤 있었다. 기업의 개발 담당자나 영업 담당자들로 보였다. 네일아트까지는 하지 않았더라도 그들 또한 모두 손이 말끔했고, 짧게 깎은 손톱은 부드럽고 매끄러워 보였다. 여기는 정말 네일을 사랑하는 사람들만 모여 있는 곳이구나 하는 생각에 츠키시마는 감격에 겨웠다.

긴 계산대 줄에 서서 간신히 파츠를 산 츠키시마와 시모무라는 이제 발에 붙이는 팩을 파는 곳으로 시선을 돌렸다. 네일 박람회에서는 젤이나 파츠뿐만 아니라 손톱 뿌리에 한 방울 떨어뜨리는 미용액 같은 네일 오일이나 얼굴은 물론이고 손이나 발에 쓰는 팩, 얼굴 미용 기기 등 미용계 전반의 상품을 다루는 기업들도 많이 참가한다. 발꿈치를 매끄러운 상태로 유지하려면 보습과 미용액을 잘 스며들게 해야 하는데 츠키시마는 각종 성분을 살펴본 다음 이거다 싶은 풋 케어용 팩을 대량 구매했다.

그때 바로 뒤의 부스에서 인기 있는 남성 네일 아티스트가 시술 시연을 시작했다. 시술하는 테이블에 카메라를 설치해서 여성 모델의 손과 네일 아티스트가 다루는 붓끝이 스크린에 커다랗게 나왔다. 그곳은 젤을 판매하는 기업의 부스였다.

유명한 네일 아티스트가 기업의 요청을 받아 젤이나 파츠 등의 기획과 개발에 참여하는 경우는 아주 많다. 현장에서 실제로 제품을 사용하는 네일 아티스트의 의견은 아주 귀중하다. 또한 유명 네일 아티스트에게는 손님들뿐만 아니라 동업자 팬들도 많아서 '저 사람이 제작에 참여한 젤이라면 나도 써보고 싶다'고 생각하는 경우가 많기 때문에 광고효과도 크다. 그래서 각 기업은 인기 네일 아티스트를 네일 박람회에 초청해서 자기 회사 부스에서 현장 시연을 하게 한다.

남성 네일 아티스트는 덤덤하지만 친근함이 느껴지는 말투로 이번에 개발된 신제품 젤의 특징과 텍스처를 설명하면서 모델의 손톱에 시술했다. 그 사람의 기법을 보려고 모여든 사람들 때문에 통로가 순식간에 발 디딜 틈도 없이 꽉 차버렸다.

그의 말처럼 발색도 좋고 윤기나 점도도 흠잡을 데 없는 젤이었다. 게다가 역시 인기와 실력을 갖춘 네일 아티스트답게 브러시 다루는 실력도 대단했다. 순식간에 자연스럽게 칠하는 듯 보이면서도 흔들리거나 튀는 곳 없이 기계처럼 정확하게 칠했다.

츠키시마는 감탄하면서 넋을 놓고 시술하는 모습을 보고 있었는데 열광적인 팬들의 압박 때문에 어느덧 통로에서 벽쪽으로 밀려나 있었다. '유리나는 어디 있지?' 하며 둘러보니 시모무라도 군중 틈새에서 튕겨나온 참이었다.

"우와~, 이런 인파 속에서 다시 만나다니, 이건 운명이겠지?"

"지금 장난하고 있을 때가 아니야. 미사, 우리 빨리 에리가 나온다는 부스로 가보자."

"어, 벌써?"

"여기 상태 좀 봐봐" 하며 시모무라가 스크린 앞에 모여 있는 사람들을 손바닥으로 가리켰다.

"유명한 네일 아티스트의 인기를 너무 만만하게 봤나 봐. 지나다니는 통로도 확보되어 있고, 위험할 정도로 사람들이 몰려 있는 건 아니지만 팬들의 열기가 너무 뜨거워. 지나치다가 적당히 본다는 게 도저히 가능한 분위기가 아니잖아?"

"아아, 진짜네. 빨리 부스 쪽에 가서 자리를 잡아놔야겠구나."

그리하여 두 사람은 서둘러 A-103부스로 이동했다. 그곳도 주로 젤을 개발하고 판매하는 회사로 호시노가 출연하는 시간까지는 아직 15분 정도 남았는데 벌써 입장객들이 모여들기 시작했다.

진열대에서 가장 눈에 띄는 곳에 수채화 물감처럼 부드러운 색감을 가진 젤의 샘플 네일팁과 용기가 나란히 진열되어 있었다. 신상품으로 발표되는 색깔은 세 가지로 호수에 얕게 낀 얼음 같은 하늘색, 밤이 되기 직전의 하늘처럼 연하고 흐릿한 보라색, 새들이 신나게 달려들어 쪼아댈 것 같은 잘 익은 연시색이었다. 세 가지 색 모두 호시노가 기획에 참여해서 만들어진 상품으로 보였다. 호시노가 평소에 여러 가지 젤을 섞어서 만들어내는 색감을 하나의 젤로 손쉽게 재현할 수 있도록 한 것이다.

대개 젤은 선명하게 눈에 띄는 색깔이 많고, 그중 연한 색이 있으면 좀 밋밋하다는 인상을 지울 수가 없다. 그러나 진열대에 전시된 세 가지 색깔은 제각기 복잡하면서도 아름다운 깊이를 지니고 있었다.

"다른 데서는 본 적이 없는 색깔들이지?"

"역시 에리는 대단해. 이 젤들은 꽤 인기가 많겠다."

츠키시마와 시모무라는 당장 세 가지 색 모두 바구니에 넣고 다시 계산대 앞에 줄을 서서 무사히 구매했는데, 그러는 사이에 부스 앞에 사람들이 잔뜩 모여들었다.

"깜박했다. 물건 사는 데 눈이 멀어서는 본래의 목적을 잊고 있었네."

"하지만 시연이 끝난 다음에는 매진되었을 수도 있으니까."

히는 수 없이 모여든 사람들 뒤쪽에 자리를 잡고 까치발이라노 들어서 군중들 머리 위로 시범 시술을 보기로 했다. 아까 방문했던 부스처럼 모델의 손을 비추는 스크린이 내려왔다.

시간에 맞춰 호시노가 등장하자 관객들이 박수를 쳤다. 호시노와 손 모델이 인사한 다음 테이블을 사이에 두고 마주 보고 앉자 조수인 오사와가 슬쩍 나타나서 호시노 옆에 섰다.

"저 애가 호시에짱이야?"

"응."

시모무라의 속삭임에 대답하면서도 츠키시마는 오사와한테서 눈길을 떼지 않았다. 거의 두 달만에 보는 오사와는 약간 긴장한 기색이 보였지만 호시노의 시범 시술에 집중을 하고 있었다. 호시노가 시술하기 쉽도록 테이블을 비추는 조명의 각도를 살짝 조정하기도 했고, 다음에 사용할 젤 용기를 잡기 쉬운 위치에 놓아주는 등 보조를 잘하는 게 보였다. 얼굴까지 약간 어른스러워진 것만 보아도 수련 기간 동안 착실하게 성장했음을 알 수 있었다.

"네 말대로 정말 괜찮은 친구네" 하고 시모무라도 기특해했다. "태도도 진솔하고, 네일에 대해서도 잘 아는 것 같고."

"응, 맞아."

츠키시마는 거의 참관 수업에서 자기 자식을 지켜보는 보호자 같은 심정이었다. 호시노가 놓쳐서 테이블 밑으로 떨어뜨릴 뻔했던 붓을 오사와가 어마어마한 반사신경으로 무릎으로 탁 쳐서 공중에 날린 다음 그걸 딱 잡았을 때는 자기도 모르게 혼자 주먹을 불끈 쥐었을 정도다. 하긴 관객들과 시술을 받고 있던 모델 여성까지도 "오오~!" 하고 감탄하는 소리를 내며 박수를 보냈다.

오사와는 쑥스러운 표정으로 웃더니 붓끝을 종이로 닦아낸 다음에 호시노에게 돌려주었다. 무릎에 닿았을 때 옷의 섬유가 붓끝에 묻었을지도 모르기 때문이다.

'아주 세밀한 부분까지 완벽하게 신경을 쓰는구나, 호시에짱.'

츠키시마는 속으로 칭찬했다. 호시노의 입술이 '고마워'라고 움직이더니 잠시 오사와와 마주 보며 웃었다. 두 사람이 사제지간으로 잘 지내고 있음이 눈에 보여서 츠키시마는 내심 '에이씨' 하고 생각했다가 그렇게 반응하는 자신의 옹졸함에 화가 나기도 했다.

"이렇게 단색으로 그냥 칠해도 예쁘게 나오지만" 하며 헤드마이크를 통해 호시노가 해설했다. 스크린에는 모델의 오른손이 크게 비치고 있었다. 검지 손톱에 하늘색, 중지에 보라색, 약지에는 연시색을 칠해놓은 모습이 보였다. 얼핏 보기에는 되는 대로 칠한 듯했지만 일부러 진한 정도가 달리 나오도록 계산해서 붓을 썼음을 알 수 있었다.

"세 가지 색을 일부 겹쳐서 칠한 위에 또다른 색을 올려도 좋을 것 같네요."

호시노는 바탕색에 톡톡 하고 나머지 두 가지 색을 올려서 붓으로 펴 바르거나 서로 섞이거나 한 다음 램프로 아주 잠깐 굳혔다. 얼음은 여름 마쓰리에서 낚은 선명한 색깔의 요소가 되고, 밤이 되려던 저녁 하늘은 해가 뜨기 직전의 새벽하늘로, 새가 좋아하는 연시는 수십억 광년이나 떨어진 우주에서 갓 탄생한 성운으로 모습이 바뀌었다. 마무리로 흰색이나 골드, 실버 색 젤을 사용해서 붓을 재빨리 놀려 번개나 엷게 낀 연무니 별들의 반짝임을 손톱 위에 만들어냈다. 그렇게 그릴 때마다 자주 램프로 굳히고 톱 코트로 반짝임을 더한 네일아트는 절묘한 음악처럼 그윽한 아름다움을 띠게 되었다.

관객 쪽에서 감탄하는 소리가 들려오고 더욱 성대한 박수 소리가 울려퍼졌다. 모델도 오사와도 넋을 놓고 네일아트를 쳐다보기 바빴다. 츠키시마도 시모무라도 스크린에 비친 마법을 그저 멍하니 바라보는 수밖에 없었다.

"이제 여러분의 자유로운 아이디어로 더욱 다양한 색들을 즐겁게 만들어가주세요.”

호시노 혼자만 차분한 목소리로 은근하지만 분명하게 제품을 광고하는 것을 잊지 않고 마지막 멘트를 한 다음 자리에서 일어나 고개를 숙였다. 이번에는 진열대의 상품 앞에서 판매를 도와야 하는 모양이었다. 관객들은 진열대에서 젤을 집어서 호시노에게 잇달아 질문을 하기도 하고 모델의 손에 있는 네일아트를 열심히 관찰하는 등 부스의 열기가 최고조에 달했다. 오사와도 다른 사원들과 함께 상품을 다시 채워넣기도 하고 상냥하게 손님을 응대하는 등 정신이 없는 모양이었다.

츠키시마와 시모무라는 두 사람에게 인사도 하지 않고 일단 자리에서 벗어나 네일 박람회 행사장 입구로 돌아갔다.

“젤을 사기는 했는데” 하고 시모무라가 겨우 입을 뗐다. “이걸로 에리가 한 것 같은 아트를 할 수 있을까?”

“불가능하지.”

츠키시마는 열패감에 시달리는 걸 넘어서서 이제는 뭔가 속이 시원해지는 느낌이었다. 오랜만에 호시노가 시술하는 모습을 직접 봤는데 츠키시마가 기억하던 것보다 훨씬 더 기술과 감각이 향상되어 어마어마한 수준에 올라 있었다. 그런 수준에 이르기까지 호시노는 얼마나 많은 시행착오와 연습을 거듭했을까? 그러나 노력을 노력으로 여기지 않고, 다른 사람들에게 노력한 흔적을 조금도 느끼게 하지 않는 점이 호시노답다. 그러면서도 경쾌하게 네일아트의 자유로움과 즐거움을 구현하는 것이 호시노의 유일무이한 재능을 보여주는 증거다.

예전에 츠키시마는 호시노의 재능에 매료되어 동경했다. 호시노도 아마 츠키시마가 시술하는 네일아트의 치밀함과 정확함에 경의를 가지고 있었을 것이다. 별들이 서로의 중력 때문에 서로에게 끌리듯이 두 사람은 한때 함께 지내며 상대의 존재를 자신이 살아가며 일하는 데 필요한 양식으로 삼았다. 아주 행복한 시간이었다. 성격적으로도 잘 맞았기에 더욱 좋았다.

그러나 너무 가까이 다가간 별들은 이윽고 충돌할 수밖에 없는 운명이다. 그렇게 충돌한 결과 서로 찌부러지고 녹아들어 새로운 하나의 별이 되는 경우도 있는가 하면, 서로를 튕겨내서 다른 방향으로 날려버리는 경우도 있다. 츠키시마와 호시노의 경우는 후자였다. 싸우지는 않았지만 서로에게 끌렸기에 두 사람의 궤도는 점점 더 멀어져갔다.

하지만 오히려 그게 잘된 일이라고 츠키시마는 생각했다. 하나로 녹아들어 일그러진 모양으로 남는 것보다 훨씬 더 잘된 일이라고. 왜냐하면 아무리 거리가 멀어졌어도 제각기 다른 길을 가고 있기에, 이렇게 에리의 재능이 빛을 내는 모습을 바라볼 수 있기 때문이다. 반짝이는 작은 빛을 멀리서 끝없이 바라보며 '아아, 지금도 여전히 눈부시네' 하고 계속 동경할 수 있기 때문이다. 아마 호시노도 츠키시마의 네일아트를 보고 비슷하게 느낄 것이다.

예전의 츠키시마는 호시노가 되고 싶었다. 그러나 이제 다시는 돌아갈 수 없는 궤도를 따라 제각기 앞으로 나아가는 수밖에 없다. 우주처럼 광대한 네일아트의 기름진 벌판으로. 그곳에서는 인기 있는 네일 아티스트가 별처럼 수없이 탄생하고, 유행하는 디자인도 새로운 상품도 빛이 반짝이듯 순식간에 지나고 만다. 그곳은 풍부한 가능성을 감추고 있어서 아무리 탐색해도 질리지 않는 끝없는 벌판이다.

츠키시마는 이제야 진심으로 인정할 수 있었다.

아름다움에 대한 명확한 기준도 규정도 없듯이 목표로 삼아야 할 네일 아티스트의 모습이나 네일아트도 한 가지가 아니다. 거리를 두고 세월을 지나온 상태에서 다시 한번 호시노의 탁월한 감각을 실감했기에 츠키시마는 오히려 진심으로 그 사실을 받아들일 수 있었고, 그러면서 오랜 기간 계속되었던 속앓이에서 해방된 기분이 들었다.

"그래도 모처럼 샀고, 색깔도 예쁘니까 나름대로 활용을 해보려고."

그렇게 말한 츠키시마의 표정을 보더니 시모무라도 뭔가 눈치를 챘는지 "나도 그래야지" 하며 환하게 웃었다.

"네일 박람회에 오면 다양한 자극을 받아서인지 새로운 디자인에 대한 의욕이 마구 솟는 것 같단 말이야."

시모무라는 '블루 로즈'의 직원들과 밖에서 이른 저녁을 먹고 돌아갈 예정이라고 했다. 츠키시마는 같이 가자는 제안을 거절하고 '달과 별'로 돌아와서 저녁 시간에 가게를 열었다. 시모무라가 말한 대로 일에 대한 의욕이 더욱 샘솟았기 때문이다.

호시노가 기획하고 제작에 참여했다는 젤을 네일팁에 바르며 이것저것 새로운 디자인을 시험해보고 있었는데, "죄송한데요, 스컬프처 끄트머리가 살짝 떨어졌거든요. 이거 고칠 수 있을까요?"

하면서 갑자기 손님이 들어왔다.
"네, 그럼요. 이쪽으로 오세요."
츠키시마는 작업대 앞에서 일어나 정중하게 손님을 맞았다.

연말연시에는 '달과 별'도 가게 문을 닫을 예정이다. 그러나 그 전에 네일숍이 가장 바쁜 시기를 지나야 한다. 크리스마스나 신년을 예쁜 손톱으로 맞으려는 손님들이 많아서 연말이 가까워질수록 예약이 증가하고, 복잡한 디자인을 원하는 손님들도 많다.

12월에 들어선 뒤로 츠키시마는 휴식도 거의 없이 연달아 손님들을 맞이했고, 그러면서도 밀려드는 예약 때문에 끙끙대면서 일정을 조정해야 했다. 시간이 갑자기 가속 페달을 밟으며 연말을 지나치려고 안달하는 듯해서 그 시간의 흐름을 필사적으로 붙잡으며 질질 끌려가는 느낌이 드는 정신없는 나날이었다.

'천체'에서 하는 오사와의 수련 기간은 예정대로라면 연말에 끝이 난다. 그러나 츠키시마는 바쁘다는 핑계를 대면서 아직도 오사와의 의향을 제대로 확인하지 못한 상태였다. 1월에 '달과 별'로 돌아오는지, 아니면 아예 '천체'로 직장을 옮길 생각이 있는지. 완전히 옮기는 정도는 아니더라도 조금 더 수련을 계속하고 싶다거나, 이번 기회에 혼자 독립할 생각이 있다거나, 여러 가지 경우를 생각할 수 있다. 그 부분이 분명해져야 내년부터 '달과 별'의 영업체제나 추가 인원 확보에 대한 계획을 세울 수 있는데 영 분명하게 묻기가 꺼려진다. 네일 박람회에서 보았던 호시노의 재능과 노력에 다시 한번 감탄한 부분도 있어서 '호시에짱이 우리 가게로 돌아오지 않겠다고 해도 할 수 없지 뭐' 하고 마음속으로 받아들였다고나 할까, 포기의 경지에 이른 감도 있었다.

물론 츠키시마도 처음에는 오사와의 본심을 물어보려고 시도한 적이 있었다.

네일 박람회가 있던 날 밤에 오사와가 전화를 했다. 가게를 닫은 후 방에서 쉬고 있던 츠키시마가 전화를 받자마자, "미사 언니, 오늘 부스에 왔었죠?" 하는 오사와의 통통 튀는 목소리가 휴대전화에서 들렸다.

통화를 할 때 츠키시마는 비교적 옛날 감성을 가진 사람이어서 연결이 되자마자 곧바로 자기 할 말을 시작하는 방식이 거북하게 느껴진다. 그래서 그때도 "여보세요" 어쩌고 하며 시작하려다가 오사와에게 맞춰서 인사를 생략하고 그냥 대화로 들어갔다.

"맞아. 키즈존 설치할 때 도움을 줬던 친구하고 같이 갔어. 호시에짱, 활약이 대단하던데!"

마침 주전자에 물이 끓어서 가스레인지 불을 껐다. 휴대전화는 스피커 상태로 돌려놓고 머그잔에 뜨거운 물을 부은 다음 선반에 있던 캔에서 아무거나 티백 하나를 꺼내 뜨거운 물에 찰방찰방 담갔다 뺐다 했다.

오사와는 그사이에 "에이~, 에리 언니는 역시 대단했지만 전 활약이고 뭐고 아무것도 안 했는데요. 에헤헤······" 하며 쑥스러워했다. 보기와는 달리 오사와가 상당히 겸손하다는 사실은 원래 알고 있어서 "아니야, 정말 잘하고 있는 게 보였어" 하며 츠키시마는 티백을 고를 때와 마찬가지로 적당히 맞장구를 치며 거실 쪽으로 가서 침대를 등받이 삼아 바닥에 앉았다. 휴대전화를 방바닥에 놓고 "어디 보자" 하며 뜨거운 찻물을 후루룩 마셨다.

그 순간에 오사와가 "그게 아니라~! 제가 하고 싶었던 말은 그게 아니란 말이에요!" 하고 큰 소리로 말하는 바람에 머그잔을 들고 있던 츠키시마의 손이 흔들리며 갑자기 많은 양의 뜨거운 물이 한꺼번에 입안으로 흘러들었다. 츠키시마가 "앗뜨!" 하고 짧게 외치면서 동시에 찻물을 뱉는 바람에 "앗 뜨거, 앗 뜨거!" 하며 티슈로 잠옷 가슴팍을 닦아내야 했다.

"응? 미사 언니? 혼자서 뭐해요?"

"아니아니, 괜찮아. 호시에짱이야말로 무슨 유행가 가사 같은 말을 하던데, 뭐였어?"

"아 참, 그렇지. 아니, 그야 잘하고 있다고 미사 언니한테 칭찬을 들은 건 저도 기분이 좋은데 제가 하고 싶은 말은 왜 말도 없이 그냥 갔느냐는 말이었어요."

말이라는 말이 너무 많아서 오사와가 말하려던 뜻을 이해하는 데까지 약간의 시간이 걸렸다.

"아아~, 그 말이었어? 아니, 사람도 너무 많았고, 다들 너무 바빠 보여서 그랬지."

"너무해요~, 힝!"

오사와가 휴대전화를 든 채로 몸을 배배 꼬는 모습이 눈에 선했다.

"제가 미사 언니를 알아보지 못했으면 아예 말도 안 할 작정이었어요? 그런 식으로 '남몰래 가만히 지켜보는 무사'처럼 하면 혼자서만 너무 멋있어지잖아요.”

나중에 '열심히 잘하더라'는 메시지를 보낼 생각이었는데, 그러면 너무 멋이 없어지나? 츠키시마가 속으로 그렇게 망설이는 사이에 오사와는 혼자 계속 떠들어댔다.

“시연이 끝난 다음에 '미사 언니가 왔어요'라고 에리 언니한테 말했더니 '어, 그래? 나중에 다 같이 고기나 먹으러 갈까?' 하면서 좋아하기에 젤 판매를 끝내고 나서 부스 주변을 막 찾아다녔단 말이에요. 그런데 벌써 가버렸는지 아무 데도 없더라고요.”

“그럼 나 때문에 고기도 못 먹은 거야?”

“아니요, 먹었죠. 에리 언니가 사줬어요.”

그럼 됐네, 하는 생각이 들었지만 “미안해” 하고 츠키시마가 사과했다. “너희 부스 시범을 본 다음에 곧바로 전철 타고 돌아왔어. 젤은 미리 사뒀고, 저녁에 예약 손님이 오기로 되어 있어서.”

예약이 있었다는 건 거짓말이지만 결과적으로 갑작스럽게 손님이 들어와서 시술했으니까 비슷하다고 해야겠지.

오사와는 “어쨌든 저는 기회 될 때마다 미사 언니를 보고 싶으니까 만약에 '천체' 근처로 올 일이 있으면 그냥 가기 없기예요. 무사처럼 지켜보는 거 절대 금지, 알았죠?” 하고 말했다. “아, 그런데 가게가 너무 바빠서 돌아다닐 시간이 없으려나?”

“뭐 대충 그런 느낌이지. 너야말로 이쪽으로 올 시간이 없어서 계속 부모님 댁에 있는 거야?”

“그렇죠. 문제라면 '천체'를 쉬는 날에는 소바집 점원으로 부모한테 혹사당한다는 점이고요. 이대로 가다가는 영원히 소바 지옥에서 헤어나지 못할 것 같아요. 진짜 죽을 것 같다고요."

그 뒤로 화제는 호시노가 제작에 참여한 젤에 대한 이야기로 이어졌고, 어떤 디자인이 그 섬세한 색감을 잘 살릴지에 대해 열심히 토론하다 보니 눈깜짝 할 사이에 1시간이 지나버렸다. 머그잔 안의 액체는 그새 다 식어서 그냥 색깔 있는 물이 되었다.

둘 다 이제 슬슬 전화를 끊어야겠다고 생각할 무렵 츠키시마가 슬쩍 물어보았다.

"'천체'는 연말연시에 어떻게 한대? 나는 30일부터 쉬기 시작해서 내년 4일에 열 작정이거든."

"4일에 연다고요? 알았어요." 오사와가 가벼운 말투로 대답했다. "'천체'는 아직 예약 조정을 다 못한 모양인데 에리 언니는 휴일을 좀 길게 잡고 싶어하는 것 같았어요. 미사 언니는 설 연휴 때 부모님 댁에 가세요? 츠쿠바라고 했던가?"

"지치부야. 아마 다녀올 것 같아."

"알겠습니다~! 그럼, 안녕히 주무세요."

"응, 잘 자."

츠쿠바랑 지치부는 전혀 다르다. 도쿄 사람의 여유라고나 할까 '도심 이외의 지도는 그냥 공백'이라는 식의 오만함을 그대로 보여주는 거네 하고 화가 나는 한편, '그래, 이게 호시에짱이지' 하는 대충대충의 느낌이 재미있어서 츠키시마는 한동안 침묵을 되찾은 휴대전화의 검은 화면을 내려다보았다. 사장님의 집념으로 만든 탱글탱글한 젤리 같은 돼지고기 조림을 먹으러 오라는 말을 깜박했는데 그건 뭐 할 수 없지. 츠키시마가 마음에 걸리는 말은 "알았어요"였다. 도대체 뭘 알았다는 걸까? 4일에 '달과 별'로 돌아오겠다는 뜻인지, 아니면 그냥 '알아들었다'는 소리인지. 막상 중요한 부분은 아무것도 알아내지 못한 채 대화가 끝나고 말았다.

그러는 사이에 시간은 또 흘러 시술을 마치고 손님을 보내면서 "내년에도 잘 부탁드려요"라는 인사를 주고받게 되었고, 후지미 상점가도 연말연시를 준비하는 손님들로 연일 북적였다. 좁은 일방통행 도로 여기저기에 연말 세일을 알리는 빨간 표지판이 팔랑거리고, 슈퍼마켓과 야오요시와 잡화점 가게 앞에는 다양한 새해맞이 장식들이 죽 진열되어 있었다. 건조하고 차가운 겨울 공기에는 먼지 냄새도 섞여 있었지만, 사람들이 풍기는 활기 때문인지 어딘지 기분 좋고 흥겨운 느낌이 났다.

상점가의 다양한 가게들도 크리스마스 풍의 장식을 일찌감치 거두고 새해맞이 장식들을 가게 앞이나 기둥에 걸었다. 크리스마스 무렵이면 '달과 별'에서는 매년 재활용하는 리스를 미닫이문에 걸어두고 가게 안에는 관엽식물에 트리 장식을 거는 정도다. 남쪽 나라 분위기를 풍기는 나뭇잎과 산타클로스나 썰매 장식이 약간 안 어울리는 듯하지만 남반구에서도 크리스마스를 즐기는 지역이 있을 테니 상관없겠지, 하고 츠키시마는 생각한다.

크리스마스에도 이 정도 열정밖에 없으니 그보다 애매한 새해 장식이라고 해봐야 마찬가지로 재활용하는 진공 팩에 든 작은 찹쌀떡 모양을 선반에 올려두는 정도다. 이야마의 도움을 받아 크리스마스 트리 장식과 리스를 도로 집어넣고, 그 대신 '산지 3년 정도 지났는데 안의 찹쌀떡은 어떤 상태일까?' 하고 생각하면서 2단으로 호빵을 쌓아올린 모양의 찹쌀떡을 비품 선반에서 꺼낸 츠키시마는 '이건 아니지 않나?' 하고 반성했다. 옆의 '딱 한 잔'은 작기는 해도 새해맞이 장식용 소나무인 가도마츠를 가게 앞에 설치했다. 경쟁할 생각은 없지만 바쁜 와중에도 새해 분위기를 내려고 노력하는 것이 손님에 대한 예의일지도 모른다.

그래서 츠키시마는 휴식 시간을 깡그리 반납하고 상점가를 돌아다니며 새해 대문 장식인 마츠카자리를 찾아보기로 했다. 잡화점에서 서양식으로 만들어놓은 세련된 마츠카자리를 발견했고 마음이 확 끌렸지만 '잠깐만' 하고 다시 생각해서 야오요시에 가보았다. 짐작대로 소나무 가지에 남천을 푹 찔러놓고 홍백으로 된 전통 매듭으로 붙여놓은 촌스러운 마츠카자리를 2개 세트로 팔고 있었다. 한참을 고민하다가 상점가에서의 친밀도를 고려하여 야오요시에서 구입하기로 했다.

안주인인 데루코는 배추와 무와 시금치 등을 사는 손님들을 상대하면서 "좀 이른 감은 있지만 일단 새해에도 잘 부탁한다는 의미로" 하며 신문지로 둘둘 싼 배추를 서비스로 주었다.

고맙다고 인사를 하고 츠키시마는 그걸 그대로 집안 냉장고에 집어넣고 마츠카자리는 미닫이문 세로 틀에 못을 박아서 매달았다. 이제 됐네. 가게 앞이 순식간에 새해를 맞이하는 분위기가 된 것을 보고 츠키시마는 만족했다.

그런데 배추가 뜻하지 않은 함정이었다.

해가 넘어가기 전까지 잡혔던 모든 예약을 다 소화하고 탈진 직전의 상태로 침대에 쓰러진 츠키시마는 12월 30일 점심 무렵에야 겨우 눈을 떴다. 편의점 샌드위치로 요기를 하고 '달과 별'의 대청소를 시작했다. 가게 내부뿐만 아니라 미닫이문 유리까지 반짝반짝하게 쓸고 닦고 난 뒤, 마무리로 '연말연시 휴업 안내'를 붙였다.

가게 문이 잘 잠겼는지 확인한 다음 고향에 내려갈 때 가지고 갈 선물을 사러 나갔다. 후지미 상점가의 명물이라고 하면 선택지는 하나밖에 없다. 나리타야의 수제 센베이다. 이건 츠키시마의 어머니가 원한 선물이다. 도쿄에서 사갈 만한 선물은 그것 말고도 여러 가지가 있을 텐데라고 츠키시마는 생각한다. 그런데 어머니의 말에 따르면 적당히 씹는 맛이 있고, 불에 그을린 간장의 향기로움까지 더해져서 나리타야의 센베이는 몸에서 정기적으로 요구하게 되는 맛이라고 한다.

이미 얼굴을 아는 사이가 된 나리타야의 할아버지가 가게 앞에서 리듬감 있게 센베이를 뒤집으면서 "어이구, 손톱 가게에서 왔네" 하고 말했다. "고향이 어디랬지? 여기서 연말을 보내려고?"

"아니요, 내일 내려가요. 어머니가 '나리타야의 센베이는 중독성이 있다'면서 하도 좋아하셔서 선물로 사 가려고요."

"거 참 고마운 말씀이네. 새해 복 많이 받으시라고 전해드려."

나리타야의 할아버지는 갓 구운 간장 센베이 하나를 작고 하얀 종이봉투에 넣어서 덤으로 주셨다. 츠키시마는 따끈따끈한 센베이를 바삭바삭 소리 내어 먹으면서 어머니 선물로 산 센베이 세트 상자를 들고 방으로 돌아왔다.

며칠 동안 입을 옷가지들과 함께 센베이 상자를 여행 가방에 넣었더니 귀향 준비가 대충 끝났다. 이제는 내일 아침에 화장품 파우치랑 휴대전화 충전기를 잊지 말고 핸드백에 넣을 것, 하고 머릿속에 메모한 츠키시마는 청소기로 방안을 대충 밀었다. 창가에 널어두었던 빨래를 걷고 화분의 식물에도 물을 넉넉히 주었다.

자, 그럼 식재료들을 되도록 많이 소비해야지. 확인을 위해 냉장고를 열어본 츠키시마는 눈앞에 떡하니 보이는 신문지 꾸러미를 보고 "아참" 하면서 고개를 푹 숙였다. 요새는 너무 바빠서 밥 해먹을 시간조차 없던 탓에 계속 편의점 도시락이나 '딱 한 잔'에서 끼니를 때우느라 냉장고에 커다란 배추 한 통이 통째로 들어 있다는 사실을 까맣게 잊고 있었다. 오늘 저녁 한끼로 배추 한 통을 다 먹는 건 불가능하다. 일단 냉동해둔 돼지고기를 해동해서 전골을 해 먹고 남은 건 적당히 잘라서 냉동실에 보관해야겠다.

배추가 든 신문지 꾸러미를 꺼내던 츠키시마는 냉장고 안쪽에 있는 밀폐 용기를 보고는 "그렇지" 하며 다시 한번 고개를 푹 숙였다. 밀폐 용기의 내용물은 H저금, 즉 오사와가 술에 취했을 때마다 꼬박꼬박 내밀었던 술값을 차곡차곡 모은 것이다.

송년회를 하면 그때 호시에짱에게 돌려주려고 했는데, 하며 츠키시마가 한숨을 쉬었다. 결국 '천체'의 연말연시 연휴는 언제부터 하는 걸까? 송년회도 하지 못한 채 호시에짱 얼굴도 못 보고 해를 넘기게 될 모양이었다.

하지만 어쩌면 오늘쯤 오사와는 '천체'에서 하던 일을 정리하고 야요이신마치의 자기 집으로 돌아왔을지도 모른다. '딱 한 잔'도 오늘까지 올해 영업을 하는 것으로 아니까 만약 그렇다면 오늘 당장 송년회를 할 수도 있다. 츠키시마는 한 줄기 희망을 품고 "오늘

이쪽으로 올 수 있을 것 같으면 연락해" 하고 메시지를 보냈다.

1이 좀처럼 사라지지 않았다. 아무래도 '천체'의 예약 조정이 제대로 되지 않아 오사와는 아직도 일하고 있는 모양이다. 저녁이 되어 배가 고파진 츠키시마는 배추를 썰기 시작했다. 4분의 1은 전골용으로 남겨두고 나머지를 넣기 위해 지퍼백을 찬장에서 꺼내는데 휴대전화에서 메시지 알람이 울렸다.

오사와가 보낸 답신은 "죄송해요. 못 가게어요"였다. 받침은 어디에 빼먹고 이렇게 보낸 건가 했는데 아마 오탈자지 싶었다.

"알았어. 수고해. 새해 복 많이 받아" 하고 답한 다음 도마 위에 있는 배추를 지퍼백에 담았다.

문득 '못 가겠다'는 말이 무슨 뜻일까 하는 생각이 들었다. 오늘 혹은 연말 안에 못 가겠다는 뜻이 아니라 '달과 별'에는 아예 안 돌아온다는 말인가?

아니아니, 호시에짱은 그런 애가 아니야 하고 츠키시마는 고개를 저었다. 만약 '달과 별'을 그만두기로 했다 쳐도 문자 메시지로, 더구나 '못 가게어요'라는 한 마디만 던지고 말 사람이 아니다. 정식으로 인사하러 와서 츠키시마의 얼굴을 보고 그렇게 결심한 사정이나 생각을 설명하려고 할 것이다.

정신을 차리고 보니 지퍼백 두 개에 마구 자른 배춧잎이 꽉꽉 채워져 있었다. 츠키시마는 칼과 도마를 씻고 배춧잎이 가득 든 지퍼백 두 개를 냉동실에 욱여넣은 다음 슬리퍼를 신고 집에서 뛰쳐나갔다.

목적지는 '딱 한 잔'이었다.

"사장님!" 하고 미닫이문을 열자마자 소리쳤다. 이른 저녁 시간이어서 올해 마지막 술을 즐기러 온 단골손님들 두 명만 카운터 자리에 같이 있을 뿐이었다. 사장인 마츠나가뿐만 아니라 그 두 명까지도 츠키시마의 기세에 깜짝 놀랐는지 문 쪽을 돌아보았다.

츠키시마는 신경도 쓰지 않고 아저씨 두 명 옆자리에 앉아서 "맥주 주세요. 돼지고기 조림 정식도요" 하고 말했다.

"왜 그러는 거야, 도대체!"

마츠나가는 생맥주를 잔에 따르면서 고개를 절레절레 저었다.

"계단 내려오는 발소리가 온 가게를 뒤흔들던데. 그러다 이 건물이 무너지기라도 하면 어쩔 작정이야?"

아저씨 손님 둘은 "하긴, 순간적으로 지진이 났나 하고······", "쉿! 가만히 있어!" 하며 겁에 질린 모습으로 서로 속닥거렸다. 맥주잔 반을 단숨에 비워버린 츠키시마는 가게 안의 평안을 어지럽힌 것을 반성하며 마음을 가라앉히려고 애썼다.

"시끄럽게 해서 죄송합니다. 아까 호시에짱한테 '못 간다'는 연락이 왔는데 그게 '올해 안에는' 못 온다는 건지, 아예 '달과 별'에 못 돌아온다는 건지 모르겠어서요. 갑자기 머릿속이 뒤죽박죽되면서 배추를 모조리 냉동실에 집어넣는 바람에 여기서 저녁을 먹기로 했어요."

"배추?"

"대체 뭔 소리를 하는 거야?" 하고 아저씨 두 명이 고개를 갸웃거렸다.

"호시에짱이 츠키시마 씨네 가게를 그만둘 리가 없잖아" 하면서 마츠나가가 김이 모락모락 나는 돼지고기 조림 정식이 담긴 쟁반을 카운터 너머로 츠키시마 앞에 놓아주었다.

"그럴까요?"

"그럼. 연말이라 너무 바빠서 못 온다는 거겠지."

"그러고 보니까" 하며 아저씨 한 명이 자기 무릎을 탁 쳤다.

"그 '손톱 손질 요괴' 아가씨네 부모님이 소바집을 한다고 하지 않았나?"

"맞아맞아, 그런 말 했었어."

다른 아저씨가 끄덕였다.

"손톱에 불이 붙는다는 게 혹시 이런 느낌인가 할 정도로 뜨거운 맛을 보면서 딴 데로 정신을 돌리려고 온갖 잡다한 이야기를 늘어놓을 때 들었어. 연말이면 해넘이 소바 때문에 소바집이 정신없을 때니까 부모님 가게에서 일하느라 못 온다는 거 아닌가?"

츠키시마는 그 소리에 갑자기 머릿속에서 안개가 걷히는 느낌이 들었다. 맞다, 호시에짱 부모님이 소바집 하신다는 사실을 완전히 까먹고 있었다. 또 쓸데없이 위축되는 나쁜 버릇이 발동되어서 시야가 좁아져 있었던 것이다.

손님들 앞에 국물이 잘 스며든 것으로 보이는 어묵 접시가 놓여 있다는 점, 가게 안에 카레 냄새가 희미하게 풍긴다는 것을 츠키시마는 그제야 알아차렸다. 그러나 오사와가 없는 동안 마츠나가가 온갖 정성을 다해 만들어놓는 돼지고기 조림을 오사와 대신 맛보는 게 츠키시마의 책무다.

"그러네요. 아마 해넘이 소바 준비니 뭐니 때문에 가게가 너무 바빠서 못 온다는 거겠네요."

돼지고기 조림 정식을 허겁지겁 먹기 시작한 츠키시마를 아저씨 두 명이 싱글싱글 웃으며 지켜보았다.

"'달과 별'은 오늘부터 연휴 시작이라고 했지?" 하고 마츠나가가 말했다.

"츠키시마 씨는 부모님한테 안 가나?"

"내일부터 1월 3일까지 가 있을 거예요. 사장님은요?"

"난 혼잣몸에다 부모님도 다 먼저 돌아가셔서 갈 데도 없으니까. 그냥 여기 2층에서 뒹굴거리면서 연휴를 보내려고."

외롭겠다……라는 츠키시마와 아저씨들의 동정 어린 눈길을 알아차렸는지, "뭐? 왜? 어쩌라구?" 하더니 마츠나가는 설거지를 시작했다.

"너무 외로워 말아요, 사장님. 연휴 때도 마시러 올 테니까."

"오긴 왜 와? 연휴인데 나도 쉬어야지."

돼지고기 조림 정식에 반찬으로 나온 채소 절임을 안주 삼아 추가로 뜨거운 청주 한 홉까지 즐긴 츠키시마는 가게 안에 사람이 들어차기 시작하는 것을 보고 자리에서 일어났다.

"잘 먹었어요. 호시에짱이랑 신년회 하러 올게요."

"또 그 주정뱅이가 돌아오는 거야? 어쨌든 내년에도 잘 지내자고. 집 비운 사이에 도둑이 안 들게 잘 지키고 있을 테니까."

아저씨 두 명을 포함해 가게 안에 있던 손님들과 서로 "새해 복 많이 받으세요" 하고 인사를 주고받은 다음 츠키시마는 되도록 발소리를 내지 않도록 조심하면서 계단을 올라 방으로 돌아왔다.

작년까지는 이렇게 새해 인사를 자주 하는 일이 없었다. 뭔가 신경 쓰이는 일이 있거나 불만스러운 점이 있어도 어디 털어놓을 곳도 없이 혼자 묵묵히 일만 할 뿐이었다.

호시에짱이 '달과 별'에 온 덕분에 내가 사는 세상이 넓어졌다. 이 작은 상점가에 우주와도 맞먹는 다양함과 깊이가 있다는 사실, 흩어져서 반짝이는 별처럼 수많은 사람들이 살아 움직이며 생활한다는 사실을 실감할 수 있게 되었다.

새해부터는 다시 호시에짱과 같이 일할 수 있다. 츠키시마는 기대와 희망에 찬 마음으로 휴대전화 알람을 오전 8시로 맞춰놨다. 그리고 나서 메시지 앱을 확인해봤는데 1은 여전히 그대로였다.

세이부 전철 지치부 역에서 걸어서 20분 거리의 주택가에 츠키시마의 부모님 집이 있다. 집에서 가장 가까운 역은 지치부 철도 오하나바타케 역인데 이 두 역 사이는 걸어서 10분 정도 거리에 불과하고, 도쿄에서 부모님 집으로 가려면 세이부 전철이 가장 빨라서 츠키시마는 항상 지치부 역으로 간다.

이케부쿠로에서 세이부 선으로 갈아탈 때 '호시에짱 부모님 댁이 어디쯤이라고 했더라?' 하는 생각이 얼핏 스쳐 지나갔지만, 섣달그믐의 소바집은 너무 바빠서 불이 날 지경일 테니 공연히 찾아가는 짓은 삼가기로 했다. 호시노한테 연락해볼까 하는 생각도 했는데, 아무런 소식이 없는 걸 보면 오사와의 수련 기간이 예정대로 끝났다고 봐도 되겠구나 하는 생각이 들었다. 호시노는 지금쯤 올 한해의 모든 일을 마치고 꿈나라를 헤매고 있을지도 모른다. 아니면 장기 휴가를 내고 여행을 떠났을 수도 있다. 방해하면 안 된다는 생각이 앞서서 아무것도 할 수 없었다. 말하자면 츠키시마는 '십중팔구 호시에짱은 우리 가게로 돌아온다'는 믿음을 가지고 있으면서도 만에 하나의 가능성에 쫄아서 또다시 애매한 현상유지를 선택했다는 뜻이다.

'난 왜 이렇게 쫄보지?' 하고 한숨을 쉬면서 전철을 타고 가는 사이에 창문 밖으로 눈발이 날리기 시작하더니 세이부 지치부 역에 도착할 즈음에는 완전히 눈 풍경으로 바뀌어 있었다.

웬일이야. 못해도 15센티미터는 쌓인 데다가 아직도 펑펑 오는 중이네. 차로 데리러 갈 테니 역에 도착하면 전화하라고 아버지가 그랬는데 연세도 많으신 아버지한테 눈길 운전을 하게 하는 건 위험하다고 판단한 츠키시마는 여행 가방을 한 손에 들고 20분 걸리는 길을 걷기 시작했다. 입에서는 눈보다 하얀 입김이 나왔고, 운동화는 금세 차갑게 젖었고, 머플러에서 삐져나온 귀는 시리다 못해 아프기 시작했다.

츠키시마의 부모님은 눈사람이 되어서 나타난 딸을 곧바로 뜨거운 목욕탕 안으로 밀어넣었다. 그렇게 무사히 해동된 츠키시마는 맨 먼저 불단의 할머니 사진에 손을 모아 인사했다. 그 뒤로 섣달그믐날과 신년 연휴 사흘 동안 눈을 치우고, 부모님이랑 셋이서 코타츠 안에 다리를 넣고 데우면서 멍하니 TV를 보고, 근처 신사에 새해 첫 참배를 가기도 하면서 보냈다.

특별했던 점이라면 홍백가합전(연말에 방영하는 남녀 가수들의 대항전 프로그램/역주)이었다. 저녁으로 스키야키를 먹고 어머니랑 나리타야의 센베이로 군것질을 하던 츠키시마는 코타츠에서 튀어나가 TV 앞에 바짝 붙어 화면을 응시했다. 심사위원 자리에 있던 무라세 시게유키가 화면이 나오고 있었다. 검은색 남자 기모노 차림이었는데 양손 손톱에 검은 젤 네일을 한 것이 보였다. 심사평을 하느라 마이크를 든 손을 뚫어지게 봤더니 네일은 검은색 단색이 아니라 끝에 빨간 라인이 가늘고 네모나게 들어간 프렌치 네일임을 알 수 있었다.

"무라시게가……!"

홍백가합전에서 기모노 차림으로 네일을 했다! 남자가 네일이라니, 하고 아직도 손가락질 당하기 십상인 사회적 분위기에 아랑곳하지 않고 무라세는 당당하게 자기가 좋아하는 스타일을 드러내기로 한 것이다. 정말 멋있다, 하고 츠키시마가 감명을 받고 있었더니 "무라시게는 참 멋있는 것 같아" 하고 어머니가 센베이 하나를 더 집으면서 츠키시마의 마음속 목소리를 그대로 말해주었다. 한쪽에 누워서 코를 고는 남편(아버지)을 힐끗 보더니, "거기에 비하면……. 아니지, 비교 자체가 그냥 실례겠네" 하며 코타츠 이불을 끌어당겨 남편을 덮어주었다.

"엄마, 저기, 네일아트야" 하며 츠키시마가 TV를 가리키는데 화면은 이미 노래하고 춤추는 여자 아이돌 그룹으로 바뀌어 있었다. 더구나 어머니는 센베이를 씹는 자기 소리 때문에 츠키시마의 말을 제대로 듣지 못했던 모양인지, "이번에 무라시게가 대하 드라마 주연으로 나온다며?" 하고 일방적으로 이야기를 계속했다.

"무슨 히코냥(히코네 성주 이이 나오타카를 구출한 고양이와, 그 성의 군대가 쓰던 붉은색 투구를 결합해서 만든 캐릭터/역주)하고 상관이 있다던데. 그거 꼭 봐야지."

히코냥? 츠키시마는 잠시 생각하다가 이이 가문 사람들 중 한 명이 주인공인가 보다 하고 막연히 짐작했다. 그렇다면 빨간 스퀘어 프렌치도 납득이 간다. 아마 이이 가문의 아카조나에(빨간 투구)를 이미지화한 디자인일 것이다.

대단하네, 무라시게. 츠키시마는 계속 TV 앞에 자리잡고 앉아서 무라세가 화면에 나올 때마다 휴대전화로 사진을 찍으려고 했는데 사람이 말을 할 때는 의외로 손의 움직임이 잦은 모양이다. 그래서 도무지 제대로 된 사진이 나오지 않았다. 그래도 무라세의 손이 마구 흔들린 채로 찍힌 사진을 그대로 오사와에게 보내려고 메시지 창을 열었다. 여전히 1자가 그대로였다. 잔뜩 흥분했던 마음이 순식간에 식으면서 '심령 사진 같아서 안 되겠다' 하고 혼자 변명을 늘어놓으며 그냥 보내지 않기로 했다.

1월 3일 저녁, 츠키시마는 후지미 상점가로 돌아왔다. 지치부 역까지 차로 바래다주겠다는 아버지의 제안은 녹은 눈이 다시 얼어붙으면서 살얼음판이 되어버린 도로를 보고 한사코 거절했다.

며칠 만에 돌아온 집안은 완전히 냉골이었지만 먼지가 좀 쌓인 것 같아서 길가로 나 있는 창문을 열었다. 마침 '딱 한 잔'의 마츠나가가 창가에 널어놓았던 수건을 걷는 중이었다.

"새해 복 많이 받으세요. 지금 막 돌아온 길이에요."

"아, 올해도 잘 부탁해요."

"마침 잘 됐네. 사장님, 잠시만요."

츠키시마는 여행 가방에서 선물을 꺼내 옆집 창문 쪽으로 팔을 뻗었다.

"이거, 집 지켜주셔서 감사하다는 뜻이요. 지치부 명물인 곤약이에요."

"위험하게 뭐 하는 거야? 그러다 손잡이가 떨어지면 어쩌려고!" 하고 당황하면서 마츠나가도 팔을 뻗어서 곤약을 받았다.

"아무튼 고마워. 조림이나 해야겠네."

창문 너머로 이웃과 말을 주고받는 자기 모습을 생각해보니 어쩌다가 쇼와 시대의 이웃처럼 되어버렸나 하는 생각이 들어 츠키시마는 자꾸 웃음이 나왔다. 창문을 빼꼼히 연 채로 젖은 운동화를 헌 잡지에 올려놓고 에어컨을 온풍으로 해서 말리고 있었더니 마츠나가의 집 쪽에서 달콤짭짜름한 냄새가 풍겨왔다. 저녁 반찬으로 아까 선물한 곤약을 바로 조리는 모양이다. '달과 별'도, '딱 한 잔'도 영업은 내일부터. 츠키시마도 즉석밥을 전자레인지에 데우고 어머니가 먹으라고 싸준 오세치 요리(새해에 먹는 음식/역주) 남은 것을 먹으며 연휴의 마지막 밤을 느긋하게 보냈다. 오랜만에 부모님과 시간을 함께 지내보니 여러 가지로 성가시기도 하고 마음이 놓여 편하게 쉬기도 했지만, 역시 혼자 사는 내 집이 가장 편하다는 생각이 들었다.

이튿날인 1월 4일, 몸단장을 마친 츠키시마는 긴장 때문에 약간 어색한 발걸음으로 계단을 내려가 '달과 별' 앞에 섰다. 가게 미닫이문은 벌써 열려 있었고 츠키시마가 온 것을 본 오사와가 청소기를 끄면서 "미사 언니, 새해 복 많이 받으세요" 하고 웃는 얼굴로 인사했다. "올해도 잘 부탁드립니다."

"호시에짱……."

츠키시마는 갑자기 힘이 쭉 빠져서 약간 휘청이며 오사와에게 다가갔다. "돌아왔네."

"아, 내가 이럴 줄 알았어. 역시 언니는 뭘 모른다니까."

오사와가 입술을 삐죽 내밀었다. 쑥스러운지 불만인지 알쏭달쏭한 표정이었다. "그야 당연히 돌아오죠~! 전 미사 언니랑 이 가게를 좋아하니까요."

문득 '파랑새'가 떠올랐다. 모험에 나선 건 틸틸과 미틸만이 아니다. 파랑새 또한 넓은 세상을 맛본 후에 집으로 돌아온 것이다. 자기의 행복이 있는 곳, 자기 존재에 행복을 느끼는 사람이 기다리는 곳으로.

오사와는 거침없이 개점 준비를 하면서 '천체'에서 한 수련이 얼마나 유익했는지, 연말연시에 부모님 가게에서 얼마나 힘들게 노동해야 했는지 쉴 새 없이 떠들었다. 역시 '못 가게어요'의 원인은 가업인 소바집이었구나 하고 생각하면서 츠키시마는 강아지처럼 오사와의 뒷꽁무니를 따라다녔다. 사실은 너무 좋아서 와락 끌어안고 싶었지만 아무리 그래도 점장의 체면이라는 것도 있어서 그것만큼은 꾹 참았다.

"아무튼 그래서 초하루는 완전히 뻗어서 잠만 잤는데, 우리 부모님은 체력도 욕심도 엄청나서 '신사 참배하고 오는 길에 소바 먹으러 올 수도 있잖아' 하면서 2일에 벌써 가게 문을 여는 거예요. 그래서 또 끌려나가 일하고……. 세뱃돈으로 1만 엔을 받기는 했지만 아무리 계산해봐도 최저임금에도 못 미치더라고요! 이건 아니잖아요? 우리 부모님은 해마다 제야의 종소리도 못 듣고 가게 일을 하니까 번뇌가 800이 아니라 8만 개쯤 쌓인 게 아닐까 싶어요. 아니 근데 미사 언니, 왜 아까부터 제 뒤에 붙어 있는 거예요? 무섭게시리······.”

끝도 없이 떠들어대는 목소리가 너무 듣기 좋아서 가만히 있던 츠키시마는 “미안. ‘아 호시에짱이다······’ 하고 속으로 음미하고 있었어” 하며 겨우 평소처럼 떨어져서 앞치마와 마스크를 했다.

“그새 많이 튼튼해졌네······.”

“그래요? 오히려 좀 여윈 느낌이 드는데.”

오사와는 소바와 부모님에 대한 원망을 계속 늘어놓다가 츠키시마가 휴대전화를 열어서 홍백가합전에 나온 무라세의 네일에 대해 이야기해주자 웃는 얼굴을 되찾았다.

“무라시게 님, 끝내주네요! 이 사진만 가지고는 자세히 모르겠지만 멋있었다는 것만큼은 알 수 있어요. 아아~, 내가 소바를 나르고 있을 때가 아니었는데. 나도 홍백전 보고 싶었는데.”

무라시게 덕분에 올해는 남자 손님들이 늘어날지도 모르겠다는 이야기를 하다 보니 새해의 첫 번째 예약 손님이 들어왔다.

“어서 오세요. 새해 복 많이 받으세요” 하고 얼떨결에 코러스처럼 인사하고는 츠키시마와 오사와가 얼굴을 마주보고 웃었다.

호시에짱을 단련시켜준 에리한테도 고맙다고 인사해야지. 그리고 H자금으로 호시에짱이랑 ‘딱 한 잔’에서 신년회를 하고 카레를 먹어야겠다. 아 참, 올봄에는 호시에짱도 네일 아티스트 검정시험

1급에 도전해야 할 테니까 아크릴 스컬프처 연습도 계속해야겠구나. 츠키시마는 이것저것 머릿속으로 계획하면서 후련한 마음으로 시술을 시작했다.

그런데 1월 중순이 지날 무렵 세상 분위기가 조금씩 이상해졌다. 알 수 없는 전염병이 조금씩, 그러나 여지없이 전 세계에 퍼지고 있었기 때문이다. 가게 안에서 손님들과 나누는 대화도 독감과 비슷한 증상이 나타난다는 그 바이러스에 대한 이야기들이었다.

가게 문을 닫은 다음 연습대가 된 츠키시마의 손톱에 스컬프처를 만들면서 "앞으로 어떻게 될까요?" 하며 오사와가 불안한 표정으로 말했다. "해외에서는 돌아가신 분들도 많은 모양인데 아무리 섬나라라고 해도 일본만 무사할 리는 없겠죠?"

"그렇지. 빨리 백신 같은 특효약이 개발됐으면 좋겠지만 당장은 힘들 거라고 TV에서도 그러던데."

"죽을지도 모르는 병이 이대로 전 세계에 쫙 퍼져버리면 네일하러 오는 손님들도 없어지겠죠? 그럼 우리는 완전 실업자가 되는 건데……."

오사와가 고개를 푹 숙임과 동시에 츠키시마의 손톱에 칠하려던 믹스처가 옆으로 삐져나가서 흘러내리려 했다.

"호시에짱, 내 손톱 끝이 또 펑퍼짐하게 벌어지겠다. 믹스처를 다룰 때는 신속하게!"

"죄송해요!"

진지하게 브러시를 움직이기 시작한 오사와를 바라보며 츠키시마가 부드러운 목소리로 말했다.

"앞으로 어떻게 될지는 모르지만 아마 우리 가게에 오시는 손님이 아무도 없게 되지는 않을 테니까 너무 걱정하지 마."

"그걸 어떻게 알아요?"

"나만 해도 죽어서 관에 들어갈 때도 내 손톱에 예쁜 네일을 해주기를 바라니까. 이렇게 네일을 좋아하는 사람이 온 세상에 나 혼자는 아닐 테니까."

"엥~? 미사 언니의 네일 사랑은 너무 심한 정도까지 간 것 같은데요?" 하며 웃던 오사와가 잠시 생각하더니, "하긴 저도 죽은 다음에 얼굴 화장을 하면서 네일도 같이 해줬으면 좋겠네요" 하고 덧붙였다.

"그치? 내가 죽으면 호시에짱이 꼭 해줘."

"당연하죠. 하지만 그러면 제 네일은 누구한테 부탁하죠?"

"호시에짱도 나중에 독립해서 후배 네일 아티스트를 키우면 되잖아."

"싫어요~! 전 미사 언니랑 계속 '달과 별'에서 일할 거예요."

아이, 귀여운 것. 츠키시마가 눈웃음을 쳤다.

"나중 얘기잖아. 호시에짱이 독립하는 것도, 나나 호시에짱이 죽는 것도 아주아주 한참 뒤의 이야기지."

한쪽 손을 오사와에게 맡겨둔 채 츠키시마는 다른 한쪽 손으로 작업대 위에 있던 젤 굳히는 LED 램프 버튼을 아무 생각없이 눌러보았다. 어둡게 해놓은 가게 안에서 츠키시마와 오사와 주변만 푸르스름한 빛으로 둘러싸였다. 우주선 안에 있는 느낌이었다.

"그때까지는 찾아주시는 손님이 한 사람이라도 있는 한 시술을 계속하자. 힘들거나 슬플 때야말로 손끝만이라도 밝고 화사하게 하고 싶어하는 사람은 틀림없이 있을 테니까."

네일아트는 네일 아티스트의 자기 표현을 추구하는 예술이 아니다. 그렇다고 손님이 해달라는 대로 적당히 해주면서 많은 숫자를 기계적으로 재빨리 그려내는 기술이 있다고 다가 아니다. 손님의 생활이나 심신의 안녕에 신경을 쓰고 배려하면서 공예품이나 미술품처럼 아름다운 네일아트를 정확하면서도 섬세한 기술로 구현해야 한다. 후세에 남을 일은 절대 없고, 3주 정도면 사라지는 마법. 그런 마법을 시술하는 것도, 시술을 받는 것도 사람이다.

만약 이대로 전염병이 창궐해서 많은 사람들이 집안에서만 갇혀 지내야 한다 해도 손톱 위에 그려진 화려한 아름다움을 보면 조금은 마음이 따뜻해지면서 혼자가 아니라고 느낄 수 있을 것이다. 그리고 틈을 봐서 다시 네일숍의 문을 열고 들어올 것이다.

네일 아티스트와 즐겁게 이야기하는 시간을 보내고 손끝에 다시 작은 마법을 걸어주기를 바라면서.

츠키시마는 몇 번이라도 손님의 손을 잡고 체온을 직접 느끼면서 손톱을 아름답게 색칠해갈 작정이다. 세상이 아무리 변한다 해도, 어떤 역경이 찾아온다 해도, '달과 별'을 폐업한다는 건 있을 수 없다. 네일아트에는 츠키시마가 생각하는 모든 아름다움과 선함이 모여 있다. 네일 아티스트와 손님뿐만 아니라 젤이나 파츠를 개발하고 판매하는 모든 사람들의 마음을 담아서 손톱 위의 네일아트는 사람의 마음과 생활을 지탱해주기 위해 반짝인다. 작지만 귀한 반짝임을 내뿜는다.

네일 폼지째로 츠키시마의 손톱 양옆을 눌러 스컬프처의 모양을 잡으면서 "그러네요" 하고 오사와가 희망을 되찾은 밝은 목소리로 말했다.

"여차하면 우리가 우주복 같은 걸 입고 손님한테 바이러스를 옮기지 않게 하면서 시술하면 되잖아요."

"그런 걸 입고 브러시를 제대로 쓸 수 있을까?"

"미사 언니는 왼손으로도 스컬프처를 만들 수 있고, 쌀알에도 그림을 그릴 수 있다고 그랬잖아요. 우주복 정도는 아무것도 아니죠. 저도 기술을 더 갈고닦으려고요."

츠키시마는 네일 폼지를 벗겨낸 자기 손톱을 바라보며 스컬프처의 완성도를 확인했다.

"좋아, 아주 잘했네. 오늘은 여기까지 하자."

"네. 앞으로는 어떻게 될지 모르니까 마실 수 있을 때 실컷 마실까요?"

"그러자."

"어묵탕으로 시작해서 마지막은 스튜? 아, 그런데 카레도 먹고 싶은데, 고민되네요."

'달과 별'의 바깥 불이 꺼지고 오늘 밤에도 옆의 '딱 한 잔'으로 돌진하는 두 사람의 웃음소리가 일방통행로에 울려퍼지는가 싶더니 금세 후지미 상점가의 겨울 하늘 속으로 녹아들었다.

감사의 말

이 책을 집필하면서 여기에 성함을 적지 않은 분들도 포함해서 많은 분들에게 도움을 받았습니다.

도움을 주신 모든 분들에게 진심으로 감사 말씀을 드립니다.

내용 중에 사실과 다른 부분이 있다면 의도한 것이건, 혹은 의도하지 않은 것이건 전적으로 작가에게 책임이 있습니다.

LoveNail 소시가야오쿠라
미타무라 사오리(네일 감수)
모리 레이
데와 아이

LoveNail 히로시마
마츠시마 유카

mojo

세키네 쇼코

우치다 미나코

주식회사 TAT의 여러분

다카노 나오키

후루미 시노부

일본 네일 아티스트 협회의 여러분

나카소네 사치코

주요 참고 문헌

『네일 테크놀로지(ネイルテクノロジ)』(주식회사 업프론트북스 편)

『테크니컬 시스템 시리즈(JNAテクニカルシステムシリーズ)』(일본 네일리스트 협회)

『네일 살롱의 위생관리 자체기준(ネイルサロンにおける衛生管理自主基準)』(일본 네일리스트 협회)

『네일 살롱 위생관리 매뉴얼(ネイルサロン衛生管理マニュアル)』(일본 네일리스트 협회)

『네일 백서(ネイル白書)』(일본 네일리스트 협회)

「Natiful」각호(일본 네일리스트 협회)

『네일 카탈로그(ネイルカタログ)』(주식회사 TAT)

역자 후기

손톱 위에 펼쳐지는 다양한 삶의 모습들

길을 걷다 보면 심심치 않게 보이는 네일숍. 네일아트는 이미 우리 생활에 깊숙이 파고들어 손톱을 깔끔하게 손질하거나 아름답게 꾸미는 작업을 전문가에게 맡기는 일이 당연해졌다.

그런데 우리는 네일 아티스트가 어떤 직업인지 제대로 알고 있을까?

미우라 시온의 이 책 『손끝에 마법을』은 잘 아는 듯하지만 사실은 아는 부분이 거의 없는 '네일 아티스트'라는 직업을 가진 사람들의 생활을 실감나게 보여주는 소설이다.

이야기는 꼼꼼하고 성실한 성격의 네일 아티스트 츠키시마가 운영하는 네일숍 '달과 별'을 중심으로 전개된다. 이곳에 개성 넘치는 신참 네일 아티스트 오사와가 합류하고, 두 사람의 조합을 통해 네일 아티스트로서 세상을 바라보는 관점과 더불어 네일아트를 둘러싼 다양한 사연을 가진 손님들의 이야기가 펼쳐진다.

이 책을 번역하면서 가장 인상 깊었던 점은 네일아트에 대한 사람들의 다양한 고정관념을 섬세하게 다루는 작가의 시선이었다.

겉보기에 화려하고 젊은 여성들의 전유물처럼 여겨지지만 사실 네일아트는 다양한 사람들에게 삶의 활력소가 되고 마음에 위안을 줄 수 있는 '소확행'이다. 육아에 지쳐 자신을 돌볼 여유가 없었던 젊은 엄마, 네일아트에 대한 편견 때문에 내성 발톱 치료를 망설이던 술집 사장, 대중의 시선 때문에 자신의 취미를 숨겨야 했던 인기 배우 등 다양한 인물들의 이야기가 등장한다. 이들은 모두 각자의 이유로 네일숍을 찾아왔고, 츠키시마와 오사와가 손끝에 그려놓은 마법으로 새로운 희망과 자신감을 얻는다.

미우라 시온 작가 특유의 차분하면서도 유머러스한 문체 또한 이 소설의 큰 매력이다.

자칫 가볍게 느껴질 수 있는 소재를 깊이 있게 다루는 동시에 인물들 사이에서 피어나는 따뜻한 교감과 과하지 않은 유머가 생생하게 그려지는 글을 읽다 보면 마음 한편이 훈훈해지는 느낌이 든다. 또한 인물들의 대화에서 느껴지는 특유의 리듬감과 감정의 미묘한 변화를 보여주는 섬세한 묘사 또한 경쾌하지만 가볍지 않은 미우라 시온의 글의 특징이라고 할 수 있다. 이런 문체의 특징을 자연스럽게 살리기 위해 역자로서 많은 노력을 기울였다.

미우라 시온의 '직업' 시리즈 중 하나인 이 책을 통해서 네일 아티스트라는 색다른 직업의 세계를 들여다보고, 손톱이라는 작은 캔버스에 펼쳐질 수 있는 다양한 예술을 상상해볼 수 있을 것이다.

이 마법이 단순히 손톱을 예쁘게 하는 데에 그치지 않고 등장하는 인물들을 행복하게 해주었듯이 그들의 이야기를 함께 따라가며 읽는 독자들의 마음도 잠시나마 행복하게 해주기를 바란다.

이 책의 번역 작업을 마치고는 집에서 투박하게 깎은 손톱들을 잠시 바라보았다. '소확행'을 위해 근처 네일숍을 검색해봐야겠다는 생각을 하면서…….

2025년 가을
임희선

미우라 시온의 다른 책들

바람이 강하게 불고 있다

"달리는 게 좋아?"

이 한마디로 시작된 개성 넘치는 10명의 대학생들의 마라톤 도전기! 각자의 속도로 그러나 같은 목표를 향해서 "빠르게"가 아니라 "강하게" 달려나가는 그들의 눈부시게 아름다운 이야기가 펼쳐진다.

임희선 옮김 | 574쪽 | 값 16,800원

가무사리 숲의 느긋한 나날

"지금 장난하세요?"

계절마다 다른 매력을 보여주는 아름다운 자연과 그곳에서 자연의 흐름에 따라 느긋하게 살아가는 사람들, 그들과 어우러지며 숲과 나무를 사랑하게 된 도시 청년의 생생한 산골 마을 취업기!

임희선 옮김 | 312쪽 | 값 15,500원